KB132061

Kings
and
Circuses

## O to Sakasu (Kings and Circuses)

ⓒ Honobu Yonezawa 2015
Original Japanese edition published by Tokyo Sogensha Co., Ltd.
Korean translation rights arranged with Tokyo Sogensha Co., Ltd.
through The English Agency (Japan) Ltd. and Eric Yang Agency Inc.

이 책의 한국어판 저작권은 에릭양 에이전시를 통해 東京創元社와 독점 계약한 '엘릭시르, (주)문학동네'에 있습니다.
저작권법에 의하여 한국 내에서 보호를 받는 저작물이므로 무단 전재와 무단 복제를 금합니다.

이 도서의 국립중앙도서관 출판예정도서목록(CIP)은 서지정보유통지원시스템 홈페이지(http://seoji.nl.go.kr)와
국가자료공동목록시스템(http://www.nl.go.kr/kolisnet)에서 이용하실 수 있습니다.
CIP제어번호 : CIP2016013754

왕과 서커스

Kings
and
Circuses

요네자와 호노부

김선영 옮김

엘릭시르

# Kings and Circuses

차

례

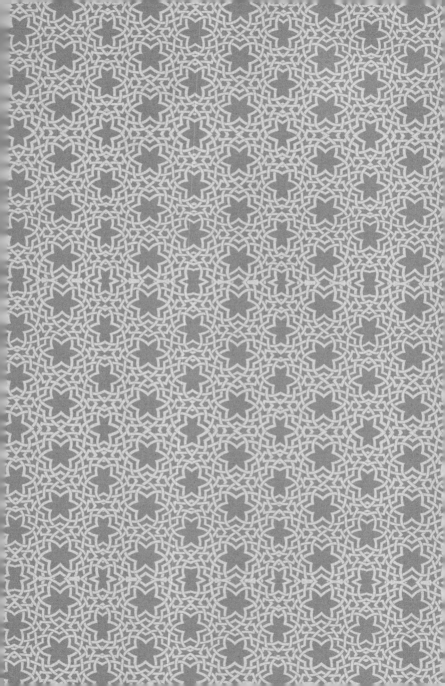

마리야 요바노비치의
추억에 부쳐

# 1

## 때 이른
## 기도

누군가의 기도 소리에 잠이 깼다.

비스듬히 금이 가 위태로워 보이는 천장을 올려다보았다. 나는 어디에 있는 것일까. 방은 아직 어둑하고 벽은 회색빛이었다. 멀리서 누군가의 희미한 노랫소리가 귓가에 들려왔다. 그 노래가 기도라는 것을 알고 있다. 낯선 향냄새를 맡고서야 겨우 이곳이 이국의 숙소라는 것을 기억해냈다.

손발에 엉켜드는 시트를 걷어내고 몸을 일으켰다. 세로줄 무늬 커튼이 한들거리고 있다. 어젯밤, 창문을 제대로 닫지 않았던가? 아니면 틈새바람이 들어오는 걸까? 춥지는 않았다. 추운 땅은 아니다. 작은 의자 등받이에 하얀 셔츠와 통이 좁은 면바지가 걸려 있다. 옷가지들을 느릿하게 몸에 걸쳤다. 몸동작만큼이나 머리 회전도 무겁고 둔하기는 마찬가지였다. 조금 더 그렇게 꿈결 같은 상태로 있고 싶어 그대로 스니커를 신고 방을 나섰다.

흙벽돌을 쌓아 만든 복도는 방안보다 더 어두웠다. 노래처럼 들리는 기도 소리는 더이상 들리지 않았지만 대신 다른 소리가 들려왔다. 물소리, 발소리, 도자기가 달그락거리는 소리. 지금 사람들과 마주치기는 싫어 살금살금 발끝으로 걸었다. 시커먼 목제 계단을 내려가 휑한 로비를 지나 숙소에서 벗어날 때까지 아무에게도 들키지 않았다.

밖은 어스름에 묻혀, 좌우로 뻗은 비좁은 길은 끝이 보이지 않는다. 바짝 마른 흙길이었는데도 신발을 폭신하게 감싸주었다. 새소리가 들려왔다. 저멀리 사람들의 함성 소리도 들려왔다. 하지만 아마도 착각이리라. 거리에 나와 있는 사람은 눈에 보이는 범위에서는 나 혼자뿐이다. 지금은 몇 시일까? 손목시계는 방에 두고 왔다.

숙소 대각선 맞은편에 작은 사당이 있다. 흙을 바른 삼각 지붕 위에는 유약을 바르지 않고 구운 보주宝珠가 얹혀 있고,

그 앞에 촛불과 붉은 꽃이 놓여 있었다. 처음 보는 꽃이다. 내 방에 들려왔던 노래가 착각이 아니었다는 증거라도 되는 것처럼, 꽃은 아직 싱그러운 생기를 간직하고 있었다. 꽃 옆에 놓인 철 그릇에 실낱같은 연기가 피어오르는 향이 꽂혀 있다. 누군가가 이곳에서 기도하고 있었다.

사당에는 문도 없어 신상이 그대로 보였다. 불룩한 배에 다리를 힘차게 치켜든, 코끼리 머리를 가진 신 가네샤. 그 조각상에는 축복의 붉은 가루가 덕지덕지 발려 있다. 나는 이 나라의 기도 예법을 모른다. 그래서 유일하게 아는 방법을 따라 두 손 모아 눈을 감고 고개를 숙였다.

가네샤가 장사의 신이라는 것은 알고 있었다. 지금 내가 밥벌이로 삼고 있는 일에 대해 뭐라고 기도해야 할까? 내가 하는 일은 어떻게 되어야 성공했다고 할 수 있을까?

나는 가네샤에게 무엇을 빌어야 할지, 그것조차 모르는 것이다. 신에게 매달리려 해도 너무 이르다.

안개 같은 졸음은 아직 가시지 않았다. 아까까지 아무도 없던 거리에는 저쪽에 한 사람, 이쪽에 한 사람, 모습을 드러내기 시작했다. 사리를 입은 젊은 여성이 붉은 꽃을 손에 들고 사당으로 다가왔다. 지나치며 고개를 숙이자 여성은 갸웃거리다가 이내 경쾌한 미소를 지었다.

나왔을 때와 마찬가지로 발소리를 죽이고 숙소로 돌아갔다. 잠에서 깼을 때는 어두웠던 방에 아침 햇살이 비쳐들고 있다. 회색이었던 벽도 하얗게 보인다. 스니커를 벗고 시트가 잔뜩 구겨진 침대에 가만히 누웠다. 여행이 고단했는지 눈을 감자 바로 의식이 가물거렸다.

　잠에 빠지기 직전, 불안해하지 않으려고 지금이 언제고 내가 어디에 있는지 주문처럼 말했다.

　2001년 6월 1일. 카트만두. 도쿄 로지 202호.

　내 입술은 눈꺼풀과 마찬가지로 무거웠다. 그러므로 소리 없는 속삭임이 되었으리라.

**2**

## 도쿄 로지
### 202호

이 땅은 과거에 호수 바닥이었다고 한다.

신화에 따르면 석가가 탄생했을 때 어느 신이 축하의 뜻으로 산을 갈랐고, 호숫물이 빠져나간 후에 남은 비옥한 땅에 카트만두라는 도시를 세웠다고 한다. 카트만두 분지가 과거에 호수 바닥이었다는 것은 사실인 듯했다. 담수어 화석도 나온다고 들었다.

신화가 무색하게도 이 로지에 투숙할 때 젊은 여주인은 "물은 아껴 쓰세요"라고 못을 박았다. 지금 카트만두는 물 부족에 시달리고 있다. 네팔 국영 수도만으로는 칠십만에 이르는 주민들의 생활을 지탱하기에 부족해, 과거에 물밑 땅에서 살던 사람들은 현재 급수차에서 물을 사고 있다.

젖은 수건으로 얼굴을 닦았다. 네 모서리가 황갈색으로 바랜 거울에 얼굴이 비쳤다. 길고 검은 머리카락은 요 며칠 강행군 때문인지 푸석푸석했다. 사람들이 흔히 노려보는 것 같다고 하는 가느다란 눈 밑도 조금이지만 거뭇거뭇했다. 얇은 입술은 메말라서 갈라질 것만 같다. 자외선 차단제와 립크림으로 단장을 했다.

도쿄 로지는 싸구려 숙소가 밀집한 조첸 지구 외곽, 좁은 골목 중간에 안내 표지 하나 없이 서 있다. 접근성도 불편하고 채광도 나쁘고, 방은 조금 갑갑할 정도로 좁다. 그래도 나는 하룻밤 만에 이 숙소가 마음에 들었다.

천장이나 벽에 난 금을 보면 고급 건물이 아니라는 사실은 의심할 여지가 없다. 하지만 침대 스프링은 지나치게 딱딱하거나 부드럽지 않았고, 시트는 깨끗하게 세탁되어 있었다. 수도 시설은 오래된 느낌을 지울 수 없었지만 물때가 끼어 있는 곳은 없었다. 외선이 되는지는 모르겠지만 전화기도 있었다. 무엇보다 창틀이 좋았다. 촘촘한 대각선 격자를 끼운 목제 창문으로, 격자가 서로 만나는 자리마다 식물이나 기하학 문양이 섬세하게 세공되어 있어 좁은 방에 우아한 정취를 더해준다. 거무스름한 때까지도 흐뭇한 광경이었다.

활짝 열어두었던 창을 닫았다. 세로줄무늬 커튼까지 닫자 방은 차분한 어스름 속에 감싸였다. 책상 위에 던져놓았던 보디백을 둘러멨다. 문득 여권을 확인하고 싶은 마음에 안주머니 지퍼를 열었다. 붉은 여권을 꺼내 들었다.

MACHI TACHIARAI.

다치아라이 마치. 발행 연도는 2001년. 유효기간이 지나 지난달에 새로 만들었다. 사진은 봐줄 만하다. 지독히 싸늘한 눈빛으로 카메라를 쳐다보고 있다.

카메라 렌즈가 아니라 사람을 마주했을 때도 눈빛이 싸늘하다는 말을 들은 적이 한두 번이 아니다.


도쿄 로지는 사 층짜리 건물이다.

이 거리에는 높은 건물이 많다. 평범한 민가 같은 집들도 눈으로 세어보면 삼사 층 높이로 쭉 뻗어 있다. 사 층짜리 건물이지만 도쿄 로지는 주변에 비해 딱히 높지도 않지만 낮지도 않다.

1층 로비는 아담했다. 건물 깊이를 고려하면 공간은 충분할 텐데, 안쪽은 경영자가 주거하는 공간인 듯했다. 객실은 2층과 3층. 식당이 4층에 있고, 계단은 나무로 되어 있다.

굳은 목을 풀면서 삐걱거리는 계단을 올라갔다. 침대는 편안했지만 베개가 불편했는지 목 근육이 조금 뻐근했다.

햇빛이 눈을 찌른다. 식당 창문이 활짝 열려 있어 햇빛과 함께 건조한 바람이 들어오고 있었다. 식당의 벽은 하늘색이다. 페인트가 군데군데 벗겨져 바탕색인지 회반죽인지 모를 흰색이 보였다. 내게는 그것이 한 조각 구름으로 보였다.

따사로운 역광 속에 먼저 온 손님이 두 명 있었다.

한 명은 너저분한 노란 천을 몸에 두른 민머리 남자였다. 파이프 의자에 걸터앉아 둥근 테이블에 왼손을 얹고 오른손에 든 머그컵을 천천히 입가로 가져갔다. 노란 천은 가사袈裟일 것이다. 겉모습은 영락없는 승려다. 검게 그은 피부, 넉넉한 천 사이로 보이는 팔은 언뜻 보기에도 근육으로 뒤덮여 있다.

몇 살쯤 되었을까? 서른다섯 살에서 쉰다섯 살 사이라면 몇 살이든 이상할 것 같지 않다. 외국인 여행자들이 묵는 로지에 있으니 네팔인은 아니겠지만, 어느 나라 사람인지 모르겠다. 태국인이 아닐까 짐작해보지만 그것은 직감이라기보다 가사와 민머리를 근거로 억지로 갖다 붙인 감이 없지 않다. 그는 내 쪽을 힐끗 돌아보았지만 내 모습이 눈에 들어오지 않은 것처럼 다시 머그컵에 입을 댔다.

다른 한 명은 그와는 대조적으로 대뜸 말을 걸어왔다.

"여어. 어제 체크인한 사람 맞지? 여기는 괜찮은 숙소야. 며칠이나 묵을 예정이야?"

영어다. 과장스럽게 밝은 목소리였다. 시선을 돌리자 자외선에 벌겋게 탄 하얀 피부의 젊은 남자가 역시나 작위적인 미소를 지어 보였다. 머리카락은 검은색이지만 자세히 보니 약간 갈색 빛이 감돈다. 진녹색 민무늬 티셔츠에 청바지 차림이다. 마른 건 아닌데 이상하게도 첫눈에 선이 가늘다고 생각했다. 이십 대 초반일까? 백인의 나이를 어림짐작해본 적이 거의 없어 자신은 없다. 그는 장난스레 빙긋 웃었다.

"그렇게 노려보지 마. 아니면 영어를 못 알아듣나? 나마스테!"

"영어는 알아들어."

말해봤자 헛수고라고 생각하면서도 한마디 덧붙였다.

"그리고 노려본 것도 아니고."

"그래?"

그는 다시 빙긋 웃었다.

"그럼 다행이고. 그렇게 보이지는 않지만. 그건 그렇고 나는 이 나라가 그럭저럭 마음에 드는데, 마음에 들지 않는 습관도 몇 가지 있어. 아침을 거르는 것도 그중 하나지. 밀크티를 마시러 온 게 아니라면 당신은 음식을 찾아 여기에 올라왔을 테지만 번지수 잘못 찾았어."

상당히 예리하다. 나는 고개를 끄덕였다. 뭐든 먹을 요량으로 식당에 올라왔는데, 숙소에서 아침 식사가 나오지 않을 줄은 몰랐다. 기억을 더듬어보니 체크인할 때 아침 식사에 대한 설명은 듣지 못했던 것 같다.

"나는 이틀 전부터 이 동네에 머물고 있어서 아침 일찍 여는 식당을 몇 군데 찾아냈거든. 그래서 한 가지 제안하는데, 함께 가지 않겠어? 당신은 수고를 들이지 않고 식사를 할 수 있고, 나는…… 그래, 즐거우니까."

경박한 말이었지만 그것도 여행을 즐기려는 자세라고 생각하니 기특해 보였다.

"그러네. 그럼 부탁할까?"

그는 이번에는 자연스럽게 웃었다.

"기꺼이! 그럼 당장 가자."

식당에서 나올 때 다른 남자를 돌아보았다. 만약 관심을 내비치면 함께 가겠느냐고 물어볼 셈이었지만 그는 여전히 이쪽은 안중에도 없는 얼굴이다. 관여하지 않겠다는 태도 같기도 했지만 어쩌면 저 사람이야말로 영어가 통하지 않는 걸지도 모른다.

식당에서 나와 계단을 내려갔다. 어두침침한 복도에서 청년이 이름을 밝혔다.

"로버트 폭스웰이야. 잘 부탁해."

"다치아라이 마치. 나야말로 잘 부탁해."

청년은 머리를 긁적였다.

"다치…… 뭐라고?"

"다치아라이, 마치."

"뭐라고 부르면 돼?"

"마치."

다섯 글자인 성이 발음하기에 너무 길다고 생각하지는 않지만 어째선지 다치아라이라고 불린 경험이 거의 없다. 청년은 이유도 없이 싱글거렸다.

"마치? 이상한 발음이네. 아주 동양적이야."

"그래?"

"나는 롭이라고 불러."

3층에서 2층으로 내려갔다. 무심결에 곁눈질로 로지의 방이 몇 개인지 세었다. 아마도 3층과 2층에 방이 네 개씩, 합이 여덟 개. 어쩌면 1층과 4층에도 따로 객실이 있을지 모르지만 어쨌거나 작은 숙소다. 설마하니 숙박객이 나하고 롭, 거기에 승려까지 넣어 세 명뿐일 리는 없겠지만 이렇게 계단을 내려가는 동안에도 모든 방이 고요했다.

로비까지 내려갔다. 격자문으로 비스듬히 비쳐드는 빛이 복잡한 문양으로 짠 융단에 점점이 쏟아졌다. 베니어판 같은 판자로 된 프런트데스크에는 아무도 없었다. 현관문은 철제 쌍여닫이문으로 하늘색이 감도는 녹색 페인트가 발려 있었고, 채광창에는 격자 철창살이 붙어 있었다. 문손잡이를 잡는데 롭이 쉿소리를 냈다.

"아차, 망했네. 지갑을 놓고 왔어."

나는 그의 얼굴을 쳐다보았다.

"그런 식으로 여행하는 거야?"

"설마!"

가벼운 농담이었는데 롭은 그렇게 받아들이지 않았는지 얼굴을 붉혔다.

"금방 가져올게. 밖에서 잠깐만 기다려."

행동으로 명예를 되찾으려는 것처럼 그는 단숨에 계단을 뛰어올라갔다.

어쩌면 열 살은 더 어릴지 모를 청년을 고약하게 놀려먹고 말았다. 최소한의 예의로 그의 말대로 밖에서 기다려야겠다.

좁은 골목에는 아직 햇빛이 들어오지 않았다. 하지만 고개를 들어 올려다보니 말간 하늘이 보였다. 해발 천삼백 미터가 넘는 카트만두는 하늘이 가깝다. 하지만 하늘의 빛깔로 그 높이를 실감할 수는 없었다. 도쿄나 나고야와 크게 다르지 않다. 어쩌면 내가 도쿄에서 하늘을 보지 않았던 것뿐인지도 모른다.

메마른 흙냄새를 느끼며 문을 닫고 벽돌을 쌓아 만든 도쿄 로지 벽에 기댔다.

지금 입고 있는 면바지는 여벌이 하나밖에 없다. 여차하면 적당한 바지를 사면 그만이지만 가급적 더럽히기 싫었다. 엉덩이와 벽 사이에 손을 받치자 손바닥에 전해져오는 차갑고 딱딱한 감촉이 기분 좋았다.

"헬로."

목소리는 대각선 아래쪽에서 들려왔다. 느긋하게 위를 바라보고 있던 시선을 아래로 내렸다.

얼굴이 가무잡잡한 아이가 있었다. 꼬불꼬불한 흑발이 오른쪽 귀 위쪽만 뻗쳐 있다. 쾌활한 웃음이 걸린 입매에 이목구비는 사랑스러울 정도로 반듯했지만 눈빛은 그의 아이다운 면을 크게 배신하고 있었다. 어딘가 어둡고, 열정적이다.

아이는 한 손을 뒤에 감추고 있었다. 이유는 뻔했다. 이 아이는 나에게 뭔가 팔러 온 것이다. 하지만 나는 그가 "헬로" 다음으로 한 말에 눈을 휘둥그레 떴다. 더듬거리기는 했지만 틀림없이 일본어였기 때문이다.

"안녕하세요. 일본 사람 맞죠?"

내가 대답하지 않았는데도 아이는 아랑곳없이 떠들어댔다.

"난 일본 사람, 정말 좋아해요. 좋은 게 있어요. 이거."

그가 오른손을 앞으로 내밀었다. 구체적으로 어떤 물건인지 상상하지는 않았지만, 예상대로 작은 물건을 쥐고 있었다. 아이가 내게 내민 것은 진회색 암모나이트 화석이었다.

"굉장히 귀한 거예요. 네팔 추억으로 최고. 일본인, 모두들 이걸 사요. 이백 루피. 싸요. 귀해요."

화석의 표면은 매끈했다. 흙을 깨끗이 털어낸 것이리라. 암모나이트 화석치고 큰 편은 아니었지만 주머니에 들어갈 정도로 작지도 않았다.

"일본인, 모두 기뻐해요. 모두들 사요."

그 말이면 껌뻑 죽는다고 누가 가르쳐주기라도 한 걸까? 아이는 몇 번이나 강조했다. 하지만 이곳에 며칠이나 머물게 될지 모르는데, 첫날부터 짐이 되는 토산물을 살 마음은 들지 않았다.

"난 지금 밥 먹으러 가야 돼."

일본어로 그렇게 말하자 아이는 잠깐 입을 다물었다. 하지만 바로 다시 화석을 디밀었다.

"백팔십 루피. 정말 싸요."

내가 무슨 말을 해도 귀를 기울일 생각이 없을 것이다. 그렇게 생각하면서도 어쩌면 암기한 일본어밖에 모를 가능성도 있다고 생각하기로 했다. 혹시나 싶어 영어로 똑같은 말을 해보았다.

"지금 밥 먹으러 갈 거야."

뜻밖에도 효과가 있었다.

"OK."

아이는 어깨를 으쓱 움츠리더니 화석을 소중하게 두 손으로 감쌌다. 다시 한번 씩 웃더니 등을 돌려 거리로 달려갔다. 조금 더 매달릴 줄 알았다. 아이의 뒷모습을 바라보는 내 얼굴에는 아마도 미소가 번져 있었을 것이다.

현관문이 바깥쪽으로 열리면서 롭이 나왔다. 고의적으로 돈을 깜빡한 게 아니라고 호소하듯 얇은 지갑을 들고 흔들었다.

"미안. 자, 가자."

길 저편을 바라보는 내가 이상해 보였는지 롭이 같은 방향을 보면서 물었다.

"저쪽에 뭐 있어?"

"아니. 아무것도 아니야. 배가 고프네."

"나도 그래. 괜찮아, 가까운 가게야."

우리는 나란히 걸었다. 그는 걸음이 빨랐다. 그리고 쾌활하게 이런저런 자기 이야기를 들려주었다.

로버트 폭스웰은 미국인이고 스무 살이라고 했다. 캘리포니아 주에 있는 대학교에 다니고 있다는데, 말해도 모를 줄 알았는지 대학교 이름은 알려주지 않았다. 그의 말에 따르면 우수한 학생이었지만 "내게는 흔히 있는 일인데 갑작스러운 변덕으로" 휴학하고 배낭여행으로 해외를 돌아다니기 시작했다고 한다. 터키를 시작으로 사우디아라비아, 인도, 그리고 네팔. "미국 문화에 결정적으로 부족한 게 동양에 있을 것 같아서"라고 말하는 그는 무척 유쾌해 보였다. 과연 모국의 문화적 결함을 채울 수 있었는지는 모르겠지만 본인은 크게 만족하는 눈치였다.

"언젠가 일본에도 가고 싶어. 뭣보다 안전한 나라라고 들었고."

"그래, 꼭 가봐."

"일본에서 꼭 가봐야 할 장소가 있으면 알려줘. 거길 보러 가야겠어."

"그래. 이유는 나도 모르겠지만 가장 먼저 교토 타워가 떠오르네."

"교토는 나도 알아. 타워가 있나 보군."

"응."

"재미있겠네."

그런 이야기를 나누며 걷는 사이 우리는 도쿄 로지의 뒷길을 벗어났다. 조금 넓어진 길을 걸어가다 보니 이윽고 광장에 다다랐다. 이 도시에서는 몇몇 교차점이 광장 역할을 하는데, 그곳을 촉 또는 초크라 부른다. 우리가 나간 곳도 보아하니 그런 초크 중 하나인 듯했다.

손목시계를 보았다. 네팔 시간에 맞춘 시계는 아침 8시 반을 가리키고 있었다. 하지만 초크는 이미 북적거렸다. 한쪽 구석에는 나라奈良의 탑으로 착각할 법한, 높이 칠팔 미터는 족히 되는 삼층탑이 솟아 있고, 다른 쪽 구석에는 훌륭한 제당 같은 커다란 사당이 있다. 원단 상인이 그런 건물들을 뒤덮을 기세로 온 사방에 천을 늘어놓고 있었다. 항아리를 파는 사람, 꽃을 파는 사람도 있다. 냄비나 프라이팬을 벽에 줄줄이 매달아놓은 가게도 있었다.

나는 빼곡하게 쌓여 있는 물건들과 시장의 열기에 압도되었다. 그것을 알아차렸는지 롭이 자랑스럽게 씨익 웃었다.

"굉장하지?"

"그러게."

"아직 시작에 불과해. 하지만 물건은 나중에 사고, 약속대로 아침 식사를 해야지."

우리는 초크를 빠져나가 다른 골목으로 들어갔다. 골목 입구 언저리에 콜라병이 가득 든 나무 상자가 쌓여 있었다.

롭이 말한 가게였다.

가게 처마 밑에 작은 노점상이 나와 있었다. 젊은 여자가 풍로와 냄비를 얹어놓고 도넛을 튀기고 있다. 자세히 보니 도넛보다 조금 가늘고 고리도 어중간하게 붙어 있다. 그런 음식인 듯했다. 내 시선을 알아차린 롭이 설명해주었다.

"셀 로티라는 거야."

뜨거운 기름 냄새와 뒤섞여 시나몬 향기가 풍겨 왔다.

보고 있는 동안에도 행인들이 끊임없이 도넛을 사 갔다. 건물 안에도 식당이 있는 것 같았는데 상당히 어둑했다. 테이블 여섯 개 중 두 개에 손님이 있었다. 북적거리는 노점에 비하면 조용한 편이다. 가게 앞에 서서 먹는 건가 싶었는데 롭은 주저 않고 가게 안으로 들어갔다. 한가운데 테이블 의자를 잡아당겨 살짝 걸터앉고는 등받이에 몸을 기대고 다리를 꼬았다.

롭은 수염이 덥수룩한 남자를 향해 한 손을 들고 영어로 말했다.

"옆 테이블하고 똑같은 걸로."

점원인 듯한 남자가 바로 고개를 끄덕였다. 이 나라는 영어가 잘 통한다.

옆 테이블에서는 뭘 먹고 있는지 살펴보았다. 장식 없는 밋밋한 금속 접시에 난과 비슷한 납작한 빵이 얹혀 있다. 또 다른 작은 그릇에는 채소 수프가 찰랑찰랑 담겨 있었다. 콩은 보였지만 다른 재료가 무엇인지는 잘 보이지 않았다.

남자는 빵을 한입 크기로 잘라 수프에 적셔 입으로 가져갔다. 저렇게 먹는 건가 싶어 쳐다보고 있으려니 또 다른 남자는 빵은 빵대로, 수프는 수프대로 먹고 있다. 어떻게 먹어도 상관없는 모양이다. 두 사람 다 손가락으로 먹는 데 익숙해 보였다. 넋을 놓을 정도는 아니었지만 무심결에 계속 훔쳐보는 사이 롭이 말을 걸어왔다.

"마치는 이 나라에 뭘 하러 왔어?"

그는 쾌활하게 웃고 있다.

"관광? 내가 맞혀보지. 나하고 똑같아. 당신은 일본의 대학생이야. 인생 경험을 찾아 이곳 산의 나라에 왔지. 아니야?"

그의 웃음과 말에 내 입가도 덩달아 허물어졌다. 갑자기 롭이 테이블 위로 몸을 불쑥 내밀었다.

"어, 웃었지? 웃지 않는 사람인가 보다 생각한 참이었는데."

"즐거우면 웃기도 해. 미리 말해두겠지만 내가 항상 부루퉁한 건 아니야. 내 표정이 딱딱해서 그런데, 마음 상하지 않았으면 좋겠어."

"천만에, 마음 상하기는. 동양적인 표정이라고 생각했어. 그런 당신이 웃다니, 대체 뭐가 그렇게 재미있었던 거야?"

한없이 천진한 태도를 보다 보니 어울리지 않게 장난기가 솟아 '아무것도 아니야'라고 말해주고 싶어졌다. 하지만 그건 괜한 허세겠지.

"내가 학생이라는 부분이."

"틀렸어?"

"학생도 아니고, 그만한 나이도 아니야. 나이에 대해서는 아마 크게 오해하고 있을걸. 난 스물여덟 살이야."

"스물여덟?"

"그래."

롭이 나를 뚫어져라 쳐다보았다. 웃어야 할지 놀라야 할지 망설이는 듯한 어중간한 표정이 갈피를 못 잡고 있는데 점원이 두 사람 몫의 접시를 가져왔다. 주문대로 옆 테이블과 똑같은 빵과 수프 세트였다. 눈앞에 놓인 접시에서 향신료의 향기가 풍겨왔다.

롭이 어깨를 움츠렸다.

"그 말이 진담인지 농담인지, 결론은 잠시 뒤로 미루지. 아침 식사가 나왔으니까."

"마음대로."

롭은 한 손을 들어 점원을 찾았다.

"스푼."

점원은 바로 스푼 두 개를 가져다주었다. 음식을 앞에 두니 새삼 허기가 밀려왔다. 잘 먹겠습니다, 하고 두 손을 모으자 롭이 씨익 웃었다. 동양적인 몸짓이라고 생각하는 것이리라.

녹색 수프는 탁하고 칙칙해서 겉보기는 좋지 않았다. 하지만 한입 먹어보니 익숙한 맛처럼 느껴지는 게 묘했다. 콩은 렌틸콩이었다. 당근도 조금 들어 있다. 희멀건 채소가 가장 많이 들어 있었는데, 그게 뭔지 생각이 날 듯 말 듯 가물거렸다. 분명히 일본에서도 먹었던 채소인데.

맛은 순전히 소금 맛이었는데 향신료의 풍미가 육수처럼 깔려 있었다. 소박하지만 푸근한 맛이다. 다만 조금 짜서 나는 그만 일본어로 중얼거리고 말았다.

"밥도둑이네."

"엉?"

롭이 고개를 들었다.

"마치, 지금 뭐라고 했어?"

"일본어로 굉장히 맛있다는 뜻이야."

"호오. 한 번 더 말해주겠어?"

요청에 따라 몇 번 되풀이했다. 롭은 어색하게 따라 했다. 간신히 "밥도두기네"라고 들릴 정도로 입에 배었길래 "맞아" 하고 칭찬하자 그는 그야말로 아이처럼 기뻐했다.

납작한 빵은 버터라도 발랐는지 겉은 반지르르 윤기가 감돌았지만 맛은 밍밍했다. 밀가루 맛이라는 말밖에 못 하겠다. 맛있지는 않았지만 대신 질리지도 않아 매일 먹을 수 있을 것 같았다. 절반은 그냥 먹고, 남은 절반은 수프와 함께 먹었다.

롭이 스푼으로 수프를 뜨다 말고 말했다.

"난 이 나라가 그럭저럭 마음에 들지만 마음에 들지 않는 점도 있어."

나는 시선을 들어 뒷말을 유도했다.

"예를 들면 이 수프하고 빵."

"마음에 안 드는 점이라도 있어?"

"맛은 싫지 않은데 조금 불만스러워. 왜 이런지 모르겠어. 마치, 못 느꼈어?"

내가 잠자코 있자 롭이 은근히 으스대면서 스푼을 내려놓고 빵을 눈높이로 들어올렸다.

"둘 다 식어빠졌어. 차갑지도, 뜨겁지도 않아. 빵은 어쩔 수 없지만 수프가 미지근한 이유는 뭘까?"

"미국인은 음식에 집착하지 않는 줄 알았는데."

"그건 편견이라고 말하고 싶지만 실제로 그런 사람이 많지. 하지만 나는 달라. 뜨거운 건 뜨겁게, 차가운 건 차갑게 먹고 싶어. 마치, 이 가게만 그런 게 아니야. 나는 이틀 전에 이 나라에 왔지만 아직 뜨거운 것도 차가운 것도 구경을 못 했어."

그 말을 들으며 스푼으로 수프를 떠서 하얀 채소를 입에 넣었다. 그제야 겨우 깨달았다. 이 채소는 무다. 적어도 무와 근접한 식감과 맛을 가진 무언가다. 네팔에서 무 수프를 먹게 될 줄은 몰랐다.

"대부분의 여행자들은 음식이 뜨겁든 차갑든 잘 모르고 그냥 넘어갈지도 몰라. 하지만 나는 어떤 일도 놓치고 싶지 않거든."

그렇게 말하며 롭은 씨익 웃었다.

나는 가만히 옆 테이블을 가리켰다. 우리와 마찬가지로 아침 식사를 하는 사람들을. 롭은 내가 가리키는 쪽을 보았지만 딱히 아무 생각도 들지 않는지 어리둥절한 표정이었다.

"우리는 스푼을 쓰지만, 저 사람들은 손으로 먹고 있어. 이 나라에서는 그게 일반적인 것 같아."

"그건 물론 알아. 언젠가 나도 도전해볼 생각이지만 지금은 아직 결심이 안 서."

그게 무슨 상관이냐는 듯이 롭이 고개를 갸웃거렸다.

나는 약간 망설이다가 그릇에 조금 남은 수프 건더기를 손가락으로 집어 씹어 먹었다. 한번 무와 비슷하다고 생각하니 이 채소는 이제 무라는 생각밖에 들지 않았다.

"만약 뜨거운 수프를 내놓으면 손님이 손가락을 데겠지. 뭘 먹어도 미지근하게 느껴진다면 분명 그게 이유일 거야."

롭의 표정이 딱딱하게 굳었다.

여행지에서 스쳐지나가는 인간관계에서 그의 자그마한 발견은 '그러네' 하고 흘려들어도 될 문제였는지도 모른다. 하지만 그가 이 가게에 데려와준 덕분에 아침 식사를 먹을 수 있었다. 내가 그의 견해에 다른 해석을 제시한 것은 그 보답인 셈이었다.

하지만 그는 그렇게 받아들이지 않았는지도 모른다.


계산할 때 실랑이가 있었다.

밥값은 정말 저렴했는데, 따로 계산하겠다는 우리의 말을 점원이 들어주지 않았다. 들어주지 않았다기보다 어째서 그래야 하는지 이해하지 못하는 눈치였다. 가게 앞 노점이야 어쨌든 식당은 여전히 썰렁했기 때문에 바빠서 그러는 것도 아니다. 단순히, 각자 계산하는 방법이 이 나라에서는 일반적이지 않은 것이리라.

대단한 금액은 아니었지만 상대가 학생이니 아침 밥값 정
도는 내주고 싶어졌다. 반면 롭은 가엾게도 지갑을 깜빡하고
나왔을 때 들은 농담이 마음에 걸렸는지 자기가 내겠다고 고
집을 부렸다. 오래 옥신각신할 만한 문제도 아니었기 때문에
우선 롭에게 내라고 하고 가게에서 나와서 동전을 건넸다. 그
도 거부하지 않았다.

해가 뜨자 초크는 한층 북적거리기 시작했다. 옹기와 화려
한 천들이 말 그대로 산더미처럼 쌓여 있고, 재미 삼아 구경
온 것인지 정말 장을 보러 온 건지, 수염을 기른 남자와 사리
를 입은 여자들로 콩나물시루처럼 북적거렸다. 자전거가 끄는
이륜차가 인파를 가르며 다가왔다. 장사치들의 호객 소리가
오가는 가운데 어디선가 고즈넉한 현악기 소리가 들려왔다.

좀 전에 처음 지나온 길이었지만 의식해서 외웠기 때문에
길을 잃어버릴 염려는 없다. 도쿄 로지가 있는 조첸 골목으로
걸음을 돌리는데 롭이 말을 걸었다.

"난 여길 조금 더 보다 갈게."

가게에서 있었던 일을 쑥스러워하는 투라 뭐라도 한마디
더 붙이려다가 고개만 끄덕거리고 떠나보냈다. 나도 노점을
조금 둘러보고 싶었지만 애초에 오래 나와 있을 생각이 아니

었기 때문에 간소한 옷차림이 마음에 걸렸다. 자외선이나 흙먼지를 막기 위해서도 긴팔을 입고 싶었다. 아직 짐도 풀지 못했으니 일단 돌아가기로 했다.

초크에서 본 골목길은 어디나 그런대로 북적거렸는데, 도쿄 로지가 가까워질수록 거짓말처럼 인적이 줄어들었다. 검은 모자를 눌러쓴 남자, 사당 앞에 무릎을 꿇고 기도를 올리는 노파, 그런 모습들도 점점 듬성해졌다. 문득 정신을 차리고 보니 아직도 현악기 선율이 들려오고 있었다. 마치 초크에서 악사가 뒤를 따라온 듯한 착각이 들었지만, 귀를 기울이니 소리는 어느 건물에서 흘러나오고 있었다.

숙소가 보였다. 그곳 쌍여닫이문 앞에서 한 소년이 벽에 기대어 뭔가를 먹고 있었다. 가까이 다가가보니 튀김빵 같은 걸 먹고 있었다. 오늘 아침 내게 암모나이트를 팔러 왔던 아이다.

돌아올 때까지 기다렸던 걸까? 나를 알아본 소년이 먹던 빵을 주머니에 욱여넣고 유유히 다가오더니 아까와 마찬가지로 일본어로 말을 걸었다.

"안녕하세요, 일본 사람. 식사는 했어요?"

"응."

"맛있었어?"

소년 일본어는 일상 회화를 조합한 것이겠지만, 소년에게 질문을 받은 것은 뜻밖이었다. 나는 고개를 끄덕이며 천천히 대답했다.

"맛있었어."

"다행이야."

소년이 씨익 웃었다. 앙증맞은 치아가 입술 사이로 보였다. 약간 의외일 정도로 치아는 하얗고 가지런했다.

소년은 튀김빵을 욱여넣은 주머니의 반대편에 손을 넣더니 아까 보았던 암모나이트를 다시 꺼냈다.

"마음을 바꿨어. 백오십 루피. 나, 밑지는 장사. 그래도 당신 기뻐해. 일본인, 모두 기뻐해. 네팔은 산속. 그런데 조개 화석이 나와, 신기하지요. 일본에서 인기."

설득하는 표현이 늘었다. 왠지 기특했다. 아까 식사하러 간다고 말하자마자 장사를 그만둔 시원스러운 성격에도 호감이 갔다. 나는 몸을 숙이고 일본어로 물었다.

"아까도 있었는데, 여기가 네 구역이니?"

소년은 고개를 갸웃거렸다. 영어로 다시 말하려 했지만 이번에는 '구역'에 맞는 영어 단어가 떠오르지 않는 바람에 두루뭉술하게 묻고 말았다.

"여기가 너의 장소니?"

소년도 영어로 대답했지만 내 질문이 처음 의도에서 벗어났듯이 그의 대답도 조금 어긋나 있었다.

"나? 응, 카트만두에서 태어났어."

"그렇구나."

소년이 말하는 '카트만두'는 '카트만루'처럼 들렸다.

"암모나이트. 백오십 루피."

나는 고개를 가로저었다.

"암모나이트는 필요 없어."

"괜찮아. 일본인 다들 정말 좋아해. 유명해."

누구한테 배웠는지는 모르겠지만 "일본인이라면 이걸 좋아해"라는 말을 되풀이했다. 조금 짜증도 나고, 그 이상으로 애처로운 생각도 들어 괜한 소리를 하고 말았다.

"나는 그 화석은 필요 없어. 나한테 어울리는 물건은 없니?"

"어울리는……."

말뜻은 이해한 것 같았다. 내 이야기를 무시하는 것도 아니다. 하지만 소년은 거듭 암모나이트를 내밀다가 문득 손을 거두었다.

"어울리는 물건, 몰라. 난 당신을 몰라."

"아아, 그렇겠구나."

처음 보는 바텐더에게 자기 이미지로 칵테일을 만들어달라고 부탁하는 손님처럼 뻔뻔한 소리를 하고 말았다. 살 마음도

36                                                    왕과 서커스

없는데 시간을 빼앗는 것도 이 아이에게 미안한 일이다. 그런 생각으로 등을 돌리려는데 소년이 말했다.

"이름을 가르쳐줘."

"이름?"

"당신에게 어울리는 물건을 찾아올게."

아마 이 아이는 이 주변을 거점 삼아 활동하거나, 그렇지 않으면 집이 가까울 것이다. 앞으로 자주 마주치게 될 텐데 뻔한 말 몇 마디로 화석을 팔려고 한다면 살 마음이 없지만 뭔가 찾아주겠다니 괜히 기대감이 부풀었다.

나는 가슴에 손을 얹었다.

"다치아라이."

아이가 고개를 갸웃거렸다.

"다……?"

"다치아라이."

"다치아라이."

"그래."

소년은 또 앙증맞은 이를 드러내고 웃었다.

"다치아라이. 알았어."

그도 가슴에 손을 얹었다.

"사가르."

"네 이름이니?"

"맞아. 사가르, 다치아라이에게 어울리는 물건을 찾아올게."

한마디를 남기고 사가르는 냉큼 뛰어갔다. 뒷모습을 바라보며 잠을 잘못 자서 아직 뻐근한 목을 한 바퀴 돌리고 도쿄로지의 문을 열었다.

갑자기 의아한 생각이 들었다.

사가르는 내가 일본인이라는 걸 어떻게 알았을까?


방으로 돌아가 문을 잠그고 보스턴백을 열었다.

변변한 채비도 하지 못하고 뛰어들다시피 이 도시에 오고말았다. 그래도 다갈색 가방에는 물건이 효율적으로 담겨 있었다. 지난 몇 년 동안 짐 꾸리는 기술이 제법 늘었다.

갈아입을 옷은 얼마 안 된다. 지금 입고 있는 옷 외에 가지고 온 것은 셔츠와 바지, 카디건 한 벌씩이 전부다. 필요하면 마을에서 살 수 있기 때문이다. 속옷은 넉넉히 가져왔다. 아무래도 살에 직접 닿는 의류는 일본에서 가져오는 게 피부가 덧날 염려도 없고 편안하다.

진통제나 소독약 같은 비상약도 몇 종류 가져왔다. 현금은 어제 공항에서 환전했다. 이 지역 가이드북도 일본에서 대충 훑어보고 외우기는 했지만 일단 가져왔다. 가이드북에 붙어 있던 시가지 지도는 잘라서 보디백에 넣었다. 그 밖에는 볼펜 몇 자루와 형광펜 한 자루, 그리고 노트. 이런 물건들은 굳이 일본에서 가져오지 않아도 카트만두 어디서나 구할 수 있겠지만, 그래도 일할 때 쓰는 물품은 가급적 손에 익은 제품이 좋다.

디지털카메라와 음성 녹음기, 쌍안경, 수첩과 편지지, 건전지와 나침판. 챙겨 온 작업 도구들을 확인했다. 변압기와 플러그 어댑터를 가방에서 꺼내고서 정리하던 손길을 잠시 멈추었다. 디지털카메라를 손에 들고 어루만졌다. 과연 이 거리에서 나는 무엇을 찍을까?

짐을 풀어 눈에 띄는 위치에 정리하고, 옷장에 옷가지를 걸었다. 현금을 보디백에 넣고 소지할 약과 방에 둘 약을 나누었다. 그런 다음 다시 채비를 갖추고 보니 어느새 한 시간 가까이 흘렀다.

사실 다음 계획은 거의 없다시피 했다. 아까 지나온 바자르에 다시 가볼까 하고 천장을 올려다보고 있는데 커다란 소리가 들렸다. 남자의 고함소리였다. 로지 안에서 들려왔다. 조금 망설이다가 상황을 살피러 가기로 했다. 혹시 몰라 귀중품을 넣은 보디백도 둘러멨다.

문을 열고 좌우를 살폈다. 어두침침한 복도에는 아무도 없었다. 롭은 아직 바자르에서 돌아오지 않은 모양이다. 방안에 서는 알아들을 수 없었지만 고함소리가 어느 나라 말인지도 조금씩 귀에 들어왔다. 적어도 일본어나 영어는 아니다. 중국 어도 아니다. 아마 네팔어일 것이다. 사납게 외쳐대고는 있지 만 매끄럽고 다소 높은 목소리다.

이윽고 목소리의 주인이 혼자라는 사실도 알게 되었다. 싸 움은 아닌 듯했다. 나는 계단에 다리를 내려놓고 조용히 체중 을 실었다.

세 단, 네 단, 계단을 내려가는 사이 로비 구석에서 체념한 듯 어깨를 으쓱 움츠리는 남자가 보였다. 역시 혼자다. 상대 방의 목소리가 작아서 2층까지 들리지 않은 건지도 모른다고 생각했지만 그렇지 않았다. 그는 전화에 대고 고함을 질러대 고 있었다.

얼굴이 보였다.

햇볕에 가무잡잡하게 그은 얼굴은 남아시아 사람답게 이목 구비가 뚜렷했다. 분노로 입술을 일그러뜨리고 눈썹을 찌푸 리고 있지만 그래도 충분히 미남이라고 할 만한 생김새였다. 하얀 셔츠에 검은 바지 차림, 짧은 곱슬머리. 갸름한 얼굴에 는 수염도 없었다. 마을 변두리의 싸구려 숙소 도쿄 로지와는 어울리지 않는 청결한 인상의 남자였다.

왕과 서커스

전화는 로지의 설비인 듯했다. 그런 비품이 있는 줄도 몰랐다. 분명 내 방에도 전화가 있었는데, 이렇게 로비 전화로 통화하는 사람이 있는 것을 보니 방에서는 외선 전화를 쓸 수 없는지도 모른다.

하릴없이 그런 생각을 하고 있는데 어떻게 알아차렸는지 남자가 고개를 홱 돌렸다. 눈이 정면으로 마주쳤다. 가무잡잡한 남자는 내가 그를 살피고 있었다는 것을 당연히 눈치챘을 것이다.

그는 전화에 대고 한마디하더니 나를 돌아보며 웃었다. 대단하다 싶을 정도로 그때까지 분노에 물들었던 표정을 싹 지운, 상큼한 미소였다.

"여, 미안합니다."

그가 영어로 말했다.

"전화를 쓰려고 그러십니까? 업무 통화라 아직 조금 더 써야 하는데."

"아니요."

"이렇게 길어질 줄 알았으면 비싸도 휴대전화를 썼을 텐데. 급한 용무라면 인드라 초크로 가는 길목에 전화 가게가 있었으니 거기를 이용하세요."

"친절한 정보 감사합니다. 신경쓰지 마세요."

그는 한 번 더 씨익 웃고 통화로 돌아갔다. 곧바로 수화기에 호통을 퍼부어댔지만 아까보다는 조금 누그러진 말투였다.

말이 나왔으니 말인데 전화는 중요하다. 낯선 숙소에 묵을 때 미리 비상구를 확인하듯 통신수단은 확보해두어야 한다. 로지의 전화로 국제전화도 가능한 것 같았지만 혹시 모르니 다른 방법도 준비해두어야 한다.

그렇게 생각하니 방으로 돌아갈 필요가 없었다. 등을 돌리고 있는 남자의 뒤쪽으로 빠져나갔다.

인드라 초크는 이 도시에서도 특히나 유명한 지역이다. 숙소 방에 있는 약도는 물론 보디백에 들어 있는 지도에도 유독 눈에 띄는 굵은 글자로 적혀 있다. 다소 길을 헤매더라도 찾아가지 못할 우려는 없다.

카트만두의 유월은 우기에 해당한다. 하지만 오늘은 날이 맑아 해가 중천으로 다가갈수록 공기가 건조해졌다. 어느새 골목길에 흙먼지가 날리고 있었다. 가까운 곳은 괜찮았지만 길 저편은 누런빛으로 탁했다. 흙 내음이 난다고 하면 듣기에는 좋지만 이 흙먼지는 위험하다. 이런 상태가 매일 이어지면 누구든 기관지가 상할 것이다. 까끌까끌한 흙먼지가 입안까지 들어온 것 같아 입을 헹구고 싶어졌다.

지도를 보니 도쿄 로지가 있는 조첸 지구와 인드라 초크

사이는 일 킬로미터도 되지 않았다. 카트만두는 칠십만에 육박하는 인구의 대부분이 반경 오 킬로미터 안에 사는 작은 도시다. 전화 가게를 찾아 돌아다니고는 있지만 사실 어떤 가게인지는 잘 몰랐다. 그래도 설마 공중전화는 아닐 것이다.

골목길 양쪽에 늘어선 집들 사이로 상점이 조금씩 보이더니 미처 경계를 깨닫기도 전에 주위가 바자르로 바뀌어 있었다. 건물 1층을 시원하게 개방해 융단과 옷, 모자, 양동이에 세제, 대야, 차, 향신료, 꽃 등등 온갖 물건들을 그득히 쌓아놓고 팔고 있다. 민족의상을 입은 여자가 많은 가운데 남자는 폴로셔츠에 청바지 차림이 흔했다. 물건을 사고파는 목소리가 줄기차게 오가고, 어디선가 종 치는 소리까지 들려왔다.

그런 가운데 거리에 세워져 있는 "STD"라고 적힌 간판을 발견했다. 어느 가게나 상점 앞에 상품이 쌓여 있는데 그 간판 주변에는 물건이 하나도 없었다. 폭이 좁은 가게 안을 들여다보니 햇볕에 새카맣게 그은 젊은 남자가 입이 찢어져라 하품을 하고 있고, 그 옆에 하얀 전화기가 두 대 놓여 있었다. 여기가 전화 가게인가?

"실례합니다."

영어로 말을 걸자 남자는 거듭 하품을 쩍쩍 해대며 영업용 미소를 지었다.

"안녕하세요. 전화 쓰시려고요?"

"예. 여기가 전화 가게인가요?"

"그렇답니다. 이 부근에서는 제일 저렴하지요."

전화기는 버튼식으로 영어 설명이 붙어 있었다. 동전 투입구는 보이지 않았다. 가정집에 있는 일반적인 전화기다.

이용 방법을 몰라 주저하는 것을 눈치챘는지 점원이 싹싹하게 설명해주었다.

"걸고 싶은 번호를 알려주세요. 제가 걸어드리지요."

"전화기 사용법은 아는데, 요금은 어떻게 내야 하나요?"

남자는 주머니에 손을 넣었다. 그가 당당하게 내 앞에 내민 것은 스톱워치였다.

"오 분에 오 루피."

환율표에는 일 네팔 루피가 약 일 엔. 오 분에 오 엔이라니 너무 싸다.

"그건 네팔 국내 요금이잖아요."

"그렇습니다. 해외로 걸고 싶습니까?"

"네."

점원은 웃음을 거두지 않고 말했다.

"우리는 국내 전화하고 인터넷밖에 안 해요. 국제전화를 쓸 수 있는 가게는 간판에 ISTD라고 적혀 있습니다."

"인터넷?"

카트만두에 인터넷이 보급되어 있다고 해도 이상할 건 없지만, 설마 길거리에서 회선을 빌릴 수 있을 줄은 몰랐다. 점원이 으스댔다.

"그렇습니다. 우리 회선은 안정적이지요. 뉴로드의 가게에도 뒤지지 않아요. 쓰시겠습니까?"

"아뇨……. 조금 놀랐을 뿐이에요."

점원은 시종일관 싹싹한 웃음을 거두지 않았다.

"그렇겠지요. 여행객들은 다들 그렇게 말하니까요. 그러지 말고 어때요. 온 김에 전화 한번 걸고 가시죠?"

이런 게 네팔 농담인가? 나는 웃으며 거절했다.

가게에서 나와 인파 속에 멍하니 서 있었다.

나는 카트만두까지 오고 말았다. 도시의 정서를 만끽하면서 느긋하게 도쿄 로지로 돌아갔다.

사가르가 붉은 벽돌 벽에 기대어 나를 기다리고 있었다.

눈이 마주치자 사가르는 천천히 벽에서 등을 뗐다.

오늘 아침 암모나이트를 팔러 왔을 때, 사가르는 천진한 아이 같았다. 두 번째로 만났을 때는 장사꾼 같은 얼굴을 보였다.

세 번째, 사가르의 단정한 얼굴에는 여유마저 느껴지는 넉살이 있었다. 눈빛이 달랐다. 사람이 바뀌었다고 생각하지는 않았다. 오늘 아침 그는 여행객의 호감을 사기 위해 가난하고 무구한 현지 아이를 연기했던 것이리라. 지금은 그럴 필요를 느끼지 못하는 것 같았다.

　사가르는 오른손을 등뒤에 감추고 있었다. 저 아이는 몇 살이나 되었을까? 키로만 따지면 열 살쯤 되어 보이지만 조금 더 많을지도 모른다. 적어도 나는 지금 사가르의 눈매를 무구하거나 앳되다고 생각하지 않았다.

　"다치아라이에게 어울리는 물건."

　사가르는 그렇게 말하며 오른손을 앞으로 내밀었다.

　손에 쥐고 있던 물건은 칼집에 든 나이프였다.

　세이버처럼 휘어 있다. 칼날은 십이삼 센티미터, 손잡이를 포함한 전체 길이는 삼십 센티미터가 조금 못 되었다. 날이 널찍해서 낫처럼 보이기도 했다.

　"쿠크리네."

　주로 네팔에 사는 구르카족이 사용하는 단검이다.

　"맞아."

　사가르는 쿠크리를 왼손에 고쳐 쥐고 칼집을 뺐다. 금속의 광채가 드러났다. 끝은 매섭도록 날카로웠고, 검게 빛나는 손잡이와 칼집에는 화려한 무늬를 새긴 상감 금세공이 붙어 있었다. 만져보지 않고서는 재료를 짐작도 할 수 없었다. 플라스틱 장난감일지도 모른다.

손을 뻗자 사가르는 날름 칼집에 도로 넣더니 내게 주지도 않고 말했다.

"사백 루피."

"세게 나오네."

"어울리는 물건이니까."

표정뿐만 아니라 영어 발음도 달라졌다. 훨씬 유창하게 말할 수 있으면서 일부러 더듬거렸던 것이다. 그 역시 토산품을 팔기 위한 작전의 일부였으리라.

"어째서 이게 나한테 어울리는데?"

사가르는 입술 끝을 씨익 올렸다.

"다치아라이. 다치太刀는 일본에서 칼을 뜻하잖아? 그러니까 칼이 어울려. 장담하는데, 좋은 물건을 찾아왔어. 세공이 엉망인 가게도 있다고."

사가르는 쿠크리와 나 사이의 유일한 고리를 정확히 짚어냈다. 놀라움과 역시나 하는 마음이 반반씩 솟아났다.

"게다가 이 나라에서 쿠크리는 부적이야. 악마를 쫓아주거든."

"그래?"

"홀랑 속지 마, 거짓말이야. 하지만 여행의 추억거리로는 나쁘지 않잖아? 당신을 위해 찾아왔어. 삼백팔십 루피."

나는 한숨을 쉬었다. 확실히 말은 된다.

"내가 졌어, 사가르."

보디백에서 지갑을 꺼냈다.

가격 흥정은 내게 불리했다. 나는 이 쿠크리를 살 생각이었고, 사가르도 그것을 잘 알고 있었기 때문이다. 쿠크리 값은 기껏해야 이백 루피 정도일 텐데, 나는 결국 삼백오십 루피로 사가르의 노력에 보답했다.

"고마워."

한마디를 남기고 떠나가는 사가르를 지켜보다가 로지로 들어갔다. 하얀 셔츠를 입은 남자도 전화를 다 썼는지 로비에는 아무도 없었다. 손에 쥔 쿠크리를 보았다. 손잡이는 플라스틱일지도 모른다고 의심했는데, 뭔지는 몰라도 동물의 뿔이었다. 금세공도 그림을 발라놓은 게 아니라 무늬를 꼼꼼히 새겨 넣은 것이었다.

202호로 가서 문손잡이를 붙잡았다가 문득 어떤 생각에 손을 떼고 계단을 올라갔다. 로지는 조용했다. 방 청소를 해줄 텐데, 아직 시간이 조금 이른 모양이다. 아니면 소란스러운 밖에 익숙해져서 작은 소리가 잘 들리지 않는 건지도 모른다.

3층, 그리고 4층으로. 하늘색 페인트를 바른 식당에 오늘 아침과 똑같은 구도가 펼쳐졌다.

가사를 입은 승려 행색의 남자가 머그컵을 손에 들고 있다. 식당 입구에 선 나를 흘깃 보더니 아무 말도 없이 시선을 머그컵으로 되돌리는 것까지 오늘 아침과 똑같았다.

나는 그에게 일본어로 말을 걸었다.

"안녕하세요."

남자가 천천히 고개를 돌렸다. 굵은 눈썹 아래, 맑고 검은 눈동자가 나를 쳐다보았다.

표정이 순식간에 온화하게 바뀌었다.

"예, 안녕하세요."

억양에 간사이 사투리가 다소 묻어났다.

사가르에게 '다치'의 뜻을 가르쳐준 사람은 분명 이 사람이다.

# 3

## 렌즈 캡

잠자코 앉아 있을 때면 그는 사람들의 접근을 쉬이 허락하지 않았다. 하지만 한번 입을 열자 금세 살가운 아저씨로 변했다. 그 변모는 놀라울 정도였다. 그는 온화하게 웃으며 의자에 앉은 채로 몸을 돌렸다.

"당신이 다치아라이 씨로군요."

"네. 밖에 있는 소년에게 일본어를 가르쳐준 게 당신이죠?"

"그렇습니다."

그는 느긋하게 고개를 끄덕였다.

"야쓰다라고 합니다. 짐작하신 대로 일본인이고요. 잘 부탁합니다."

깊숙이 고개를 숙인다. 나도 답인사를 했다.

"다치아라이예요. 별난 경위로 이름만 먼저 전달된 모양이지만."

"예. 혹시 그 아이 이름은 압니까?"

"사가르라고 하던데요."

"허어."

그는 눈을 크게 뜨고 유쾌하다는 듯 뺨을 누그러뜨렸다.

"경계심이 강한 아이인데 이름을 가르쳐주던가요?"

"제가 이름을 말했으니 그런 거겠지요."

"그뿐이라면 가명을 쓰고도 남을 아이입니다. 당신이 마음에 든 모양이네요."

푸근한 목소리였다. 야쓰다는 아들 이야기라도 하듯이 사가르에 대해 말했다. 두 사람의 관계는 모르겠지만 적어도 야쓰다가 이 숙소에 오래 머물고 있다는 것은 짐작할 수 있었다.

야쓰다는 녹슨 파이프 의자에 깊숙이 앉아 허벅지에 손바닥을 얹고 있었다. 열 손가락이 다 굵직굵직하니 보기에도 단단해 보였다. 생김새로 연령을 헤아리기는 어려웠지만 지난 세월이 손에 드러나 있었다.

"일본인이 까다로운 주문을 했다며 제게 의논하더군요. 오늘 처음 만났는데 자기에게 어울리는 물건을 가져오라고 했다면서요."

"심술을 부리고 말았어요. 일본인이라면 다들 기뻐한다고 자꾸만 그러기에 그만."

"싸잡아서 끈질기게 그러면 화가 날 만도 하지요. 사가르도 공부가 되었을 겁니다. 그래, 그 아이는 뭘 가져다주던가요?"

손에 든 쿠크리를 야쓰다에게 건넸다. 그는 그것을 손에 들더니 눈을 가늘게 떴다.

"오호라. 역시 똑똑한 아이군요."

"쿠크리는 당신이 권한 줄 알았는데요."

야쓰다가 두꺼운 손가락으로 금장식이 달린 칼집을 어루만지더니 뒤집어서 손잡이의 세공을 하염없이 바라보다가 대답했다.

"아니요, 저는 아닙니다. 저는 '다치아라이'가 칼을 씻는다는 뜻이라는 것만 가르쳐줬습니다. '다치'가 칼, '아라이'가 씻는다는 뜻이라고요. 쿠크리를 고른 건 그 아이의 공이죠. 게다가 세공도 제법 훌륭하지 않습니까?"

"예."

"관광객에게나 파는 토산품은 아닌 것 같으니 소중히 여겨요."

야쓰다가 내민 쿠크리를 받아들고 고개를 끄덕였다. 그는 내 손을 바라보며 말했다.

"당신이 사가르가 파는 물건을 사줘서 다행입니다. 그 아이는 몇 날 며칠 공을 쳐도 제게는 아무것도 팔려고 하지 않거든요."

"어째서죠?"

"아니, 뭐……."

야쓰다가 짧게 자른 머리를 쓰다듬으며 민망한 듯 웃었다.

"이래 봬도 승려 나부랭이라서요. 승려에게 물건을 파는 게 잘못은 아니지만, 사가르는 그러기는커녕 제게 오히려 시주까지 하려고 듭니다."

네팔은 힌두교의 나라지만 석가모니가 태어난 땅이기도 하다. 이 나라에서 불교는 힌두교와 융화해 많이 흡수되었지만 여전히 사람들의 존경을 모으고 있다.

야쓰다가 말했다.

"물론 받지는 않습니다."

"안 받으시나요?"

그렇게 묻자 그는 입가에 미소를 담은 채로 느릿느릿 몸을 흔들어 자세를 가다듬었다. 목소리에 묻어나는 녹이 지난 세월을 떠올리게 했다.

"사실은 받아야지요. 시주를 골라가며 받아서는 안 될 일입니다. 부유한 자라고 많이 받지 않는 것처럼, 가난한 자라고 거절해서는 안 되지요. 하지만 저는 파계승이거든요. 제가 싫으면 받지 않습니다. 사가르도 억지로 받아 가라고 하지 않고요."

새삼 야쓰다를 보았다. 카트만두의 싸구려 숙소에서 자신을 파계승이라고 말하는 그에게 조금 흥미가 생겼다.

"실례지만 야쓰다 씨는 스님이라고 봐도 될까요?"

"일단은 그런 셈입니다."

"그런데 어째서 이 도시에 계시지요?"

그는 내 질문에는 대답하지 않고 천천히 소매를 걷었다. 큼직한 숫자판이 붙은 손목시계를 차고 있었다. 나도 덩달아 내 시계를 보니 12시 반이 가까웠다. 아직 시차에 익숙하지 않았지만 점심을 먹기에는 알맞은 시간이다. 사물에 집착하지 않고 세속에서 벗어난 표정을 짓고 있지만 아무래도 호락호락한 남자는 아닌 듯했다.

"마침 끼니때도 됐으니 식사라도 함께 하실래요?"

그렇게 말하자 그는 승려답게 온화하게 웃더니 커다란 손바닥을 가슴 앞에 가지런히 모았다.

"이거 고맙습니다. 기꺼이 신세를 지겠습니다. 걱정 마세요. 이 동네에서는 오래 지냈으니, 좋은 가게를 소개해드리지요."

그 말은 허풍이 아니었는지 야쓰다는 익숙한 기색으로 골목을 빠져나갔다. 나는 그저 야쓰다의 노란 가사만 보며 따라갔다.

도쿄 로지가 있는 고즈넉하고 허름한 골목길을 빠져나가자 자동차가 다니는 널찍한 길이 나왔다.

"이 길은 다르마 길입니다."

야쓰다가 가르쳐주었다. 믿기지 않았지만 설마 속였을 리도 없다. 십 분쯤 걸어가자 아까 롭과 지나갔던 인드라 초크가 나왔다.

"여기로 이어지는군요. 오늘 아침에는 다른 길로 왔는데."

오후가 되자 아침과는 또 다른 활기가 넘치는 인드라 초크를 둘러보며 그렇게 중얼거렸다. 야쓰다는 의아하다는 듯이 고개를 갸웃거렸다.

"다른 길로요? 그렇다면 멀리 돌아왔을 텐데요. 이 길로 오면 금방입니다."

인드라 초크를 지나 양초 가게와 옷가게가 늘어선 길을 걸었다. 금박이 발린 사당이 길을 막고 있는 광경이나, 사 층짜리 가정집에서 널찍하게 뻗어 나온 차양을 신기하게 바라보며 십 분쯤 걷자 어느새 거리의 풍경이 바뀌었다.

카트만두에 온 뒤로 거리에서 본 색이라곤 목재의 갈색과 벽돌의 붉은색이 전부였다. 바자르에서는 색색의 융단과 원단, 과일과 채소, 스웨터와 티셔츠가 눈을 즐겁게 해주었지만 건물 색은 적갈색에서 크게 벗어나지 않는다. 하지만 야쓰다를 따라 찾아간 장소는 색채의 홍수였다.

하얀 벽, 노란 간판, 붉은 글자. HOTEL, BAR, CAFE, BOOK······. 커다란 손으로 쓸어 모은 것처럼 여행자들을 위한 가게가 한데 모여 있다. 기념품 가게 앞에는 펠트로 만든 파우치와 금색 독고저獨鈷杵, 작은 마니차▪가 잔뜩 진열되어 있었다. 귀가 따갑게 흘러나오는 노랫소리는 로큰롤로 "GO WEST"를 외쳐대고, 냅색을 둘러멘 행인들은 선글라스와 챙이 넓은 모자로 자외선으로부터 몸을 보호하고 있었다. 불상이며 목걸이를 손에 든 사람들이 여행자들에게 다가가 시끄럽게 외쳐대며 물건을 팔고 있다. 길가에는 돗자리를 깔고 오이나 무를 파는 사람도 있다. 네팔인인 듯한 가무잡잡하게 그은 사람들도 초록색 티셔츠나 하늘색 청바지를 입고 거리를 거닐고 있었다. 힌두교의 분위기가 농후하게 감도는 인드라

---

▪ **마니차** _ 摩尼車. 주로 티베트 불교에서 사용하는 불교 도구로, 원통형으로 되어 있으며 측면에는 만트라가 새겨져 있고 내부에 경문이 들어 있다.

초크의 풍경과는 사뭇 달랐지만 이 또한 다른 곳에는 없는 이국적인 정서다.

"근처에 이런 곳이 있었군요."

야쓰다가 어깨 너머로 뒤를 돌아보며 고개를 끄덕였다.

"타멜 지구입니다. 예전에는 조첸 지구에 여행자들이 많이 모였지만 지금은 이곳이 완전히 중심이 되었지요. 여기 오면 여행지에서 필요한 것은 대부분 구할 수 있습니다. 기억해두면 편할 거예요."

보아하니 약국과 슈퍼마켓도 있었다. 확실히 도움이 될 것 같았다.

야쓰다는 걸음을 늦추더니 익숙하지 않으면 그냥 지나쳤을 만한 좁은 길로 들어갔다. 뒤를 따라가자 머리 위에 걸려 있는 수많은 간판 속에서 익숙한 글자가 눈에 띄었다. 검은색으로 "튀김 TEMPURA"라고 적혀 있다. 그 밑으로 시선을 내리자 교토 거리에 있을 법한 섬세한 격자문이 있었다. 야쓰다가 그 문을 잡았다.

"여기입니다."

미닫이문이 드르륵 열리는 소리도 일본에서 가져온 것만 같았다. 문 옆에 요시다라는 가게 이름이 적혀 있었다. 가게 안으로 들어가자 "어서 오세요" 하는 목소리가 맞이해주었다. 쉰 안팎으로 보이는 마른 남자가 카운터 안쪽 조리실에 서 있었다. 격식에 맞춰 남색 요리사 옷을 입고 있었다. 머리카락은 제법 희끗희끗했다. 야쓰다는 이 가게의 단골인지 "반갑습니다" 하고 가볍게 손을 들었다.

가게 안은 환하고 크림색 바닥은 청결했다. 천장에 붙은 스피커에서는 일본 가요가 흘러나오고 있었다. 좌석 수를 눈으로 헤아렸다. 대충 열다섯 명쯤 들어갈까? 두 팀 있는 손님은 양쪽 다 여행자 같았다. 백인 두 사람과, 백인과 흑인이 한 사람씩 앉아 있었다.

권하는 대로 테이블에 앉았다.

"놀랐습니까?"

"예, 아무래도."

"제법 맛있는 가게랍니다."

내가 신기하다는 듯이 둘러보는 게 이상했는지, 야쓰다가 웃음을 머금고 물었다.

"카트만두에 튀김 가게가 있는 게 그렇게 뜻밖입니까?"

"아니요……. 이상하지는 않지만요. 그러네요, 조금 놀랐어요. 네팔 요릿집에 가는 줄로만 알았거든요."

네팔인으로 보이는 점원이 찻주전자와 찻잔을 가지고 왔다. 야쓰다는 이야기를 끊고 차를 따라주었다. 향을 맡아보니 평범한 호지차였다. 일본 제품일지도 모른다.

찻잔을 손으로 감쌌다. 뜨겁지도 않고 차갑지도 않았다. 야쓰다는 내가 수질을 염려하는 줄 알았는지 먼저 차에 입을 댔다.

"괜찮아요, 이곳은 믿을 수 있습니다. 충분히 끓인 물을 쓰거든요."

그를 따라 하는 건 아니지만 나도 차를 마셨다.

"앞으로 얼마든지 먹을 수 있어요."

야쓰다가 불쑥 그렇게 말했다.

"예?"

팔에 휘감긴 가사를 걷어붙이며 야쓰다가 말했다.

"네팔 음식 말입니다. 한동안 이곳에 계실 테니 앞으로 얼마든지 먹을 기회가 있겠지요. 그러다 질려서 일본의 맛이 그리워질지도 모릅니다. 저는 선수를 친 거지요."

나는 가만히 야쓰다를 바라보았다.

"어째서 제가 한동안 이곳에 머물 거라 생각하시죠?"

"뭐, 그 정도는 알 수 있어요."

야쓰다는 몸을 들썩이며 웃었다.

"아침 식사는 미국인과 하고, 사가르를 상대해주고, 낮에는 이렇게 저하고 대화하고 있잖습니까. 관광하러 와서 하루

이틀 묵는 여행자라면 시간을 이렇게 쓰지는 않지요. 몇 번이
나 온 단골 여행자라면 다르겠지만, 당신은 이 나라의 식사
시간을 몰랐고요."

무심결에 손목시계를 보았다. 이제 곧 1시다. 그러고 보니
아침에 간 식당에는 손님이 별로 없었고, 롭도 이 나라에서는
아침 식사가 나오지 않는다고 했다.

"네팔 사람들은 하루 두 끼를 먹습니다. 아침 10시와 저녁
7시 정도에 먹는 게 일반적이지요. 최근에는 출근 시간이 이
른 해외 기업도 진출해서 아침을 먹는 사람도 늘고 있는 모양
입니다만."

"몰랐어요. 이른 시간에 식사를 권해서 불편하셨나요?"

"천만에요. 저는 일본식으로 아침, 점심, 저녁, 세 끼를 먹
습니다. 그래서 이 가게 단골인걸요."

야쓰다는 손을 들어 점원을 부르더니 네팔어 같은 말로 뭐
라 주문을 했다. 그 옆얼굴을 보면서 나는 다시 호지차를 한
모금 마셨다. 그의 추측은 옳았다. 과정을 들으니 이해가 간
다. 다만 저 무심해 보이는 눈으로 나를 이렇게까지 관찰하고
있었을 줄은 몰랐다.

"그래서 얼마나 있을 예정입니까?"

찻잔을 내려놓았다.

"일단은 일주일쯤 생각하고 있어요."

"그렇군요. 뭐, 구경할 건 부족하지 않은 도시니 지루하지는 않을 겁니다."

"기대가 되네요."

새삼 가게 실내 장식을 둘러보았다. 세심하게도 허리 높이로 대나무 몰딩한 벽까지 있었다. 저 인테리어는 누가 맡아서 했을까? 네팔에도 벽에 대나무를 바르는 기술이 있을까? 감상적인 가요에 튀김을 튀기는 익숙한 소리가 더해졌다. 그리고 안쪽 벽에 걸린 두 장의 사진을 발견했다.

챙이 없는 모자를 쓰고 콧수염을 기른 남성. 머리카락을 위로 올려 묶고 사리를 걸치고 이마에 빈디를 붙인 여성. 흑백 사진이었다.

"저건……."

무심코 중얼거리자 야쓰다가 내 시선을 따라 고개를 돌렸다가 짐짓 놀란 표정으로 주인을 불렀다.

"어이, 요시다 씨, 전에도 국왕 사진이 있었던가?"

요시다라는 주인은 긴 젓가락을 쉴 새 없이 휘저으며 고개를 들고 웃었다.

"서운한 소리 마세요. 처음부터 있었습니다."

"그랬나? 몰랐네."

"부적 대신이죠."

네팔 국왕 부부를 찍은 사진인 듯했다. 하지만 요시다의 말투가 마음에 걸렸다.

"저기."

슬며시 말을 걸자 요시다는 불편한 기색도 내비치지 않고 고개를 돌렸다.

"왜 그러십니까?"

"부적 대신이라니, 부적이 필요한 일이 있었던 건가요?"

요시다는 두루뭉술하게 쓴웃음을 지었다.

"그런 건 아닙니다만, 가게를 열 때 장식했더니 떼어낼 타이밍을 놓쳐서."

야쓰다가 신음했다.

"이거 민망하군. 어설프게 익숙한 곳이다 보니 더 눈에 들어오지 않았네."

"네팔에서는 흔히들 저런 사진을 장식하나요?"

"글쎄, 어떨까요. 자주 보이기는 하는데 어디에나 있는 것도 아닌 듯하고."

나는 깊이 생각하지 않고 말했다.

"이 나라는 왕정제라는 이미지를 못 받았는데요."

야쓰다가 고개를 끄덕였다.

"그럴 만도 합니다. 저도 이 나라에 오기 전에 갖고 있던 네팔의 이미지는 부처님과 히말라야, 그리고…… 카레가 전부였으니까요."

"카레?"

"인도하고 구별을 못 했거든요."

무심결에 뺨의 근육이 누그러졌다. 야쓰다는 그런 나를 상냥한 눈으로 바라보다가 찻잔에 입을 대더니 긴 한숨을 토해 냈다.

"직접 와보고 여러 가지 사실을 알게 되었습니다. 불과 십일 년 전까지만 해도 이 나라는 국왕이 친정을 행하고 있었습니다. 민주화된 이후로도 국왕이 중요 인물이라는 사실에는 변함이 없어요."

이윽고 점원이 요리를 내왔다. 도자기 접시에 담긴 튀김은 색이 조금 짙었다. 재료는 가지, 고구마, 연근, 양파, 그리고 작은 생선. 정말 일본에서 나오는 튀김과 아무런 차이가 없다.

"자, 드실까요?"

그렇게 말하는 야쓰다의 앞에 놓인 접시를 보니 하나가 부족했다. 가장 눈에 띄고 먹음직스러운 생선 튀김이 빠져 있었다.

"생선은 안 드시나요?"

그렇게 묻자 야쓰다가 조용히 두 손을 모았다.

"낙제생일지도 모르지만 이래 봬도 승려니까요. 정진에 힘쓰고 있답니다."

나도 두 손을 모았다. 어디서 조달했는지 젓가락은 일회용 나무젓가락이었다.


튀김은 아주 맛있지는 않았지만 그래도 기뻤다.

재료 속까지 기름에 절어 있어 네팔에서 설마 이렇게나 본격적인 요리를, 하고 감탄할 만한 맛은 아니었다. 오히려 내가 도쿄 집에서 만드는 아마추어 요리에 가까웠다. 하지만 그런 만큼 일본 요리를 먹었다는 묘한 향수가 솟아오르니 신기한 일이다. 곁들여 나온 감자조림이 소박하니 맛있었다. 쌀은 역시나 일본의 쌀과는 맛이 상당히 달랐다.

야쓰다가 식사를 하는 모습은 고상했다. 젓가락으로 뜬 밥은 양이 많지도 적지도 않았고, 느긋하게 먹고 있지만 느린 것도 아니었다. 자세도 자연스럽게 곧았다.

젓가락을 쉬는 틈을 타서 말을 꺼냈다.

"이 가게 단골이라고 하셨는데, 꽤 자주 오시나요?"

야쓰다가 된장국 그릇을 내려놓고 천천히 대답했다.

"뭐, 일주일에 한두 번은 꼭 옵니다."

"이런 질문이 실례가 아니길 바랍니다만, 네팔에서 일본 음식을 파는 가게의 단골이라니 조금 특이하다는 생각이 드는군요."

"그렇게나 일본 음식을 그리워하는데 일본에 돌아가지 않는 이유를 묻는 겁니까? 제가 어째서 이곳에 있는지 궁금한 모양이군요."

"솔직히 말하면 그렇습니다."

야쓰다의 입가에 아리송한 미소가 어렸다.

"글쎄요, 말씀드릴 수 있지만 대단한 이유는 아닙니다. 어디서부터 말해야 할지."

그렇게 단서를 두더니 야쓰다는 젓가락을 놀리는 틈틈이 몇 마디씩 이야기를 시작했다.

"고향은 효고 북쪽이고, 나이는 올해로 쉰아홉입니다. 말씀드리는 게 늦었는데 야쓰다 겐신이 제 이름입니다. 집은 평범한 회사원 가정이었고, 학교를 졸업할 때까지 출가는 생각도 해보지 않았지만 오사카에서 회사 생활을 하다가 조금 재미없는 일이 생겨서 작정하고 불문에 귀의했습니다."

재미없는 일이 무엇인지 궁금했지만 굳이 묻지는 않았다. 사람에게는 저마다 사정이 있다.

야쓰다의 이야기가 이어졌다.

"수행을 거쳐 와카야마의 작은 절을 맡아 그럭저럭 이십 년을 지냈습니다. 여러 일이 있었지요. 절을 이어받을 후사가 없어 고민하던 단가■ 사람들이 크게 기뻐하며 꽤나 융숭하게 대접해줬어요. 가족도 생겼고, 행복하게 살았다고 생각합니다."

지난 이야기를 하는데도 그의 목소리나 표정에 그리움은 떠오르지 않았다. 이미 끝난 이야기를 하는 것처럼 야쓰다는 담담하게 말했다.

"그러다가 쉰이 넘자 문득 이런 생각이 들더군요. 나는 남을 위해서가 아니라 나를 위해 불문에 귀의했는데, 이십 년이나 남들에게 설법을 전하며 살았구나. 이건 아무래도 잘못된 게 아닐까? 결국에는 집을 버리고 말았습니다. 그 후로 벌써 구 년이 지났군요."

"가족분들은?"

그렇게 묻자 야쓰다는 조용히 대답했다.

"버렸다는 건 그것도 포함해서라는 뜻입니다."

"……알겠습니다."

"어디서 조용하게 자신과 마주하고 싶었는데 먼저 마음속에 떠오른 게 부처님께서 태어나신 룸비니였습니다. 몸담았던 절을 이십 년 동안 벗어나본 적이 없었는데 무작정 네팔까지 와서……. 그다음은 어쩌다 보니 이렇게. 체질에 잘 맞았나 봅니다. 카트만두에서 탁발을 하며 지내고 있습니다."

■ 　단가 _ 檀家. 일정한 절에 속하여 보시하는 집안.

밥알 한 톨 남기지 않고 튀김 정식을 먹어치운 야쓰다가 차를 후루룩 홀짝였다.

"종파를 여쭤봐도 되겠습니까?"

그렇게 묻자 야쓰다는 조용히 거절했다.

"남에게 폐를 끼치고 뛰쳐나온 몸입니다. 그냥 넘어가지요."

나도 내 몫의 튀김 정식을 다 먹고 젓가락을 내려놓았다. 끝내 무슨 생선인지는 알아내지 못했다. 찻주전자를 들어 찻잔에 차를 따랐다.

가게 주인 요시다가 물컵을 두 손에 들고 자리로 다가왔다.

"맛은 어떠셨습니까?"

"맛있었어요. 잘 먹었습니다."

"대수롭지도 않은 음식인데 말씀 감사합니다. 이건 끓인 물을 식힌 거니 안심하세요."

그렇게 말하며 테이블에 컵을 두 개 내려놓고 갔다.

걱정한 건 아니었지만 그렇게 말해주니 입에 대기 편했다. 카트만두의 수도 환경에는 문제가 있어 그냥 마시면 위험하다는 말을 들은 적이 있다.

요시다가 야쓰다를 돌아보았다.

"야쓰다 씨, 저세상 손님은 언제쯤입니까?"

야쓰다는 느긋한 태도로 대답했다.

"모레 아니면 그다음이려나."

"그럼 그렇게 생각하고 있겠습니다."

걸음을 돌려 돌아가는 요시다를 지켜보다가 무심코 야쓰다를 뚫어져라 보았다. 내 표정이 어지간히 이상했는지 야쓰다가 쓴웃음을 지었다.

"요시다 씨도 말버릇이 고약하다니까."

"저, 지금 저세상 손님이라고⋯⋯."

모레쯤 세상을 떠날 병자가 있는 걸까? 그런 것치고는 태평한 대화였다.

"저세상 손님은 저세상 손님인데, 저세상 높은 분을 말하는 겁니다."

수수께끼 같은 소리를 한다.

"그게 무슨 말씀이신지⋯⋯."

질문에는 대답하지 않고 야쓰다가 요시다를 향해 외쳤다.

"이봐, 요시다 씨. 당신이 묘한 소리를 하니까 여기 아가씨가 깜짝 놀라잖아."

요시다는 긴 젓가락을 들며 살갑게 웃었다.

"허, 제가 뭐라고 했던가요?"

"저세상 손님이라고 했잖나."

그제야 생각난 듯 요시다는 "아아" 하고 고개를 끄덕이더니 나를 향해 말했다.

"불상을 말한 겁니다. 야쓰다 씨가 부탁했거든요."

"아아, 그런 뜻이었군요."

"다음주에 일본에 돌아가는데, 가는 김에 좀 가져가달라고 해서요."

야쓰다가 덧붙였다.

"네팔은 우편 서비스가 좋지 않거든요. 부서지기 쉬운 물건을 일본에 보낼 때는 인편으로 국내까지 보내곤 합니다."

중요한 정보를 들었다. 마음속에 똑똑히 새겨넣었다.

"저는 그만 누가 위독하신 줄 알았네요."

"그럴 만도 하지요."

가게에 새 손님이 들어왔다. 첫눈에 배낭여행자라는 걸 알 수 있는 젊은 남자 두 명이었다. 일본인 같기도 했지만 그들의 입에서 나온 말은 영어였다.

스피커에서는 또 새로운 가요가 흘러나오기 시작했다.

"흠. 여기는 좋은 가게지만 조금 시끄러운 게 옥에 티랍니다."

야쓰다가 찻잔을 어루만지며 그렇게 말했다.


가게 밖으로 나가자 야쓰다는 어디로 간다거나 따라오라는 말도 없이 이제는 제법 시끌벅적해진 타멜 지구를 지나갔다. 승려 행색이 신기했는지 몇몇 여행자가 카메라를 들이댔다.

골목을 몇 개 빠져나가자 배낭여행자들의 거리는 마술처럼 모습을 감추고, 로큰롤과 호객 소리도 사라졌다. 다시 적갈색 거리가 사방을 에워쌌다. 햇볕은 이미 따갑게 내리쬐었지만 불쾌한 더위는 아니었다. 위도로 따지면 오키나와에 해당하는 남쪽 나라인데 습기가 없어서 그런지 지내기 편했다.

길가에 기이한 건물이 있었다. 지붕은 버젓한 기와지붕인데 정자처럼 벽이 없었다. 정밀한 기하학 무늬가 새겨진 여섯 개의 기둥이 지붕을 떠받치고 있었다. 지붕 밑에 다른 시설물은 하나도 없고, 한 단 높은 곳에 깔려 있는 돌이 전부였다. 길거리에 그늘막이 있는 것처럼 보였다. 굳이 말하자면 버스 정류장과 흡사했다.

짙은 그늘 속에서 한창 나이의 남자가 널브러져 낮잠을 자고 있었다. 야쓰다는 그 남자를 보고도 아랑곳하지 않고 지붕 밑으로 들어가며 말했다.

"여기가 좋겠군요."

낯선 시설이 조금 어색했다.

"이 건물은 뭔가요?"

"파티라고 부르는데, 원래 무슨 목적으로 만들었는지는 저도 모릅니다. 지금은 거리 여기저기에 있는 휴게소 같은 곳이지요."

파티에는 의자는커녕 벤치 하나 없었다. 야쓰다는 아무 거리낌 없이 바닥의 판석 위에 책상다리로 앉았다. 그는 내게 앉으라는 말도 하지 않았고 동작이나 눈짓으로 권하지도 않았다. 굳이 말하지 않아도 내가 앉으리라는 것을 안다는 듯이. 그리고 나는 실제로 그랬다.

"자."

야쓰다가 입을 열었다.

"그래, 당신은 무슨 이유로 이 나라에 왔습니까?"

어딘가 다정한 눈빛으로 나를 바라보고 있다.

"저는……."

"관광객도 아니고, 불도를 얻고자 온 것도 아니고. 아무래도 학생 같지도 않군요. 그리고 당신은 왠지 초조한 상태고요."

"그런가요?"

"스님 눈은 못 속입니다. 이래 봬도 제법 여러 사람들을 봐왔으니까요. 어때요, 말씀해주시지 않겠습니까? 땡중이라도 이야기 정도는 들을 줄 압니다."

내가 초조해한다는 야쓰다의 말은 빗나갔다.

하지만 남에게 털어놓고 싶은 이야기는 있었다. 참회하는 습관도 없고, 상대가 승려라는 이유로 털어놓고 싶은 것도 아니었지만 야쓰다에게는 사람 마음을 슬그머니 파고드는 힘이 있었다. 나는 그가 권하는 대로 입을 열었다.

"그래요…… 여기에 오고 싶었던 건 아닙니다. 딱히 이 나라가 아니어도 상관없었어요."

말이 너무 논리적이라 냉정하게 들린다는 소리를 자주 들었다. 목소리에 열의가 없어 거짓말처럼 들린다는 소리도 들었다. 나는 실로 그런 목소리로 이야기를 꺼냈다.

"저는 다치아라이 마치라고 합니다.《도요 신문》에서 기자로 일했죠. 오카자키 지국을 시작으로 육 년 동안 일했어요. 일은 제법 잘해왔다고 생각합니다. 하지만 작년에…… 동료가 세상을 떠나서."

먼지가 날리는 초여름의 거리를 바라보며 나는 그때 일을 떠올렸다. 그날도 더웠다.

"사고였습니까?"

"자살이었습니다."

이유를 알 수 없는 자살이었다. 그는 그 직전까지 평범하게 출근했고, 쾌활하기까지 했다. 일요일이 지나고 월요일이 되었는데도 출근하지 않았다. 전화도 받지 않았다. 독신이었던 그의 안부를 확인하고 와달라는 지시를 받은 게 바로 나였다.

목요일까지 기다렸다가 아파트 관리인에게 사정을 설명하자 스페어키로 문을 열어주었다. 시신을 발견하고 110번에 신고했다. 기사로 보도되지는 않았다.

"그러고 나서 이런저런 생각이 들어서."

회사 분위기에는 끝내 적응하지 못했다. 동료와는 그럭저럭 맞춰나갔지만 이렇다 할 이유도 없이 상사와는 죽이 잘 맞지 않았다. 직접 기획을 짜서 취재를 희망해도 상사는 썩 좋은 표정을 짓지 않았다.

그 점을 빼면 일은 즐겁고, 배울 점도 많았다.

첫해에는 매일 경찰서에 가서 기삿거리는 없는지 물어보는 게 일이었다. 기자를 상대하는 건 부서장이다. 작은 사건 기사를 몇 개 쓰면서 차차 기본을 배웠다.

이 년 차 때부터 조금씩 더 다양한 일을 맡게 되었고, 사 년 차가 되자 오가키 지국으로 옮겨 연재 기사를 담당하게 되었다. 전통문화나 특산물을 다루는 사람들을 취재하는 '와타시 노 마치(나의 마을)'이라는 코너였는데 제목 로고의 '노' 자가 작아서 '와타시 마치(나는 마치)'처럼 보였다. 지난 기사와 '다치아라이 마치'라는 명함을 내밀 때마다 인터뷰 상대가 알 것 같다는 표정으로 고개를 끄덕일 때도 종종 있었다.

취재 과정에서 많은 사람들을 만났다. 초로의 지방사학자는 뭘 물어보아도 퉁명스럽게 모른다는 소리만 했지만 며칠 후에는 꼭 편지로 상세한 답변을 보내주었다. 화과자 가게 여주인은 나를 유독 아껴주었다. 가게 앞을 지날 때마다 그녀는 만주나 긴쓰바￭, 찹쌀떡을 주었다. 축제 준비를 취재했을 때는 무슨 일이든 경험이 된다면서 사자춤을 가르쳐주었다. 축제날에는 마을 주민도 아니고 원래 여자들은 들어가면 안 된다는 이유로 신전에서 춤을 출 수는 없었지만 거리를 행진할때는 괜찮으니 춰보라고 권해주었다. 그 지역에서는 아이를 겁주는 게 사자의 역할이라 제법 많은 아이들을 울렸다. 물론 하루가 멀다 하고 마음대로 되지 않는 일도 생겼지만 대체적으로 멋진 일이었다.

입사 후 지국에 배속된 신문기자는 대개 이삼 년 안에 다른 지국이나 본사로 이동한다. 육 년 차가 되었을 때, 아쉽지만 슬슬 인사이동을 예상하고 있었다.

그때 갑작스럽게 닥친 동료의 죽음은 내게 뜻하지 않은 질문을 던졌다.

"무슨 생각을 했습니까?"

"시간은 유한하다는 생각이었어요."

가까운 사람이 젊은 나이에 세상을 떠난 경험은 처음이 아니었다.

나는 학창 시절에도 친구를 잃었다. 그녀의 죽음을 지켜볼 수도 없었고, 이날까지 묘소도 찾아가지 못했다. 나는 그 친구의 죽음을 이해하려고 기자가 될 결심을 한 게 아니었던가? 지금 이런 방식으로 나는 어디까지 볼 수 있을까? 그런 고민은 마음속 어딘가에 작은 가시처럼 박혀 있었다.

　그렇지만 그뿐이라면 퇴사하지 않았을 것이다. 신문기자로서 할 수 있는 일이 아직 남아 있었기 때문이다.

　"기자를 그만둔 가장 큰 이유는 동료가 자살한 원인이 저 때문이라는 소문 탓이었지만요."

　"허어."

　"억울한 노릇이었지만, 자꾸만 수군대서 난처했어요. 남의 눈을 신경쓰는 성격은 아니지만 정보를 공유해주지 않아 일에도 지장이 생기기 시작해서 이거 어쩐다 싶었죠. 동기에게도 의논해보고 많이 생각해봤지만 길은 하나가 아니니, 굳이 신문사를 고집할 필요는 없다는 생각에 그만두었습니다."

　끈기가 없다는 소리도 들었다. 그만두면 소문을 인정하는 꼴이 된다고 말리는 친구도 있었다. 하지만 생각보다 미련은 없었다.

　"프리랜서로 나갈 생각으로 일을 찾다 보니 잡지 편집자로 일하는 지인이 아시아 여행 특집을 기획할 테니 도와주지 않겠느냐고 하기에 옳거니 하고 냉큼 받아들였어요. 그런데 취재는 팔월부터 시작한다더군요. 신문과는 업무 속도가 너무 달라서 솔직히 당황했습니다. 그때까지 아무 일도 하지 않는 것보다는 뭐라도 해야겠다는 생각에 사전 취재 겸 이 나라에…….”

나는 살짝 웃었다.

“그러니까 어쩌다 보니 이렇게 된 거지요.”

초조해할 생각은 없었다. 하지만 초조했던 걸까?

지붕 밑에서 낮잠을 자던 남자가 갑자기 요란하게 하품을 하며 일어났다. 가까이 앉아 있는 우리는 거들떠보지도 않고 시원스레 기지개를 펴더니 목을 돌리면서 파티에서 나갔다.

야쓰다는 가만히 내 이야기를 듣고 있었다. 그리고 내가 입을 다물자 나직하고 부드러운 목소리로 말했다.

“저도 그렇게 생각합니다.”

“그렇다니 뭐가요?”

“길은 하나가 아니라는 이야기 말입니다.”

“예…….”

그는 조금 밝은 목소리로 물었다.

“기자라면 카메라도 있겠지요?”

“예.”

"이 마을에는 꼭 찍어야 할 아름다운 것들이 많습니다. 좋은 사진을 찍을 수 있을 겁니다."

그러길 희망한다.

다만 카메라는 짐 속에 있고, 아직 렌즈 캡도 열지 않았다.

찍어야 할 대상을, 나는 아직 찾아내지 못했다.

**4**

## 거리에서

　타멜 지구의 한 골목, 융단 가게와 모자 가게 사이에 외벽 색이 화려한 슈퍼마켓이 있다. 그 앞에서 야쓰다와 헤어졌다.

　필요한 게 몇 가지 있었는데 우산이 가장 시급했다. 접이식 우산이라 해도 짐이 되는데다 설마 세상 어디서 못 살까 싶어 가져오지 않았다. 네팔은 우기에 접어들었다. 일본의 장마처럼 피부에 들러붙는 습기는 없지만 머잖아 비가 내릴 것이다. 그전에 우산을 마련해두고 싶었다.

　바닥도 천장도 새하얀 가게는 내부도 밝고, 채소와 과자를

　　　　　　　　　　　　　　　　　　　왕과 서커스

비롯해 온갖 상품이 선반에 넘쳤다. 일본의 익숙한 슈퍼마켓과 다른 점은 상품 가격표의 글자 정도였지만 네팔어와 영어가 병기되어 있어 크게 불편하지는 않았다.

우산의 종류는 다양했다. 검은 우산은 튼튼해서 강한 바람도 견뎌낼 수 있을 것 같았다. 투명한 우산도 있었지만 살도 뼈대도 가늘다. 조금 고민하다가 투명한 우산을 사기로 했다. 뭘 찍을지 모르니 시야가 가리는 물건은 피하고 싶었다. 부러진들 또 사면 그만이다.

맑은 하늘 아래, 여행자로 북적거리는 타멜 지구를 우산을 들고 걸었다. 야쓰다는 찾기 쉬운 길을 가르쳐주었다. 인드라초크를 빠져나가 똑바로 걸어가서 조첸 지구까지 돌아왔다.

흙벽돌로 지은 집들 사이로 난 골목에 이윽고 따뜻한 햇볕이 들자 사람들이 창문마다 빨래를 널기 시작했다. 바자르에서 보았던 네팔 의상의 색이 다양했던 것처럼 창틀에 건 빨랫줄에 걸린 빨래 역시 노란색, 초록색, 빨간색, 흰색으로 화려했다.

우산을 지팡이처럼 바닥에 짚어가며 걸었다. 흙냄새가 진했다. 도쿄 로지의 간판과 녹색 문이 보였다. 문을 붙잡는데 웬 목소리가 들렸다.

"그만둬."

영어였다. 뒤를 돌아보았지만 아무도 없었다. 주위를 둘러보는데 이번에는 웃음기 어린 자신만만한 목소리가 들려왔다.

"위쪽이야, 위쪽."

고개를 들었다. 도쿄 로지의 대각선 맞은편에 다른 집들과 마찬가지로 모서리가 깨진 벽돌로 만든 집이 있었다. 활짝 열린 2층 장식창에 작은 얼굴이 보였다. 사가르다. 창문 위에 걸린 끈에 하얀 셔츠를 널고 있었다.

"뭘 그만두라는 거야?"

그렇게 묻자 사가르는 어깨를 으쓱했다. 셔츠를 널고 창틀을 붙잡더니 몸을 쑥 내밀어 그대로 틀에 매달렸다. 벽을 딛더니 손을 떼고 허공에 몸을 날렸다. 위험하다고 생각했을 때는 이미 무릎을 굽히고 착지해 있었다.

놀랐다기보다 기가 막혔다. 어쩌면 몸이 저리 가벼울까?

"항상 그렇게 내려오니?"

"평소에는 계단을 써."

사가르는 가볍게 대꾸하며 도쿄 로지의 문을 엄지손가락으로 가리켰다.

"다치아라이, 저기로 들여다봐."

격자 철창살로 덮인 채광창에 얼굴을 바싹 댔다. 바깥은 밝고 실내는 어두워서 안을 들여다보기에 좋은 조건은 아니었지만 눈에 힘을 주니 조금씩 보였다.

　로비에는 두 사람이 있었다. 한 명은 로지의 여주인 차메리였다. 서양식으로 블라우스와 긴 스커트를 입었다. 햇볕에 별로 나가지 않는 생활을 해서 그런지, 아니면 백인의 피가 섞여 있는 건지 피부가 희었다.

　또 한 사람은 몸에 잘 맞는 하늘색 셔츠를 입고 있었다. 뒤통수밖에 안 보였지만 짧은 머리카락과 떡 벌어진 어깨로 보건대 분명 남자일 것이다.

　"누가 있네."

　"군인이야."

　"그래? 그런데 왜 들어가면 안 돼?"

　사가르는 말귀 어두운 아이에게 차근차근 가르쳐주듯 설명했다.

　"모르겠어? 저 녀석은 지금 차메리 씨에게 치근덕거리고 있는 거야. 그런 녀석들 많아. 방해하면 심사가 뒤틀어질걸. 게다가 저 녀석은 제법 높은 사람이야. 높은 사람은 멀리하는 게 좋아."

　"난 선량한 여행자인데."

　"그래? 사흘 꼬박 신문당해도 좋다면 마음대로 해. 쿠크리를 좋은 값에 사준 대가로 가르쳐준 것뿐이니까."

채광창 너머로 차메리와 눈이 마주쳤다. 그걸 알아차렸는지 남자도 천천히 이쪽을 돌아보았다. 나는 반사적으로 몸을 숙였다.

이쪽으로 올지도 모른다. 나는 아무것도 모르는 척 가까운 사당으로 발을 돌렸다. 뒤를 따라오는 사가르에게 물었다.

"이 나라 군인은 여행자들한테도 그렇게 함부로 굴어?"

고개를 돌리자 사가르가 머리 뒤로 깍지를 끼고 있었다.

"용돈 정도는 뜯어낼걸. 어른들은 옛날이 더 심했다고들 하지만."

그러더니 갑자기 진지한 얼굴로 말했다.

"하지만 저 녀석…… 라제스와르 준위는 조금 달라."

"다르다니 어떻게?"

"저 녀석, 인도의 스파이야."

너무나도 진지하게 말하기에 그만 되묻고 말았다.

"스파이?"

"뭐야. 안 믿어도 상관없어."

"그냥 좀 놀라서 그래. 네 충고는 믿을게. 시간을 좀 죽이다 와야겠네."

사가르가 내 얼굴을 뚫어져라 쳐다보다가 어이없다는 표정으로 말했다.

"당신, 역시 특이해. 내 말을 진짜로 믿는 거야?"

나는 내 가슴께밖에 오지 않는 소년을 굽어보았다.

"충고는 고분고분 듣는 게 신조거든. 친절한 조언 고마워."

유비무환으로 산 우산이 짐이 되고 말았다. 그렇게 생각하면서 걸음을 돌리자 뒤에서 사가르가 말했다.

"이왕 이리된 거 내가 안내해줄게. 난 이 동네에 빠삭하니까."

걸음을 멈추었다. 손목시계를 보니 2시가 넘었다. 네팔인의 생활은 잘 모르지만 점심시간이라고 하기에는 조금 늦다는 생각이 들었다.

"사가르. 너 학교는?"

사가르는 어깨를 움츠렸다.

"돈을 벌어야지."

"그렇구나. 그럼 부탁할게."

마침 지리를 잘 아는 사람이 있었으면 생각한 참이었다.

연고가 없는 외국에서 취재를 할 경우 일반적으로는 취재 코디네이터를 수배한다. 그들은 통역 외에도 현지 당국이나 유력 인사를 대상으로 하는 취재 약속도 받아준다. 숙박 장소나 이동 수단까지 예약을 맡길 때가 많다. 코디네이터를 본업으로 삼는 사람도 있고, 현지 주민들이 아르바이트 삼아 맡는 경우도 있다고 들었다.

　이번에는 내가 멋대로 사전 취재로 온 터라 취재 코디네이터를 따로 구하지 않았다. 여행사에 관광 가이드를 의뢰해볼 생각이었는데 사가르가 안내해준다면 그걸로 충분하다.

　먼저 말을 꺼낸 사가르가 오히려 눈을 휘둥그레 떴다.

　"정말로?"

　"빠삭하다면서?"

　사가르는 이때다 하고 팔을 휘둘렀다.

　"물론이지. 지금부터면…… 그래, 삼백 루피 어때?"

　꽤 저렴한 요구였다. 프로에게 부탁하면 세 배는 들 것이다. 잠시 흥정한 끝에 가이드 요금은 이백팔십 루피로 정했다. 사가르의 얼굴이 금세 환해졌다.

　거리로 나가려면 몇 가지 준비가 필요하다.

　"우산을 숙소에 두고 카메라를 가져오고 싶어. 저 준위가 나갈 때까지 조금 기다려주겠니?"

　사가르가 하얀 이를 드러내며 웃었다.

　"그럼 그게 첫 번째 가이드 업무네. 따라와."


　사가르의 안내로 들어간 건물 샛길은 고양이 산책길처럼 비좁았다. 골목을 빠져나가자 어둑한 뒷골목이 나왔다. 발밑의 흙이 축축하다. 신들에게 바치는 향이 아니라 은근히 식욕을 돋우는 향신료와 기름 냄새가 주변에 넘실거렸다. 샛길을 빠져나가면서 벽에 살짝 스친 셔츠를 손으로 털었다. 약간 더러워졌다고 걱정할 만큼 좋은 옷을 입은 건 아니지만.

사가르가 안내한 곳은 도쿄 로지의 뒷문이었다. 정문은 묵직한 철문이지만 뒷문은 목제였다. 하지만 오래 묵어 검은빛을 띤 목재 역시 견고해 보였다.

"그래서 어떻게 들어갈 건데?"

사가르가 어이없다는 표정으로 말했다.

"문이 닫혀 있으면 어떻게 해야 하는지 몰라?"

사가르는 문을 두드렸다.

날카롭고 건조한 소리가 울렸다. 몰래 들어가고 싶은데 노크를 해도 되는 걸까? 그렇게 생각하던 차에 안쪽에서 문을 열었다.

퉁명스러워 보이지만 누가 봐도 앳된 얼굴이 쑥 나왔다. 고불고불하고 검은 머리카락에 구겨진 티셔츠, 웃으면 애교가 있을 얼굴이지만 지금은 입술도 비죽거리고 있고 눈빛도 어두웠다. 그는 사가르와 시선을 주고받더니 눈을 살짝 내리깔고 뭐라고 중얼거렸다. 아는 사이인 듯했다.

소년들은 네팔어로 두어 마디 주고받았다. 내가 아는 네팔어는 출국 전 벼락치기로 외운 기본 어휘가 전부였지만 말투로 보아 그리 고상한 대화는 아닌 것 같았다. 사가르는 나를 돌아보더니 소년의 어깨를 두드렸다.

"얘는 고빈, 내 친구야."

고빈은 조금 귀찮아하는 기색이었지만 그리 싫어하지 않는 눈치로 보아 허물없는 사이 같았다. 키는 사가르가 머리 반쯤 컸다. 아마 나이도 한두 살 더 많을 것이다.

"다치아라이, 몇 호야?"

"202호."

"알았어."

사가르는 고빈에게 거만한 목소리로 뭔가 지시했다. 고빈은 뭐라 한마디 내뱉었지만 거절할 마음은 없는 것 같았다.

"뭐라고 했어?"

"다치아라이는 내 손님이니까 202호는 꼼꼼히 청소하고, 방에 있는 물건도 건드리지 말라고 했어. 그랬더니 여기서 도둑질한 적은 없다는데, 글쎄."

고빈도 영어를 어느 정도는 알아듣는지 사가르의 옆구리를 쿡쿡 찌르며 견제했다. 사가르는 짓궂게 웃으며 고빈의 어깨를 툭툭 쳤다.

"난 여기서 기다릴 테니 얼른 다녀와."

도쿄 로지는 작은 숙소지만 손님용과 종업원용 계단이 따로 있는 모양이다. 고빈의 안내로 종업원용 계단으로 올라갔다.

2층 문을 열자 202호 바로 옆으로 나왔다. 방 번호가 없어서 무슨 방인가 싶었는데 계단으로 통할 줄은 몰랐다. 방 앞에서 주머니를 뒤져 안내에 대한 보답으로 팁을 주었다. 고빈은 뻣뻣한 미소를 지으며 작은 목소리로 대답했다.

"생큐, 미즈."

아직 청소를 안 했는지 침대보가 구겨진 채였다. 우산을 벽에 세워두고 보스턴백을 열어 카메라를 찾았다.

내가 있던 지국에는 전문 카메라맨이 없어 기자가 사진까지 찍었다. 내가 썼던 건 일안 리플렉스 카메라로, 회사 비품이었다. 개인적으로도 공부 삼아 일안 리플렉스 카메라를 샀지만 취재에 가져간 적은 없었다. 이번에도 집에 두고 왔다.

대신 디지털카메라를 가져왔다. 가볍고 작으며 많은 사진을 찍을 수 있다.《도요 신문》에서는 카메라 취급도 못 받았지만 적어도 스포츠 사진 분야에서는 작년 시드니 올림픽 때 필름카메라보다 많이 쓰였다. 머지않아 보도 분야 어디서나 디지털카메라가 주류가 될 것이다.

이동 시 충격으로부터 보호하기 위해 카메라는 여벌 셔츠로 돌돌 말아 가방 안에 넣어두었다. 카메라를 꺼내 면바지

주머니 속에 넣었다.

테두리가 누렇게 변한 거울을 보며 자외선 차단제를 재빨리 덧발랐다. 주머니 속에 현금이 얼마 있는지 확인하고 방에서 나가자 고빈은 이미 사라지고 없었다.

뒷문으로 돌아갔다. 사가르는 주머니에 손을 넣고 콧노래를 흥얼거리고 있었다. 나를 보더니 민망한 듯 콧노래를 멈추고 걸음을 뗐다.

"그럼 갈까?"

"가이드 요금은?"

"아, 나중에 줘도 돼."

오후 3시가 지났지만 햇볕은 누그러질 기미가 없었다. 골목을 빠져나가 큰길로 나가자 사가르가 뒤도 돌아보지 않고 물었다.

"당신, 그래스에는 관심 없어?"

긴장감이 등을 훑고 지나갔다. 언젠가 나올 이야기라고 생각했지만 방심했다. 입술을 축이고 대답했다.

"없어."

사가르는 고개도 돌리지 않았다.

"그렇구나."

불쑥 한마디 덧붙인다.

"경멸하지 마. 돈벌이는 해야 하거든."

그에게는 보이지 않는다는 것을 알면서도 나는 입 밖에 내지 않고 고갯짓으로 그 말에 대답했다.

그래스는 대마초를 가리키는 수많은 은어 중 하나다. 카트만두는 과거 대마 재배가 자유로웠기에 전 세계에서 대마초 애호가들이 모여들었다. 금지된 지금도 단속은 상당히 허술해서 마음만 있으면 쉽게 손에 넣을 수 있다고 한다.

"사가르!"

갑자기 어디서 사가르를 부르는 소리가 들렸다. 고개를 돌려보니 민가 현관 앞에 웅크린 소년이 손을 흔들고 있었다. 사가르는 귀찮다는 듯이 손을 흔들어 답하고 네팔어로 한두 마디 대꾸했다. '지금 일하는 중이야'라는 말이 아닐까?

큼직한 바구니를 든 소녀와 스쳐지나갔다. 사당 앞에서 소년들이 사뭇 진지한 얼굴로 이야기하고 있다. 그들은 사가르를 보더니 웃으며 한 손을 들고 한마디씩 던졌다. 사가르 역시 그들에게 손을 흔들었다.

"인기 많구나."

그렇게 말하자 사가르가 어리둥절한 얼굴로 돌아보았다.

"뭐가?"

"네가."

"여기서 태어났으니 다들 알고 지내는 거지."

사가르가 그렇게 말하며 가슴을 쭉 폈다.

"그야 그렇겠지만. 아이들이 많네."

"아이하고 다니면 아이들 마을, 스님하고 다니면 스님들 마을이야. 어디나 그렇지 않아?"

맞는 말이었다. 야쓰다하고 다닐 때 이 도시는 여행자의 도시로 보였다. 사가르하고 함께 다니기 때문에 아이들의 모습이 눈에 더 잘 들어오는 것이리라.

"그건 네팔 속담이니?"

"내가 지어낸 말."

사가르는 그렇게 말하고는 씨익 웃었다.

그의 말에도 일리는 있지만 그래도 평일 대낮인데 아이들이 너무 많이 보였다. 네팔의 휴일은 일요일이 아니다. 일반적인 이슬람 국가처럼 금요일도 아니고, 토요일일 텐데. 오늘은 금요일이다.

내 의문을 알아차렸는지 사가르가 시들한 목소리로 덧붙였다.

"뭐, 확실히 애들이 많긴 해."

"이 주변이 그렇다는 말이니?"

그러자 사가르는 어쩔 수 없다는 듯이 고개를 저었다.

왕과 서커스

"그런 게 아니야. 이 나라에서는 갓난아이들이 흔히 죽었어. 의사가 적거든."

"……."

"외국에서 이상한 사람들이 와서 이 나라 아이들이 어떤 상태인지 세상에 알렸어. 덕분에 돈이 모였고, 죽어가는 갓난아이 수는 확 줄었지. 이 도시에 아이들이 많은 건 그런 이유야. 엄마 말로는 그 사람들이 도와주지 않았으면 나도 위험했대."

"이상한 사람들이라니, WHO 말이야?"

사가르는 눈살을 찌푸렸다.

"몰라. 궁금하면 알아봐줄까?"

그것도 가이드가 해야 할 일이라고 생각하는 걸까? 그 마음이 기뻤다.

"아니, 괜찮아."

"그래? 아이쿠."

사가르가 갑자기 멈춰 섰다. 뒤에 바싹 붙어 따라가던 나는 그만 앞으로 고꾸라질 뻔했다. 사가르는 나를 돌아보더니 머리를 긁적였다.

"미안, 어디 간다고 그랬지? 그래스는 관심 없다고 했는데 깜빡했네."

무심코 대마초를 파는 곳으로 향했던 모양이다. 위험 지역

을 미리 알아두는 것도 일에 도움이 되겠지만 아무리 똑 부러
진다 해도 어린 사가르에게 길안내를 부탁하기는 꺼림칙했다.

"어디든 좋아. 네가 좋아하는 곳에 데려가줘."

사가르의 얼굴에 당혹스러운 기색이 어렸다.

"내가 좋아하는 곳? 그런 덴 없는데……."

그렇게 말하면서 곰곰이 고민하고 있다.

"그럼 가고 싶은 장소나."

쓴웃음이 돌아왔다.

"무슨 차이야? ……됐어, 생각났어. 조금 걸어야 하는데
괜찮지?"

"물론."

행선지가 정해지자 사가르의 걸음이 빨라졌다.

다르마 길을 지나 조첸 지구를 빠져나가 교차점을 오른쪽
으로 꺾으니 아스팔트로 포장된 큰 도로가 나왔다. 길 한쪽에
는 근대적인 하얀 빌딩이 늘어서 있었다. 표지판에는 "NEW
RD."라고 적혀 있었다. 뉴로드라고 읽는 것이리라. 자동차가
다니고 있지만 자세히 보니 중앙선이 없었다.

야쓰다가 안내해준 타멜 지구와는 분위기가 사뭇 달랐다.
길을 따라 서 있는 빌딩에는 차양도 없고, 창틀에 장식도 없
다. 신들을 모시는 사당도 찾아볼 수 없다. 거리를 유럽풍으

로 조성할 셈이었는지 1층에는 작은 가게가 들어서 있는 곳이 많았다. 지나가면서 들여다보니 비디오테이프와 CD, 전구와 라디오가 눈에 띄었다. 이 부근은 전기제품을 주로 파는 거리인 듯했다.

호기심에 가득찬 눈으로 두리번거리는 배낭여행자와 그들에게 몰려드는 장사꾼들은 타멜과 똑같았다. 장사꾼 속에는 아무리 봐도 열 살이 안 되어 보이는 아이가 여럿 있었다. 아마 타멜의 장사꾼들 중에도 아이는 많았을 것이다. 눈에 들어오지 않았을 뿐이다. 아이와 다니면 아이들 마을이라는 사가르의 말은 옳았다.

"실은……."

사가르가 불쑥 입을 열었다.

"이 근처에서 돈을 벌고 싶어."

"왜 안 하는데?"

그런 것도 모르느냐는 듯이 사가르는 나를 가만히 쳐다보았다.

"정해진 구역이 있으니까."

"그렇구나."

"이 부근은 경쟁 상대가 많지만 돈 많은 손님도 많거든. 도쿄 로지 주변은 벌이가 시원찮아."

앞에서 사람들이 다가왔다. 여행자와 장사꾼들이었다. 인도 가장자리로 피하는데 질문이 하나 떠올랐다.

"그나저나 궁금한 게 있는데 좀 가르쳐줘."

"나한테? 뭔데?"

"오늘 아침, 나를 보고 바로 일본어로 암모나이트를 팔려고 했지?"

그때 사가르는 나약하고 의존적인 눈빛을 띠고 있었다. 지금은 대조적으로 허세와 넉살이 드러나 있다. 기념품을 팔기 위한 연기였다는 건 알지만 그래도 그 변모는 대단하다.

"사주지는 않았지만."

"짐만 되는 건 필요 없어. 그게 아니라 내가 일본인이라는 걸 어떻게 알았어?"

사가르는 나를 힐끗 올려다보고 별것 아니라는 듯이 말했다.

"알았던 게 아니야. 어쩐지 그렇지 않을까 싶어서 할 줄 아는 말을 해본 거지."

감이었다는 말일까?

"만약 내가 일본어를 몰랐다면……."

그렇게 말하다가 어리석은 질문이라는 것을 깨달았다. 예상대로 사가르는 어깨를 움츠렸다.

"Sorry 한마디로 끝이지. 설마 맞기야 하겠어?"

"그건 그러네."

"하지만 그냥 두드려 맞힌 건 아니야. 그 숙소에 묵는 인도 사람 같지 않은 아시안 여행자면 칠할은 일본인이거든."

아하, 어쨌거나 이름이 도쿄 로지니, 호텔을 잡지 않고 카트만두까지 왔다가 도쿄 로지라는 숙소를 발견하면 호기심에 묵어보는 일본인도 있을 것이다.

그때 옆에서 손 하나가 불쑥 튀어나왔다. 무의식중에 몸을 피했다. 시선을 돌리자 콧수염을 기른 시커먼 남자가 손에 작은 불상을 들고 뭐라 외쳐대고 있었다. 말이 너무 빨라 못 알아들은 줄 알았는데 네팔어였던 모양이다. 가던 길을 재촉하자 남자는 내 눈앞에서 불상을 흔들어대며 따라왔다. 사가르는 힐끗 돌아보았지만 동업자를 방해할 마음은 없는지 아무 말도 하지 않았다.

상대하지 않고 걸어갔지만 남자는 끈질겼다. 계속 떠들어대면서 따라왔다. 그래도 무시했더니 결국에는 험한 어조로 내뱉고 떠나갔다.

사가르가 키득키득 웃고 있다.

"저 녀석이 뭐라고 했는지 가르쳐줄까?"

"됐어."

어차피 변변한 말일 리 없다.

사가르는 고개를 돌려, 제 위치로 돌아가는 남자를 바라보며 중얼거렸다.

"저런 녀석도 다 있네. 영어도 못 하고 물러날 때도 모르면서 여기서 돈벌이를 하려 하다니. 어른 주제에 멍청한 녀석이야. 뭐, 석 달만 있으면 사라질걸."

그 말을 듣고 새삼 깨달았다.

"넌 영어를 잘하더구나."

발음은 다소 독특하지만 충분히 의사소통이 가능하다. 어휘도 풍부하다. 나는 적절하게 쓰지 못하는 단어도 이따금 자연스럽게 말한다.

사가르는 환하게 웃었다.

"그래? 뭐, 장사 밑천이니까."

"누구한테 배웠어?"

"딱히 누가 가르쳐준 건 아니야. 학교에 갈 수 있을 때는 학교에서도 배웠지만……. 인도 장사꾼을 돕다가 깨우친 셈이지."

뭐가 떠올랐는지 사가르는 혼자 키득키득 웃었다.

"그 녀석은 네팔에서 장사를 하면서도 네팔어를 하나도 몰랐거든. 고집스레 영어로만 말했어. 내가 필사적으로 배울 수밖에 없었지. 당시는 짜증스러웠지만 꼭 나쁜 것만은 아니었네."

네팔어를 하나도 모르는 나로서는 귀가 따가웠다.

뉴로드 끝은 T 자로였다. 정면에는 커다란 공원이 있었지만 철책으로 막혀 있어 들어갈 수 없다. 어딘가에 문이 있을 것이다. 사가르는 길을 왼쪽으로 꺾었다.

거리의 풍경이 순식간에 바뀌었다. 콘크리트와 유리를 사용한 세련된 현대식 디자인의 빌딩이 즐비했다. 길을 가는 사람들도 깔끔한 옷차림의 청년들이 많았다. 교통량도 많았고 일본에서는 보지 못한 차들이 줄줄이 지나갔다. 하지만 그런 한편으로 길에는 중앙선이 없고, 그 대신 밧줄이 쳐져 있었다.

"이 부근은 제법 호화롭구나."

그렇게 말하자 사가르는 가슴을 펴고 대답했다.

"칸티 길이야. 이 길하고 공원 건너편의 왕궁 길만 알아두면 이 동네는 편하게 다닐 수 있어."

익숙한 줄이 그어져 있는 횡단보도에는 신호가 없었다. 대신 경찰이 서서 사람들이 모여들면 차를 세웠다. 사가르가 갑자기 달려 나가는 바람에 허둥지둥 뒤를 따라갔다. 길을 건너 푸른 나무가 우거진 공원을 지났다.

사가르가 말한 왕궁 길까지 건너가자 경치는 차츰 흙벽돌로 만든 건물들로 돌아갔다. 중세 분위기의 벽돌 거리에서 번화한 콘크리트 거리로, 다시 흙 내음이 나는 거리로. 그런 변화를 의식하면서 나는 물었다.

"아까 돈벌이를 해야 한다고 했지?"

사가르는 당연한 걸 왜 묻느냐는 듯이 어리둥절한 표정을 지었다.

"맞아."

"실례되는 질문이라 미안하지만, 네가 가족을 부양하는 거니?"

그는 도쿄 로지의 대각선 맞은편 집 2층에 있었다. 나를 보고 묘기 같은 방법으로 내려왔다. 익숙한 동작이었고 사가르 역시 그 부근에서 태어났다고 했다. 그곳이 사가르의 집이라고 생각해도 무방할 것이다.

즉 그에게는 돌아갈 집이 있다. 도쿄 로지의 대각선 맞은편 그 집, 혼자 살 리는 없다. 가족이 있을 터였다.

사가르는 불쾌한 기색도 없이 대답했다.

"나 혼자서 버는 건 아니야. 엄마는 호텔에서 일해. 도쿄 로지처럼 작은 곳이 아니라 훨씬 큰 호텔에서 유니폼을 입고 밤늦게까지 일해. 하지만 나까지 벌지 않으면 여동생들이 굶어."

나는 고개를 끄덕이는 수밖에 없었다.

"아빠는 인도에 돈을 벌러 갔는데 소식이 끊겼어. 그쪽에서 다른 살림을 차린 거면 그나마 다행인데."

사가르의 말투는 그 외의 다른 가능성을 암시하고 있었다. 아버지에게 나쁜 일이 있었을 거라고 생각하는 어떤 이유가 있는 걸지도 모른다.

사가르는 발길질이라도 하듯 걸어가면서 말을 이었다.

"도쿄 로지는 시시한 구역이지만 야쓰다한테 일본어를 배울 수 있었던 건 운이 좋았어. 일본인 상대로 서툰 일본어로 물건을 팔면 벌이가 달라지거든. ……뭐, 다치아라이한테는 안 통했지만."

이 아이는 굳세다. 그리고 무엇보다…….

"너 머리가 좋구나."

사가르는 당혹스러운 표정으로 난처한 듯 어중간하게 웃었다.


어디로 간다는 말도 없이 걸어가는 사가르의 뒤를 한 시간 넘게 따라갔다.

강이 보였다. 폭은 이십 미터쯤 될까. 요즘 강우량이 부족했는지 바닥이 보일 정도로 수심이 얕았다. 물살은 느리고 탁해 보이기까지 했다.

고개를 드니 앞쪽에 자그마한 숲이 있었다. 흙벽돌과 훤히 드러난 땅의 메마른 빛깔만 눈에 띄는 이 도시에서 처음으로 생명이 있는 초록을 본 기분이었다. 숲 바로 앞에 노을에 물든 돔이 있었다. 예전에 사진으로 보았던 곳이었다.

"파슈파티나트 사원이네."

내가 이름을 말해도 사가르는 어딘가 멍한 얼굴로 "아아" 하고 대꾸할 뿐이었다.

"인기 있는 관광지니까 기뻐할 것 같아서."

파슈파티나트는 네팔에서 가장 큰 힌두교 사원이다. 강을 따라 나 있는 석판 길에 기념품 가게가 하나둘 보이기 시작했다. 참뱃길을 따라 시장이 서는 것이다.

사원으로 다가갈수록 사람이 늘었다. 인기 관광지라는 사가르의 말대로 여행자로 보이는 사람도 많았지만 그 이상으로 현지 주민들이 많았다. 하얀 셔츠를 말끔하게 차려입은 남자도 있는가 하면 목둘레가 잔뜩 늘어나고 색이 바랜 티셔츠를 입은 남자도 있었다. 길게 자란 머리카락을 촘촘히 땋은 행자도 있었고 돔을 향해 머리를 조아리는 아름다운 여성도 있었다.

이곳은 힌두교의 성지인 동시에 화장터이기도 하다. 부유한 자도 가난한 자도 언젠가는 이곳에 와야만 한다.

"여기가 네가 좋아하는 곳이구나."

사가르가 이상하리만치 차분한 목소리로 대답했다.

"아니야. 그냥 오고 싶었을 뿐이지. 이 동네에는 좋아하는 곳이 없어."

사가르는 따라오라는 듯이 가볍게 손짓했다.

기념품 가게에서는 어디서나 그렇듯 신상과 만다라 그림을 팔고 있었다. 선글라스를 쓴 금발 여성이 미소를 머금고 값을 흥정하고 있다. 사가르와 함께 돌다리를 건넜다. 도중에 사가르가 불쑥 걸음을 멈추더니 강가를 굽어보았다.

"봐."

그곳에서는 강 쪽으로 튀어나와 있는 화장대가 몇 곳이나 보였다. 눈 밑에서 차곡차곡 쌓아올린 장작이 불에 타기 시작했다. 누군가가 죽어 장사를 치르는 것이다.

죽은 자를 태우면 불쾌한 냄새가 난다는 이야기를 들은 적이 있다. 하지만 지금 공기 속에 불쾌한 냄새는 섞여 있지 않았다. 장작불이나 들판의 잡초를 태운 뒤에 나는 불꽃 냄새만 감돌았다.

사가르가 중얼거렸다.

"당신한테 사과해야겠어. 당신 돈으로 가이드를 하는데, 내가 오고 싶은 곳에 와버렸어."

"괜찮아."

"우리 형도 여기서 태웠어."

활활 타오르는 불꽃을 보면서 사가르는 그렇게 말했다.

"아까 이야기하다 말았는데, 내게는 다섯 살 많은 형이 있었어. 형은 융단 공장에서 일했어. 다치아라이, 융단 공장을 본 적 있어?"

"아니."

"보여줄 수 있다면 좋을 텐데. 뭐, 즐거운 관광은 아닐 거야. 먼지 같은 보풀이 잔뜩 날아다녀서 얼마나 공기가 탁한지 몰라. 그래서 폐병을 앓는 사람이 많았어."

"형도 그래서?"

사가르는 고개를 저었다.

"아니. 형은 튼튼했어. 내가 약했지."

사가르가 작은 손을 가슴에 얹었다.

"태어날 때도 죽을 뻔했고, 다섯 살 때도 고열에 시달려 가망이 없다는 말을 들었어. 형은 나를 구할 돈을 벌려고 애썼지만 시기가 나빴어."

"무슨 일이 있었니?"

"융단 공장이 얼마나 끔찍한 곳인지 외국 방송국이 온 세상에 알렸어. 그 무렵 나는 겨우 다섯 살이었고, 다 죽어가던 처지

여서 당시의 소동은 잘 기억이 안 나. 다만 분명한 사실은 그래서 공장이 문을 닫았다는 것과, 형이 일자리를 잃었다는 거야."

불길이 치솟는 화장대 옆에는 이미 다 타버린 숯이 산더미처럼 쌓여 있었다. 하얀 옷을 입은 남자가 다가가더니 막대기로 화장대 위에 남은 재를 밀어 강으로 떨어뜨렸다.

"형은 운이 없었어. 새 일자리를 찾다가 바로 시작할 수 있다는 말에 고물을 줍기 시작했어. 그러다 나흘째 되던 날 뭐에 팔을 베였어. 상처가 붓고 곪아서, 융단 공장에서는 멀쩡했던 형이 내가 열이 내린 날 아침에 어이없이 죽고 말았어. 벌써 육 년이나 지난 일이야."

새로운 시체가 운반되어 왔다. 노란 천에 감싸인 채 판자에 얹혀.

"장례식에는 나도 갔는데 잘 기억이 안 나. 기억나는 건 장례식이 끝나고 망연자실한 내게 야쓰다가 셀 로티를 사줬다는 것뿐이야. 스님이 먹을 걸 다 사주다니 생각도 못 했던 일이라 깜짝 놀랐지."

사가르는 웃음기를 머금은 목소리로 말을 이었다.

"그것 때문이라고 하면 야쓰다에게 미안하지만, 그날이 어떤 날이었는지 기억이 안 나. 그래서 언젠가 다시 와보고 싶었는데 매일 하루벌이로 시간이 다 가서……. 근처에는 몇 번이나 왔었는데 여기는 오늘까지 못 와봤어."

사가르가 고개를 돌려 나를 쳐다보았다.

"고마워. 왠지 마음이 가벼워졌어. 딱히 뭔가를 한 것도 아 닌데 말이야."

서로의 일상이 너무나 달라 나는 사가르의 마음을 헤아릴 수조차 없었다. 그래서 고작 이런 말밖에 하지 못했다.

"원래 그런 걸지도 몰라."

사가르가 난간을 붙잡았다가 반동을 이용해 다리에서 몸을 뗐다.

"다치아라이. 당신, 여기에 일하러 온 거지?"

관광객답지 않은 하루를 보내고 있다는 점은 이미 야쓰다 가 지적했다. 사가르가 똑같은 생각을 했다고 해도 놀랍지 않다.

"응."

"그럼 내가 그 일을 도와줄게. 이 동네에는 빠삭해. 분명 한몫 잡을 수 있을 거야."

나는 고개를 끄덕이면서도 한마디 덧붙였다.

"유감스럽지만 그렇게 신통한 일은 아니야."

연기와 냄새가 자욱한 강 위에서 사가르는 내 팔을 툭 쳤다.

"다들 처음엔 그래. 나도 그랬어. 언젠가 한몫 잡게 되면 내 몫은 톡톡히 챙겨 갈게. 이건 그러니까…… 뭐라더라……
아아, 그래, 이건 내 투자야."

　웃는 얼굴에 내 입가도 덩달아 누그러졌다.

**5**

## 왕의 죽음

유월의 카트만두는 덥지도 춥지도 않고, 과밀 도시지만 밤에는 쾌적한 정적에 감싸인다. 나는 패치워크 이불을 덮고 눈을 감았다. 하지만 깊이 잠들지 못했다.

아마도 꿈 때문이었을 것이다. 어떤 꿈이었는지는 거의 잊어버렸다. 좋은 꿈은 아니었을 것이다. 컴컴한 방에서 눈을 뜨고 숨이 갑갑해서 가슴을 부여잡았다. 해서는 안 될 짓을 저지른 듯한, 명예롭지 못한 행동을 누군가에게 들킨 듯한, 그런 거북함이 마음을 무겁게 차지하고 있었다.

침대에서 일어났다. 물을 마셔야 다시 잠들 수 있을 것 같았다. 카트만두의 수돗물은 안전하지 않아, 마실 물은 끓여야 한다. 방에 있는 전기 포트를 들고 세면대로 향했다.

그때 누군가의 목소리를 들었다.

신음과도 흡사한, 짤막한 소리였다.

숙소의 벽은 얇지만 옆방에서 들려오는 목소리는 아니었다. 아마 다른 층에서 나는 소리이리라. 한참 기다려보았지만 다른 소리는 들려오지 않았다.

잠이 깬 김에 목소리의 주인을 찾아보기로 했다. 책상에 전기 포트를 내려놓았다. 재빨리 잠옷을 벗고 면바지를 입고 하얀 셔츠를 걸쳤다. 만일의 경우에 대비해 호신용 도구를 가져가야겠다는 생각이 들었다. 방을 휘 둘러보는데 사가르에게 산 쿠크리가 가장 먼저 눈에 들어왔다. 조금 고민했지만 그만두었다. 저렇게 큰 칼을 들고 다니면 오히려 위험할지도 모른다. 대신할 만한 물건을 찾지 못해 결국 볼펜을 손에 움켜쥐었다. 도움은 안 되겠지만 마음의 위안은 된다.

방에서 나와 문을 잠갔다. 철컥, 자물쇠가 걸리는 소리가 의외로 크게 울렸다. 복도는 불이 다 꺼져 있었다. 절약을 위해 소등한 것이리라. 그래도 롭의 방문 틈새로 새어 나오는 불빛 덕분에 밤눈이 밝아오자 그럭저럭 사물이 보였다.

무슨 소리가 들린 것 같아 귀를 기울였다. ……목소리다. 누군가가 계속 말하고 있다. 영어는 아닌 듯했다. 그렇게 생각했지만 무슨 말인지는 잘 모르겠다.

한참 소리가 나는 곳을 찾았다. 위쪽인 것 같았다. 발소리를 죽이고 계단으로 향했다. 발밑에서 발판이 삐걱거렸다.

3층까지 올라갔는데도 목소리의 주인을 찾을 수 없었다. 그렇다면 최상층인 식당에서 나는 소리라는 뜻이다. 그렇지 않아도 위층은 불이 켜져 있었다. 무슨 일이 있으면 바로 달아날 수 있도록 뒤를 확인하면서 재빨리 계단을 올라갔다.

식당 조명은 오렌지색 전구였다. 빛이 약해서 눈이 금방 적응했다. 남자가 있었다. 식당의 작은 둥근 테이블에 딸린 의자에 앉아 있었다. 하늘색 벽에 그림자가 크게 뻗어 있었다.

아는 얼굴이었다. 낮에 로비에서 전화를 걸던 남자다. 넉넉한 플란넬 상하의를 입고 있다. 잠옷이리라. 그리고 그의 앞에 있는 테이블에는 작은 은색 라디오가 놓여 있었다. 목소리는 거기에서 흘러나오고 있었다.

남자가 일어섰다. 은근히 경계하는 내게 남자가 딱딱한 목소리로 말했다.

"이거 죄송합니다. 놀라셨습니까?"

"아니요."

왕과 서커스

"낮에도 만났지요? 그래요, 당신한테는 전화 때문에 이미 폐를 끼쳤군요. 하지만……."

그는 라디오를 쳐다보았다.

"너무 끔찍한 뉴스가 나와서 그만."

라디오에서 들려오는 건 네팔어 같았다. 도저히 뉴스 같지 않은 빠른 목소리를 듣고 있노라니 의미는 몰라도 사지가 얼어붙는 듯한 긴장감을 느낄 수 있었다.

"무슨 뉴스인가요, 미스터……?"

"수쿠마르. 인도에서 왔어요. 그릇을 팔고 융단을 사 갑니다."

"고마워요, 수쿠마르 씨. 저는 다치아라이. 일본인입니다. 네팔어 뉴스 같은데 저는 전혀 알아듣지 못해서."

수쿠마르는 뭔가 말하려다가 입을 다물더니 천천히 고개를 가로저었다.

"당신이 직접 듣는 게 낫겠죠. 잠시 기다리십시오. BBC는 영어로도 방송하니까."

"BBC?"

나도 모르게 물었다.

"설마 영국 방송국을 말씀하시는 건 아니겠지요?"

"맞습니다. 바로 그겁니다. 네팔은 인도와 마찬가지로 영

국과 깊은 관계가 있으니까요. 1차 인도 독립 전쟁 때 네팔인
이 영국군에 가담했다는 건 알고 계십니까?"

"아니요……."

"뭐, 그런 사정 때문인지 BBC도 네팔에 방송국을 설치했
습니다."

수쿠마르는 의자에 앉아 라디오를 손에 들었다. 나도 그를
따라 의자를 잡아당겼다. 채널을 돌리자 뉴스는 노이즈로 바
뀌었다가 이윽고 말소리가 섞여들었다. 킹……. 그 단어가 가
장 먼저 귀에 들어왔다.

불현듯 노이즈가 사라지더니 말소리가 뚜렷해졌다. 마치
바로 지금 방송이 시작된 것처럼 아나운서는 사태를 전하기
시작했다.

"비렌드라 국왕과 아이슈와리아 왕비가 디펜드라 황태자에
게 살해당했습니다. 황태자는 그 후 자살한 것으로 보입니다."

킬드, 라고 들렸다. 혹시 내가 영어 속어를 잘못 이해한 게
아닐까?

"어제 나라얀히티 왕궁에서 정례 행사인 궁중 만찬회에 참
석한 두 폐하는 황태자 전하에게 사살당했습니다. 두 폐하 외
에도 다수의 사상자가 발생했습니다. 황태자 전하는 그 후 자
살한 것으로 보입니다. 왕궁에서는 단편적인 정보만 들어오

왕과 서커스

고 있습니다. 반복합니다. 황태자 전하가 두 폐하를 살해했습니다……."

수쿠마르를 쳐다보자 그는 무겁게 고개를 끄덕였다.

"설마 했는데 같은 뉴스만 계속 나오고 있습니다. 제가 왜 소리를 질렀는지 아시겠지요?"

"BBC 말고도 똑같은 뉴스가 나오고 있나요?"

그렇게 묻자 수쿠마르는 고개를 저었다.

"아니요, 아직은."

내가 와서 충격에서 조금 벗어났는지 수쿠마르는 두 손으로 테이블을 짚고 깊은 한숨을 쉬었다.

"장사 문제로 걱정거리가 있어서 잠이 안 와, 라디오를 들고 나와 켰습니다. 그런데 어느 채널을 들어도 음악만 내보내기에 이상하다 싶어 여기저기 주파수를 돌려봤더니 이렇지 않겠습니까? 설마……."

수쿠마르는 그렇게 말하며 고개를 저었다. 그리고 나는 머리 한쪽이 차갑게 굴러가는 것을 느꼈다.

왕이 죽었다.

나는 내 직업을 상기해냈다.

"죄송합니다. 몇 시지요?"

"지금…… 2시 반입니다."

일본과 네팔의 시차는 세 시간 십오 분이다. 일본은 지금 오전 5시 45분, 옛 직장 《도요 신문》에 전화해봤자 조간 마감에는 늦다. 최초 보도는 6월 2일 석간에 실리게 된다.

휴대전화를 쓸 수 없다는 사실에 애가 탔다. 이렇게 될 줄 모르고 네팔에서도 쓸 수 있는 휴대전화를 준비해오지 않았다.

"이 로지에서도 국제전화는 걸 수 있지요?"

수쿠마르는 눈살을 찌푸렸다.

"물론…… 가능하다고 말하고 싶지만 숙소 직원이 지켜보는 데서 걸어야 합니다. 이런 시간에 차메리 씨를 깨우려고요?"

시내 전화 가게도 당연히 문을 닫았을 터였다. 미안하지만 차메리를 깨워야 할까.

숨을 푹 내쉬었다. 일단 진정하자.

차메리를 깨워 일본의 신문사와 잡지사에 정보를 전해도 그들도 이미 알고 있는 소식일 것이다. 최초 보도에 특화된 통신사의 네트워크는 전 세계에 뻗어 있다. BBC 라디오에 나왔을 정도니 로이터나 AFP 같은 통신사는 이미 뉴스를 내보내고 있을 터였다. 내가 현지에서 사건을 알았다고 해서 로이터보다 상세한 정보를 보낼 수 있는 것도 아니다.

다시 한번 라디오에 귀를 기울였다.

취재 기본은 4W1H다. 언제, 어디서, 누가, 무엇을, 어떻게. '왜'는 처음 단계에서는 고려하지 않는다. 예단豫斷이 되기 때문이다.

BBC가 반복하는 뉴스는 기본적인 4W1H를 갖추고 있었다. 최초 보도인 만큼 무턱대고 믿을 수는 없다. 날이 밝으면 정정되는 정보도 있을 것이다. 그런 생각을 하다가 이상한 점을 깨달았다.

"정보원을 말하지 않았어."

라디오에서는 왕궁에서 벌어진 사건을 누가 발표했는지 전하지 않았다. '내무부에 의하면'이라거나 '보도관에 따르면'이라는 말이 나오지 않은 것이다. 그렇다면 이것은 BBC가 터뜨린 특종일 것이다.

그렇다면 정부가 의도적으로 발표를 미루고 있을 가능성이 있다. BBC 외의 방송국이 아무 말도 못 하는 것은 정보가 없거나, 그렇지 않으면 압력을 받고 있기 때문인지도 모른다. 음악만 나온다고 했으니 후자일까? 걸리는 점은 정보원이 BBC뿐이라면 그 정확성이 다소 미덥지 못하다는 것이다. 일본 같으면 짐작 가는 경찰과 병원에 연락해서 확인해볼 텐데…….

분하지만 오늘밤은 할 수 있는 일이 없다. 밖을 보니 활짝 열린 창문으로 깜깜한 거리가 보였다.

"속보입니다. 비렌드라 국왕과 아이슈와리아 왕비가 디펜드라 황태자에게 살해당했습니다. 황태자는 그 후 자살한 것으로 보입니다……."

"이거, 엄청난 일이 벌어지겠군요."

수쿠마르가 중얼거렸다.

오늘밤, 확실한 사실은 그것뿐이었다.


한밤중에 깰 정도로 잠이 얕았는데 심각한 뉴스를 접하고 방으로 돌아오자 기절하듯 잠들어버렸다. 옛날부터 그랬다. 내일 해야 할 일이 있으니 오늘 쉬어야 한다고 생각하면 어떤 상황에서도 깊이 잠들 수 있다. 체질이 그런 거겠지만 그 점은 타고난 복이라고 생각한다.

이 나라에서 아침 식사를 먹지 않는다는 것은 어제 배웠다. 그래도 나는 일어나 단장을 하고 4층 식당으로 향했다. 또 수쿠마르가 라디오를 듣고 있으면 함께 들을 생각이었다. 하지만 식당에 있던 손님은 야쓰다뿐이었다. 옆에 차메리도 앉아 있었다.

식당에는 어제까지는 없었던 텔레비전이 있었다. 바퀴 달린 테이블에 십육 인치쯤 되는 텔레비전이 놓여 있었다. 평소에는 어디 넣어두었다가 필요할 때만 꺼내는 모양이다. 필요성으로 따지면 오늘 아침만큼 필요할 때도 없다. 야쓰다 앞에는 음료가 가득 든 양철 컵이 있었다.

야쓰다가 식당에 고개를 내민 나를 불렀다.

"안녕하십니까."

고개를 숙여 답했다. 텔레비전에서는 젊은 여성 아나운서가 굳은 표정으로 원고를 읽고 있었다. 영어다. 국왕 부처의 죽음을 보도하고 있었다.

야쓰다는 내가 놀라지 않은 것을 금방 알아차렸다.

"알고 계셨습니까?"

"예. 어젯밤 수쿠마르 씨의 라디오로."

그는 가사 소맷자락을 흔들며 천천히 팔짱을 꼈다.

"저는 오늘 아침에 알았습니다. 끔찍한 일이에요."

"제가 들은 건 어제 만찬회 때 황태자가 국왕 부처를 사살한 뒤에 자살했다는 소식뿐이에요. 네팔 정부가 또 다른 정보를 발표했나요?"

야쓰다는 내 얼굴을 뚫어져라 보다가 알겠다는 듯이 말했다.

"그랬지요, 참. 당신은 기자였지요."

잠자코 고개를 끄덕였다.

야쓰다는 텔레비전을 흘깃 보더니 내 쪽으로 몸을 돌렸다.

"아니요, 정부는 아직 침묵하고 있습니다. 하지만 당신이 아는 게 그뿐이라면 새로운 정보가 두 개쯤 더 있어요."

그는 신중하게 말했다.

"먼저 한 가지. 황태자는 죽지 않았을지도 모릅니다."

"……오보였나요?"

"아직은 모릅니다. 일단 텔레비전에서는 디펜드라가 자살을 꾀해 의식불명 상태에 빠졌지만 사망하지는 않았다고 보도했습니다."

"앞으로 용태가 어떨지 뭐라 말하던가요?"

"아니요……. 그리고 두 번째 정보인데, 국왕 부처만 죽은 게 아닙니다."

"그 밖에 또 누가?"

야쓰다의 미간에 깊은 주름이 파였다.

"다른 왕자와 왕녀……. 그러니까 황태자의 동생들도 총에 맞은 모양이에요. 사망자가 다섯 명이네, 일곱 명이네, 열두 명이네, 아나운서가 새로운 원고를 받을 때마다 바뀌니 확실하지 않습니다."

"그건……."

순간 할말을 잃었다. 이게 무슨 일인가. 부모와 동생들

왕과 서커스

을······.

하지만 충격에 빠져 있을 때가 아니다. 침을 꼴깍 삼키고 물었다.

"어제 만찬회는 정례 행사라고 들었는데 왕족 외에는 어떤 사람들이 참석했는지 텔레비전에서 언급하지 않던가요?"

궁중 만찬회는 외국의 귀빈을 초대하는 행사라는 인상을 가지고 있었다. 만약 그렇다면 국제 문제로 번져 일이 커진다.

야쓰다는 잠시 생각에 빠졌다.

"글쎄요, 그런 말은 없었습니다. 만찬회에 대한 정보라면 차메리 씨가 더 잘 알 거예요."

야쓰다는 일본어에서 영어로 바꾸어 텔레비전을 정신없이 보고 있는 여주인을 불렀다.

"차메리 씨. 미안한데 이 아가씨한테 이야기 좀 해주겠어?"

"무슨 이야기를요?"

"아아. 이 아가씨는 일본 기자인데 어제 만찬회가 어떤 모임이었는지 궁금하다는군."

차메리는 아쉬워하는 눈빛으로 텔레비전을 힐끔거리며 말했다.

"다치아라이 씨, 기자였나요?"

"예."

그렇게 대답하자 차메리는 텔레비전에 마지막 시선을 던지고 마음을 정리한 듯 내 쪽으로 고개를 돌려 천천히 이야기하기 시작했다.

"왕족들은 매달 세 번째 금요일에 한자리에 모여요."

어제는 6월 1일이었다. 어느 달력을 보아도 어제는 세 번째 금요일이 아니다. 차메리는 그 의문을 한발 먼저 풀어주었다.

"말이 매달이지, 서력하고는 달라요. 네팔 달력…… 비크람력으로 헤아리는 거지요. 어제는 비크람력으로 두 번째 달, 제트의 세 번째 금요일이었어요. 세 번째 금요일에는 왕족들이 모여서 식사를 함께 한다고 들었어요."

"식사? 만찬회가 아니라?"

"왕족의 식사니 만찬회처럼 호화롭겠지요. 하지만 제가 아는 건 단순히 식사를 한다는 것뿐이에요."

말하자면 가족 모임에 가까운 자리인 걸까? 그렇다면 타국 사람이 휘말렸을 우려는 적다.

"도움이 되었나요?"

"아, 예."

"그거 다행이네요. 음, 다치아라이 씨, 아침에 치야는 어떠세요?"

치야가 뭔지는 모르겠지만 야쓰다 앞에 놓인 음료일 것 같았다. 매력적인 제안이었지만 지금은 서두를 때다. 손목시계를 보니 8시가 넘었다. 일본과의 시차는 세 시간 십오 분이니 미리 생각해둔 잡지 편집부에는 분명 누군가 있을 것이다.

"고맙습니다. 그런데 죄송하지만 먼저 전화를 쓸 수 없을까요? 일본에 전화를 걸고 싶습니다."

치야를 거절하는 게 드문 일인지 차메리는 몹시 의아한 표정을 지었다.


숙박객이 쓸 수 있는 외선 전화는 로비에 있는 한 대뿐이라고 했다. 차메리를 따라 종종걸음으로 계단을 내려갔다.

로비에서는 고빈이 걸레로 프런트데스크를 닦고 있었다. 차메리가 고빈에게 자리를 비워달라고 말했다.

"국제전화는 일 분에 백육십 루피예요. 쓰시겠어요?"

"예."

바로 대답하자 차메리가 눈을 휘둥그레 떴다.

"음, 하지만 일본 손님이니까 특별히 백오십 루피에 해드릴게요."

전화 요금까지 흥정할 수 있을 줄은 몰랐다. 실제로는 더 깎을 수 있을지도 모르지만 지금은 네팔식 흥정을 즐길 때가 아니다.

"알겠습니다. 부탁드려요."

차메리가 프런트데스크 안으로 들어가 스톱워치를 꺼냈다. 나는 수첩을 뒤적였다. 일본에서 예약할 때 도쿄 로지 전화번호를 적어두었다. 그 페이지를 찾아냈다.

"상대방 쪽에서 전화를 다시 걸 가능성이 있는데, 이곳 번호를 알려줘도 될까요?"

"예."

"팩스는 받을 수 있나요?"

"그건……."

그런 사례가 없었는지 차메리는 조금 난처한 표정을 지었다.

"실비를 내신다면야."

"알겠습니다. 팩스 번호는 전화하고 똑같은가요?"

"네."

수화기를 들고 국제전화를 나타내는 0을 두 번, 일본 국가번호로 81, 도쿄 지역번호인 3을 차례로 눌렀다. 일본에서는 휴대전화에 저장된 번호로 전화를 걸 때가 많지만 중요한 번호는 암기하는 성격이다.

머리카락을 쓸어 올리고 수화기를 귀에 대니 뚝뚝 불안한 소리가 몇 번 들리더니 이어서 호출음이 울리기 시작했다. 그것도 잠깐, 호출음 두 번 만에 상대가 전화를 받았다.

"예, 《월간 심층》 편집부입니다."

음질이 나쁘지만 상대가 누군지는 알 수 있었다. 편집장이 전화를 받았다. 이거 운이 좋다.

"마키노 씨, 다치아라이예요."

"……오오! 벌써 그쪽에 도착했어? 무사해?"

마키노는 팔월부터 시작되는 아시아 여행 특집에 나를 끼워주었다. 내 의뢰주인 셈이다. 내가 지금 카트만두에 있다는 건 알고 있다. 첫마디부터 무사한지 묻는 걸 보니 왕궁 사건도 알고 있는 모양이다.

"예, 무사해요."

"그래, 그거 다행이네. 돌아올 수 있을 것 같아?"

"아직 모르겠어요. 우선 바로 돌아가지 않고 잠시 머물 생각이에요."

"흠, 그렇군."

일 얘기라는 것을 눈치챘는지 마키노의 말투가 바뀌었다.

"취재할 수 있겠어?"

"예."

《월간 심층》은 종합 뉴스 잡지다. 국내 뉴스가 메인이기는 하지만 다루는 기사는 스포츠부터 정치까지 폭넓고, 국제 뉴스도 자주 싣는다.

전화기에서 들려오는 소리만으로도 마키노의 몸짓을 알 수 있을 것 같았다. 그는 수화기를 고쳐 들고 온갖 자료가 산더미처럼 쌓인 책상 모서리에 팔꿈치를 괴고 콧수염을 어루만지고 있을 게 틀림없다.

"카메라는 갖고 있어?"

"예. 디지털카메라지만요."

"디지털카메라? 그거 잘됐군. 사진은 데이터로 보낼 수 있지? 인터넷은 쓸 수 있나?"

"예."

어제 동네 전화 가게에서 인터넷을 쓸 수 있다는 사실을 확인했다.

"그래. 내 메일 주소는 아나?"

"적어놓았습니다."

"좋아. 그럼 사진은 언제든지 OK고. 잠깐만……. 그래, 여섯 페이지를 비워두고 기다리지."

"부탁드리겠습니다."

"사진은 세 장. 펼침면으로 큼직하게 한 장."

신문사에서는 이튿날 지면에 실을 기사를 쓰는 게 주된 업무였기 때문에 월간지 작업은 아직 익숙하지 않다. 하지만 마감일이 코앞에 닥친 이 시기에 여섯 페이지를 받을 수 있다니 파격적인 대우라는 건 알 수 있었다.

마키노는 심각한 목소리로 물었다.

"그래, 국왕 살해는 어떻게 파헤칠 거야?"

일본에서는 많이 알려지지 않은 나라다. 그야말로 왕정제라는 점부터 설명해야 할지도 모른다.

"황태자가 범인이고 자살했다고 들었는데, 틀림없는 거야?"

"BBC는 그렇게 전하고 있어요. 다만 자살을 꾀했지만 죽지는 않은 것 같습니다."

"BBC? 영국 방송? 네팔에 있는 건가?"

"있어요."

"그래. 뭐, 그럼 믿을 만하겠군."

말을 마친 마키노는 한참 침묵했다. 일단 말은 해두어야겠다.

"마키노 씨. 일 분에 백오십 엔이에요."

웃음소리가 들렸다.

"알았어. 내줄 테니 영수증 받아 와."

"그럴게요."

숨을 푹 내쉬는 소리가 들렸다.

"21세기에 왕자님이 임금님을 죽였으니 임팩트가 엄청나군. 얼마든지 자극적으로 보도할 수 있지만 뭐, 우리는 그런 잡지가 아니야. 미련은 있지만…… . 먼저 국가 정세부터 설명하고, 사건 경위를 주축으로 현지의 생생한 소리를 전하는 거야. 물론 새로운 정보가 들어오면 유연하게 수정해가는 걸로 하고. 본격적인 르포가 될 텐데, 자네 쓸 수 있겠어?"

"쓰겠습니다."

"마감은…… 이달 호에 맞추지 못하면 의미가 없겠지."

이쪽 반응은 전혀 듣지도 않는다.

월간지는 뉴스만큼 신선도를 따지지는 않는다. 하지만 그래도 맞출 수만 있다면 맞추고 싶다. 속도전을 중시하지 않는 것과 이번 달에 실을 수 있는 것을 다음달로 미루는 건 다른 문제다. 그렇다면 시간이 없다.

"우리 마감 날짜는 알아?"

"10일 아닌가요?"

"그런데 이번 달 10일은 일요일이거든. 어쩐다."

날짜가 좋지 않다. 일요일은 인쇄소가 문을 닫기 때문에 마감이 앞당겨진다.

프리랜서인 내게는 어느 정도 여유를 두고 원래 날짜보다 며칠 이른 마감을 요구하는 게 일반적이다. 하지만 마키노는 거침없이 말했다.

"재는 거 없이 6일이 데드라인이야."

"팩스로 보내겠습니다."

"필자교는 7일, 바로 보고 줘야 해. 그때쯤에는 자네, 아직 네팔에 있을 텐가?"

"잘 모르겠지만 반드시 팩스를 받을 수 있는 곳에 있을게요."

"좋아. 그쪽 번호를 알려줘."

수첩을 보면서 전화번호를 알려주었다. 차메리가 보고 있는 스톱워치를 힐끗거리며 덧붙였다.

"이건 호텔 번호니까, 누가 받을지 몰라요. 전화하실 때는 조심하세요."

"알겠어. 이쪽에서 필요한 일은 없어?"

"각국 정부에서 성명을 발표할 거예요. 일본 정부의 견해가 나오면 챙겨주시겠어요?"

"알았어."

그때 튀김 가게에서 야쓰다에게 들은 이야기가 떠올랐다. 네팔은 국왕 친정親政하에 있었지만 십일 년 전에 민주화를 이루었다고 했다. 수화기를 고쳐 쥐었다.

"비렌드라 국왕의 경력도 알 수 있는 범위에서 조사해서 팩스로 보내주시면 도움이 될 거예요. 전화하고 같은 번호로 보내주시면 돼요."

"사람 한번 험하게 쓰네. 뭐, 그쪽은 그런 걸 알아보고 있을 때가 아니겠지. 알았어, 나한테 맡겨."

"잘 부탁드립니다."

마키노는 마지막으로 이렇게 말했다.

"다치아라이. 자네는 이상하게 겁이 없단 말이야. 위험하다 싶으면 꼬리를 내리고 도망쳐도 부끄러운 일이 아니야. 국경이 봉쇄된 후에는 달아나고 싶어도 늦어."

"……고맙습니다."

"일 분에 백오십 엔이랬지? 그럼 몸조심해."

그렇게 전화는 끊겼다.

수화기를 귀에 댄 채로 잠시 생각에 잠겼다. 게재 확약과 경비를 부담하겠다는 약속을 받아냈다. 이제는 행동만 남았다. 프리랜서로 독립한 뒤로는 사실상 처음 하는 일인데 이런 사건을 만나다니, 생각도 못 했던 일이다.

수화기를 내려놓기가 무섭게 차메리가 스톱워치를 내밀었다.

"칠 분 삼십 초니까, 1125루피예요."

전화기를 든 채로 생각에 잠겼던 시간도 당연히 계산에 들어가 있다. 실수했다. 보디백에서 지갑을 꺼내 금액을 맞추어 프런트데스크에 올려놓았다.

"영수증 주세요."

"1125루피 수령, 도쿄 로지"라고 적힌 메모지를 받았다. 정해진 영수증 용지가 없는 것이리라.

정산을 마친 뒤에도 차메리는 그 자리에서 움직이려 하지 않았다. 아무래도 뭔가 하고 싶은 말이 있는 눈치다. 나도 그녀와 이야기를 나눠보고 싶었다. 내가 교류를 나눈 네팔인은 아직 사가르 한 명뿐이다. 어른의 시선도 필요했다.

"큰일이네요."

흔해빠진 말로 화두를 던졌다. 차메리는 고개를 끄덕였다.

"끔찍한 일이에요. 이제부터 손님이 늘어날 시기인데 이런 일이 벌어지다니……. 벌써 취소 전화가 몇 통이나 들어왔어요."

"지금은 몇 명이나 묵고 있나요?"

"네 명요. 이 계절에 네 명이라니, 막막하네요."

숙박객은 나를 빼면 롭과 수쿠마르, 야쓰다뿐인가.

확실히 장사에 지장이 큰 건 틀림없다. 네팔은 관광으로 먹고사는 나라다. 도쿄 로지만 머리를 싸매고 있는 건 아닐 것이다.

"다치아라이 씨, 당신은 기자라고 했죠? 카트만두는 괜찮다는 기사를 써주지 않겠어요?"

"그건…… 아직 바깥 상황을 보지 못했으니 뭐라고 말씀드리지 못하겠네요."

"그런가요……."

"그보다 저, 몇 가지 묻고 싶은데요."

내가 차메리에게 해줄 수 있는 건 없다. 취재를 시작하기도 전에 그녀를 위해 '카트만두는 평온합니다'라는 글을 쓰겠다고 약속할 수는 없다. 그런데 나는 그녀로부터 정보를 캐내려 하고 있다.

"예."

고개를 든 차메리는 그래도 미소를 짓고 있었다.

"사건에 대해 좀더 자세히 알고 싶어요. 누구 자세히 알고 있을 만한 사람이 없을까요?"

큰 기대를 했던 건 아니었다. 그런데 이 일을 하다 보면 이따금 통감하는 사실인데, 사람들은 뜻하지 않는 곳에서 연결된다. 그녀는 조금 고민하다가 조심스럽게 대답했다.

"남편의 지인이 왕궁에서 일해요."

"왕궁에서?"

깜짝 놀라 쇳소리를 내고 말았다.

"예. 군인인데, 분명 어젯밤에도 근무했을 거예요. 뭔가 알고 있을지도 몰라요."

왕궁을 경비하는 군인이라면 정보원으로는 흠잡을 데 없다. 나는 저도 모르게 다그쳤다.

"차메리 씨, 그 사람하고 연락할 수 있어요? 가급적 빨리."

"예, 아마도. 그 사람은 늘 친절하니까 부탁해도 될 거예요."

덮었던 수첩을 다시 펼치고 볼펜을 쥐었다.

"그 사람 이름 좀 가르쳐주겠어요?"

"그 사람은 라제스와르. 라제스와르 준위예요. 조금 까다로운 사람이지만……."

어디서 들어본 이름이었다.

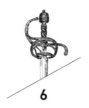

**6**

## 기나긴
## 장렬

　육 년 동안의 기자 생활로 무엇을 얻었는지는 잘 모르겠다.

　하지만 채비와 식사를 빨리 끝내는 기술만큼은 확실하게
익혔다. 라제스와르 준위의 대답은 빨라도 밤이나 되어야 들
을 수 있을 거라는 말을 듣고 차메리에게 고맙다는 인사를 하
고 202호로 돌아왔다. 보디백에 수첩과 펜, 나침반이 잘 들어
있는지 확인했다. 디지털카메라를 챙기고 예비 건전지도 확
인했다.

　이어서 지도를 보았다. 어제 산책하면서 대충 파악한 위치

관계를 새로 정리해서 머릿속에 집어넣었다. 충분하다 싶을 때까지 지도를 노려본 뒤에 보디백을 메고 손목시계를 보니 삼 분이 지나 있었다.

무엇을 보고 누구에게 물어봐야 할지 짐작도 가지 않았다. 사건은 왕궁에서 일어났으니 당연히 현장 취재는 불가능하다. 그래도 어쨌든 현장으로, 아니면 조금이라도 현장에 가까운 곳으로 가야 한다.

도쿄 로지의 철문을 밀어젖히고 앞길로 나갔다. 카트만두의 유월은 분명 우기일 텐데 하늘은 어제와 마찬가지로 맑았다. 한없이 쾌청한 건 아니다. 부옇게 보이는 건 바람에 마른 흙이 날려서 그런 걸까, 아니면 대기 오염 때문일까?

목에 건 카메라의 무게를 의식하면서 길을 걸었다.

지도로만 보면 중간까지는 어제 사가르와 함께 걸었던 길로 갈 수 있을 것 같았다. 길거리 여기저기서 남자들이 몇 명씩 고개를 맞대고 신문을 보고 있었다. 일면에는 국왕의 사진이 크게 실려 있다.

장사꾼은 적었다. 큰길에 있는 가게들도 대부분 물건을 내놓지 않았다. 인파는 어제와 크게 다르지 않은데 어쩐지 조용한 뉴로드를 빠져나갔다.

막다른 길에서 왼쪽으로 들어가자 칸티 길이 나왔다. 이 길을 북쪽으로 올라가 공원을 끼고 돌아가면 금방 왕궁 길이 나온다. 카트만두는 작은 도시다. 왕궁까지 멀지 않다.

왕이 살해당했는데도 거리에는 양복을 입은 남자들이 오가고, 차선 없는 도로 갓길에서는 택시가 손님을 기다리고 있다. 언뜻 보면 달라진 건 없다. 하지만 나는 멀리서 울리는 희미한 술렁임을 들었다. 그 소리에 이끌리듯 걸음을 서둘렀다.

소박한 갈색 직육면체가 늘어서 있었다. 좌우 맨 끝에 가장 작은 건물이 있고, 그 안쪽에 조금 더 큰 건물이. 그리고 좌우에서 뻗어 나온 계단식 직육면체가 있고, 한복판에는 옅은 복숭앗빛 탑이 솟아 있었다. 그 탑의 중앙부에 뚫린 커다란 사다리꼴 창문이 남쪽에서 비치는 햇빛을 반사해 반짝이고 있었다.

잘못 찾아온 게 아닌가 싶어 주위를 둘러보았다. 하지만 달리 큰 건물은 보이지 않았다. 나도 모르게 소리를 높이고 말았다.

"정말 여기가 맞아?"

현대적인 건축물이기는 하다. 하지만 현대적이고 아름다운 건축물은 아니었다. 내가 걸음을 멈춘 이유는 왕궁에 시선을 빼앗겼기 때문이 아니다. 카트만두의 아름다움과 시대가

왕과 서커스

묻어나는 거리 풍경에 비해, 가장 호화로워야 할 나라얀히티 왕궁이 마치 이 도시의 역사에서 뚝 떨어져 나온 것처럼 아무 개성도 없었기 때문이다.

자세히 보니 중앙에 솟은 탑 꼭대기에는 호류지 사찰의 오층탑 같은 장식 지붕이 얹혀 있었다. 널찍한 차양이 뻗어 있고 정점에 보주가 있는 탑은 그 부분만 어디서 떼어다 붙인 것처럼 네팔 양식을 고수하고 있었다.

왕궁 정면은 남북으로 뻗은 왕궁 길과 동서로 뻗은 나라얀히티 길이 만나는 T 자로였다. 보다 정확히 표현하면 내가 지나온 왕궁 길은 그대로 궁전까지 이어지지만 중간에 문으로 막혀 있다. 이게 정문일 텐데 역시나 하얀 철책으로 만든 운치 없는 문이었다.

정문 앞에 잔뜩 모여든 사람들이 철책 앞에서 딱히 하는 일 없이 어슬렁거리고 있었다.

카메라를 들었다. 왕궁의 옅은 복숭앗빛 탑을 프레임에 넣고 사진을 서너 장 찍었다. 하지만 사람들은 모두 왕궁 쪽을 바라보고 있어 군중들 뒤에서는 그들의 뒤통수밖에 찍을 수 없었다. 셔터 버튼을 누르려던 손가락을 멈추고 카메라를 내렸다.

이곳에는 적어도 수백 명의 통솔되지 않은 사람들이 모여 있다. 하지만 그런 것치고 왕궁 앞은 조용했다. 술렁거리는 소리가 무거운 안개처럼 주위에 자욱했지만, 그것은 분노나 비애와 같은 명확한 방향성은 없고 그저 각각의 속삭임이 한데 어우러진 소리 같았다.

눈앞에 있는 사람들에게는 공통점이 있었다. 당혹감이다. 믿을 수 없는 뉴스를 접하고 일단 왕궁으로 달려왔지만 어떻게 해야 할지 몰라서 망연자실한 사람들이 그곳에 있었다.

가까운 곳에 깔끔한 셔츠를 입은 젊은 남자가 있었다. 메모지를 꺼내들고 영어로 말을 걸어보았다.

"실례합니다."

"어. 아아, 저 말입니까?"

"일본 잡지 《월간 심층》의 기자 다치아라이라고 합니다. 말씀 좀 여쭤봐도 되겠습니까?"

남자는 눈을 휘둥그레 뜨고 말했다.

"일본 기자! 그럼 이미 알고 계신 거군요."

"뭘 말씀인가요?"

"우리 국왕께서 돌아가셨어요. 이런 비극이 어디 있겠습니까?"

"그 심정은 이해합니다."

나는 고개를 깊이 끄덕였다.

왕과 서커스

"황태자가 쏘았다니 믿을 수가 없어요. 바이 티카를 해준 여동생을 죽이다니, 도저히 믿을 수 없군요."

"바이 티카?"

"아아. 이렇게."

남자는 자기 이마에 손가락 끝을 댔다.

"붉은색이나 노란색 가루로 표식을 하는 걸 티카라고 합니다. 바이 티카는 티하르 축제 마지막에 여성이 자기 오빠나 남동생에게 티카를 해주는 걸 말해요. 네팔 사람들에게는 정말 중요한 의식입니다. 바이 티카를 해준 상대를 죽이다니 어떻게 그럴 수가!"

나는 그의 말을 메모했다.

"그렇다면 희생자 중에는 황태자의 여동생도 포함되어 있다는 뜻인가요?"

"그렇다지 뭡니까……. 하지만 정부는 아무 말도 없어요!"

그는 손짓을 해가며 호소했다.

"일본인들에게도 알려줘요. 우리가 정말 슬퍼하고 있다고."

"알겠습니다. 감사합니다. 말씀해주셔서 고맙습니다."

"천만에요."

장소를 바꾸어 몇 사람의 이야기를 더 들었다. 그들은 입을 모아 슬픔을 호소했고, 정부의 침묵을 비난했다. 여러 사람들이 바이 티카 이야기를 했지만 희생자 중에 정말 황태자의 여동생이 포함되어 있는지 확실한 정보는 알 수 없었다. 다만 왕의 붕어를 애도하는 마음과 함께 황태자가 범인이라는 도저히 믿을 수 없는 보도를 차마 받아들이지 못하는 분위기가 넘실거리고 있는 것은 확실했다.

똑같은 이야기가 두 번 세 번 반복되자 인터뷰를 끝내고 촬영 지점을 찾았다. 왕궁 길에서 남쪽으로 조금 내려가니 2층에 테라스가 있는 카페가 있었다. 다소 한산한 가게 안으로 들어가 2층에 자리를 잡았다. 카메라를 들고 군중에 초점을 맞추어 확대했다.

철책 앞에는 군복을 입은 병사들이 서 있었다. 그들은 손에 소총을 들고 몰려든 사람들과 대치하고 있었다.

"괜찮아. 문제는 발생하지 않았어."

스스로를 타일렀다. 카메라 렌즈 너머로 보니 병사들과 군중들의 거리는 일이 미터쯤 떨어져 있고, 그 거리를 뛰어넘으려는 사람은 없었다. 폭동의 우려는 없다. 머릿속으로는 알고 있지만 쫙 깔린 소총을 보니 목덜미에 식은땀이 흘렀다.

숨을 멈추고 그들을 사진에 담았다.

술렁거리는 카트만두 시민들을, 냉정한 병사들을, 짐을 싣고 달려가는 트럭을, 인기척이 없는 왕궁을, 지붕만 네팔식인 나라얀히티 왕궁 전체를, 나는 계속 찍었다.

왕궁 길에서 인터뷰와 촬영을 마치고 나니 한 시간 반쯤 흘렀다.

나는 도쿄 로지로 돌아가기로 했다. 최신 정보가 필요했다. 그러려면 숙소에서 BBC를 보는 게 가장 좋은 방법이다. 기자가 텔레비전에 의존하다니 한심한 노릇이지만 일본에서도 속보는 대개 통신사의 뉴스나 텔레비전에서 얻었으니 큰 차이는 없다.

라디오의 필요성을 통감했다. 라디오가 있으면 정보를 얻으면서 취재도 병행할 수 있는데. 오늘이 네팔 휴일이라 대부분의 가게가 문을 닫은 게 아쉬웠지만 어떻게든 어디서 라디오를 구하고 싶다. 돌아가는 길에 드물게 문을 연 잡화점에서 비렌드라 국왕의 사진이 실린 영자 신문만 샀다.

녹색 철문을 열고 숙소로 들어갔다. 1층에 세 사람이 있었다. 롭은 전화에 대고 영어로 퍼부어대고 있었고, 차메리는 스톱워치를 보고 있었다. 그리고 수쿠마르는 숙소로 돌아온 나를 심각한 표정으로 쳐다보았다.

"다치아라이 씨. 거리 상황은 어떻던가요?"

"생각보다는 평온했어요. 뉴로드 부근은 어제보다 훨씬 조용했고요. 왕궁 앞에는 사람들이 모여 있었지만 위험한 분위기는 아니었어요. 다만 경비 병사들은 소총을 들고 있더군요."

"아아. 그건 이 나라에서는 드문 일이 아닙니다. 병사가 아니라 경관대겠지요."

수쿠마르는 손으로 이마를 짚고 심각한 투로 고개를 끄덕였다.

"시내가 평온하다니 다행한 일이군요. 이대로 온건하게 끝나면 좋을 텐데."

말투에서 그가 뭔가 특별한 사정을 우려하고 있다는 걸 깨달았다.

"무슨 일이라도 있나요?"

숨길 생각은 없었는지 그는 좋은 질문이라는 듯이 대답했다.

"친구에게 들은 얘기인데 국경이 봉쇄되었을지도 모른다더군요."

"국경? 인도와 네팔 국경 말인가요?"

수쿠마르는 고개를 끄덕였다.

"인도 정부는 네팔 게릴라가 기승을 부릴지도 모른다고 걱정하는 것 같습니다. 설사 그런 일이 있어도 게릴라가 인도 국경을 침범하지는 않을 텐데……."

"신경이 곤두서 있는 걸까요?"

"그렇겠지요."

이 나라에는 반정부 무장 게릴라가 있다.

그들은 마오이스트라는 이름을 걸고 네팔 정부의 통제가 닿지 않는 농촌과 산악지대를 중심으로 세력을 뻗어가고 있었다. 경관이나 정부 관리들을 추방하고 자치를 시작한 지방도 있다고 들었다. 그 자치가 주민들이 수긍한 실효성 있는 방식인지, 그렇지 않으면 단순히 게릴라가 성과를 과대 선전하는 것인지는 알 수 없었다.

"국경은 전면 봉쇄됐나요?"

그렇게 묻자 수쿠마르는 난처한 표정을 지었다.

"모르겠습니다. 제가 아는 건 우타르프라데시 주에서 병사를 모집했다는 소식뿐입니다. 그들이 국경을 봉쇄했을 수도 있고, 경비를 조금 강화한 것뿐일지도 모르지요."

"BBC는?"

"국경 문제에 대해서는 아무 말도 없습니다. 지금 인도에 있는 친구에게 물어볼 생각이에요."

수쿠마르는 그렇게 말하며 여전히 전화기를 붙잡고 욕설을 퍼부어대는 롭을 쳐다보았다.

롭의 말은 빨랐지만 못 알아들을 정도는 아니었다. 그가 원하는 게 뭔지 금방 알 수 있었다.

"사흘 후라고? 제기랄, 그렇게는 못 기다려. 알겠어? 이렇게 된 이상 비행기라도 상관없어. 모든 비행편이 꽉 찼다니, 그럴 리가 없잖아! 제대로 알아봐!"

롭은 출국하려는 것이다. 지금은 비교적 평온한 상태를 유지하고 있지만 앞으로 무슨 일이 일어날지 아무도 장담할 수 없는 이상 타당한 행동이었다.

롭은 전화 상대의 말에 귀를 기울이는가 싶더니 "다시 연락할게" 하고 수화기를 내려놓았다. 차메리가 스톱워치를 눌러 금액을 알려주었다. 주머니에서 네팔 루피 지폐를 꺼내던 롭은 그제야 나를 알아보았다.

"여어."

그는 어색한 미소를 지으며 한 손을 들었다.

"정말 어이가 없어. 버스가 전부 만석이라니. 믿을 수 있어?"

"다들 똑같은 생각을 했나 보네."

"됐어. 내가 전화 상대를 잘못 고른 것뿐이야."

롭은 어깨를 으쓱했다. 차메리에게 거스름돈을 받아 주머니에 쑤셔넣더니 내게 다가와 어깨에 손을 얹었다.

"걱정 없어. 내게는 치프가 있거든."

치프에는 다양한 뜻이 있다. 주임, 장관, 서장. 나는 그가 그중 어떤 의미로 말한 건지 알 수 없었다. 그의 배후에 있는 치프가 어떤 사람인지도. 그는 이어서 이런 말도 했다.

"이 도시가 사이공 꼴이 되어도 내 몸 하나하고 당신 정도는 지킬 수 있어."

롭은 핏기 없는 얼굴로 억지로 미소를 띠고 있었다. 자기도 불안해서 죽을 지경이면서 내게 용기를 주려는 것이다.

"괜찮아. 이 도시가 사이공처럼 되지는 않을 거야."

근거는 없지만 그렇게 대꾸했다. 그리고 롭의 허영으로 가득한 친절에 인사를 덧붙였다.

"고마워."

롭은 힘없이 고개를 끄덕이고 위태로운 걸음걸이로 계단을 올라갔다.

수쿠마르가 차메리에게 말했다.

"그럼 저는 국제전화 좀 쓰겠습니다."

"예."

차메리는 스톱워치 단추를 몇 번 누르고 수쿠마르에게 신호를 보냈다. 수쿠마르가 전화 단추를 누르는 동안 그녀는 내게 의미심장한 눈짓을 보냈다.

라제스와르 준위와의 이야기에 진전이 있었는지도 모른다. 사건 당일 밤, 나라얀히티 왕궁에 있었던 군인의 이야기를 들을 수 있을까?

한시라도 빨리 차메리와 이야기를 하고 싶었다. 인터뷰 가능 여부만이라도 들어야지, 이러지도 저러지도 못하니 애가 탔다.

하지만 차메리는 고의적으로 내게서 시선을 돌려 스톱워치를 들여다보았다. 남들 귀를 꺼릴 필요 없을 것 같은데, 그녀가 나중에 말하기를 원한다면 거기에 맞출 수밖에 없다. 수쿠마르가 통화하는 소리를 등뒤로 들으며 나도 계단 위로 올라갔다.


202호는 청소중이었다.

고빈이 웡웡 시끄러운 청소기로 바닥을 청소하고 있었다. 시선이 마주치자 나는 주머니에서 이 루피 동전을 꺼내 그에게 건넸다.

"고맙습니다, 미즈."

고빈은 청소기를 끄고 어색한 영어로 그렇게 말했다. 그의 일을 방해하는 것이 미안해 텔레비전이 있는 4층에 가려고 걸음을 돌리려는 찰나였다.

"미즈, 사장님이 맡긴 물건이 있어요. 잠시 기다리세요."

얼마 지나지 않아 고빈이 뛰어 돌아왔다. 손에는 서류를 한 묶음 들고 있었다.

"당신 앞으로 왔어요."

"아아. 고마워."

슬쩍 보니 일본어 팩스였다. 고맙다고 말하고 팁을 주었다.

위에서 읽으려고 방에서 나오다가 203호 문에 붙어 있는 종이를 보았다. 가느다란 펜으로 몇 번이나 겹쳐 쓴 글씨로 "DO NOT ENTER"라고 적혀 있다. DO NOT DISTURB라면 호텔에서 당연히 볼 수 있는 표현이지만 객실이 출입 금지라니 별일이다. 202호로 돌아가 작은 몸으로 다시 청소기를 돌리려던 고빈에게 물어보았다.

"자꾸 미안한데, 잠깐 뭐 좀 물어봐도 될까?"

"예, 무슨 일인가요?"

"203호에 출입 금지라고 적혀 있던데 무슨 일이라도 있었니?"

그러자 고빈은 아이답지 않은 떨떠름한 표정을 지었다.

"미스터 폭스웰이 직접 붙인 거예요. 청소를 해도 되는지 알 수가 없으니 난처해요."

롭은 방에 틀어박혀 있을 작정인가 보다. 아무리 그래도 너무 유난스럽지 않나?

"웃을 일이 아니에요."

"내가 웃었어?"

의식하지 못했는데 표정이 조금 풀렸나 보다. 고빈에게는 확실히 웃을 일이 아닐지 모른다. 일단 청소를 할 수가 없다. 앞으로 이 나라가 어떻게 될지도 알 수 없다. 이 작은 몸으로 살아가야만 하는 고빈에게는 웃으려야 웃을 수 없는 문제다.

"미안해. 웃을 생각은 없었어."

"예……."

일을 계속하고 싶은지 고빈은 청소기를 켰다. 다시 시작된 요란한 소리를 뒤로하고 나는 계단으로 향했다.

4층 식당에는 아무도 없었다. 손목시계를 보니 1시가 넘었다. 가까운 테이블의 의자를 당겨 영자 신문과 일본에서 온 팩스를 펼쳤다. 보디백에서 빨간 볼펜을 꺼내고 텔레비전을 켰다.

채널은 BBC 그대로였다.

"반복해서 알려드립니다. 판명된 사망자는 비렌드라 국왕 폐하, 아이슈와리아 왕비 마마, 니라잔 왕자 전하, 슈루티 공주 마마……."

예고 없이 시작한 정보에 펜을 쥔 손이 따라가지 못했다. 국왕과 왕비의 이름은 못 적었지만 세 번째 이름부터는 받아 적었다. 익숙하지 않은 이름투성이라 철자를 알 수가 없다. 귀에 들리는 대로 가타카나로 이름을 받아 적을 수밖에 없었다.

왕과 서커스

이어서 텔레비전에 젊은 남자의 사진이 나왔다.

"디펜드라 황태자 전하는 중태로, 현재 최선을 다해 치료하고 있습니다."

사건의 중심에 있는 황태자의 얼굴을 비로소 처음 보았다. 네팔 전통 모자 토피를 쓰고 콧수염을 기른, 뺨이 투실한 젊은 남자다. 나는 화면을 뚫어져라 바라보았다. BBC가 특별히 온화해 보이는 사진을 고른 게 아닐까? 도저히 대량 살인의 범인으로는 보이지 않는 얼굴이었다. 물론 얼굴만으로 황태자의 인격을 짐작할 수는 없지만.

황태자는 스물아홉 살, 아버지인 비렌드라는 쉰다섯 살이었다.

이윽고 사진이 바뀌어 현재 왕궁 앞 광경이 나오기 시작했다. 그곳 상황은 방금 전에 보고 왔기 때문에 시선을 텔레비전에서 뗐다.

마키노가 보낸 팩스에는 비렌드라 국왕의 업적뿐만 아니라 네팔 왕가에 대한 간단한 정보도 있었다.

그에 따르면 지금의 네팔 왕조는 그리 역사가 길지 않다고 한다.

카트만두 분지의 여러 왕조를 무찌르고 현재의 왕조가 성립된 것은 비교적 최근인 18세기 후반이다. 19세기에 들어서야 산악 민족이나 남방 민족 등 이질적인 문화 배경을 가진 사람들을 카스트 제도로 통솔하고, 영국 동인도 회사의 간섭을 피해 현재의 국토를 확립했다.

사람들의 문화 차이가 심각한 민족 분쟁을 부르는 일은 없었다. 인도와 중국이라는 대국의 틈바구니에 끼어 있다는 외적인 압력이 그럭저럭 사람들을 하나로 묶었던 건지도 모른다.

그렇더라도 이 나라의 왕가가 반석 위에 있었다고 하기는 어려웠다.

네팔의 실권을 쥐고 있던 것은 왕이 아니라 재상가였다. 라나 가문이라는 일족이 재상을 세습하면서 중요한 직위도 차지했고, 왕가와 혼인을 거듭했다. 네팔 국기의 삼각형 두 개 중 하나는 왕가, 다른 하나는 라나 가문을 가리킨다고 한다. 그 정도로 라나 가문의 영향력은 강했다. 마키노가 보내준 자료를 읽다 보니 에도 시대에 비유한다면 네팔 왕가는 천황 가문, 라나 가문은 도쿠가와 가문에 가까울 것 같았다.

1951년, 왕정복고가 이루어졌고 라나 가문은 정치의 중추에서 밀려났다. 그 후 국왕의 친정이 시작되었지만 이윽고 국민들은 민주화를 제창하게 된다. 그런 상황에서 왕위에 오른 것이 이번에 사망한 비렌드라였다.

다양한 정치적 타협이 있었지만 비렌드라는 결과적으로 민주화 요구를 받아들였다. 1990년에 신헌법을 제정했고 네팔은 입헌군주제로 이행했다. 이런 과정을 통해 비렌드라는 국민 편에 선 국왕으로 인기를 얻었다고 한다.

"이건…… 어떻게 될지 모르겠군."

네팔 사람들에게 왕실이 어떤 존재인지에 대한 정보는 자료에 없었다. 오랜 세월 유명무실한 그림자 일가에 지나지 않는지, 카스트 제도의 위대한 정점인지, 혹은 사람들에게 깊이 사랑받고 있는지. 사망한 비렌드라 국왕은 민주화의 성과 때문에 존경받았다고 한다. 결국 왕권을 축소함으로써 사랑받았다는 뜻이다. 비렌드라 개인에 대한 경애심이 과연 왕가 전체의 이미지에도 영향을 줄까? 그래서 무슨 일이 터져도, 가령 황태자가 왕을 사살하더라도 국민들은 왕정제를 지지할까? 나는 일말의 불안을 느꼈다.

이어서 길에서 산 영자 신문을 들었다.

정부의 공식 발표가 없다 보니 신문 기사는 BBC의 최초 보도와 비슷한 수준이었다. 조금 더 시간이 흐른 뒤에야 정보에 대한 각 미디어의 접근 방식에 차이가 발생할 것이다. 하지만 커다란 수확도 있었다. 왕가의 가계도가 실려 있었던 것이다. 재빨리 수첩에 옮겨 그렸다.

텔레비전에서는 BBC가 다시 희생자의 이름을 보도하기 시작했다. 다시 한번, 이번에는 가계도와 대조해가며 희생자를 확인했다.

희생자는 황태자의 아버지 비렌드라 국왕, 어머니 아이슈와리아, 큰어머니 샨티와 샤라다, 샤라다의 남편 쿠마르, 당숙 자얀티, 여동생 슈루티, 남동생 니라잔으로 총 여덟 명이었다. 가계도 덕분에 국왕의 자제는 범인인 황태자를 제외하면 모두 사망했다는 사실을 알 수 있었다.

천장을 올려다보며 한숨을 내쉬었다.

그때 텔레비전 소리에 섞여 계단이 삐걱거리는 소리를 들었다. 누가 올라오고 있다.

하지만 소리는 조금 묘했다. 너무 작다. 저 계단은 좀더 시끄럽게 울리는데, 올라오는 사람이 소리를 내지 않으려고 조심하고 있거나, 그렇지 않으면 체중이 가벼운 사람이 올라오는 것이리라.

후자가 맞았다. 소년이 변성기 전의 높은 목소리로 내 이름을 불렀다.

"다치아라이, 뭐하고 있어?"

사가르였다. 머리 뒤에 깍지를 끼고 입을 비죽거리고 있다.

"이런 데 앉아 있어도 돼?"

"너야말로 맘대로 들어와도 돼?"

사가르는 으스대며 말했다.

"맘대로 들어온 거 아니야. 차메리 씨한테 허락받았어. 다치아라이가 부탁해서 왔다고 했지."

"나? 아무것도 부탁한 적 없는데."

"분명 도움이 될 거야. 고빈한테 들었어. 당신 기자라면서? 기자한테는 관심이 있으니까 도와줄게."

나는 살짝 고민했다. 취재에 아이를 데리고 다니는 것은 위험하다. 하지만 거리의 반응을 파악하기에 채널은 많을수록 좋고, 무엇보다 네팔어 통역을 확보할 수 있다. 사가르는 영리하다. 다양한 이야기를 가져다줄 것이다. 유별나게 되바라진 성격은 취재에 방해가 될지도 모르지만 그 점은 내가 주의하면 된다.

위험한 곳으로는 안내하지 않도록 주의만 해두면 분명 도움이 될 것이다.

"고마워. 그럼 부탁할게."

사가르는 하얀 이를 드러내며 웃었다.

"그렇게 나와야지."

그렇게 말하면서 둥근 테이블을 사이에 두고 맞은편에 앉더니 텔레비전과 테이블 위의 자료를 힐끗 보았다. 사가르가 곧바로 얼굴을 찌푸렸다.

"기자가 텔레비전이나 신문을 봐도 되는 거야? 이거, 다른 사람이 이미 조사한 거잖아? 이런 거나 읽고 있어서야 앞지르를 가망이 있겠어?"

그렇게 생각할 수도 있다. 나도 어렸을 때는 아직 아무도 모르는 사실을 찾아내는 게 '뉴스'라고 생각했다.

하지만 아무도 모르는 사실은 취재할 수 없다. 누군가가 이미 알고 있는 사실을 건져내고 정리해서 전달하는 게 기자의 역할이다. 그리고 기자도 여러 종류가 있다.

"속도가 전부가 아니야. 텔레비전이나 라디오는 사건이 발생한 당일에 소식을 전하지만, 신문은 반나절 늦지. 주간지라면 일주일, 월간지라면 한 달씩 늦을 때도 있어. 서두를 필요가 없는 만큼 충분히 조사해서 잘 만들어낸 기사를 쓰지. 난 그런 일을 하고 있어."

"하!"

사가르는 얕잡아보는 투로 웃더니 텔레비전을 가리켰다.

"말은 멋지지만 결국 텔레비전은 못 당해낸다는 소리잖아?"

"분명 속도로는 당해낼 수 없어. 하지만 내가 하는 일도 도움이 안 되는 건 아니야. 역할이 다를 뿐이지."

사가르는 잠시 생각에 잠겼다가 감탄스럽다는 듯이 말했다.

"그렇구나. 생각해보니 그럴지도 모르겠네. 비행기가 가장 빠르지만 버스나 릭샤도 필요하기는 하니까."

처음 듣는 표현이었지만 좋은 비유였다.

"뭐, 그건 됐어. 하지만 여기서 계속 텔레비전하고 신문만 보고 있을 건 아니지?"

"물론이야. 지금까지 얻은 정보를 정리해서 새로운 정보가 없는지 확인하고 있었어. 금방 나갈 거야."

"새로운 정보?"

사가르는 기다렸다는 듯이 테이블 위로 몸을 내밀었다.

"그거라면 내가 많이 알아. 말해줄까?"

"거리에 떠도는 소문 말이니?"

소문이라는 단어에 많은 사람들이 말하지만 꼭 믿을 수 있는 이야기는 아니라는 부정적인 의미가 포함되어 있기는 영어도 마찬가지다. 하지만 사가르는 되레 으스댔다.

"그래. 다치아라이, 이 도시는 소문으로 가득해. 다들 소문을 좋아하거든."

거리의 소문을 모아 '현지인의 말'로 소개하는 것은 전형적인 기사 작성법이다. 나도 어느 정도는 소문을 수집할 작정이

었다. 정보원이 열 살 안팎의 아이라는 점이 다소 불안하기는
했지만 지금은 한 명의 이야기도 아쉬웠다.

"알았어. 들려줘."

"물론. 먼저 황태자 말인데……."

나는 황급히 수첩과 펜을 쥐었다. 그 모습을 본 사가르가
만족스럽게 웃었다.

"준비됐어?"

"부탁해."

사가르는 의자 등받이에 몸을 기대더니 작은 몸을 크게 보
일 요량으로 어깨를 젖힌 채로 이야기를 시작했다.

"디펜드라 황태자에게는 연인이 있었어. 대단한 미인이라
는데 내가 사진으로 봤을 땐 그렇게 예뻐 보이지는 않았어.
사실 난 미인이 뭔지도 잘 모르지만."

아무리 어른스러워도 저 또래 아이라면 그럴 만하다. 나는
맞장구를 치며 뒷말을 보챘다.

"디펜드라 왕자는 그 연인하고 결혼할 작정이었는데, 임금
님하고 왕비님이 반대했어. 점술사가 그 결혼이 불행을 불러
올 거라고 했대. 왕자가 서른다섯 살이 되기 전에 결혼하면
임금님이 죽는다고 예언했다는 소문도 있어."

"점술사? 임금님이 점을 믿었니?"

그러자 사가르는 어이없다는 표정으로 말했다.

"당연하잖아. 임금님이니까 점을 믿지."

"그런 거야?"

"그래."

그게 이 나라의 상식인 걸까?

"사가르. 그 점술사 이름은 알아?"

"몰라. 아무도 모를걸."

"그럼 디펜드라 황태자의 연인 이름은?"

"그건 알아. 유명하니까. 데브야니 라나야."

이름을 받아 적었다. 결혼 반대가 원인이 되어 범행을 저질렀다⋯⋯. 있을 법한 이야기다. 하지만 위화감은 남아 있었다.

"황태자가 임금님하고 왕비님을 증오해서 살의를 품었다면 말은 돼. 하지만 어제 총에 맞은 건 그 두 사람 말고도 더 있었잖아."

"그래, 바로 그 점이야."

사가르가 뭐든 다 안다는 표정으로 말했다.

"이상하지. 디펜드라 황태자는 언제든 임금님하고 왕비님을 만날 수 있었으니까, 데브야니하고 결혼하려고 두 사람을 처치하고 싶었다면 굳이 어제가 아니어도 상관없었어. 그러면 두 사람만 쏘면 그만이니까. 그렇지?"

"맞아."

사가르가 다시 몸을 쑥 내밀었다.

"바로 그게 문제야. 다치아라이, 난 엄청난 이야기를 알고 있어. 궁금해?"

사가르가 눈을 반짝거렸다. 나는 내심 쓴웃음을 지으며 말했다.

"가르쳐줘."

"공짜로는 안 돼. 정말 엄청난 이야기거든."

펜을 내려놓았다.

"고마워, 사가르. 덕분에 좋은 이야기를 들었어."

그러자 사가르가 당황했다.

"어, 안 궁금해?"

"정보에 돈을 내지는 않아. 그러지 않으면 돈을 노리고 이야기를 부풀리는 사람이 있으니까."

경우에 따라 다르지만 사가르에게 거기까지 말할 필요는 없다.

"그런 짓 안 해. 다치아라이, 후회할 거야."

사가르는 포기하지 않았다. 아이들 심리를 잘 모르기는 해도 저렇게 노골적이니 감이 딱 왔다. 사가르는 내게 자기 이야기를 들려주고 싶은 것이다.

"진짜라니까!"

"그래? 정 말하고 싶으면 해. 하지만 역시 돈은 낼 수가 없는데…….."

사가르는 분하다는 듯이 얼굴을 찌푸리고 주먹을 바들바들 떨었다. 얼굴이 붉게 물들었다. 너무 놀랐나 보다.

"알았어! 돈은 필요 없어! 그 대신 이 이야기로 한몫 잡으면 내 몫은 챙겨줘야 해!"

"그래그래."

"잘 들어, 실은…….."

사가르가 갑자기 입을 다물더니 좌우를 살폈다. 창문이 열려 있는 것을 보더니 덧창을 닫고 계단 밑까지 살펴본 뒤에 의자로 돌아왔다. 꽤나 호들갑이다. 사가르는 목소리를 낮추더니 그제야 입을 뗐다.

"이건 인도의 음모야."

"흐응…….."

"죽은 임금님은 인도가 이 나라를 노린다는 걸 알고 있었어. 그래서 중국을 우방으로 삼으려 했지. 인도는 그게 마음에 들지 않던 거야. 그래서 살인청부업자를 보낸 거야."

"아하."

"임금님하고 왕비님은 물론이고 만찬회에 참석한 왕족이

모두 총에 맞은 것도 이해가 가지? 입막음이야. 모두 죽이면 누가 범인인지 알 수 없을 테니까."

내가 펜을 놀리지 않는 것을 알아차린 사가르가 잠시 불만스러운 표정을 지었지만 금세 알겠다는 표정으로 말했다.

"메모를 하지 않다니 역시 뛰어나군. 이렇게 위험한 정보를 종이에 적었다가는 누가 볼지 알 수 없으니."

"아니, 그게 아니라."

어떻게 설명해야 한담.

"인도는 국왕 부처의 사망으로 네팔이 혼란에 빠지는 게 두려워 국경에 병사를 모으고 있대."

왕의 죽음이 인도에 꼭 이득이 되는 건 아니라고 설명하고 싶었는데, 사가르는 심각한 얼굴로 눈살을 찌푸리고 끄덕거렸다.

"거봐. 침공할 작정인 거야."

나는 작게 한숨을 토했다. 사가르와 나누는 대화는 즐겁다. 평소 같으면 조금 더 이야기를 나누고 싶었을 것이다. 하지만 오늘은 할 일이 너무 많다.

"사가르. 난 그런 이야기를 찾고 있는 게 아니야."

사가르가 상처 입은 표정을 지었다.

"안 믿는 거야?"

"믿고 안 믿는 문제가 아니야."

"알겠어. 증거 때문이지? 증거가 없어서 쓸모없다고 생각하는 거지?"

지금 당장 사가르를 설득할 필요는 없다. 그가 그걸로 납득한다면 굳이 부정할 필요는 없다.

"그래, 증거가 있으면 또 이야기가 달라지지. 하지만 지금은 사진을 찍고 싶어."

사가르는 부루퉁한 얼굴로 의자 등받이에 몸을 기댔다.

"사진은 어디서나 찍을 수 있잖아. 뭘 찍고 싶은데?"

아마도 무의식중에 튀어나왔을 그 질문은 예상외로 나를 당황하게 만들었다. 무엇을 찍고 싶은지, 무엇을 쓰고 싶은지 제대로 설명할 수 없다는 건 알면서도 나는 말했다.

"그래……. 이 도시의, 평소와는 다른 광경."

충분한 대답이 아니라는 걸 꿰뚫어 본 걸까. 사가르는 일순 도저히 아이 같지 않은 싸늘한 표정을 지었다. 나는 움찔 놀라 그 얼굴을 응시했다.

하지만 사가르는 바로 짓궂은 미소를 되찾았다.

"뭐야. 그럼 빨리 말하지 그랬어."

"짐작 가는 데가 있니?"

"응."

사가르는 텔레비전을 흘깃 쳐다보았다. BBC는 여전히 왕궁 앞 광장의 소란스러운 상황을 전하고 있었다.

"소문을 듣기로 임금님은 육군 병원으로 이송되었대. 이 도시의 장례식은 모두 파슈파티나트 사원에서 치러. 장례 행렬은 당신도 찍을 수 있을 거야."

오래된 도시에 해가 저물었다.

사방이 산으로 에워싸인 카트만두 분지에서는 하늘 저편이 노을에 물들어가는 광경을 볼 수 없다. 그저 푸른 하늘이 군청색으로 변하다가 삽시간에 모든 게 어두워졌다.

사가르는 소문을 더 자세하게 알아왔다. 육군 병원은 카트만두 서쪽 변두리에 있다. 장례 행렬은 저녁에 병원을 출발해 먼저 나라얀히티 왕궁으로 향한다. 그리고 바그마티 강가, 도시의 동쪽 끝자락에 있는 파슈파티나트 사원으로 간다고 했다.

침묵을 지키고 있던 네팔 정부는 장례식을 앞두고 방금 전 국왕의 죽음을 정식으로 발표했다. 국왕 폐하의 붕어와 함께 많은 왕족이 사망했다고. 발표는 그게 전부였다. 황태자가 총을 쏘았다는 말도, 황태자가 자살을 시도해 중태에 빠졌다는 말도 없었다.

BBC의 오보일 리는 없다. 네팔 정부가 사건 정보를 최대한 은폐할 셈이거나, 국민에게 알릴 필요가 없다고 생각하거나, 혹은 두 가지 이유가 모두 해당될 것이다.

도쿄 로지의 텔레비전으로 공식 발표를 본 다음 나는 사가르의 안내로 나라얀히티 길에 있는 슈퍼마켓 옥상으로 향했다.

하늘이 차츰 어둠에 묻히자 길에는 사람들이 조금씩 늘어났다. 어느새 인도는 물론이고 도로 쪽에 접한 집들의 창문과 지붕 곳곳에 사람들이 넘쳐나기 시작했다. 그들 대부분은 하얀 옷을 입고 조의를 표하고 있었다.

이윽고 서쪽에서 장례 행렬이 천천히 다가왔다.

황금색 천을 덮은 국왕의 관을 하얀 옷을 입은 사람들이 운반하고 있다. 세상을 떠난 것은 왕 한 사람만이 아니었다. 몇 개나 되는 관이 그 뒤를 따랐다. 행렬 속에 엉뚱하게도 꽃가마가 있었다. 화려한 꽃가마는 왕비가 혼례 때 타고 온 것이라고 했다.

길게 이어지는 장례 행렬을 바라보면서 나는 관의 개수를 헤아렸다. 일곱 개였다. 꽃가마 속의 왕비를 포함해 여덟 명. 여덟의 죽음.

오늘 오전, 왕궁의 상황을 보고 왔다. 사람들은 정문 앞으로 모여들었지만 딱히 하는 일도 없이 어슬렁거릴 뿐이었다.

지금은 다르다. 양쪽 건물은 이미 사람들로 가득했다. 건설 중인지 해체중인지 모를, 벽이 없는 삼 층짜리 빌딩에는 위험하리만치 많은 사람들이 다닥다닥 모여 있었고 몸 사이로, 머리 위로, 또 다른 얼굴이 보였다. 누가 봐도 왕의 장렬을 지켜보려는 인파였지만, 나는 그게 조금 뜻밖이었다. 왕이 살해당했는데도 도시는 평온해 보였다. 그래서 나는 비렌드라 왕이 사람들에게 그리 사랑받지 못한 줄 알았다. 하지만 그렇지 않았다.

네팔은 힌두교 국가다. 힌두교에서는 사람의 죽음을 애도하지 않는다는 이야기를 들은 적이 있다. 모든 것은 윤회하며, 죽음은 끝이 아니다. 그렇기에 힌두교를 믿는 사람은 오히려 웃는 얼굴로 죽은 사람을 떠나보낸다는 것이다.

그게 거짓말이었거나, 적어도 경우에 따라 다르다는 것을 깨달았다. 사람들은 분명 왕의 죽음을 슬퍼하고 있었다. 민주화 운동을 수용하고, 의회를 만들고, 신헌법을 공포한 왕의 예기치 못한 죽음을.

탄식은 점점 커지고 왕의 관에 조화가 쏟아졌다. 왕이 죽는다는 게 이런 것일까?

머리를 박박 민 남자가 보여 승려인 줄 알았는데 그런 것 치고는 수가 너무 많았다. 사가르에게 물어보니 당연하다는 듯이 조의를 표하는 거라고 대답했다. 그렇게 말하는 소년의 옆모습은 태연해서, 어른들의 비탄을 한 걸음 떨어진 곳에서 바라보는 것처럼 보였다.

너는 슬프지 않니? 그렇게 물어보지는 못했다. 슬픔은 개인의 감정이다.

장례식을 지켜보는 수만 명 속에서 플래시 불빛이 터지는 일은 한 번도 없었다. 적어도 나는 보지 못했다. 비록 주위가 어두워 아무것도 찍히지 않을지 모르지만 나 역시 디지털카메라를 조작해 플래시를 껐다. 그게 이 나라 사람들에 대한 최소한의 예의라고 생각했기 때문이다.

옥상에서 내려가 사가르의 안내로 장소를 바꾸어가며 검은 관에 덮인 황금색 천을, 그 관을 운반하는 하얀 옷을 입은 사람들을, 지켜보는 사람들의 표정을 차례로 찍었다. 땅울림 같은 슬픈 목소리는 담아낼 수 없었지만 이 나라에 와서 처음으로 뭔가 찍었다는 생각이 들었다.

장례 행렬이 바그마티 강으로 다가갔다. 어제 사가르와 함께 왔던 장소다. 이곳에서 오늘은 국왕이 다비茶毘를 치른다. 시간대도 다르고, 죽은 이를 떠나보내는 사람들의 수도 전혀 다르다. 하지만 강가에서 시신을 태우는 과정은 똑같다. 새삼 죽음의 공평성을 생각하지 않을 수 없었다.

맨 앞의 관이 이윽고 파슈파티나트 사원에 도착했다. 사람들 목소리에 이질적인 감정이 섞여 있는 것 같아 주위를 둘러보았다. 장례 행렬에서 떨어진 곳에 검은 자동차가 한 대 서 있었다. 사람들은 그 자동차를 향해 분노의 고함을 내지르고 있었다.

"저건?"

사가르에게 물어보았지만 그도 모르는 눈치였다. 차에 다가가 원성을 쏟아내는 남자에게 똑같은 걸 물어보았다.

"코이라라야."

그가 대답했다.

"수상인데, 왕을 지키지 못했어."

남자는 몸을 웅크려 비포장 길에서 돌을 주워 들고 검은 차를 향해 집어던졌다. 돌은 포물선을 그리며 밤하늘 속으로 사라졌다. 수상의 차에 맞았는지 안 맞았는지, 내가 서 있는 곳에서는 확인할 길이 없었다.

# 7

## 조포弔砲의
## 밤

고양감과 피로가 뒤섞인 감정을 느끼면서도 계속해서 장례식 사진을 찍었다. 현지 시간으로 저녁 8시가 넘자 아무리 본인이 괜찮다고는 해도 이 이상 붙잡아둘 수는 없어 사가르를 돌려보내고 혼자 이동해 영어가 통할 만한 상대를 찾아 인터뷰를 했다. 피로를 못 이기고 무거워진 다리를 겨우 달래가며 도쿄 로지로 돌아온 무렵에는 이미 11시가 다 되어가고 있었다.

조첸 지구 중심가에는 아직 불빛이 조금 남아 있었지만 골목으로 한길만 들어서도 어둠은 위험스러우리만치 깊었다. 때때로 흙벽돌 벽을 짚어가며 주택 장식창으로 희미하게 새어 나오는 불빛에 의지해 귀로를 서둘렀다. 밤이 깊었는데도 거리에는 사람들이 많았다. 그만큼 많은 사람들이 왕의 마지막 가는 길을 지켰고, 밤이 깊도록 안타까워했다. 그래도 로지 근처까지 오니 거리에는 나 하나밖에 없었다.

멀리서 무슨 소리가 울렸다. 콰앙…… . 마치 종소리 같기도 한 그 소리는 왕의 죽음을 애도하는 대포 소리였다. 몇십 초 간격으로 계속 쏘아 올리고 있다. 방금 전 소리가 몇 번째였을까? 중간까지는 세고 있었는데 그만 놓쳤다. 거리에 있던 어떤 사람이 전부 쉰다섯 발을 쏜다고 알려주었다. 조포는 왕의 향년과 같은 회수만큼 쏜다고 한다.

로지가 보였다. 녹색 철문 위에 달린 전등에서 오렌지색 불빛이 삼각뿔 모양으로 쏟아지고 있었다. 임시 거처지만 돌아왔다고 생각하니 역시 심신의 긴장이 풀렸다.

그 순간, 난데없이 로지의 철문이 안쪽에서 벌컥 열렸다. 차메리가 내가 온 걸 알고 열어준 줄 알았는데, 밖으로 나온 사람은 수쿠마르였다. 여전히 하얀 셔츠를 깔끔하게 입고 있었지만 소매 언저리는 구깃구깃했다. 내가 놀란 것처럼 그도 나를 보고 눈을 휘둥그레 떴다.

"이런 시간까지 일을 하셨습니까?"

"예, 왕의 장례식을 지켜봤어요. 당신은 어디에?"

그는 머쓱한 얼굴로 웃었다.

"술을 좀. 여기서 마셔도 상관은 없지만요."

"북적거리는 걸 좋아하시나요?"

"그런 건 아니지만, 뭐 금방 알게 될 겁니다."

수쿠마르는 그런 말을 남기고 밤의 거리로 훌쩍 나갔다. 왕이 사망한 이튿날 술을 파는 가게가 있을까? 그런 생각을 하는 사이 그의 모습은 거리의 어둠 속으로 사라졌다.

로지의 철문을 열었다. 어둑한 로비에는 차메리가 있었다. 프런트데스크 안쪽에서 장부를 넘기다가 나를 보더니 미안하다는 듯이 말했다.

"다치아라이 씨, 아직 대답이 없네요."

라제스와르 준위에 대한 인터뷰 요청을 말하는 것이다. 내심 낙담했지만 겉으로 드러내지는 않았다.

"그럴 만도 하지요. 그 사람이 왕궁의 군인이라면 오늘은 아마 정신없었을 테니까요."

"저도 그렇게 생각해요. 답이 오면 알려드릴게요."

"부탁드릴게요. 만약 제가 자고 있으면 깨워도 돼요."

그렇게 말하기는 했지만 한번 잠들면 노크 정도로는 깨지 않을지도 모른다.

"알았어요. 저도 오늘밤은 늦게까지 깨어 있을 거라."

"제 부탁 때문이라면……."

차메리가 미소를 지었다.

"아니에요. 수쿠마르 씨가 나갔으니 돌아올 때까지 깨어 있어야죠."

어찌 보면 당연한 일이었다. 프런트를 이십사 시간 열어둘 수 있을 만큼 도쿄 로지에 종업원이 많을 것 같지는 않다. 손님이 모두 돌아오면 문을 잠그고 차메리도 쉴 것이다.

피곤했다. 머리 한구석으로는 오늘 찍은 사진을 확인해야 한다고 생각했지만 의식은 대부분 따뜻한 샤워와 푹신한 침대로 향하고 있었다.

하지만 차메리가 계단으로 향하는 나를 불렀다.

"참, 오늘밤은 단수예요."

뒤를 돌아보니 차메리는 이미 장부에 눈길을 떨어뜨리고 있었다.

만성적인 물 부족에 시달리는 카트만두에서는 종종 계획적으로 단수를 실시한다. 구역마다 시간을 정해 물 공급을 중단하는 것이다. 알고는 있었지만 하필 오늘밤이라니. 온몸을 뒤덮은 피로가 배가되어 목에 건 디지털카메라까지 어깨에 깊이 파고드는 기분이었다. 수쿠마르가 술을 마시러 밖으로 나간 것도 그런 이유였을 것이다. 물이 나오지 않으면 여러모로 불편할 테니.

202호의 문을 열고 불을 켰다. 계획 단수와 마찬가지로 이 도시에서는 계획 정전도 일상다반사다. 그나마 전기는 들어오니 다행이라고 생각해야 할까. 단수 사실을 내 눈으로 확인하고 싶어 세면대 수도꼭지를 틀자 수도관 속에 남아 있던 물이 쪼르르 흘러내리다가 이윽고 멎었다. 나는 보디백을 침대에 아무렇게나 던졌다. 언제까지 목욕을 못 하는 걸까? 차메리에게 단수가 언제 풀리는지 물어봤어야 했다.

보디백처럼 침대에 몸을 던지고 싶은 충동에 휩싸였지만 아직 할 일이 남아 있었다. 오늘이 네팔 휴일인 토요일인 탓인지, 아니면 가게 주인들이 모두 왕의 장송에 참가한 탓인지 동네에서 라디오를 구하지 못했다. 수쿠마르의 라디오를 빌릴 수도 없다. 그렇다면 4층 텔레비전은 귀중한 정보원이니 조금이라도 봐둬야 한다. 일단 앉으면 기력이 꺾일 것만 같아 카메라를 책상 위에 내려놓고, 혹시 몰라 보디백은 손에 들고서 안식을 선사해줄 202호를 뒤로했다.

복도가 묘하게 어둡다 했더니 전구가 하나 나가 있었다. 문을 잠그고 계단으로 향했다.

그때 계단 앞에서 다른 객실 문이 열렸다. 남자가 슬금슬금 걸어 나왔다. 롭 폭스웰이다. 턱수염도 자랐고 안색은 창백했다. 그는 나를 보더니 그래도 씩씩하게 웃었다.

"여, 마치. 돌아왔구나."

"그래."

"피곤하지? 그런데 단수라니 맙소사."

"동감이야."

대화를 나누는데 그가 의미심장한 시선으로 힐끔거렸다. 수작이라도 부리는 건가 싶었지만 아무래도 그런 기색은 아니었다.

"왜 그래?"

그렇게 묻자 롭은 노골적으로 당황하며 말했다.

"아니, 나한테 할말이 있다고 했다면서?"

"내가?"

내가 어지간히 어리둥절한 표정을 지었는지 롭은 황급히 변명하듯 말했다.

"착각했나 봐. 미안해."

문을 닫으려 했다. 그 모습이 너무 시무룩해 보여 말을 걸려다가 문득 아이디어가 떠올랐다.

다양한 관점의 사람들에게 이야기를 듣고 싶었으니 우연히 카트만두에 있던 미국인 여행자의 코멘트도 기사에 담아내면 재미있을지도 모른다.

"내가 할 말은 없지만 당신 이야기는 듣고 싶은데."

"내 이야기?"

움푹 꺼진 눈구멍 속에서 잿빛 눈동자에 희색이 감돌았다. 누군가와 대화하고 싶었던 모양이다.

"그래. 하지만 여기는 다른 손님들에게 방해가 돼."

"내 방이라도 괜찮다면……."

"텔레비전도 보고 싶어. 4층으로 가자."

그는 한숨 섞인 목소리로 "알았어" 하고 고개를 끄덕이더니 문을 닫았다. 자물쇠를 잠그고 나를 따라왔다.

4층에는 아무도 없었다. 차메리는 1층에 있고, 수쿠마르는 술을 마시러 나갔다. 야쓰다는 보지 못했지만 뉴스에 매달릴 타입은 아닐 것이다. 텔레비전을 켰다. 가까운 테이블의 의자에 걸터앉자 뭐라 말을 걸기 전에 롭도 내 맞은편에 앉았다.

"출국 티켓은 예약했어?"

롭은 떨떠름한 표정으로 고개를 저었다.

"아니. 잠깐 기다리라는 말만 하고 여기저기 다른 번호로 돌리다가 결국 영업 끝났다고 하더군. 차메리 씨 좋은 일만 했어."

"그랬구나……."

"뭐, 내일 또 찾아봐야지."

체념한 건지 롭은 미련 없이 그렇게 말했다.

"그런데 난 무슨 얘기를 하면 돼?"

나는 손을 들어 그의 말을 막았다. 방금 켠 BBC에서 아나운서가 긴장한 얼굴로 원고를 낭독했다.

"정부는 오늘밤, 디펜드라 전하의 왕위 계승을 발표했습니다. 새 국왕은 아직 의식을 회복하지 못했으며 당분간 갸넨드라 왕자가 섭정으로 공무를 대행할 예정입니다……."

놀라서 수첩을 펼쳤다. 갸넨드라는 이번 사건으로 사망한 비렌드라 국왕의 남동생이다. 총을 난사했다는 디펜드라 황태자에게는 숙부인 셈이다.

아나운서의 말이 끝나기도 전에 롭이 불쑥 내뱉었다.

"미쳤어. 저렇게 많은 사람을 죽인 살인자가 왕이라고?"

"그는 의식불명 상태야."

그렇게 말하자 롭이 표정을 싹 바꾸더니 불같은 기세로 내게 따지고 들었다.

"그래서 뭐? 회복할지도 모르잖아. 그럼 멋진 이야기지. 한 생명이 살아난 거니까. 하지만 침대에서 일어나서 뭐라고 하겠어? 저는 아버지와 어머니를 살해했습니다, 하지만 황태자

니까 왕이 되겠습니다? 웃기지 마. 중세도 아니고. 부통령이
대통령을 총으로 쏴 죽여도 승격된다면 백악관은 매일 결투
장이 될걸."

그는 텔레비전 쪽으로 고개를 돌렸다. BBC는 황태자의 즉
위를 전한 뒤에 음악을 내보냈다. 애도할 때 쓰는 음악인지,
여운이 남는 가녀린 현악기의 음색이 몹시 비통했다.

"오늘밤 네팔 사람들도 똑같은 생각을 하지 않을까? 왕을
살해한 자가 왕이 되다니. 정상이 아니야. 꿍꿍이가 있다고
생각하겠지. 파란이 일 거야."

롭은 천장을 올려다보며 외쳤다.

"젠장! 이런 뉴스는 내 집 소파에서 봐야 하는데! 흥미진진
한데…… 너무 가까워!"

그는 이국적인 정서를 찾아 동양에 왔지만 살인 때문에 이
나라에 발이 묶이고 말았다. 사자를 보려고 동물원에 갔다가
사자 우리에 갇힌 기분일 것이다. 너무 가깝다는 말에는 그런
실감이 깃들어 있었다.

나는 롭의 상기된 옆얼굴을 보고 있었다. 그는 미국에서 이
사건을 보고 싶다고 했다. 나는 일본의 독자들에게 보여줄 기
사를 쓰려고 취재를 하고 있다. 지금 이곳에는 뉴스의 발신자
와 수신자가 있는 셈이다. 내가 생각하는 나의 독자는 과연

롭 같은 사람이었을까? 문득 깨달았다. 육 년이나 기자 생활을 했는데 어떤 사람이 내 기사를 읽고 기뻐하는지, 진정 깊이 생각해본 적은 없지 않나?

기사에 쓸 수 있을지 없을지는 모르지만 롭과는 조금 더 대화를 해보고 싶었다. 아니, 나하고 대화함으로써 그의 마음이 조금 편해지길 원하는 마음도 있었다. 나는 수첩과 펜을 꺼냈다.

"롭. 나는 일본 잡지 《월간 심층》의 의뢰를 받아 취재를 하고 있어. 사건에 대한 당신 생각을 들려주겠어?"

그러자 그의 눈빛이 바뀌었다. 긍지와 반발이 공존하는 듯한, 기쁘면서도 당황하는 듯한 눈빛이었다.

"잡지라고? 마치, 당신은 정말 학생이 아니었구나."

"그렇다고 했잖아."

"스물여덟 살이라니 거짓말 같아서 어디까지 믿어야 할지 몰랐어."

나는 미소를 지었다. 학창 시절에는 학생으로 보이지 않는다는 소리를 들었는데.

"그래, 상상도 할 수 없었던 큰 사건이니 정말 놀랐지. 가능하면 빨리 이 나라에서 빠져나가고 싶어. 무슨 일이 일어날지 모르니까. 버스가 제일 좋지만 이렇게 된 이상 비행기라도 상관없어. 이 나라를 빠져나갈 때까지는 마음을 놓을 수 없어. 신중하고 냉정하게 처신하라고 스스로를 타이르고 있어."

그가 한 말을 일본어로 받아 적었다. 일본 글자가 재미있는지 메모를 마쳤는데도 롭은 내 손 언저리를 가만히 들여다보고 있었다. 그럴 필요도 없는데 서비스하는 기분으로 "로버트가 그렇게 말했다. 그의 뒤에는 치프가 있다고 한다"라는 글을 덧붙이고 수첩을 덮었다.

"고마워, 롭."

"기사는 언제 실려?"

"아마 이번 달 안에. 달리 더 큰 사건만 일어나지 않는다면 말이야. 잡지가 나오면 보내줄까?"

그는 아이처럼 연거푸 고개를 끄덕였다.

"응. 꼭, 꼭이야!"

그래서 나는 그의 주소도 받아 적었다. 롭이 직접 쓰겠다고 해서 수첩을 건넸다. 그가 캘리포니아 주의 주소를 쓰는 모습을 보면서 나는 멀리서 들려오는 조포 소리를 듣고 있었다.

BBC는 음악을 멈추고 다시 뉴스를 전하기 시작했다.

"정부는 오늘밤, 디펜드라 전하의 왕위 계승을 발표했습니다……."

날짜가 바뀔 즈음 202호로 돌아왔다. 혹시나 싶은 희망을

품고 수도꼭지를 틀어보았지만 이번에는 물 한 방울 나오지 않았다. 괜히 목이 타서 책상 위 전기 포트를 들었다. 묵직하기에 뚜껑을 열어보니 물이 들어 있었다. 내가 받았던 것 같기도 하지만 기억은 가물가물하다. 위험할지도 모르지만 끓이면 괜찮을 거라는 생각에 마음을 바꾸어 스위치를 켰다.

침대에 걸터앉아 카메라를 들었다. 여분의 건전지를 충분히 가져오기는 했지만 부족하지는 않을까? 해외에서 취재하는 것도, 디지털카메라로 취재하는 것도 처음이다. 건전지 소비량을 짐작할 수도 없고 해외에서 산 건전지를 써도 문제없이 작동할지 아무래도 자신이 없었다. 설마 괜찮겠지.

디지털카메라를 살 때 충전식으로 살지 건전지식으로 살지 꽤나 고민했다. 충전식은 오래 쓸 수 있고 본체도 얇고 가볍다. 건전지식은 건전지를 쓰는 만큼 아무래도 무겁다. 하지만 충전식 카메라는 외부에서 배터리가 바닥났을 때 손쓸 방도가 없는 데 비해 건전지식은 여분의 건전지가 있는 한 교환할 수 있다는 이점이 있다. 어느 쪽이 나은지 이번 취재가 끝나면 다시 한번 고민해봐야겠다.

건전지 잔량이 불안했지만 사진은 확인해야 했다. 카메라 전원을 켜고 오늘 찍은 사진을 체크했다. 카트만두의 거리를 지나는 왕의 장렬을 몇십 장은 찍었다. 오래된 도시답게 벽돌과 격자문이 즐비한 길을 지나가는 광경이나, 21세기답게 콘크리트와 유리로 지은 햄버거 가게 간판 밑을 지나는 광경을.

의미 있는 것을 찍었다고 생각했다. 오전에 찍은 왕궁 앞 사진보다는 흥미로운 구도로 나온 사진이 많았다. 다만 그 어떤 것도 내가 느꼈던 짜릿한 감각만큼 충분히 만족할 수 있는 사진은 아니었다. 나는 과연 무엇을 충분히 찍고 싶은 걸까?

한숨을 내뱉었다. 어느 사진이나 그냥 쓰기에는 문제없는 수준이기는 했다. 《월간 심층》에 보내려면 인터넷 회선을 확보해야……. 고민할 문제는 얼마든지 있었다.

사진을 보고 있는데 누가 조심스럽게 문을 두드렸다. 천천히 일어났다. 이곳 방문에 문구멍이 없다는 걸 그제야 깨달았다.

"누구시죠?"

대답 또한 노크 소리처럼 작았다.

"차메리예요. 그 일 때문에……."

설마 위험한 일은 없겠지만 혹시 몰라 도어체인을 걸고 문을 열었다. 차메리는 혼자였다. 어째선지 근심스러운 얼굴로 계단 쪽을 힐끔거리고 있다.

"왜 그러세요?"

"아뇨……. 저쪽 방에서 무슨 소리가 들려서."

그 말을 듣고 보니 확실히 무거운 물체를 움직이는 소리가 들렸다.

"여기 2층에 있는 숙박객은 저하고 롭…… 로버트 폭스웰뿐이가요?"

"아뇨. 수쿠마르 씨도 같은 층에 계세요. 하지만 아직 돌아오지 않았어요."

"그럼 이 소리는 로버트의 방에서 나는 건가요?"

"예. 늦게까지 들리면 상황을 보러 가야 할 것 같아요. 그래서 말인데……."

차메리는 한층 목소리를 낮추었다. 남들 귀를 두려워하는 것이리라.

체인을 풀었다.

"들어오세요."

"고맙습니다."

차메리가 202호로 들어왔다.

"그 일 때문이라고 하셨는데."

"예."

잠깐 침묵이 이어졌다.

"그 사람이 당신을 만나보겠답니다."

녹초가 되었던 몸에 새로운 힘이 솟아나는 게 느껴졌다. 그 사람이란 물론 사건 당일 밤, 왕궁을 경비했다는 군인이다. 정말 이야기를 들을 수 있을 줄이야!

"라제스와르 준위 말씀이시죠?"

나도 그녀를 따라 속삭이듯 말했지만 그녀는 입술 앞에 손가락을 세웠다.

"조심해요. 그는 당신을 만나는 걸 비밀로 하고 싶대요."

당연한 소리였다. 왕궁의 경비 정보는 최고 기밀 사항일 것이다. 하물며 왕의 살해를 막지 못한 상황이니 함구령이 떨어졌다 해도 이상하지 않다. 그런데 기자를 만나니, 당연히 동료들에게는 들키고 싶지 않을 것이다. 그런 상황에서도 만나주겠다니 절박한 정보를 제공할 의사라도 있는 걸까? 아니, 헛물을 켜고 있는 건지도 모른다. 마음을 억눌렀다. 흥분이 얼굴에 드러나지 않는 체질이라 이럴 때는 참 고맙다.

"알겠습니다. 아무한테도 말하지 않을게요."

아마도 뭔가 이야기해준다 해도 익명을 조건으로 붙일 것이다. 그건 상관없다. 소식통의 정보라고 적을 수만 있다면 충분하다.

"몇 시에 어디서 만날 수 있나요?"

"그건 내일 말해주겠다고 하네요."

근무에서 언제 빠져나올 수 있는지 모르는 것이리라. 내일 상황이 어떻게 굴러갈지 전혀 예측할 수 없다. 하지만 그러면 하루 종일 이곳에 붙어 있어야만 한다.

"오전인지 오후인지만이라도 알 수 없을까요?"

차메리는 난처한 표정을 지었다. 그녀가 시간을 내주는 것도 아니니 꼬치꼬치 물어봤자 곤란하기만 할 것이다.

"오후일 거예요……. 아마도. 그 사람은 오전에 온 적이 없으니까."

"알겠습니다."

전기 포트의 물이 끓어 스위치가 달칵 꺼지는 소리가 났다.

"그럼 부디 비밀리에."

차메리는 그렇게 말하고 떠나려 했다. 나는 등을 돌린 그녀를 불러 세웠다.

"저, 차메리 씨. 고마워요."

"천만에요. 인사는 그 사람에게 하세요."

어깨 너머로 돌아보는 그녀에게 물었다.

"저, 그리고 한 가지 더. 단수는 언제 풀리나요?"

내가 무슨 질문을 할지 불안했는지 얼어붙었던 차메리의 표정이 단숨에 풀렸다. 그녀는 내 쪽으로 몸을 돌리며 말했다.

"아침 6시요."

역시 오늘밤 목욕은 포기해야 하나 보다.

"내일도 마찬가지로 오후 10시부터 물이 끊길 예정이에요. 그럼 다치아라이 씨, 편히 쉬세요."

차메리는 문을 닫았다.

목욕은 아쉽게 됐다. 하지만 좋은 기회를 얻었다. 202호에서 나는 조용한 흥분이 솟구치는 것을 느꼈다. 뒤집어놓았던 머그컵을 들고 포트로 뜨거운 물을 따랐다.

문득 깨닫고 보니 카트만두의 밤은 고요하기 그지없다. 귀를 기울여도 들려오는 것은 덜컹거리는 소리뿐. 롭은 뭘 하는 걸까······. 계속 저러면 차메리가 상황을 살피러 갈 것이다.

조포는 끝난 것 같았다. 내가 잠에 빠질 때까지, 그 아득한 종소리 같은 음색은 더이상 들려오지 않았다.

**8**

소문의
거리

　네팔의 우기는 일본의 장마와는 다르다. 장맛비가 추적추
적 내리는 게 아니라 방금 전까지 맑았던 하늘이 단숨에 흐려
져 소나기 같은 비가 내린다고 한다.

　하지만 오늘 아침도 맑았다. 훤히 드러난 땅을 건조한 바
람이 훑었다. 샤워를 하고 자외선 차단제만 바른 얼굴에 벌
써부터 흙먼지가 들러붙는 것을 느끼며 아침의 카트만두를
걸었다. 라제스와르의 연락을 기다리는 처지다 보니 그리 멀
리 갈 수는 없지만 어제 사지 못한 라디오를 어떻게든 구하

　　　　　　　　　　　　　　　　　　　　왕과 서커스

고 싶었다.

바로 돌아오겠다고 차메리에게 말해두고 싶었지만 그녀는 프런트에 없었다. 종업원 구역에 인기척은 있었지만 불러도 나오지 않았다. 별수없이 가급적 용건을 빨리 마치고 돌아오려고 걸음을 서둘렀다.

라디오를 팔 만한 곳으로 두 군데쯤 짐작 가는 데가 있었다. 하나는 인드라 초크. 거기서 물건을 사면 분명 즐거울 테고 흥정만 잘하면 싸게 살 수 있을지도 모른다. 하지만 지금은 다소 비싸게 치르더라도 확실하게 빨리 손에 넣고 싶었다. 나는 또 한 곳, 뉴로드로 향했다.

네팔에 머문 지도 나흘째가 되니 흙벽돌의 거리 풍경도 시바 조각상에 붉은 분가루를 바르며 기원하는 여성의 모습도 익숙해지기 시작했다. 비닐이나 채소 부스러기가 가득한 길가의 도랑을 들여다보며 쓸 만한 걸 줍는 아이들의 모습에도 놀라지 않게 되었다. 그래서 그런 걸까? 카트만두의 거리 분위기가 어딘지 모르게 조금 달라진 것을 느꼈다.

어제, 남자들은 길모퉁이에 모여 말없이 뚫어져라 신문을 보고 있었다. 소리 높여 한탄하는 사람들도 있기는 했지만 드물었다. 하지만 오늘 아침은 상황이 달랐다.

토피 모자를 쓴 초로의 남성이나 우락부락한 팔뚝을 드러낸 남자가 잔뜩 눈살을 찌푸리며 고함을 질러대고 있다. 멱살을 붙잡고 싸우는 사람들도 보였다. 네팔어다 보니 그들이 뭐라고 하는지는 알 수 없다. 하지만 신문을 치켜들며 기사를 삿대질하고 있는 걸 보면 십중팔구 왕궁 사건이 다툼의 원인이다. 어제까지는 거리에서 분노라는 감정을 거의 찾아볼 수 없었는데.

네팔 정부는 정보를 조금씩 흘리고 있다. 왕궁에서 살인이 벌어졌다는 사실을 이 도시의 모두가 알고 있는데, 공식 발표로는 국왕을 포함한 여덟 명의 왕족이 사망했다는 말뿐이다. 그런 점이 애초에 네팔 정부는 왕궁 사건에 대해 아무 발표도 할 생각이 없을지도 모른다, 앞으로도 제대로 된 설명은 없을지도 모른다는 의혹을 부르고 있다. 이런 불신감이 사람들의 불만을 초래하는 게 아닐까?

뉴로드는 전자제품의 거리다. 기억에 따르면 카세트테이프나 비디오테이프, 전선이나 전구를 파는 온갖 가게들 사이에 소형 전기 제품을 파는 가게가 있었다. 입구가 좁고 안쪽으로 깊이 뻗은 길쭉한 쪽방 같은 가게로 들어가 라디오를 찾았다. 곱슬머리에 턱수염을 기른 투실한 점원이 계산대에서 신문을 읽다가 나를 보더니 살갑게 웃으며 물었다.

"뭘 찾아?"

영어였다. 나도 미소를 지으며 대답했다.

"라디오를 좀."

"라디오라. 어떤 걸 원해? CD를 들을 수 있는 기계도 있어."

"고마워요. 하지만 작은 게 좋아요. 주머니에 들어갈 만한 크기."

그렇게 말하자 점원이 계산대에서 굼뜨게 걸어 나와 선반 하나로 손을 뻗었다.

"이게 제일 작을 텐데."

주머니에 들어갈 것 같지는 않았지만 보디백에는 들어갈 만한 은색 라디오였다.

"그걸로 줘요. 지금 넣을 건전지하고 예비용 건전지랑 이어폰도."

"오케이."

그는 주문한 물건을 능숙하게 계산대에 늘어놓으며 나를 힐끗 보았다.

"여행 온 거야?"

"뭐 그렇죠."

"때가 이러니 라디오가 필요하겠지. 무슨 일이 일어났는지 도통 알 수가 없어. 소문은 잔뜩 떠도는데……."

"소문요?"

보디백에서 지갑을 꺼내면서 물었다.

"이 도시에는 여행하러 왔지만 지금은 취재를 하고 있어요. 일본 잡지 《월간 심층》 기자로 다치아라이라고 합니다. 괜찮다면 어떤 소문이 떠도는지 알려주실 수 없을까요?"

점원이 고개를 들었다.

"기자라고? 맙소사. 그럼 내 말 좀 들어봐."

그는 계산대에 팔꿈치를 괴더니 마구 퍼부어댔다.

"그저께 갸넨드라는 총에 맞지 않았어. 왜 그런지 알아? 그놈은 포카라에 있었다지 뭐야."

갸넨드라는 새로운 섭정으로, 사망한 비렌드라 국왕의 남동생이다. 그가 만찬회에 결석해서 화를 면했다는 소식은 오늘 아침에 보도되었다.

"포카라?"

"이 나라에서 두 번째로 큰 도시야."

"그렇군요. 우연히 카트만두를 떠나 있어 무사했던 거군요."

"그래. 그건 좋아. 그런 일도 있지. 하지만……."

남자가 눈살을 잔뜩 찌푸렸다.

"파라스는 왕궁에 있었으면서도 우연히 무사했다는 거야! 갸넨드라의 아들이지! 아버지는 우연히 만찬회에 가지 않았고, 아들은 참석했지만 우연히 다치지 않았다니! 이게 우연일까? 다들 무슨 꿍꿍이가 있을 거라고 생각해. 하지만 어차피 우리에게 들어오는 정보는 아무것도 없어. 그게 바로 이 나라야. 천사백 루피."

"천사백 루피에 숨은 뜻이라도?"

"무슨 소리야? 라디오하고 건전지, 이어폰, 다 해서 천사백 루피."

"아아……."

실랑이를 벌이다가 천이백 루피로 타협했다.

점원이 비닐봉투에 라디오를 아무렇게나 집어넣는 것을 보면서 생각했다. 그는 이번 사건에 어떤 음모가 숨겨져 있다는 기색을 내비쳤다. 그렇게 느끼는 게 그 한 사람뿐일까? 아니면 똑같은 의심이 온 나라에 퍼져 있는 걸까?

한 가지 알 수 있는 건 상황이 크게 바뀌었다는 사실이다. 직감만으로 말한다면 아마도 나쁜 방향으로.

구경꾼 시선의 관심에서 나온 말이었겠지만 어젯밤 롭이 한 말이 맞았는지도 모른다. 디펜드라가 즉위하자 사람들은 사건의 배후를 의심하기 시작했다. 오늘 만날 라제스와르가 그날 밤 있었던 일을 낱낱이 알고 있고, 내게 전부 이야기해줄 가능성이 있을까?

만약 그 정보를 보도할 수 있다면…… 그것은 세상에서 가장 빠른 특종이 되지 않을까?

신문사에서 나온 뒤로 프리랜서로 먹고살 각오는 하고 있었다. 하지만 고정 수입이 없다는 것은 상상 이상으로 불안한 일이다. 회사에서 일하면 비록 내키지 않는 일을 한 달에도, 이렇다 할 실적 없이 통상 업무만 하면서 보낸 달에도 통장에 월급이 들어왔다. 그 무렵이 좋았다고 생각하지는 않는다. 선택을 후회하지는 않는다. 다만 그때는 매달 내야 하는 월세가 발밑을 조금씩 좀먹어가는 오싹한 기분은 느끼지 않았다.

왕궁 사건의 진상을 특종으로 터뜨릴 수만 있다면 내 명성은 단숨에 올라간다. 십 년까지는 아니더라도 오륙 년은 일이 끊이지 않을 것이다. 경우에 따라서는 책도 낼 수 있을지 모른다. 돈은 중요하다. 수입이 없으면 생활이 막막한 것은 물론이고, 내가 하는 일은 아무 가치도 없다는 평가를 받은 것이나 마찬가지다…….

"다치아라이!"

이름을 부르는 소리에 깜짝 놀라 고개를 들었다. 망설임을 떨쳐내려고 고개를 흔들었다. 사가르가 도쿄 로지 벽에 기대서 있었다. 손바닥으로 벽을 쿡 밀어 몸을 떼더니 이쪽으로 달려왔다.

"어디 갔었어? 차메리 씨가 나가버렸어."

아차. 라제스와르가 연락했나? 로지를 비운 건 삼십 분밖에 되지 않았는데 어긋나다니 운이 없다.

"나가다니, 어디에?"

"시장에. 장을 봐야 밥을 짓지. 다치아라이가 어디 갔는지 꽤 걱정하던데."

역시 어떻게든 행선지를 알리던지, 메모를 남겼어야 했다. 그러면 기다려줬을지도 모르는데. 어쩔까 고민하는데 사가르가 씨익 웃었다.

"걱정 마. 메시지를 남겼어. 봐."

작은 손에 작은 봉투를 들고 있었다. 나는 그 봉투를 받아 앞뒷면을 살폈다. 풀로 봉해진 회색 봉투였다. 종이 질이 나쁜지 묘하게 흐느적거렸다. 사가르가 머리 뒤로 깍지를 끼고 물었다.

"무슨 내용이야?"

"미안해, 밝힐 수 없는 사정이라. 고마워."

연락을 도와준 사가르에게 팁으로 이 루피를 건넸다. 그는 어깨를 으쓱하고 돈을 받았다.

방으로 돌아가 읽어도 되지만 마음이 급해 그 자리에서 봉투를 뜯었다. 안에는 반으로 접은 종이가 두 장 들어 있었다. 한 장은 휘갈겨 쓴 영어 메모였다.

오후 2시, 클럽 재스민에서. 혼자 올 것. 비밀 엄수.

다른 한 장은 지도였다. 알아볼 수 있을지 불안했는데 자세히 보니 왕궁 길 근처인 것 같았다. 이거라면 걱정없다.

메모를 원래대로 반으로 접어 봉투에 넣자 내가 편지를 읽는 동안 지루한 듯 땅을 걷어차고 있던 사가르가 기다렸다는 듯이 말을 걸었다.

"그건 그렇고, 오늘은 고물을 뒤졌어. 손님이 지나갈 기미도 없고, 당신도 일어나질 않아서."

"일어나 있었어."

8시에는 일어났다.

"그래? 하지만 방에서 안 나왔잖아. 그래서 왕궁 쪽으로 갔었어. 지금 상황이 어떤지 알아?"

"아니."

사가르가 여느 때와 달리 심각한 표정으로 말했다.

"어른들이 모여 있어. 숫자가 엄청나."

"어제보다?"

"비교도 안 돼. 경찰들하고 대치하면서 가넨드라를 내놓아라, 진실을 발표해라, 그런 소리를 외치고 있어. 경찰을 상대로 몸싸움을 벌이기 일보 직전이라니까. 까딱하다간…… 탕!"

불온한 분위기는 눈치채고 있었다. 왕궁 앞에 모인 사람들이 집단 심리로 과열되는 것도 이상하지 않다. 더군다나 왕궁을 지키는 경관대는 소총으로 무장하고 있었다. 사가르의 말이 맞다면 위험한 상황이 틀림없다.

하지만 실제로 총격이 시작되었다면 몰라도 긴장이 고조된 것뿐이라면 겁만 내고 있을 수는 없다. 손목시계를 보았다. 10시 반. 라제스와르와의 약속 시간까지 아직 여유는 있다.

"고마워. 다녀올게."

방에서 카메라를 챙겨 가려고 도쿄 로지의 철문을 잡았다. 그러자 사가르가 옆에서 말했다.

"내가 안내해줄까?"

"나라얀히티 왕궁이잖아? 나도 길은 알아."

그는 얕잡아보듯이 콧방귀를 뀌었다.

"다치아라이가 아는 건 뉴로드에서 라트나 공원을 끼고 돌아가는 길이잖아? 그거 말고 지름길이 있어. 십 분은 더 빨리 갈 수 있어, 어쩌면 십오 분까지도."

나는 조금 고민했다. 왕궁 앞에는 아마 앞으로도 몇 번은 취재를 갈 것이다. 왕복 이십 분을 단축할 수 있다면 감지덕지다. 사가르의 안전을 보장할 수 있을지가 문제지만, 길 안내만 해주는 거라면 괜찮을 것 같았다.

"알았어. 부탁할게."

사가르는 하얀 이를 드러내며 웃더니 주먹으로 가슴을 툭툭 두 번 두드렸다.


어두운 복도에서 주머니를 뒤져 열쇠를 꺼냈다. 삼끈으로 묶어놓은 작은 나뭇조각이 열쇠고리 역할을 했다.

방에 들어가 방금 전에 산 라디오에 건전지를 넣었다.

202호의 낡은 책상에 라디오를 올려놓고 스위치를 켰다. 잠시 주파수를 돌려 BBC를 찾자 금세 영어 방송이 흘러나왔다.

"정부는 앞으로 사건과 관련하여 정식 발표를 할 예정으로……."

라디오의 성능 때문인지, 실내에 있어 전파가 약한 건지 음질이 좋지 않았다. 뉴스를 들으려면 상당히 집중해야만 했다. 제대로 작동한다는 걸 확인하고, 이어폰을 꽂았다. 이쪽은 아무 문제도 없다.

라디오와 이어폰을 보디백에 넣고 바로 로지 밖으로 나갔다. 사가르는 밖에서 기다리고 있었다.

우리는 골목을 걸었다.

도쿄 로지의 대각선 맞은편에는 가네샤 사당이 있다. 아까는 아무도 없었는데 그 앞에 젊은 여자가 웅크리고 있었다. 그 뒤를 지날 때 흐느끼는 소리가 들렸다. 왕을 위해 우는 걸까, 아니면 전혀 다른 이유 때문일까?

사가르는 오른쪽으로 꺾으면 뉴로드가 나오는 교차점에서 직진하다가 바로 건물 틈새로 난 비좁은 골목으로 들어갔다. 여기서부터는 내가 모르는 길이다.

흙벽돌의 붉은 색조가 감도는 거리 풍경은 변함이 없다. 그런데 기분 탓인지 길 폭이 점점 좁아지는 느낌이 들었다. 머리 위에 빨랫줄이 걸려 있고 하얀 시트가 바람에 나부끼고 있다. 향신료 냄새가 넘실거렸다. 어쩌면 신들에게 바치는 향일지도 모른다.

사가르의 발걸음에는 망설임이 없었다. 뒤를 쫓아가는 나는 안중에도 없다는 듯이 골목을 누볐다. 아이의 발은 날랬다. 나는 보폭을 조금 크게 벌렸다.

길가에 사당이 있었다. 도쿄 로지 대각선 맞은편에 있던 것과는 다른, 토벽이 아니라 벽돌로 지은 사당이다. 그 앞에도 역시나 젊은 여자가 웅크리고 오열하고 있었다. 흐느끼는 모습도 거의 흡사했다. 나는 무심코 뒤를 돌아보았다. 아까 그 여자가 앞질러 온 것만 같았기 때문이다. 아니라는 걸 알지만 미궁에 빠진 기분이었다.

갈수록 좁아지는 길에 강한 압박감을 느꼈다. 그럴 리 없다는 걸 아는데도 마음속 어디선가 이대로 길이 사라지는 게 아닐까 하는 불안에 휩싸였다. 인적도 어느새 뚝 끊겼다.

사가르가 말했다.

"또 봤어."

"……뭘?"

"다치아라이하고 같은 사람들. 기자 말이야. 아니면 카메라맨이라고 하나? 난 뭐가 다른지 모르겠어."

네팔 왕의 급작스러운 죽음은 세상의 이목을 끌었다. 당연히 전 세계에서 기자들이 모여든다.

사가르는 띄엄띄엄 이야기했다.

"기억이 나. 그 사람은 카메라맨이었을까, 기자였을까. 뭐, 어느 쪽이든 상관없지만. 아차, 여기서 꺾어야 해."

사가르는 좁은 길에서 그보다 더 좁은, 길이라 부를 수도 없는 틈새로 들어갔다.

볕이 들지 않는 샛길이었다. 한 걸음 들어선 그곳에서는 썩은 냄새가 풍겼다. 아니, 조금 더 메마른, 바짝 부패한 냄새였다. 발밑에 끈끈한 검은 덩어리가 떨어져 있는 것을 보고 내

왕과 서커스

디디려던 발을 허공에서 멈췄다. 아무래도 바나나 같았다. 자세히 보니 과일 껍질에 생선 뼈, 빨랫감이 바람에 날아왔는지 진흙투성이가 된 셔츠, 배설물로 보이는 덩어리, 나무토막, 정체 모를 질척한 액체가 떨어져 잇다.

사가르는 냄새를 못 느끼는지, 아니면 아무렇지 않은 건지, 어둠 속으로 성큼성큼 걸어갔다. 나도 보디백 끈을 힘껏 쥐며 마음을 굳히고 뒤를 따랐다.

카트만두에는 쓰레기가 많다. 어느 길이나 양쪽 가장자리에는 음식물 찌꺼기든 빈병이든 고물이든, 뭔가가 떨어져 있다. 깨끗한 건 왕궁 길 주변 정도다. 하지만 주택가 골목에서 겨우 한길 들어왔다고 이런 냄새가 날 줄은 미처 몰랐다. 볕이 들지 않는 것도 하나의 이유일까? 금방 익숙해지겠지만 그래도 숨이 막혔다.

"굉장한 길을 알고 있네."

그렇게 말한 것은 마음속의 두려움을 덮어보려는 속셈이기도 했다. 사가르는 흘끔 돌아보더니 의기양양한 목소리로 말했다.

"그야 여기서 태어났으니까. 비밀 통로야. 당신한테만 알려주는 거야. ……아차, 아니다. 야쓰다한테도 가르쳐줬거든. 재미있네, 두 사람 다 일본인이잖아."

"야쓰다 씨도 왕궁에 갔었어?"

"아니. 도시를 자세히 안내해달라고 해서."

그 말을 끝으로 사가르는 입을 다물더니 고개를 앞으로 돌렸다.

"우리 형도……."

여전히 앞을 바라보며 겨우 알아들을 수 있을 만한 작은 목소리로 사가르가 말했다.

"기자를 안내했었대."

"죽은 형?"

"응. 독일인 밑에서 일한 남자가 융단 공장에서 누가 어떻게 일하는지 설명할 수 있고, 내부도 안내할 수 있는 아이를 찾았거든. 그래서 형은 그 의뢰를 받아들였지. 다치아라이, 당신은 내 이야기에 돈을 내지 않겠다고 했지. 그 독일인은 돈을 냈어. 형은 그 돈으로 내 약을 샀고, 남은 돈으로 수레를 샀어. 지금은 내가 쓰레기를 주우러 다닐 때 써. 도움이 돼."

그러니 너도 정보료를 내라고 말하고 싶은 걸까?

그건 아닌 것 같았다. 하지만 무슨 말을 하고 싶은 건지 모르겠다.

"구역 다툼이 심해. 나는 기념품도 파니까 쓰레기만 줍는 녀석들에게 밉보여서. 보스가 벌이의 칠할을 떼어가거든. 다른 녀석들은 그만큼 내지는 않을 텐데."

"보스가 있어?"

사가르는 등을 돌린 채 웃었다.

"있지 그럼. 당연하잖아. 무서운 녀석이야."

갑자기 사가르가 앞쪽으로 폴짝 뛰었다. 길은 어느새 끝나 있었다.

샛길의 끝은 휑한 공터였다. 올록볼록한 양철판에 둘러싸인 공간에 햇빛이 쏟아지고, 키 작은 잡초가 듬성듬성 나 있다. 바람 빠진 축구공이 굴러다녔다. 시동만 걸리면 굴러갈 법한 경차가 서 있다. 아우성이 들렸다. 무슨 말인지 하나도 알아들을 수 없지만 분노로 가득찬 목소리가 파도처럼 울렸다.

공터를 에워싼 양철판에는 지금 내가 들어온 샛길 말고도 또 한 군데 틈새가 있었다. 사가르는 그 길을 가리켰다.

"저기로 나가서 육교를 건너 똑바로 가면 금방 왕궁 길이 나와."

모르는 길은 멀게 느껴진다. 정말 이 길이 지름길인지 실감할 수 없었다. 하지만 사가르가 그렇다고 하니 틀림없을 것이다.

"미안하지만 난 여기서 돌아갈게. 돈을 벌어야 하니까."

길을 안내받은 사례로 주머니에서 다시 이 루피 동전을 꺼냈다. 어째선지 사가르는 예상하지 못했던 듯 머뭇머뭇하며 받았다.

"받아도 돼? 고마워."

떠날 때, 사가르는 문득 생각난 것처럼 말했다.

"다치아라이, 난 형을 정말 좋아했어."

나는 그저 고개를 끄덕일 수밖에 없었다.

골목 안으로 사라지는 사가르의 뒷모습을 지켜보며 디지털 카메라를 들었다. 배터리 잔량이 충분한지 확인하고 소리가 나는 쪽으로 달려갔다.


나라얀히티 왕궁 앞은 군중으로 꽉 차 있었다.

사람들은 입을 모아 뭐라 외치고 있다. 통일된 슬로건은 없었다. 플래카드 같은 것도 보이지 않았다. 그저 분노가 이끄는 대로 저마다 소리를 질러대고 있는 판국이었다. 머리를 박박 민 남자가 많았다. 삼사천 명은 되어 보이는 군중에서 삼분의 일은 되는 것 같았다. 그들은 하늘을 향해 팔을 치켜들며 기세를 올리고 있었다.

나는 군중들 맨 끝에서 조금 떨어진 곳에 섰다. 이곳에서 왕궁까지는 인파로 뒤덮여서 정문 앞 상황은 전혀 보이지 않

왕과 서커스

았다. 사가르는 경관대와 군중이 대치하고 있었다고 했는데, 그것도 지금은 확인할 방도가 없었다.

나는 한동안 인파 뒤를 어슬렁거렸다. 그들의 목소리는 강하고 격렬했으며 분노로 가득했다. 그 감정을 문장으로 쓸 수는 있지만 사진에는 담을 수 없다. 지금 이 자리의 분위기를 전할 사진을 찍으려면 군중 앞으로 나가야 한다. 맨 앞줄에 서서 뒤를 돌아보아야 비로소 사람들의 분노를 찍을 수 있는 것이다.

어쩌면 샛길이 있을지도 모르지만, 그 길을 안내해줄 사가르는 돌아가버렸다. 아무리 그래도 이런 곳에 아이를 데려올 수는 없다. 정 사람들의 얼굴을 찍고 싶으면 이 군중을 헤치고 앞으로 나가는 수밖에 없다. 하지만 만일 이동중에 사람들이 폭도로 변하거나 경관대가 발포하면 달아날 곳이 없다. 아직은 괜찮겠지만…….

더 좋은 방법은 없을지 주위를 둘러보았다. 바로 근처에 네팔 방송국인지 파라볼라안테나를 단 차가 서 있었다. 그 지붕에 카메라맨이 올라가 발돋움을 하고 군중을 찍고 있다. 저들은 앞에 나가기를 포기한 모양이다. 저 중계차로 군중 속에 돌입할 수도 없었으리라.

그 외에도 기자 행색을 한 사람들이 드문드문 보였다. 그중 길 반대편에서 뭔가 대화를 나누고 있는 두 사람에게 눈이 갔다. 격자무늬 셔츠에 회색 바지를 입은 젊은 남자와 수염을 기르고 이마에 반다나를 두른 중년 남자로, 반다나를 두른 쪽이 카메라를 들고 있었다. 장난감 같은 내 디지털카메라하고는 비교도 안 되지만 프로의 도구치고는 자그마했다.

두 사람이 일본인일지도 모른다는 생각이 들었다. 젊은 남자가 신은 신발이 일본산 스니커였기 때문이다. 물론 국산 신발을 신고 있다고 전부 일본인인 것은 아니다. 하지만 사가르도 그랬다. 일본인이냐고 물어보고 아니면 그만이지, 얻어맞는 것도 아니다.

나는 사차선을 가로질러 그들에게 다가갔다. 반다나를 두른 쪽이 먼저 나를 쳐다보고 미심쩍은 표정을 지으면서도 고개를 꾸벅 숙였다. 말을 걸어보았다.

"안녕하세요. 《월간 심층》의 외주 기자 다치아라이 마치라고 합니다. 혹시 일본 신문사에서 오셨나요?"

"아아, 예, 그렇습니다. 안녕하세요."

대답한 것은 젊은 남자 쪽이었다. 어딘가 안도한 표정으로 주머니에서 명함집을 꺼냈다.

젊은 남자는 《중외 신문》 기자로 이케우치, 반다나를 두른 남자는 카메라맨이 아니고 통역으로 이름은 니시라고 했다.

예상대로 델리 지국 소속이었다. 니시는 내 명함을 받더니 무뚝뚝하게 "잠깐 저쪽에 좀 다녀오겠습니다" 하고 자리를 비웠다. 이케우치는 손수건을 꺼내 이마에 맺힌 땀을 닦았다.

"반갑네요, 설마《월간 심층》에서 왔을 줄은 몰랐습니다."

월간지의 기동력은 해외 지국을 가진 신문이나 텔레비전보다 한참 떨어진다. 이케우치가 놀라는 건 당연했다. 나는 미소를 지었다.

"우연히 다른 건으로 카트만두에 있었거든요."

이케우치는 한숨을 쉬었다.

"그거 운이 좋았군요. 저는 강행군이었어요. 어젯밤에 간신히 도착해서 정보를 모을 새도 없었는데 이 군중들을 좀 보십시오. 어쩌면 좋을지."

"어젯밤에 도착했다면 장례식은 취재하셨나요?"

"간신히요. 사진은 로이터에서 뿌린 걸 썼지만요……. 혹시 무슨 정보 없습니까?"

독점 상태의 정보는 숨길 때도 있지만 어디서든 전달될 정보는 아낌없이 서로 교환한다. 이 일을 하는 사람들은 대부분 공을 세우고 싶은 마음보다도 타사가 파악하고 있는 정보를 놓칠까 봐 두려워하는 마음이 더 크기 때문이다.

하지만 지금은 별로 내놓을 수 있는 정보가 없다. 최신 정보는 오로지 BBC 뉴스에 의존하고 있고, 최고급 정보원은 앞으로 만날 예정이다. 물론 라제스와르 얘기는 해줄 수 없다. 나는 고개를 갸웃거리는 척했다.

"기껏해야 소문이지만……. 새로 섭정이 된 갸녠드라가 사건 당일 밤에 포카라에 가서 만찬회에 결석한 게 아무래도 의심스럽다는군요. 그의 아들은 참석했는데도 무사했다고 해요."

이케우치가 작게 두세 번 고개를 끄덕였다.

"섭정의 아들이 무사하다는 이야기는 들었습니다. 하지만 갸녠드라가 카트만두에 없었다는 건 금시초문이군요."

"진위 확인은 못 했지만요."

"이해합니다. 그래, 소문이라고 하니 말인데 파라스 소문은 들으셨어요?"

"섭정의 아들 말이죠?"

"그렇습니다."

고함이 빗발치는 곳인데도 이케우치는 짐짓 목소리를 낮추었다.

"나쁜 소문이 들려오고 있어요. 갸녠드라는 원래 인기가 없습니다. 민주화에 반대한 것으로 유명하니까요. 하지만 파라스는 그보다 더 인기가 없거든요. 저속하죠. 여자 놀음이라면 사족을 못 쓰고, 마약 밀매에도 발을 담그고 있다는 소문입니다. 뺑소니로 사람을 죽인 적도 있다나요. 하지만 왕족이니 벌도 받지 않죠."

"믿기 어려운데요……."

올해부터 21세기다. 어렸을 때 상상했던 21세기에는 사람을 죽여도 체포되지 않는 왕족은 없었다. 이케우치는 어깨를 으쓱했다.

"유명한 얘깁니다. 인도에 돈벌이를 하러 와서 델리 지국에 출입하던 네팔 사람들이 이 사건 소식을 듣고 가장 먼저 가르쳐줬어요."

그럴 수도 있겠다고 받아들이자 이 왕궁 앞 소동의 이유도 이해가 갔다. 이 나라의 국민들은 왕족도 정부도 신용하지 않는 것이다. 정부는 신용하지 않지만 정점에 있는 개인은 경애하는 상황은 드물지 않다. 유고슬라비아에서는 모든 사람들이 티토의 죽음을 슬퍼했지만, 정부는 국가의 형태를 유지하지 못했다. 어제 장례식에 그토록 많은 사람들이 모인 것은 어디까지나 비렌드라 개인의 인기 때문이라고 생각하는 게 타당할지 모른다.

"고맙습니다."

"저야말로. 저는 시샤팡마 호텔에 묵고 있습니다. 새로운 정보가 들어오면 알려주십시오."

"저는 도쿄 로지라는 게스트하우스에 묵고 있어요."

"도쿄 로지? 그런 숙소가 있습니까?"

"있어요. 적어도 물은 나…… 나오지 않았지만요."

계획 단수 제도를 아는지 이케우치가 피식 웃었다.

소소한 정보를 교환하고 우리는 각자 취재로 돌아갈 예정이었다. 그러나 그때, 소리의 파동이 우리를 덮쳤다. 모여들었던 군중이 비명에 가까운 소리를 지른 것이다.

"무슨 일이야?"

마침내 제압이 시작된 걸까? 하지만 사람들은 누구 하나 달아나지 않고, 오히려 소리 높여 외치고 있었다.

"무슨 일이 있었나 봐요."

패닉 소동이라도 벌어진다면 도주로를 확보해야만 한다. 사람들의 모습을 지켜보고 있는데 통역인 니시가 헐레벌떡 돌아왔다.

"니시 씨, 어떻게 된 겁니까?"

이케우치의 물음에 니시는 고개를 갸웃거릴 뿐이었다.

"모르겠습니다. 뉴스가 어쩌고저쩌고 하던데."

나는 바로 보디백을 열었다. 라디오를 꺼내 전원을 켰다. 로지에서 미리 맞춰놓은 주파수에서 BBC 뉴스가 흘러나왔다. 이케우치가 눈을 휘둥그레 떴다.

"준비성이 좋군요! 《월간 심층》의, 어⋯⋯."

"다치아라이입니다."

그 말을 끝으로 셋이서 라디오에 귀를 기울였다. 잡음 섞인 소리는 사람들의 목소리에 묻혀 한층 알아듣기 어려웠기에 볼륨을 최대로 높였다.

내가 잘못 듣지 않았다면 라디오에서 흘러나오는 뉴스는 이런 내용이었다.

"⋯⋯이상, 새 섭정 갸넨드라 전하의 성명이었습니다. 반복해서 다시 알려드립니다. 섭정 전하는 방금 비렌드라 국왕을 비롯한 왕족의 사망은 자동소총 폭발이 원인이라고 발표했습니다. 총기 폭발로 여덟 명이 사망했다는 발표입니다⋯⋯."

나는 무심결에 이케우치의 얼굴을 보았다. 이케우치는 어리둥절한 얼굴로 니시를 보고 있었고, 니시는 씁쓸한 얼굴로 라디오를 노려보고 있었다.

저런 말을 누가 믿겠는가? 오히려 진상을 파헤칠 마음이 없다고 발표한 것이나 마찬가지다. 수천 명의 원성을 들으며 이케우치가 중얼거렸다.

"이건 악수悪手인데요."

동감이었다.

한편으로 나는 다른 생각도 하고 있었다. 이토록 과열되었으니 군중들 앞에서 사진을 찍기란 불가능하다. 나는 기회를 놓친 것이다.

그래도 카메라를 들고 몇 장 찍었다. 뒤통수만 나온 사진은 쓸모가 없다는 걸 알면서도 찍은 이유는, 미련이라고밖에 할 말이 없었다.

**9**

왕과
서커스

클럽 재스민의 앞을 네 번 지나쳤다.

지도에는 왕궁과 거기서 시작되는 널찍한 도로, 횡단보도, 길잡이가 되는 여행 대리점 간판이 적혀 있었다. 방향 감각은 기자 업무에 필요한 재능 중 하나라 지도는 그런대로 볼 줄 안다. 하지만 클럽 재스민은 도통 찾을 수가 없었다.

클럽이라고는 해도 그게 어떤 클럽인지를 모른다. 차메리의 메모에는 클럽 재스민이라고만 적혀 있어서 그게 사교 클럽인지, 나이트클럽인지, 카페인지, 댄스홀에 가까운 장소인지, 혹은 아편굴인지 감이 오지 않았다. 그래서 나는 눈에 들어오는 모든 것이 클럽 재스민이 아닐까 의심해야만 했다.

그런데 같은 곳을 네 번 지나칠 때까지 그 자리에 내가 찾는 클럽이 있다는 생각도 하지 못했다. 분명 눈에 보이는데 보이지 않았던 것이다. 클럽 재스민은 입구 유리문에 "KEEP OUT"이라고 적힌 테이프가 붙은, 지금은 사용하지 않는 빌딩 안에 있었다. 설마 하고 흙먼지에 뒤덮인 유리창을 들여다보고서야 과거에는 네온이 휘황찬란했을 전기 장식 간판을 발견한 것이다.

출입 금지 표시를 무시하고 입구 문을 붙잡아보았지만 잠겨 있었다. 길을 잃을 가능성을 염두에 두고 일찍 오길 잘했다. 콘크리트로 포장된 인도에 우두커니 서서 잠시 고민했다.

"잘못 찾아온 게 아니라면⋯⋯."

속은 걸까? 취재에 응할 마음이 없는 라제스와르 준위가 문을 닫은 빌딩을 약속 장소로 지정해 내게 한 방 먹인 걸까?

그럴 가능성이 없지는 않다. 하지만 그렇다고 해서 손해 볼 것도 없다. 라제스와르 준위는 클럽 재스민을 약속 장소로 지정했다. 그렇다면 약속 시간까지 거기에 가야 한다. 어떻게든.

문을 닫은 빌딩 양쪽에도 건물이 있었다. 벽이 크림색인 오른쪽 빌딩은 1층에 악기점이 있었다. 쇼윈도에는 전자 기타가 진열되어 있고 "SALE!"이라고 적힌 붉은 표가 붙어 있었다.

왼쪽 건물은 짙은 회색 콘크리트 외벽에 무늬로 착각할 정도로 구석구석 금이 가 있었다. 문을 닫은 건물보다도 훨씬 낡아 보였다. 사 층짜리 건물로 각층마다 간판이 붙어 있었지만 전부 네팔어 표기 문자인 데바나가리로 적혀 있어 읽을 수가 없었다. 2층 유리창 안쪽에 포스터가 붙어 있다. 수염을 기른 남자가 술을 마시고 있는 그림으로 색은 아직 선명했다. 그렇다면 최근에 붙인 걸까? 사람이 출입하기는 하는 모양이다.

이 빌딩과 클럽 재스민이 있는 건물 사이에 널찍한 틈새가 있었다. 포테이토칩 봉지와 전단지, 흙투성이 구두 한 짝, 그리고 움직이지 않는 벽걸이 시계도 굴러다녔다. 그 안쪽에서 회색 문을 발견했다. 뒷문이다.

일단 좌우를 살펴 이쪽을 주시하는 사람이 없는지 확인한 뒤에 골목으로 들어갔다. 대부분 사가르 때문이지만 이 마을에 온 뒤로 건물 틈새로만 다니는 것 같아 살짝 웃음이 나왔다.

뒷문은 알루미늄 재질이었고 손잡이도 똑같이 흔한 알루미늄제였다. 가슴께 위쪽은 유리로 되어 있고 검은 격자 철창살이 붙어 있었다. 페인트가 군데군데 벗겨져 붉은 녹이 보였다. 도둑이 들어가려면 이 철창살을 부수기보다 알루미늄 문을 두드려 부수는 게 빠를 것 같다. 문을 열려다가 손잡이가 그리 더럽지 않다는 사실을 깨달았다. 흙먼지가 더 들러붙어 있을 법도 한데. 다시 손을 뻗어 손잡이를 잡았다.

힘을 주자 은색 손잡이는 약간의 저항감과 함께 돌아갔다. 잠겨 있지 않았다.

버려진 오물의 고약한 냄새가 풍기는 골목에서 손잡이를 쥔 채로 숨을 후 내뱉었다. 의심스러운 상황에서 국왕을 포함한 왕족이 살해당했고, 민중들이 팔을 휘두르며 정확한 정보를 요구하는 나라에서 나는 군인을 상대로 혼자 만나보겠다고 덤벼들고 있다. 내가 지금 하고 있는 행동은 생각보다 위험할지도 모른다.

문을 열었다.


건물 안은 상상했던 것보다 먼지 냄새가 가득했다. 목이 상할 것 같아 주머니에서 손수건을 꺼내 입을 가렸다. 하지만 남의 이야기를 들으러 온 마당에 그러고 있을 수는 없다. 몇 번 숨을 고르다가 손수건을 가만히 뗐다.

보디백에서 음성 녹음기를 꺼내 가슴주머니에 넣었다. 스위치를 미리 켜둘지 고민했다. 원래 녹음해도 되는지 상대에게 물은 다음 켜는 게 상식이다. 하지만 때와 상황에 따라서는 몰래 녹음하는 경우도 없지는 않다.

이번에는 미리 켜지 않기로 했다. 몰래 녹음할 이유도 없고, 만에 하나 발각되었을 때 너무 위험하다.

1층은 식당인 것 같았다. 내가 들어간 곳은 주방이었다. 이미 예전에 모든 식료품을 치웠을 텐데, 벌레가 눈으로 좇지도 못할 속도로 바닥을 가로질렀다. 주방에 흔히 출몰하는 그 벌레처럼 보였다. 물론 이것은 내 심리가 보여준 환상일지도 모른다. 거미집이 있는 가스 풍로나 문이 반쯤 열린 식기 선반, 바닥에 굴러다니는 소스 냄비를 보면서 주방을 빠져나가려 했다. 그때 귀에 희미한 소리가 들려왔다.

지이이, 하는 균일한 기계음이었다. 어디서 들려오는 소리인지 확인하려고 고개를 조금씩 돌렸다. 벽 쪽을 향하자 소리가 커졌다. 업무용 대형 냉장고가 아직 돌아가고 있는 줄 알았는데 그게 아니었다. 냉장고에 가린 사각지대에 배전반이 있다. 소리는 거기서 나고 있었다. 그렇다면 이 빌딩은 아직 전기가 통한다는 뜻이다.

주방을 빠져나가자 카운터에 둥근 의자가 놓여 있는 플로어가 나왔다. 바닥은 붉은색과 흰색 체크무늬였지만 먼지가 잔뜩 쌓여 대비가 흐릿했다. 이 정도로 황폐한데 쓰러진 의자가 하나도 없는 것이 이상했다. 의자들 사이의 간격이 제멋대로인 것으로 보아 바닥에 고정되어 있는 것도 아니다. 카운터 안쪽으로 돌아가 의자 위를 보았지만 하나같이 먼지가 쌓여 있었다. 그렇다면 누가 사용하고 있는 것도 아니다. 쓰러진 의자가 없는 것은 단순히 우연이리라. 아무래도 상관없는 일까지 신경이 쓰인다. 긴장한 탓인지 신경이 예민했다.

이 식당이 클럽 재스민인 줄 알았는데 아무래도 아닌 듯했다. 복도로 통하는 유리문을 지나 뒤를 돌아보니 "BIGFOOT"이라고 적힌 간판이 문 위에 삐딱하게 걸려 있었다.

복도에 불빛은 없지만 창문으로 햇빛이 쏟아져 들어와 시야는 그런대로 확보할 수 있었다. 전기가 들어온다면 불도 켜질 것 같아 천장을 바라보니 형광등은 이미 소켓에서 빠져 있었다.

면적으로 보건대 1층에는 식당뿐일 것 같았다. 그렇다면 클럽 재스민은 다른 층에 있다는 뜻이다. 괜히 발소리를 죽여 복도를 걸었다. 어디에 입주사 팻말이라도 없을까?

그리고 복도 막다른 곳까지 다 가서야 전기 장식 간판을 발견했다.

"여긴가?"

망사 스타킹을 신은 여성의 다리 모양으로 꼬인 네온 관이 있다. 과거에 그 다리는 네온 불빛으로 뻗었다 오므렸다 움직이는 것처럼 보였을 것이다. 전기가 통하지 않는 지금에 와서는 다리가 세 개 달린 스산한 장식물일 뿐이다. 가게 이름도 네온관으로 적혀 있다. "club jasmine", 하트 모양 화살표가 아래쪽을 향하고 있었다.

복도 끝까지 가자 오른쪽에 계단이 있었다. 위아래로 뻗어 있다.

약속 시간까지 앞으로 십 분. 라제스와르 준위는 이미 도착한 듯했다. 출입 금지 건물의 지하 1층에서 희미한 불빛이 새어 나왔다.

문득 무릎에서 힘이 빠지는 것을 느꼈다. 오금이 저린다는 건 이런 걸 두고 하는 말일까? 신문사에 있었을 때 내 뒤에는 늘 회사라는 방패가, 생명줄이 있었다. 그런 도구에 의지하지 않고 과연 지하로 내려갈 수 있을까?

용기를 내기 위한 의식儀式이 필요했다. 지금까지는 그런 건 필요하지 않았다. 취재중에 위험을 느끼는 일이 없었기 때문이다. 기자회견장이나 열띤 취재 경쟁 속에서 취재 대상이 격앙하는 경우는 일상다반사였지만, 그것을 무섭다고 생각한 적은 한 번도 없었다. 노성의 대상은 나라는 개인이 아니었기 때문이다. 하지만 지금은 그렇지 않다. 나는 혼자다. 이 계단을 내려가려면 뭔가가 필요했다.

무엇을 위해 계단을 내려갈 것인가?

어째서 다른 사람이 아니라 다치아라이 마치가 이곳을 내려가야만 하는가?

"그게 내 일이니까……."

그렇게 중얼거려보았다.

'앎'이란 고귀하고, 그것을 널리 알리는 일에도 긍지가 깃든다. 그렇게 믿기에 퇴직한 뒤에도 기자로 살아갈 결심을 한 것이다. 지금 이 자리에 있는 사람은 나니까, 내가 해야만 한다.

그것뿐?

오싹한 한기가 발밑에서, 지금 바라보고 있는 지하에서 덮쳐왔다.

눈을 감고 두어 번 고개를 세차게 저었다. 천천히 눈을 뜨자 온몸을 뒤덮었던 한기는 사라졌다. 방금 이 감각은 무엇이었을까?

내 등을 떠민 것은 손목시계였다. 약속 시간이 일 분 앞으로 다가오자 '약속 상대를 기다리게 하는 것은 실례'라는 상식만을 믿고 클럽 재스민으로 한 걸음, 또 한 걸음 콘크리트 계단을 내려갔다.

클럽 재스민은 댄스홀이나 디스코텍 같은 장소였던 모양이다. 넓은 플로어가 있고 작은 개별석 몇 자리가 벽 쪽에 붙어 있었다. 과거에는 바 카운터 뒤쪽 선반에 술병이 즐비하게 진열되어 있었을 것이다. 지금은 텅 빈 모습을 드러내고 있다. 카운터 뒤에 출입구가 있는데 안쪽은 주방인 것 같았다. 간단한 요리도 팔았던 모양이다.

벽지는 붉었고, 플로어에는 깨진 유리와 종잇조각이 널브러져 있고 미러볼까지 굴러다니고 있었다. 무슨 전단지인지 그중 한 장에 붉은 글자로 큼직하게 "WARNING!"이라고 씌어 있는 게 눈에 띄었다.

조명은 어두웠다. 어쩌면 원래 들어와야 할 전구의 일부가 나간 건지도 모른다.

침침한 불빛과 건조한 먼지 냄새가 자욱한 그곳에 한 남자가 서 있었다.

"시간을 잘 지키는군."

진녹색과 갈색, 베이지색이 섞인 위장 군복을 입고 턱수염을 다보록하게 기른 남자였다. 어두운 조명 속에서도 그의 얼굴이 햇볕에 검게 그을었다는 걸 알 수 있었다. 어깨가 다부지고 목도 굵다. 눈이 가늘어 흰자는 거의 보이지 않았다. 허리에는 권총집을 차고 있다. 거기에 총이 들어 있고 총에 실탄이 장전되어 있음을 나는 조금도 의심하지 않았다.

그저께, 그를 도쿄 로지 1층에서 보았다. 그때는 뒷모습밖에 보지 못했으니 눈앞의 남자와 동일 인물인지 아닌지는 알 수 없다. 똑똑히 보았던 짧은 머리카락도 지금은 군모를 쓰고 있어 보이지 않았다.

190센티미터에 가까운 거한이다. 자리에 서 있기만 해도 강하게 느껴지는 침착한 분위기 때문에 무서울 정도로 위압감이 전해져왔다. 혹시 문제가 생길 경우를 생각해 나는 계단을 등지고 섰다. 일단 질문을 던졌다.

"기자인 다치아라이라고 합니다. 일본 잡지 《월간 심층》에서 취재 의뢰를 받았습니다. 당신이 도쿄 로지의 차메리 씨가 소개해준 라제스와르 준위 맞습니까?"

그는 꼼짝도 하지 않고 입만 움직였다.

"그래. 맞아."

"차메리 씨에게 듣기로는 당신이 1일 밤, 왕궁을 경비했다고 하던데요."

라제스와르는 고개를 가로저었다.

"아니, 왕궁에 있기는 했지만 경비 당직은 아니었어."

"만찬회가 있던 방을 경비하지는 않았다는 뜻입니까?"

"그래. 대기소에 있었지."

그래도 사건 당일 밤 왕궁에 있었던 것은 틀림없다. 몸이 부르르 떨렸다. 정말로 세상을 놀라게 한 대형 사건의 증인과 접촉하고 있는 것이다.

"준위. 당신이 하는 이야기를 기사로 쓰도록 녹음을 허락해주시겠습니까?"

대답은 명쾌했다.

"그건 거절하겠어."

그는 기자와 만난다는 것조차 감추고 싶어 했다고 들었다. 경계하는 것도 당연한 일이다. 취재 대상이 녹음을 거부하는 일은 드물지 않다.

"알겠습니다. 그럼 착오가 없도록 메모는 허락해주세요."

나는 바로 대답하고 펜과 수첩을 꺼냈다. 궁금한 건 산더미처럼 많았다. 라제스와르를 만날 수 있다는 것을 알았을 때부터 몇 번이나 질문을 고민하고 다듬어 정리했다. 간결한 질의응답이지만 그것이 바야흐로 세상에서 가장 빠른 정보가 된다.

하지만 그는 손을 저어 내 움직임을 막고 굵은 목소리로 말했다.

"그럴 필요 없어."

"무슨 뜻입니까?"

수첩을 펼치지도 못하고 물었다.

"다치아라이. 외우기 힘든 이름이군. 당신이 내게 묻고 싶은 건 선왕의 죽음에 관한 정보인가?"

당연히 그걸 빼면 물을 게 없다.

"그렇습니다. 비렌드라 전 국왕의 죽음에 대해 당신의 이야기를 듣고 싶습니다."

그는 미리 대답을 정해둔 것처럼 말했다.

"그렇다면 할 이야기는 아무것도 없다."

펜을 쥔 채로 나는 그의 얼굴을 바라보았다.

"하지만 이 장소를 골라 만날 시간을 내준 건 취재에 응한다는 뜻 아닌가요? 차메리 씨에게 그렇게 들었습니다만."

"차메리? 그 여자가 어떻게 말했는지 모르겠지만……."

그는 거기서 잠시 말을 끊었다.

"난 예전에 차메리의 남편과 함께 일한 적이 있어. 그는 나 때문에 부상을 당했고 지금도 병원에 있지. 난 그 녀석에게 빚이 있고, 그 녀석은 아내를 부탁한다고 했다. 그런 차메리의 소개니 모르는 척할 수도 없어 무슨 용건인지 확인하려고 여기에 온 것뿐이야. 용건은 알겠어. 선왕에 대한 인터뷰라면 거절하겠다."

손바닥 안에서 뭔가가 빠져나가는 느낌이었다.

사건 당일 밤 왕궁에 있었던 군인을 인터뷰할 수 있다고 판단한 시점에서 나는 이번 취재의 성공을 확신하고 있었다. 네팔에서 발생한 국왕 살해 사건의 진상을 일본에서, 아니 세상에서 가장 빨리 쓰게 될지 모른다. 신속성이 부족한 월간지가 매체라는 핸디캡은 있지만 이 기사는 내 인생을 개척해줄 열쇠가 된다. 그렇게 생각했다.

　거절하겠다는 말을 듣고 알겠습니다, 하고 대답할 수는 없다.

　이름이 드러나는 것을 두려워하는 사건 관계자는 많다. 신문사에 있었을 때 경찰의 입은 언제나 무거웠지만 설득할 방법은 항상 있었다. 머리를 굴렸다.

　"익명을 바란다면 기사에 이름을 내지 않겠습니다. 취재원은 밝히지 않겠어요. 당신이 위험해질 일은 없습니다."

　"그런 문제가 아니야."

　"아무에게도 말하고 싶지 않다는 뜻입니까?"

　"아니."

　그는 매정하게 말했다.

　"믿을 수 있는 친구들에게는 내가 아는 정보를 말해도 좋아. 필요하다면 공적인 조사나 재판에서도 말할 생각이다. 하지만 당신에게는 말하지 않겠어."

"그건, 제가 외국인이기 때문입니까?"

"아니. 외국인 기자이기 때문이지."

할말을 잃었다.

아니, 잠자코 있을 수는 없다. 그는 이야기가 끝났다고 생각하고 떠나버릴 것이다. 그걸 막기 위해서는 계속 말하는 수밖에 없다.

"라제스와르 준위. 이 사건은 전 세계를 충격에 빠뜨렸습니다. 민주화를 추진해 국민의 존경을 받던 왕이 불우한 죽음을 맞이했으니까요. 오늘 왕궁 앞의 소동을 보지 못하셨습니까? 사람들은 진실을, 적어도 보다 많은 정보를 원하고 있어요. 그걸 알리는 건 중요한 일입니다. 말씀해주실 수 없겠습니까?"

먼지가 날리는 불빛 속에서 준위가 눈썹을 꿈틀거렸다. 그가 갈라진 목소리로 말했다.

"중요하다고? 누구에게 중요하단 말인가?"

준위는 잠시 말을 끊었다.

"적어도 내게는 중요한 일이 아니야."

"세상에 알리는 게 중요하지 않다고 말씀하시는 겁니까?"

"당연하지."

그의 말투는 한결같았다. 무겁고, 어디까지나 담담했다.

"중요하지 않아. 우리 국왕이 살해당했다. 범인이 누구든 이건 군의 수치요, 네팔의 수치다. 어째서 그걸 세상에 알려야 하지?"

국왕의 죽음은 경호의 실패를 의미한다. 말하기 싫은 마음이 드는 것도 당연할지 모른다.

하지만 라제스와르는 거절한다고만 말한 것은 아니었다. 그는 어째서, 라고 물었다. 어째서 알려야만 하는가?

어째서?

"올바른 정보가 확산되면 각국에서 이 나라에 도움의 손길을 뻗을 수도 있잖아요."

"필요 없어."

"과연 그럴까요?"

입술이 바짝 탔다.

"지금도 이 나라에는 많은 지원이 쏟아지고 있어요. 왕실이 위태로운 상황이라면 지원은 앞으로 더 절실해지지 않을까요?"

라제스와르 준위는 처음으로 웃었다.

"마오이스트와 싸우기 위해서? 당신은 나를 협박하는 건가? 당신에게 이야기하지 않으면 다른 나라에서 도와주러 오지 않을 거라고?"

그런 뜻은 조금도 없었지만 그렇게 들리는 게 당연했다. 나는 내 취재를 위해 세상을 미끼로 내세웠던 것이다. 뺨이 후끈 달아올랐다.

"실례했습니다, 준위. 저는 그저 진실이 무엇인지 말하고 싶었던 것뿐입니다."

"그건 이해해. 당신을 탓하지는 않아."

그는 온화하게 그렇게 말하고 작게 덧붙였다.

"진실이라."

"그렇습니다."

"즉 당신은 진실을 위해, 이유도 모른 채로 쫓겨날 수는 없다고 말하는 거로군."

대답할 수 없었다.

다른 사람이 아닌, 바로 내가 듣는 것이 진실과 중요한 상관이 있다고는 말할 수 없었다. 나는 방금 세상을 방패 삼아 나를 정당화하려 했다. 이번에는 진실을 방패로 삼을 수 없다.

준위가 날카로운 눈으로 나를 똑바로 쳐다보았다.

"그래, 이 나라에는 도움이 필요하다고 가정하자. 진실이 그 도움에 유효하다고도 가정해보지. 하지만 왜 당신이어야 하지? 차메리에게 듣자 하니 당신은 일본인이라면서?"

"그렇습니다."

"그럼 당신이 쓰는 기사는 일본어겠지. 당신의 기사는 일본에서 읽힐 테지. 그게 이 나라와 무슨 상관인가?"

소박하지만 강렬한 질문이다. 그는 말을 이었다.

"인도는 우리나라하고 관계가 깊어. 중국도 마찬가지지. 역사적으로 영국과도 관계가 많고, 지금도 많은 병사가 용병으로 일하고 있어. 미국은 말할 것도 없이 중요하지. 그런 나라들의 기자에게 말하는 거라면 진실이 힘을 가진다는 말도 수긍할 수 있어. 하지만 일본은 어떨까? 당신에게 내가 보고 들은 정보를 말하면 일본이 이 나라에 뭘 해준다는 거지?"

일본은 네팔에 거액의 정부 개발 원조를 실시하고 있다. 결코 관계가 없지는 않다. 하지만 인접국인 인도나 중국, 그리고 미국처럼 네팔의 운명을 결정할 만한 관계라고 말할 수 있을까? 그리고 내가 쓰는 기사는 그 관계에 도움이 될 것인가?

그 질문을 앞에 두고도 여전히 진실은 도움이 되니까 털어놓으라고 말할 수 있을까? 《월간 심층》의 기사는 네팔을 구하지 못한다. 물론 영향력이 전혀 없는 것은 아니다. 누군가는 읽겠지. 하지만 제로보다 조금 나은 힘으로 당당하게 구는 것을 성실한 태도라 할 수 있을까?

그렇다, 네팔에 도움이 되니까 말해달라는 접근 방식은 잘못되었다. 내가 라제스와르에게 왕궁 사건의 진상을 듣고, 그것을 일본어 기사로 쓰는 것은 네팔을 위한 일이 아니다.

그래도 잠자코 있을 수는 없었다. 앎은 고귀하다고 믿어 왔다. 상관없는 일은 알 필요 없다는 말을 듣고 침묵할 수는 없다.

"일본어로 쓴 기사가 네팔에 도움이 된다고 말하긴 어려울 지도 모릅니다……. 하지만 어떤 말로 써도 진실은 진실. 기록되어야만 합니다."

앎은 손이 닿는 범위에만 있는 게 아니다. 비록 직접적인 관계는 없을지언정 알고자 하는 정신 자체는 옳을 터다.

"나는 그렇게 생각하지 않아."

라제스와르 준위가 잠시 생각하는 시간을 갖고 덧붙였다.

"설사 진실이 기록되어야 한다고 해도, 어째서 당신이어야 하지? 당신은 역사가가 아니야."

"그래요. 하지만 역사가에게 전할 수는 있습니다."

"무슨 자격으로? 당신은 내게 버스 옆자리에 앉은 승객보 다도 낯선 사람이야. 어떻게 당신을 진실을 기록하고 전하는 이로 믿으란 말인가? 왕의 죽음은 단순한 이야깃거리가 아니 야. 그날 밤 일은 대충 재미삼아 각색되어도 될 일이 아니란 말이다."

"저는 일본에서 육 년 동안 기자로 활동했습니다."

"그러니 믿어달란 말인가?"

라제스와르의 말에 조롱기는 없었다. 정말 그러냐고 확인하듯, 그는 내게 물었다.

나는 기자이기에, 진실을 전하는 이다. 그렇다면 나는 어째서 기자인가? 그것은 대학교 4학년 때 취업을 준비하면서 필기시험과 면접을 통과해 신문사에 기자로 채용되었기 때문이다. 그것이 이유일까? 준위에게 나를 믿어달라고 전할, 나를 믿어야 할 근거가 그것뿐일까?

아니, 그렇지 않다. 그게 전부는 아닐 터였다. 하지만 말로 표현할 수 없었다.

아주 잠깐이지만 라제스와르의 표정이 일그러졌다. 고통을 참듯이. 혹은 무언가를 떠올리듯이.

"진실만큼 어이없이 왜곡되는 것도 없지. 그보다 다면적인 것도 없어. 내가 당신에게 말하고, 당신이 전하는 이야기는 그대로 일본인이 네팔에 품는 인상이 돼. 여기서 내가 국왕이 자살했다고 말하면 당신네 나라 사람들은 그 말을 믿어 의심치 않겠지. 나중에 진실이 유포된다 해도 그걸 읽고 첫인상을 바꿀 사람이 얼마나 될까?"

그것은 거의 없다고 말할 수밖에 없다. 수정 기사는 늘 작게 실린다.

"당신이 내 이야기를 듣고 그걸 글로 쓴다면, 일본인이 네팔 왕실에, 이 나라 자체에 가질 이미지를 혼자서 결정하는 입장에 선다는 뜻이 돼. 아무 자격도 없고, 어떤 선택도 받지 못했지만, 덜렁 카메라를 들고 여기에 왔다는 이유만으로. 다치아라이, 당신은 어떤 사람인가?"

목소리가 메아리쳤다가 사라졌다.

계단 위에서 망설였던 대로 클럽 재스민은 위험했다. 하지만 그 위험은 내가 생각했던 것과는 다른 종류였다. 그는 내가 믿어온 가치관에 칼을 들이대고 있다.

라제스와르의 눈매가 누그러졌다. 마치 동정하듯이.

"나는 당신을 탓하는 게 아니야. 차메리가 소개했으니 입을 열지 않는 이유를 설명한 것뿐이다. 자, 알았으면 그만 나가. 나도 다시 대기소로 돌아가야 해."

그래도 나는 계속 설득해보는 수밖에 없었다.

"저는…… 저는 이 일을 믿고 있습니다. 그건 배신할 수 없어요."

그 말을 들은 준위의 목소리가 대번에 차갑게 변했다.

"그게 당신 신념인가?"

"예."

"분명 신념을 가진 자는 아름다워. 믿는 길에 몸을 던지는 이의 삶은 처연하지. 하지만 도둑에게는 도둑의 신념이, 사기꾼에게는 사기꾼의 신념이 있다. 신념을 갖는 것과 그것이 옳고 그름은 별개야."

나는 또다시 부끄러움을 느껴야 했다. 맞는 말이다. 신념을 갖고, 자신의 신념이 옳다고 생각하기에 뱉어내는 거짓말은 나도 몇 번이나 들어왔건만.

"당신 신념의 본질은 뭐지? 당신이 진실을 전하는 이라면 무엇을 위해 전하고자 하는지 알려줘."

나라얀히티 왕궁 사건 보도 경쟁에서는 BBC가 한발 앞섰다. 일본의 신문사도 이미 현지에 들어왔다. 나는 현지에 있다는 유리한 입장에 섰으면서도 뒤처질지도 모른다는 사실에 본능적인 위기감을 느끼고 있다. 라제스와르라는 가장 유력한 정보원을 만날 기회를 얻어 최고의 기사를 쓸 수 있을지도 모른다는 기대에 부풀어 있다.

그것이 내 신념의, 프로페셔널리즘의 본질인가?

나는 여태껏 보도의 이유를 깊이 생각한 적이 없었다. 일부러 그래왔다. 생각하는 것보다 먼저 손을, 발을 움직이는 게 프로라고 믿었다. 하지만 지금, 그가 묻는다. 생각보다도 먼저 해야 할 일이 있다는 이유로, 생각하지 않았던 문제를 묻고 있다.

할 수 있는 말은 한 가지밖에 떠오르지 않았다.

"제가 여기에 있기 때문입니다. 잠자코 방관하는 건 허락되지 않아요. 전달하는 게 제 일이니 전달해야만 합니다."

곧바로 엄격한 목소리가 날아들었다.

"누가 허락하지 않는다는 건가? 신께서?"

신은 아니다. 《월간 심층》 편집부도 아니다. 다른 이유가 있을 터였다. 하지만 지금 이 자리에서 나는 그것을 찾아낼 수가 없다.

라제스와르가 숨을 한 번 내뱉었다. 지긋지긋하다는 한숨이 아니라, 자신을 다스리려는 행동처럼 보였다.

"다시 한번 말하겠는데 나는 당신을 탓하려는 게 아니야. 당신 뒤에 있는, 자극적인 최신 정보를 기다리는 사람들의 욕구를 채워주기 싫은 것뿐이야."

방금 전 그는 네팔 군의 수치인 국왕 살해 소식을 세상에 퍼뜨리기 싫어서 취재에 응하지 않는다고 했다. 물론 진심일 것이다. 하지만 그는 다른 말도 했다.

"그건 당신이 비밀을 지킬 의무가 있는 군인이기 때문입니까?"

"그래……. 아니, 그게 전부는 아니야."

라제스와르는 고개를 숙이고 침묵했다.

이윽고 그가 고개를 들었다. 가늘고 날카로운 눈초리, 하지만 어딘가 애처로운 눈으로 나를 가만히 바라보았다.

"옛날이야기를 해줄까. 나는 영국에서 용병으로 일했어. 한때는 키프로스 평화 유지군에 몸담았던 적도 있었지. 어느 날, 나는 휴가를 받아 런던에 돌아와 있었어⋯⋯. 그곳은 비가 많이 내려 불쾌한 냄새가 나는 도시지. 나는 늘 술집에 있었어. 바텐더 머리 위에 작은 텔레비전이 있었고, 모두들 축구가 시작되기를 기다리고 있었어. 켜져 있던 텔레비전에서는 뉴스가 나오고 있었지. BBC였어. 세계 각국의 뉴스를 전하는 짧은 코너였다."

그의 목소리는 휑한 클럽 재스민에 메아리쳤다.

"나는 내 눈을 의심했어. 키프로스에서 평화 유지군 차량이 절벽에서 떨어져 두 명이 사망하고 한 명이 중상을 입었다는 소식이었어. 국적은 제각각이었지만 거기 있던 사람들은 전부 동지였다. 나는 혼란스러웠어. 키프로스의 상황은 안정되어 있었는데 말썽꾼이 테러를 일으켰나? 아니면 단순 사고일까? 누가 죽은 거지? 하지만 아나운서는 십오 초 만에 뉴스를 끝냈어. 아무도 그 뉴스를 신경쓰지 않았지."

그는 천천히 말했다.

"다음 뉴스는 서커스 사고였어. 인도 서커스에서 호랑이가 달아났다는 뉴스였지. 영상은 현장에 있던 누군가가 핸디카메라로 찍은 동영상으로 바뀌었어. 사람들의 비명소리와, 날뛰는 호랑이의 포효가 들렸어. 달아나는 사람들 사이로 아주 잠깐 호랑이가 보였지. 얼마나 아름다웠는지! 길든 줄 알았던 호랑이의 배신에 맹수 조련사가 울부짖고 있었어. 나는 깨달았어. 술집에 있던 많은 사람들이 뉴스에서 눈을 떼지 못한다는 것을. 누군가 정말 끔찍하네, 하고 말했어. 들뜬 목소리로."

라제스와르는 힘없는 목소리로 덧붙였다.

"나도 그 뉴스에 흥미를 느꼈어……. 어쨌거나 충격적인 영상이었으니까."

"준위."

"만일 키프로스의 동지들이 사고가 아니라 로켓탄에 죽었다면, 그 현장의 영상이 있었다면, 술집 손님들은 서커스의 호랑이를 보듯 즐겼겠지. 나는 그때 교훈을 얻었다."

말에 굳건한 힘이 돌아왔다.

"자기가 처할 일 없는 참극은 더없이 자극적인 오락이야. 예상을 뛰어넘는 일이라면 더할 나위 없지. 끔찍한 영상을 보거나 기사를 읽은 사람들은 말하겠지. 많은 생각을 하게 되었다고. 그런 오락인 거야. 그걸 알고 있었는데도 나는 이미 실수를 저질렀다. 되풀이할 생각은 없어."

오락이라는 말이 가슴을 도려냈다. 나는 그렇지 않다고 말할 수 없었다. 물론 내가 오락거리로 기사를 써왔던 건 아니다. 하지만 받아들이는 쪽은? 정보는 거센 물살이다. 일일이 진지하게 받아들이는 사람은 아무도 없다.

"가령 내가 왕족들의 시체 사진을 제공하면 당신의 독자들은 충격을 받겠지. '끔찍한 일이야'라고 말하며 다음 페이지를 넘기겠지. 더 충격적인 사진은 없는지 확인하려고."

그건 그럴 것이다.

"혹은 영화로 만들지도 몰라. 그럭저럭 볼만하면 두 시간 뒤에 그들은 눈물을 흘리며 우리의 비극을 동정하겠지. 하지만 그건 진실로 슬퍼하는 게 아니라 비극을 소비하고 있는 거라고 생각한 적은 없나? 질리기 전에 다음 비극을 공급해야 한다고 생각한 적은?"

라제스와르는 나를 손가락질했다.

"다치아라이. 당신은 서커스의 단장이야. 당신이 쓰는 글은 서커스의 쇼야. 우리 왕의 죽음은 최고의 메인이벤트겠지."

비명에 가까운 소리로 힘껏 반박했다.

"준위, 전 그럴 생각은 없어요!"

"당신 마음이 문제가 아니야. 비극은 오락이라는 숙명에 대해 이야기하는 거다. 사람들은 어째서 줄타기를 보며 즐거워할까? 언젠가 연기자가 떨어지지나 않을까 기대하기 때문이라고 생각한 적은 없나? 네팔은 불안한 국가다. 그리고 어제 연기자가 떨어졌어. 흥미로운 일이지. 이게 다른 나라에서 일어난 일이라면 나도 즐겼을지 몰라."

라제스와르 준위는 말했다.

"하지만 나는 이 나라를 서커스로 만들 생각은 없다, 다시는."

대화의 끝을 알리는 말이었다. 어떤 말도 남아 있지 않았다.


그날 남은 시간 동안, 나는 거의 기계적으로 취재했다.

사람들에게 이야기를 듣고, 인드라 초크에 설치된 헌화대를 찾아가 사진을 찍었다. 길모퉁이의 식당에서 달밧▪을 먹고 도쿄 로지에 도착하니 어제보다 조금 이른 6시였다.

무거운 철문을 열고 돌아온 로지의 로비는 휘황한 불빛에 감싸여 있었다.

지금까지 도쿄 로지 1층이 밝다고 생각한 적은 한 번도 없었다. 전구를 갈았거나 평소에는 꺼두는 불까지 켠 것이리라. 프런트데스크에는 수쿠마르와 차메리가 있었다. 차메리는 손에 스톱워치를 들고 있다. 수쿠마르는 노트북을 쓰고 있었다. 전원 코드와는 별개의 전선이 벽 쪽으로 뻗어 있었다. 인터넷

---

▪ **달밧** _ 네팔의 대표적인 가정 요리로 콩 수프와 쌀밥에 카레 맛이 나는 채소 반찬과 절임을 곁들인 식사.

을 쓰고 있는 것이다. 로지의 철문이 닫히는 소리를 들은 수쿠마르가 뒤를 돌아보고 미소를 지었다.

"어서 와요."

나는 고개를 숙이고 아무 말 없이 계단을 올라갔다.

203호 문에는 여전히 "DO NOT ENTER"라는 종이가 붙어 있었다. 어젯밤에는 뭔가를 뒤적거리는 소리가 끊임없이 이어졌다. 지금은 아무 소리도 들리지 않았다.

방으로 들어가 보디백을 책상에 내려놓았다. 욕실로 가서 수도꼭지를 틀었다. 오늘밤도 10시부터 단수라고 했다. 흙먼지를 씻어내고 싶었다. 오물을 잔뜩 뒤집어써서 뒷골목의 냄새가 머리카락과 피부에 배어든 것만 같았다.

수도꼭지에서 나오는 뜨거운 물이 욕조를 때리고, 폭포 같은 물소리가 방안에 가득찼다. 침대에 걸터앉아 눈을 감았다. 콸콸 쏟아지는 물소리와 온몸을 적시는 피로감, 그리고 졸음이 사고를 헤집어놓았다. 정적이 필요해 손바닥으로 양쪽 귀를 막았다.

라제스와르는 내게 질문을 던졌다. 내 직업에 대해, 보도에 대해, 그 무엇보다 손에 닿지 않는 장소에서 벌어진 일을 알려고 하는 이유에 대해.

하지만 나는 대답하지 못했다. 육 년 동안이나 이 일을 해왔는데. 회사를 떠난 지금은 혼자서라도 계속하고자 한 일인데.

"대답하지 못했어."

내 독백은 물소리에 묻혀 어디에도 닿지 않는다.

**10**

## 상처로 새긴
## 글자

6월 4일 아침, 나는 사가르가 가르쳐준 지름길을 지나 나라얀히티 왕궁 앞에 섰다.

어제보다 배는 더 되는 시민들이 모여 갖은 고함을 질러대고 있었다. 구호를 복창하고 있다. 그들은 무엇을 원하는가. 진상 규명을 원하는 걸까, 선왕을 애도하는 걸까, 왕을 지키지 못한 정부와 군에 항의하는 걸까, 새 섭정의 취임을 반대하는 걸까? 분노하는 사람들에게 취재를 시도하자 그 전부가 대답으로 돌아왔다. 한 가지 확실한 것은 사람들의 과열 양상에 가속도가 붙었다는 점이다. 무슨 일이 벌어져도 이상하지 않다. 아니, 무슨 일이 일어나리라는 확신이 가슴속에서 커져 갔다. 나는 줄줄이 몰려드는 군중의 흐름을 거슬러 늘 군중의 끝에 머물렀다.

별안간 오래된 병의 뚜껑을 따는 듯한 건조한 파열음이 들렸다. 단 한 번이었다. 인파 저편에서 하얀 연기가 솟았다. 구호 소리도 무질서한 노호도 멈추고 일순 고요해졌다. 바람은 왕궁 쪽에서 불어오고 있었다. 연기는 우리 쪽으로 흘러왔다.

직접 본 것은 아니었다. 하지만 그것이 무엇인지 직감했다. 최루탄이다. 급기야 시작된 것이다!

군중이 조금씩 뒤로 밀려났다. 손목시계로 시간을 확인했다. 10시 반. 온다, 그런 예감이 든 바로 그 순간에 누군가가 비명을 질렀다. 인파가 뿔뿔이 흩어지기 시작했다.

사람들이 달린다. 조의를 표하려고 머리를 깎은 남자가, 무슨 일이 벌어졌는지도 이해하지 못했을 아이가, 하얀 턱수염을 기른 노인이, 짐승으로부터 달아나려는 듯이 왕궁을 등지고 달리기 시작했다. 경관대는 처음부터 총을 들고 있었다. 그들이 총을 쏘지 않는 것은 명령이 없었기 때문이며, 그들 개개인이 자제하고 있었던 것뿐이었다는 사실을 모두가 알고 있었다. 그리고 지금, 족쇄는 풀렸다. 항의의 시간은 끝났고,

왕과 서커스

공포가 그 자리를 차지했다.

총성은 들리지 않았다. 만일 그들이 자동소총을 썼다면 무리지어 있던 군중은 수백 명 이상 죽었을 것이다.

달아나는 사람들 사이로 그들이 소총 대신 사용한 것이 보였다. 위장 군복의 바짓단을 쑤셔넣은 반장화가 보였고, 이어서 중국 무술에서나 쓰는 곤봉 같은 기다란 몽둥이가 불쑥 보였다. 경관들이 미처 달아나지 못한 남자들을 에워싸고 마구잡이로 두들겨 패고 있다.

거리에 네팔어가 어지러이 오갔다. 어디선가 "달아나!"라는 영어가 들렸다. 내게 해준 말일지도 모른다. 패닉에 빠진 사람들이 밀려드는데 그 흐름을 거슬러 한자리에 머무는 일은 불가능했다. 달아나야 한다. 다리가 절로 뒤로 빠졌다. 하지만 이를 악물고 디지털카메라를 들었다. 왕궁에서 조금이라도 멀어지려고 뒤도 돌아보지 않고 달리는 사람들을 정면에서 포착해 찍었다.

방금 전까지 맨 앞이었다가 지금은 맨 뒤로 역전된 남자들이 폭행당하는 모습도 보였다. 내 디지털카메라의 줌 성능은 최대 세 배밖에 되지 않는다. 최대 배율까지 확대해 셔터를 눌렀다. 한 장을 찍을 때마다 잠깐씩 기다려야 하는 처리 시간마저도 아쉬웠다. 비명과 노성이 오가는 가운데, 나는 허리를 낮추고 카메라를 들고 계속 찍어댔다.

내가 프레임에 포착한 남자는 아스팔트에 쓰러져 몸을 웅크리고 있었다. 머리를 보호하려는 것처럼 보였다. 쉴 새 없이 쏟아지는 몽둥이에는 반응하지 않았다. 그저 머리만 감싼 채로, 다른 부위는 무방비하게 맞고 있었다.

내 눈은 어느새 카메라에서 떨어졌다. 일본어로 중얼거렸다.

"죽을 거야."

구할 수는 없다. 나도 한발 늦었다. 사진을 찍으려고 멈춰선 일 분이 발목을 잡아, 혼잡한 군중 속에 휘말리고 말았다.

누군가 어깨에 부딪혔다. 휘청했다. 여기서 넘어지면 사람들에게 깔리고 만다. 몸을 틀어 다리에 힘을 주고 버텼다. 네팔어인지 비명인지 모를 쇳소리, 탁한 목소리가 뒤엉키는 가운데 "살려줘!"라는 영어가 들렸다. 경관들은 뒤처진 군중을 쫓아가 몽둥이질을 했다. 그들은 헬멧을 쓰고 바이저를 내리고 있었다. 때문에 시선이 어디를 향하는지는 알 수 없었지만 그중 한 명이 내 쪽을 뚫어져라 쳐다보는 것만 같았다. 몽둥이를 든 그 손이 느릿하게 움직인 순간, 나도 뛰기 시작했다.

마치 안개라도 낀 것처럼 부연 대기에 감싸인 카트만두의 거리를 필사적으로 달렸다. 길 위에 흩어져 있는 빈 콜라병이나 찢어진 신문지를 누가 발로 걷어차냈다. 도로를 따라 똑바로 달아나는 것처럼 보였던 군중이 두어 명씩 흩어져 좌우의 빌딩 틈새로 피했다. 나도 달리고, 또 달리고, 길을 건너, 무작정 눈에 익은 골목으로 몸을 날렸다.

칸티 길에서 수크라 길로 이어지는 지름길이었다. 뒤를 돌아보았지만 쫓아오는 사람은 없었다. 손으로 무릎을 짚고 거친 숨을 몰아쉬었다. 겨우 이백 미터쯤 달렸다고 이렇게 숨이 차다니. 손등으로 이마를 눌렀지만 땀은 나지 않았다. 목에 건 카메라가 무사한지 확인했다.

콘크리트 빌딩 틈새로 위를 올려다보았다. 실낱처럼 보이는 파란 하늘까지 에어컨 실외기가 세로로 규칙적으로 늘어서 있다. 팬 소리는 들리지 않았다.

아직 가쁜 호흡을 가다듬으며 카메라를 쥐었다. 전원을 켜고 방금 찍은 사진을 확인했다. 한 장, 두 장, 세 장. 디지털 카메라는 연사 기능이 없다. 제대로 찍힌 건 여덟 장뿐이었다. 숨을 삼키고 사진을 확인했다.

도끼눈을 뜬 사람의 얼굴, 비명을 지르는 것처럼 입을 크게 벌린 사람의 얼굴……. 끝까지 보고 난 나는 한숨을 토해냈다.

"아아."

현장감은 있다. 하지만 거의 모든 사진에서 누군가가 렌즈 앞을 가로질러가는 바람에 무엇을 찍은 건지 확실하지 않았다. 경관들이 몽둥이를 치켜드는 사진도 있었지만 거기에는 맞는 쪽이 찍혀 있지 않았다. 달아나는 사람들을 찍은 사진은 전부 초점이 흔들렸다. 보도 사진이라면 약간 초점이 어긋나도 봐주기는 하지만 이건 너무 흔들렸다. 전부 결정적인 사진과는 거리가 멀었다.

사진이 전부는 아니다. 이곳에서 보고 들은 사실을 전하는 데 의미가 있다. 그렇게 자신을 타일렀지만 의욕을 되찾을 수가 없었다. 어제까지는 이렇지 않았다. 지금은 근거 없이는 전달하는 의미를 믿을 수가 없었다. 사진이 필요했다. 모든 사람을, 나 자신조차도 압도할 강력한 사진이.

카메라 끈을 목에 다시 걸고 방금 도망쳐 온 골목을 돌아보았다. 비명소리는 계속 들렸다. 좋은 사진을 찍으려면 지금이라도 늦지 않았을지 모른다. 그렇게 내디디려는 발을 뭔가가 붙잡았다.

경관대는 이틀 동안 도발을 참아냈고, 지금은 총을 쓰지 않고 군중을 내쫓고 있다. 하지만 내가 그 장면을 찍으면 모든 전제는 사라지고, 난폭한 경찰이 달아나는 시민을 폭행하는 사진밖에 되지 않는다. 기사 본문으로 보충하면 되는 문제가 아니다. 사진은, 최초 보도는 그것 자체로 해석된다. 지금 내가 돌아가서 현장을 찍으면 그 사진은 내 의지에서 벗어나 잔혹함을 감상하는 도구로 전락한다.

그걸 원하는 건가? 그게 내가 전달하고 싶은 현실인가?

발이 멈췄다. 고양감이 사라지고 두려움이 그 자리를 차지했다. 저 혼란 속으로 돌아가야겠다는 생각은 이제 들지 않았다. 어슬렁어슬렁 돌아가면 다음번에 포위당하는 건 나일지도 모른다.

로지로 돌아가서 지금까지 취재한 정보를 일단 정리하자. 이미 다 아는 뉴스에 덧붙일 수 있는 정보는 하나도 없지만, 자잘한 감상을 섞으면 조금은 독창적으로 보일 것이다. 무엇보다 편집부에 슬슬 연락을 해야 한다. 기사 작성은 내일 해도 충분하고 《월간 심층》에 정기 연락을 하겠다는 약속도 하지 않았다. 그저 전진할 이유를 찾지 못하고 이대로 물러나기 위한 변명에 지나지 않는다. 그걸 알면서도 나는 소동에 등을 돌렸다.

빌딩 사이를 빠져나가 거리 한복판에 있는 공터로 들어갔다. 둥글게 뭉친 종잇조각부터 쇠파이프의 산, 흙먼지에 뒤덮인 경차까지, 모든 쓰레기가 흩어져 있는 그 장소는 도쿄 로지로 가는 지름길로 통한다. 드문드문 자라난 짧고 가느다란 잡초가 불어오는 조각 바람에 나부끼고 있다.

공터 구석에 모여 있는 사람들이 문득 눈에 들어왔다.

주황색, 붉은색 셔츠를 입은 아이들이었다. 몇 명은 모자를 쓰고 있었다. 모두 옹기종기 모여 나를 등지고 있었다. 일본이었다면 초등학생쯤 되어 보이는 아이들뿐이었다. 도시 상황이 이러니 겁을 내고 있는 건지도 모른다. 섣불리 자극하지 않도록 멀리 돌아서 갈까 생각했지만 왠지 분위기가 이상했다.

아이들은 뭔가를 들여다보고 있었다. 나는 천천히 다가갔다. 네팔어로 속닥거리는 소리가 들려왔다.

"저기."

말을 걸어보았다. 가까이 있던 두 아이가 고개를 돌려 나와 내 손에 들린 카메라를 쳐다보았다. 한 아이는 소년인 것 같았고 다른 아이는 소녀인 것 같았다. 분명하지는 않았다. 둘 다 얼굴에 온통 검댕이 묻었고 눈빛은 탁했다. 그리고 둘 다 오싹할 정도로 표정 없는 얼굴로 나에게 자리를 터주었다.

사람이 쓰러져 있었다. 쓰레기와 잡초 속에서 얼룩무늬 바지를 입은 다리가 가장 먼저 보였다.

신발 뒤꿈치에 살짝 걸린 바지의 무늬는 진녹색과 갈색, 베이지색이 어우러진 위장색……. 병사가 쓰러져 있는 걸까?

전신이 시야에 들어온 순간, 말이 목구멍에 걸려 요상한 소리가 났다. 남자는 상반신에 아무것도 걸치고 있지 않았다.

엎드린 자세였는데 등에 상처가 나 있었다. 검붉은 가느다란 상처가 수없이 파여 있었다. 피부색은 그를 에워싼 아이들과 크게 다르지 않았다. 짧은 머리카락 끝에서 이어지는 목덜미만 햇빛에 검게 그을어 있었다.

시체를 보는 것이 처음은 아니다. 일을 하면서 부득이하게 자살이나 사고로 죽은 시체를 본 횟수는 한 손으로 다 꼽을 수도 없다. 하지만 이토록 생생하게 가까운 거리에서 본 적은 없었다. 머리에 열이 확 몰리고 현기증이 났다.

그렇다, 이 사람은 확실하게 죽었다. 맥을 짚어본 것도 아닌데, 그 사실을 똑똑히 아는 이유는 뭘까? 무참한 모습을 견딜 수 없어 고개를 돌렸지만 그래도 눈만 돌려 시체를 보았다. 등에 난 무참한 상처를 보다 보니 차츰 죽음을 인지한 이유를 알 수 있었다. 상처는 피에 젖어 있었지만 이미 출혈은 멈춘 상태였다. 몸속에서 혈액이 순환하지 않는 것이다. 산 사람이 입은 상처는 저렇지 않다.

너무 오래 쳐다보면 망막에 각인되어버릴 것만 같았다. 무심코 하늘을 올려다보며 숨을 내뱉었다. 그리고 딱히 누구에게랄 것 없이 아이들에게 영어로 물어보았다.

"이 사람은 지금 죽은 거니?"

갑작스럽게 튀어나온 말이라고는 해도 너무 얼빠진 질문이었다. 하지만 누군가가 짧게 대답했다.

"아니. 이미 죽어 있었어."

새된 목소리가 이어서 말했다.

"여기에 죽어 있었어. 내가 발견했어."

아이가 두려운 기색으로 말을 이었다.

"난 아니야. 내가 그런 게 아니야."

그 한마디에 그 자리의 분위기가 대번에 얼어붙었다. 무심코 아이들의 얼굴을 훔쳐보았다.

아이들의 표정은 모두 비슷했다. 탁한 눈으로 눈치를 보듯 서로의 얼굴을 살피고 있다. 불안과 의심이다. 아마 내 얼굴도 똑같을 것이다. 갑자기 누가 큰 소리를 질렀다. 네팔어였다.

그 외침이 신호탄이 되어 네팔어가 사방에서 쏟아졌다.

알아들을 수 없는 언어 속에서 나는 꼼짝도 않고 가만히 있었다. 이 분위기라면 당장 위험에 처할 일은 없을 것 같다. 그렇다면 침착해야 한다.

먼저 시간을 확인했다. 10시 42분이었다.

이미 누가 경찰을 불렀을까?

쓰러져 있는 남자는 정말 병사가 맞을까? 반사적으로 병사라고 판단했지만 곰곰이 생각해보면 근거는 위장복 하나뿐이다. 경관대가 입고 있던 것도 위장복이었다.

사인은 무엇일까? 아직 타살이 확실한 건 아니다. 사고나 질병으로 죽은 사람의 등을 누군가가 난도질한 걸지도 모른다.

온갖 의문이 떠올랐다가 사라졌다. 지금은 아무 답도 얻을 수 없지만 언젠가는 알게 될 의문들이다. 지금은 그저 사실을 확인해야 할 때다. 그것을 깨달았을 때, 내 손안에 카메라가 있다는 사실을 기억해냈다. 목에 건 디지털카메라를 두 손으로 가만히 감쌌다.

시체 사진을 찍는다는 사실에 잠시 주저했다. 죽은 이에 대한 예의 때문은 아니다. 시체 사진은 지면에 실을 수 없다. 이렇게나 무참한 상처가 나 있으면 더더욱.

다음 순간, 나는 내 자신이 부끄러워졌다. 나는 관찰하고 기록하려고 이곳에 있다. 잠깐일지언정 안 팔릴 사진이라고 찍어도 소용없다고 생각하다니.

카메라를 쥔 손이 바르르 떨렸다. 누군가에게 제지당하기 전에 재빨리 시체의 사진을 찍었다. 전신, 위장복에 감싸인 하반신, 짧게 친 머리, 시커먼 목덜미, 그리고 상처투성이의 등을.

"아……."

신음이 나왔다.

남자의 등에 난 상처는 엉망진창으로 난도질당한 흔적인

줄 알았는데, 아닐지도 모르겠다. 차마 눈을 똑바로 뜨고 보기 어려워 직시하지 못했기 때문에 몰랐다. 지금 카메라 너머로 보고서야 깨달았다. 규칙성이 있다……. 아니, 차분히 보면 명백했다. 남자의 등에 새겨진 상처는 알파벳이었다.

오른쪽 견갑골부터 허리에 걸쳐 몇 글자가 새겨져 있고, 등 한복판에서 두 번째 줄이 시작되고 있었다. 하이픈은 보이지 않았다. 첫 번째 상처는 세로줄 하나뿐. 'I'다. 다음 상처는 두 개의 가로선을 연결하듯 비스듬한 줄이 있었다. 'H' 같기도 했지만 아마 'N'일 것이다.

아이……엔……에프……오.

알아보기 어렵다. 카메라를 내리고 한 글자씩 직접 확인했다.

다음은 'A' 아니면 'R', 판별하기 어려웠다. 두 번째 줄로 넘어가자 'M', 'E', 그리고 다시 'A'인지 'R'인지 모를 상처로 끝났다.

"인포머……?"

남자의 등에 새겨진 글자는 'INFORMER'로 보였다. 첫 번째 줄이 'INFOR'까지, 두 번째 줄이 'MER'. 어떤 말인지 느낌은 알겠지만 정확한 의미를 파악하고 있는 단어는 아니었다.

사진을 한 장 더 찍으려고 파인더를 들여다보는데 날카로운 호각 소리가 공터에 메아리쳤다. 유니폼을 입은 남자 네 명이 이쪽으로 달려왔다. 그들의 유니폼은 위장복이 아니었다. 곤봉도 들고 있지 않았다. 시체를 에워싸고 있던 아이들이 하나둘 동그라미에서 떨어져 조용히 떠나려 했다. 번거로운 일에 휘말리기 싫은 것이리라.

남자들의 단속은 평화롭지 않았다. 도착하기가 무섭게 아직 남아 있던 아이들에게 고함을 질러대기 시작했다. 아무 짓도 하지 않은 소년들을 떠밀고 내게도 카메라를 치우라고 사나운 손짓으로 명령했다. 아이들은 뿔뿔이 흩어졌고 그 대신 유니폼을 입은 남자들이 시체를 에워쌌다.

두 사람이 시체 쪽으로 몸을 숙였다. 다른 두 사람은 아이들을 견제하듯 시체를 등지고 섰다. 한 명은 얼굴에 주름이 자글자글했고 표정이 없었다. 또 한 사람은 짧은 수염이 썩 어울리지 않는 젊은 남자였는데, 이쪽은 긴장한 기색이 역력했다. 나는 젊은 남자에게 물었다.

"실례합니다. 저는 일본 잡지 《월간 심층》의 기자입니다. 여러분은 경찰인가요?"

내가 말을 걸 줄 생각도 못 했는지 남자는 눈을 부릅떴지만 내색하지 않으려고 표정을 가다듬고 대답했다.

"그렇다."

"누가 신고했습니까?"

신고와는 다른 경위로 이곳에 시체가 있다는 정보를 얻었을 가능성도 있다. 확인차 묻자 경관은 유별나게 심각한 태도로 고개를 끄덕였다.

"그래. 전화로 신고를 받아 바로 출동한 거야."

나는 이어서 쓰러져 있는 남자를 눈짓했다.

"저 시체가 입고 있는 옷이 어떤 복장인지 알고 계시나요?"

대답하기 쉬운 질문을 받으면 마음이 느슨해진다. 경관은 바로 으스대며 대답했다.

"그럼. 물론이지. 모두 다 알아. 저건 군복이야."

그때 곁에 서 있던 다른 경관이 날카롭게 외치며 끼어들었다.

"이제부터 조사할 일이다. 이제부터 시작이야. 대답할 말은 아무것도 없다."

나는 경관에게 인사를 하고 물러났다.

웅크리고 있는 두 경관이 몸짓을 섞어가며 이야기하고 있었다. 이윽고 한 사람이 시체의 어깨를 붙잡았다. 털썩, 소리와 함께 시체가 바로 누웠다.

누군가가 상처로 등에 글자를 써넣은 시체는 네팔 국군 준위, 라제스와르였다.

시체를 발견하고 한 시간 뒤. 나는 도쿄 로지의 내 방에 돌아와 있었다.

불도 켜지 않고 갈색 책상에 두 팔꿈치를 괴고 깍지 낀 손에 이마를 얹었다.

어제 대화를 나누었던 사람이 오늘은 이미 차갑게 식어 있었다. 처음 겪는 일은 아니었다.

몇 번 취재했던 사업가, 언제 죽어도 이상할 것 없는 무뢰한, 젊은 나이에 병으로 쓰러진 큰아버지, 그리고 아득한 이국에서 온 소중한 친구. 지금까지 몇 번의 죽음을 마주했다. 하지만 처음이 아니라고 해서 아무 느낌도 없을 수는 없다. 정신을 차리고 보니 손가락을 떨고 있었다. 무릎도. 잔뜩 힘을 주어 떨리는 몸을 추스르려 했다.

라제스와르는 내게 아무 말도 해주지 않았다. 질문만을 던지고, 모든 것을 거절했다.

그는 왕궁 사건을 수치라고 했다. 네팔 왕국의 문제가 세상에 보도되는 것은 참을 수 없는 일이라고 생각했다. 평소 네팔에는 관심이 없는, 이 나라가 왕국이라는 사실조차 모르는 전 세계의 보통 사람들이 자극적인 문제가 발생했을 때만 주목하는 것을 혐오했다. 그에게는 그의 정의가 있었다. 그의 거절은 긍지에 기인한 것이었으리라. 나는 아무 대답도 하지 못했다. 안일했다. 대답해야 할 말이 있었는데 하지 못했던 것이다.

눈앞이 어른거렸다. 나는 그의 죽음을 슬퍼하는 것일까. 아니면 더는 그의 질문에 대답할 수 없다는 사실에 낙담한 걸까? 혹은 단순히…… 눈앞에 나타난 죽음이 두려운 걸까?

주머니에서 손수건을 꺼내 눈가를 훔쳤다.

지금, 내 손안에는 사진이 있다. 그렇게나 원했던, 충격적인 사진이. 벌거벗겨진 등에는 상처가 있고, 낡은 위장 군복의 바지가 군화를 덮고 있다. 아이들의 얼굴은 찍혀 있지 않았지만 그 가느다란 손발이 배경에 찍혀 있는 것만으로도 어쩐지 기묘한 느낌을 준다. 강력한 구도다.

의자에서 일어나 보스턴백에서 전자사전을 꺼냈다. 책상 앞에 앉아 전원을 켰다. 액정이 뜨기를 기다려 한 글자씩 입력했다. I, N, F…….

"INFORMER"라고 입력하고 번역 단추를 눌렀다. 결과로 나온 일본어는 짤막했다.

밀고자.

**11**

## 완벽한
## 요주의 사진

밀고자.

나는 그 글자를 그저 가만히 바라보고 있었다.

어렴풋이 알고는 있었다. INFORM으로 시작하니 뭔가를 알린다는 의미일 거라 생각했다. 하지만 전자사전에 표시된 뜻은 상상을 훨씬 뛰어넘는 강력한 말이었다.

라제스와르는 본보기로 살해당한 것이다. 그의 등에 밀고 자란 글자를 새겨 야외에 내던진 의미는 아무리 생각해봐도 그것밖에 없었다.

먼지바람이 불어왔다. 두꺼운 커튼 자락이 희미하게 흔들렸다. 향냄새가 풍겨왔다. 나는 흠칫 놀라 창밖을 보았다. 누군가의 시선을 느낀 것이다. ……기분 탓이다. 창밖에는 좁은 길을 사이에 두고 민가가 늘어서 있었지만 눈에 보이는 창문은 전부 닫혀 있었다. 그래도 나는 일어나서 202호의 창문을 닫았다. 낡은 창틀이 맞부딪히는 소리와 함께 방이 어두워졌다. 창에 손을 얹고 선 채로 생각에 잠겼다.

밀고라는 말이 가슴속에 앙금으로 굳었다. 라제스와르를 그렇게 방치한 건 재판을 한 걸까, 아니면 본보기로 삼은 걸까? 그는 무엇을 밀고했기에 살해당한 걸까?

그는 어제 나를 만났다. 잡지 기자를 만났다는 사실을 제삼자가 알면 당연히 라제스와르가 기자에게 나라얀히티 왕궁의 살인에 관한 정보를 주었다고 판단했을 것이다. 그것이 바로 밀고이고, 누군가 배신행위로 오해해 살해한 건 아닐까?

즉.

라제스와르는 나를 만났기 때문에 살해당한 게 아닐까?

가능성은 충분했다. 라제스와르는 처음부터 취재를 거부했다. 나를 만나준 것은 전우의 부인인 차메리의 체면을 세워준 것이라고 했다. 그런 그가 다른 기자를 만났을 리는 없다. 그의 죽음이 취재에 응한 것에 대한 벌이라면 그 원인은 분명 내게 있다.

물론 달리 생각해볼 수도 있다. 사가르는 라제스와르를 "인도의 스파이"라고 했다. 그 말이 사실인지는 모르지만 그가 군인이고, 네팔이 중국과 인도 사이에서 늘 위태로운 국정을 강요받은 것은 사실이다. 나와는 아무런 연관도 없는 곳에서 밀고로 지탄받을 만한 짓을 했는지도 모른다.

책상으로 돌아가 방금 전 그랬던 것처럼 깍지를 끼고 이마를 얹었다. 땀이 뭉근히 배어나왔다. 라제스와르의 사진을 어떻게 해야 할지 고민하기 전에 더 시급한 문제가 있었다.

나도 위험한 건 아닐까?

라제스와르를 살해하고 등에 "밀고자"라는 글자를 새긴 인물이 과연 나를 그냥 내버려둘까?

외부에 절대 흘려서는 안 될 어떤 정보가 있다고 치자. 그 정보를 흘렸을 우려가 있다는 이유만으로 라제스와르를 숙청했다면 당연히 나도 표적이 될 것이다. 오히려 정보가 확산되기 전에 한시라도 빨리 내 입을 막으려 들 것이다. 그야말로 라제스와르보다도 먼저.

하지만 나는 살아 있고, 누구에게 협박을 당한 적도 없다. 이건 무슨 뜻일까?

라제스와르를 살해한 인물이 아직 나를 찾아내지 못한 걸

까? 라제스와르는 기자를 만난다는 사실을 숨겼다. 때문에
라제스와르를 죽인 인물은 정보 부족으로 그가 만난 기자의
정체나 숙소까지는 알아내지 못했을지도 모른다. ……그렇다
면 살인자는 지금 나를 찾고 있으리라.

공기 순환이 멈춘 방안에서 등줄기가 서늘하게 얼어붙었다.

육 년 동안 기자로 살면서 철저하게 배운 원칙이 있다. 안
전제일, 아주 조금이라도 위험이 존재한다면 망설이지 말고
물러나야 한다.

보도업에 종사하는 사람들 모두가 공유하는 원칙은 아니
다. 언제 어떤 경우든 기자가 안전제일을 신조로 삼는다면 이
세상에서 일어나는 비극은 대부분 보도되지 않을 것이다. 하
지만 일본의 기자가, 그중에서도 특히나 언론사에 소속된 기
자가 안전제일을 원칙으로 삼는 데에는 이유가 있다.

1991년, 나가사키 현. 운젠 산 후겐 봉우리에서 대규모 화
산 활동이 관측되었다. 분연이 치솟는 가운데 임박한 분화의
순간을 보도하려고 몇 명의 기자들이 현지로 향했다. 그들 일
부는 박력 있는 영상을 찍기 위해 출입 금지 구역까지 파고들
었다.

대규모 화쇄류가 발생해 산기슭으로 흘러내렸다. 화산 활
동은 한시 앞을 예측할 수 없다. 갑작스러운 화쇄류에 달아날

시간은 없는 것이나 마찬가지였다. 후겐 봉우리의 취재는 마흔세 명의 사망자와 행방불명자를 낳는 참사로 끝났다.

나는 그 무렵, 고등학생이었다. 나중에 《도요 신문》에 입사했을 때 선배가 이렇게 가르쳐주었다.

"사건의 전선으로 나가는 이상 기자가 위험한 상황에 처하는 건 어느 정도는 어쩔 수 없는 일이야. 하지만 명심해. 우리는 절대로 택시 운전사까지 끌어들여서는 안 돼."

후겐 봉우리 취재 사고에서는 현장에 깊이 파고든 기자들을 막으려던 지역 소방단 사람들과 박력 넘치는 사진을 찍을 수 있는 곳까지 기자를 데려갔던 택시 운전사도 희생되었다. 그들의 죽음은 엉뚱한 피해였고, 원인을 만든 것은 분명히 기자였다. 상관없는 사람을 죽음에 빠뜨리고 말았다는 통한은 대물림되어 지금도 우리의 의식 밑에 흐르고 있다. 적어도 만일의 경우에 쏟아질 사회적 비판을 염려해 위험 지역을 취재할 때는 보도기관 직원이 아니라 프리랜서를 보내는 경향이 생겨났다.

그렇다면 지금은 운젠의 교훈을 살려야 할 순간일까? 위험을 피해 얌전히 물러나야 할 것인가?

본능적으로는 그러고 싶었다. 지금 당장 비행기표를 구해서, 비행기표가 없다면 육로를 통해서라도 이 나라에서 달아나고 싶다. 사진도 취재 메모도 몽땅 내팽개치고 일본으로 돌아가 라제스와르의 등에 난 무참한 상처를 하루라도 빨리 잊고 싶다. 《월간 심층》은 앞으로 일거리를 주지 않을지도 모르지만 마키노도 위험을 무릅쓰면서까지 취재하라는 말은 하지 않을 것이다.

금이 간 천장을 올려다보며 심호흡을 했다.

머리가 차갑게 식었다. 자신을 울타리 밖에 두고 생각하도록 사고를 객관화했다. 지금까지 보고 들은 정보를 논리로 재구성했다.

"무서워, 하지만……."

가만히 생각을 정리해보니 진심으로 두려워하고 있지는 않다는 생각이 들었다. 참혹한 시체를 보고 움츠러든 것은 사실이다. 하지만 두려움에 몸을 맡기기에는 아무래도 의문이 남는다.

라제스와르가 나라는 기자를 만났기 때문에 밀고와 누설 의혹을 받고 살해당했다고 치자.

그렇다면 살인자는 라제스와르가 내게 무슨 이야기를 했는지 구체적으로는 전혀 파악하지 못했다는 뜻이 된다. 그는 아무 말도 하지 않았으니까. 그리고 방금 전에도 검토한 것처럼 내가 아직 무사하고 협박도 받지 않았다는 사실을 바탕으로 고려해볼 때 살인자는 라제스와르가 만난 기자의 정체나 소재지도 모르는 상태다.

누구를 만났는지, 무슨 말을 했는지도 모르는데 기자를 만났다는 사실만 안다는 게 말이 될까? 설사 그런 단편적인 정보만 전달받았다 해도 과연 그 단계에서 라제스와르를 죽이고 등에 상처를 내서 글자를 새겨 본보기로 삼을까?

역시 이상하다. 린치라고 해도 너무 충동적이다.

그렇다, 살인자에게 무슨 수를 써서라도 지키고 싶은 비밀이 있었다면 나를 내버려두고 라제스와르만 살해하는 것은 의미가 없다. 가령 라제스와르를 먼저 살해했다 해도 그 죽음은 숨겨야만 한다. 그렇지 않으면 그가 만난 기자가 국외로 달아나 입막음도 여의치 않게 된다. 그런데 시체에 글자를 새겨, 빌딩 틈새라고는 해도 거리에 내다버린 이유는 무엇일까?

살인자는 기자를 죽일 필요를 느끼지 못하는 것이다. 그렇게 생각할 수밖에 없었다.

즉 라제스와르가 기자와 접촉한 것 자체는 배신이고 처형에 합당한 행위지만 그의 이야기를 들은 기자는 관심 밖이다⋯⋯. 그런 뜻이 된다. 그건 이상하다.

어딘가 어긋났다. 대체 뭐가 어긋난 걸까?

추정할 수 있는 것은 나는 살인자의 표적이 아니라는 점.

적어도 지금 당장 물러날 이유는 없다.

그렇다면 물러나지 않을 이유는 과연 있을까?

이성적으로는 아직 달아나기에 이르다고 생각하고 있다. 하지만 취재를 시도한 상대가 밀고자라는 낙인과 함께 살해당한 것은 사실이다. 아무래도 뱃속이 서늘해지는 공포가 치밀어오른다.

"나는 왜 여기에 있는 걸까?"

혼잣말이 새어 나왔다.

기자가 위험한 상황에 처하는 건 어느 정도는 부득이한 일이다. 그래, 그럴지도 모른다. 집에 처박혀 있지 않는 이상 많으나 적으나 위험은 있다. 그래도 전달하는 게 내 일이라고 생각했기에 현장에 머물러왔다.

하지만 이번 왕궁 사건을 보도하는 게 정말 보람 있는 일일까?

라제스와르의 말이 맞다. 이 뉴스를 일본에 전한다 해도 어느 나라에서 일어난 끔찍한 살인 사건으로 소비될 뿐이다. '안전제일'이 보도의 원칙이라면 '비극은 돈이 된다'는 것은 보도의 상식이다. 한 나라의 황태자가 국왕과 왕비를 살해하고 자살했다는 뉴스는 온갖 음모설을 포함해 한때의 여흥을 제공할 것이다. 그리고 다음 뉴스에 밀려날 것이다. 아마 도

메이 고속도로의 연쇄 추돌 사고나, 정치가의 실언 같은 뉴스에. 대부분의 뉴스는 단순한 여흥으로 소비된다. 뒤에는 그저 슬픔을 폭로당한 사람들만 남는다.

그래도 만 명에 하나, 십만 명에 하나쯤은 뉴스에서 뭔가를 얻을지도 모른다. 진심으로 이 뉴스를 필요로 하는 사람이 있을지도 모른다. 구십구 퍼센트의 독자가 무서운 일이라고 중얼거리며 잊어버릴 기사라도, 한 줌, 한 가닥이라도 누군가에게는 도움이 될지도 모른다. 그렇기에 전달한다. 전달하는 이유를 묻는다면 모범 답안은 아마도 그런 대답일 것이다.

하지만 과연 나는 그런 이유로 카트만두에 남은 걸까? 이미 나라얀히티 왕궁 사건은 널리 알려졌고, 일본의 대형 매체도 줄줄이 현지에 입성하고 있다. 대부분의 정보는 이미 전해졌다. 무엇보다 정보만이라면 BBC 소식을 받아다 써도 충분하지 않은가?

그런데 나는 여전히 이곳에 있다. 취재를 계속하려고 하고 있다. 이유는?

"다른 사람을 위한 게 아니야."

어두컴컴한 202호에서 나는 자신을 향해 그렇게 말했다.

인정하기 싫었던 결론은, 처음부터 눈에 보였다.

역시 이 결론으로 수렴될 수밖에 없나.

"내가, 알고 싶기 때문이야."

세상에서 무슨 일이 벌어지고 있는지. 사람들은 무엇에 기뻐하고, 무엇에 슬퍼하는지. 그 가치 판단의 기준은 나와 다른지, 아니면 같은지.

알래스카에서 게를 잡는 비결은?

옐로스톤 국립공원 나무들이 석화하는 원인은?

버킹엄궁전의 저녁 메뉴는 영국 요리일까?

페트라 유적의 벽은 어떤 감촉일까?

황도파의 최종 목적은 무엇이었나?

제지업계의 대규모 합병 소문은 사실일까?

몽골 정부는 유목민 수를 제대로 파악하고 있을까?

일본 경제의 잃어버린 십 년은 되찾을 수 있을까?

국왕을 잃은 네팔은 앞으로 어찌될까?

살인자는 어째서 라제스와르 준위를 본보기로 삼았나?

내 소중한 유고슬라비아인 친구는 어째서 죽어야만 했나?

어째서, 아무도 그녀를 구하지 못했나?

내가, 알고 싶다. 알아야만 한다. 그래서 나는 이곳에 있다. 눈앞의 죽음을 두려워하며, 위험을 가늠해가며 머물려 하고 있다. 어째서 알고자 하는지 내게 묻는다면, 대답은 에고이즘으로 수렴한다. 알고 싶다는 충동이 나를 떠밀고, 내 입에서 질문을 끌어낸다. 그것이 구경꾼의 비열한 근성이라고 한다면 아니라고 말할 수는 없다. 누가 뭐라 지탄하더라도 역시 알고 싶다. 아니, 알아야만 한다.

　나는 앎은 고귀하다고 생각했다. 한마디 더 덧붙여야겠다. 나는, 내게 있어서, 앎은 고귀하다고 생각한다. 남도 그렇게 생각하기를 기대해서는 안 되었다.

　……하지만 이것은 아직 절반의 대답에 지나지 않는다.


　노크 소리와 함께 앳된 목소리가 나를 불렀다.

　"미즈 다티."

　엉뚱한 약칭이었지만 그래도 대답했다.

　"누구?"

　"청소하러 왔어요. 시트를 바꿔드릴게요."

　체인을 걸어둔 문으로 다가가 살짝 열었다. 사환인 고빈이 꼿꼿하게 서 있었다.

　"알았어. 금방 방을 비워줄 테니 조금만 기다려."

　귀중품이 든 보디백을 들었다. 책상에 꺼내놓은 카메라로 손을 뻗었다.

　그때 나는 어떤 예감을 느꼈다. 디지털카메라에서 메모리카드를 꺼냈다. 책상 서랍을 열어 성경을 찾아내 아무 페이지나 펼쳤다.

　페이지 수를 암기했다. ……222페이지.

　메모리카드를 사이에 끼우고 성경을 덮었다. 문 너머를 향
해 말했다.

　"조금만 기다려."

　아직 문밖에 있는지 고빈은 바로 대답했다.

　"예, 미즈."

## 12

# 다화茶話

　어지러이 흩어지는 생각을 끌어안고 나는 복도에 우두커니 서 있었다. 계단을 내려갈까, 올라갈까. 내려가면 철문을 지나 다시 카트만두 거리로 나가게 된다. 올라가면 4층 식당에서 조금 더 마음을 가다듬을 수 있을 것이다.

　나는 계단을 올라가기로 했다. 보디백을 손에 들고 난간도 없는 가파른 계단을 올라갔다.

　도중에 먼저 온 손님이 있다는 것을 깨달았다. 담배 냄새가 풍겨왔기 때문이다. 하늘색 벽에 둘러싸인 식당에는 야쓰다가 있었다. 오늘도 노란 가사를 걸치고, 짤막한 담배를 깊이 빨아들이고 있다. 둥근 테이블에 놓인 양철 재떨이에는 열 개비가 넘는 꽁초가 처박혀 있었다. 눈이 마주치자 야쓰다는 살짝 눈인사를 했다. 나도 목례를 하고 가까운 테이블에서 의자를 뺐다.

"한 대 피우시렵니까?"

야쓰다가 물었다.

"아뇨, 전."

"안 피우십니까? 요즘은 그런 사람도 많이 늘었지요."

"예전엔 피웠는데 그만뒀어요."

야쓰다의 목소리에 웃음기가 번졌다.

"그렇습니까? 그럼 제가 너무 맛있게 피우면 못할 짓을 하는 셈이네요."

야쓰다는 손가락 마디만큼 남은 담배를 재떨이에 비볐다. 금연한 지는 꽤 오래되었다. 누가 눈앞에서 피워도 구미가 당기지는 않지만, 배려가 기뻤다. 야쓰다가 가사의 소매를 걷어 손목시계를 보았다.

"아아, 벌써 시간이 이렇게 되었군요."

1시가 넘었을 것이다. 그는 내게 미소를 던졌다.

"점심은 드셨습니까?"

왕과 서커스

아침에 왕궁으로 가는 길에 튀김빵을 먹은 뒤로 아무것도 먹지 못했다. 뭔가 먹어야 할 시간대이기는 하다. 하지만 목에 넘어갈 것 같지가 않았다.

"아뇨, 아직."

"식욕이 없습니까? 하긴, 실은 저도 그렇답니다."

그는 그렇게 말하더니 천천히 일어섰다.

"그럼 차를 끓이지요."

나도 엉거주춤 일어섰다.

"차라면 제가……."

"그리 신경쓸 것 없습니다. 기대하고 계세요."

식당에는 작은 부엌이 딸려 있었다. 야쓰다는 자연스럽게 부엌으로 들어가더니 주전자를 가스풍로에 얹고 물을 끓이기 시작했다. 전기나 물 공급이 자주 끊기는 카트만두에서 가스만 풍부할 리는 없지만, 풍로의 화력은 상당히 세서 파란 불꽃이 훨훨 일렁였다. 나는 그 불꽃을 바라보며 멍하니 넋을 놓고 있었다. 불의 비등점은 표고가 높을수록 내려간다던데, 카트만두에서는 몇 도에서 물이 끓을까? 그런 생각을 하고 있었다.

강한 화력과 높은 표고를 감안하더라도 물은 빨리 끓었다. 아마 야쓰다는 이미 차를 한 번 끓였고, 그때 쓴 뜨거운 물이 주전자에 남아 있었을 것이다. 잠시 후 야쓰다가 양철 컵과 찻주전자를 들고 돌아왔다. 등나무 손잡이가 달린 주홍색 찻주전자는 일본에서 가져온 물건 같았다.

"찻잔이 없어서 어쩔 수 없이. 뜨거울 테니 조심하세요."

야쓰다가 양철 컵에 차를 따라주었다. 수많은 사당에 가득 바쳐진 향 때문인지 카트만두에는 항상 어떤 향기가 감돈다. 그런 세상에서 녹차의 향은 경계가 뚜렷하고 선명해, 차를 마시기 전부터 왠지 뭉클해졌다.

"이건?"

"우지 녹차입니다. 오사카에 친구가 있는데, 마음이 내키면 좋은 차를 보내주거든요."

야쓰다는 자기 컵에도 차를 따르고 내 맞은편에 앉았다.

컵을 손으로 감쌌다. 야쓰다 말대로 뜨거워서 들 수 없었다. 손끝으로 컵 위쪽을 잡고 들어올려 가만히 입가로 가져갔다.

깊은 한숨이 나왔다.

"좋네요. 푸근해요."

야쓰다는 싱글거리며 고개를 끄덕였다.

차를 마시는데 마음에 걸리는 게 한 가지 있었다.

"야쓰다 씨. 그 가사는 평소 입던 건가요?"

가사의 색깔은 여전히 바랜 노란색이었지만 어디라고 콕

왕과 서커스

집어 말할 수 없이 고급스러운 느낌이 들었다. 야쓰다는 자기가 걸친 가사를 굽어보며 중얼거렸다.

"아아. 뭔가 했더니. 역시 기자의 눈은 예리하군요. 다르다는 걸 알아차리셨습니까?"

"느낌만이지만요."

야쓰다는 가사 자락을 살짝 흔들었다.

"평소 입던 가사가 맞습니다. 다른 방식으로 걸쳤을 뿐이죠. 몸에 두르는 건 똑같지만, 이쪽이 조금 더 방법이 복잡해요. 오랜만에 해봤는데 한번 배운 기술이라 그런지 몸이 기억하더군요."

"이쪽이 정식인가요?"

"그렇습니다."

그는 고개를 끄덕이며 컵을 어루만졌다.

"미약하지만 제 나름의 조의입니다."

왕의 죽음에 당황하고 혼란에 빠진 카트만두에서 일본인이 굳이 가사를 매만져 조의를 표한다는 사실에 왠지 엄숙함을 느꼈다.

야쓰다가 컵을 들어 후루룩 소리를 내며 한입 마셨다. 만족스러운 듯 끄덕거리며 컵을 내려놓더니 지나가는 말처럼 물었다.

"일은 좀 어떻습니까?"

"예…… 그런대로."

"예상도 못 한 일이 벌어졌으니, 고생이 많으시겠지요."

라제스와르의 죽음을 알고 있는 걸까 싶었지만 그럴 리는 없다. 당연히 야쓰다는 왕궁 사건을 가리키는 것이다.

"예. 어쨌거나 프리랜서 입장으로 이런 돌발 사태를 겪기는 처음이다 보니, 어떻게 해야 할지 몰라 당혹스럽네요."

"그렇습니까. 힘들겠군요."

야쓰다는 빈말이 아니라 진심으로 동정 어린 목소리로 말했다.

"거리 분위기가 험하다고 하던데, 무서운 일은 없었습니까?"

무서운 일이라고 하니 말이지만 누가 라제스와르 다음으로 나를 노릴지도 모른다고 생각했던 순간만큼 무서울 때가 없었다. 하지만 그 말은 하지 않기로 했다. 그것 말고도 무서운 일은 더 있었다.

"조금 전 왕궁 앞에서 경관대가 사람들을 쫓아냈을 때, 저도 거기에 있었어요. 폭행당하는 사람을 봤는데…… 도울 수가 없었어요."

야쓰다는 고개를 두어 번 끄덕였다.

"당신이 무사해서 다행입니다."

"사진은 찍었지만요."

"그게 당신 일이니까요. 지금 이 도시는 슬픔과 분노로 자아를 잃었습니다. 당신이 좋은 기사를 쓰기를 바랍니다."

좋은 기사.

그 말은 가슴에 무겁게 울렸다. 찻잔으로 쓴 양철 컵을 테이블에 내려놓았다. 컵 속에서 녹차가 크게 출렁거렸다.

"좋은 기사 말인가요. 저도 그러고 싶었지만."

"흠."

야쓰다는 편안한 태도로 느긋하게 차를 마시며 나를 쳐다보지도 않고 말했다.

"담아둔 생각이 있다면 한번 얘기해보지 않겠습니까?"

"말씀드릴 만한 이야기는 없어요. 다만……."

말이 이어지지 않았다.

대답할 상대를 잃은 질문이 갈 곳을 잃고 소용돌이치고 있다.

어째서 나는 전달하는 걸까?

내 일은 알아내는 일과 퍼뜨리는 일로 이루어진다. 그중 알아내는 일은 바로 내가 알고 싶어서 하는 일이라고 인정할 수밖에 없었다. 적반하장일지도 모르지만 그럼 어떠랴 싶었다.

하지만 퍼뜨리는 일은 또 다른 문제다.

나는 정보를 선별한다. 어떤 매체든 무한한 시간과 지면을 가진 것은 아니다. 어떤 것을 쓴다는 것은 동시에 어떤 것을 쓰지 않는다는 뜻이다. 어느 곳의 누군가가 궁금해 바라 마지 않는 것을 쓰지 않을 때도 있다. 물론 어딘가의 누군가가 더는 퍼뜨리지 말길 바라는 이야기를 쓸 때도 있을 것이다. 소문을 좋아하는, 악의 없고 무책임한 사람들처럼.

궁금하다는 생각은 이기적일지도 모르지만 거기에는 일말의 고귀함이 있다고 믿는다. 그저 궁금하다는 이유로 일심불란하게 무엇을 조사하고 배우는 사람은 아름답기까지 하다. 하지만 그것을 타인에게 퍼뜨리는 이유는 어디에 있는 걸까?

경제적인 이유……. 그것도 물론 있다. 큰 부분이다. 방송 권료, 원고료, 그리고 광고 수입도, 누군가가 뭔가를 퍼뜨림으로써 발생한다. 하지만 그게 전부라고 생각하고 싶지는 않았다. 누군가의 슬픔을, 그저 그것이 돈이 된다는 이유만으로 조사하는 것은 아니다. 경제적인 동기만으로 잊어주길 바라는, 가만히 내버려두길 바라는 바람을 무시해왔던 것은 아니다.

내가 하는 일은 타인의 비극을 구경거리로 삼는 측면이 있다. 그것은 부정할 수 없다. 문제는 그럼에도 불구하고 전해야만 한다는 철학을 가질 수 있느냐 하는 점이다.

　　　　　　　　　　　　　　　　　　　　왕과 서커스

'언젠가 누군가에게 도움이 될지도 모른다'는 말을 나는 아무래도 믿을 수가 없다. 라제스와르의 사진을 잡지에 실으면 사람들 마음속, 필연적으로 내 마음속에도 깔려 있는 안전한 장소에서 잔혹한 현상을 보고 싶다는 근본적인 욕구에 응하게 된다. 반면에 정말로 언젠가 누군가에게 도움이 될지는 의심스럽다. 입을 다물어야 마땅하지 않을까? 내가 궁금한 거라면 나만 알면 된다. 만일 어딘가의 누군가도 궁금해한다면 그것은 그 혹은 그녀 자신의 문제이지 않을까…….

생각이 제대로 정리되지 않았지만 나는 가까스로 입을 열었다.

"기사를 쓰는 이유를, 대답하지 못하겠어요."

"오호라."

야쓰다는 듣는 둥 마는 둥 건성으로 대답하더니 컵을 내려놓았다. 그리고 몸을 뒤척여 가사 소맷자락을 천천히 흔들더니 파이프 의자에 몸을 깊이 묻었다. 야쓰다는 날씨 얘기라도 하는 것처럼 말했다.

"저는 일개 파계승이니 당신 직업에 대해서는 잘 모릅니다. 다만 어쩐지 이런 이야기가 생각나는군요. 차와 함께 한번 들어보시겠습니까?"

나는 힘없이 웃었다.

"설교인가요?"

"하하하. 중이 하는 얘기니 설교일 수도 있겠군요. 들어보시렵니까?"

"예, 부디."

"그렇다면 허락도 받았겠다, 한바탕 떠들어볼까요. 다치아라이 씨는 〈범천권청梵天勸請〉이라는 이야기를 알고 계십니까?"

모른다고 대답했다.

"범천은 뭔지 알아요. 힌두교의 최고신, 브라흐마를 가리키는 걸로 기억합니다만."

"잘 알고 계시는군요. 귀이개에 달린 솜도 범천이라고 하지요."

"귀이개 얘기를 하시려는 건가요?"

"아니, 천만에요."

야쓰다는 고개를 가로저었다.

"말씀대로 최고신 브라흐마의 이야기입니다. 물론 이 이야기에서는 거의 엑스트라지만. 어디, 범천을 알 정도니 부처님이 깨달음을 얻은 이야기는 넘어가도 되겠지요? 일국의 왕자로 태어나신 부처님은 이런저런 사정으로 지금은 부다가야라고 불리는 땅에서 깨달음을 얻었습니다. 부처님은 일단 밥을 먹고 기운을 차린 뒤에 어디론가 놀러가려고 했어요."

이게 야쓰다의 화술일 텐데도 나는 그만 홀랑 낚였다.

"놀러요?"

그는 장난스러운 표정으로 말했다.

"그 부분은 제가 각색한 겁니다. 쉽게 말해 부처님은 사람들에게 깨달음을 설파할 뜻이 없었던 겁니다."

차분한 목소리로 말을 이었다.

"어렵사리 얻은 깨달음을 세상에 알린들 무슨 소용이랴……. 자신의 깨달음은 섬세하고 이해하기 어려워, 들은 사람들이 멋대로 곡해할지도 모릅니다. 그걸 하나씩 정정하고 꼼꼼하게 설명하고 정말 하고 싶었던 말이 어떤 것인지 차근차근 전하는 작업은 부처님께는 딱히 즐거운 일이 아니지요. 괜히 사서 고생할 필요는 없다, 내 깨달음은 내 안에만 담아두고, 중생들에게는 전하지 말아야겠다고 생각했다고 합니다."

"하지만 전파되었잖아요……."

"예. 깨달음을 누군가에게 알릴 필요는 없다고 생각한 부처님 앞에 나타난 게 범천이었습니다. 범천은 끊임없이 부처에게 깨달음을 전파하기를 권했다고 하지요."

"어떻게요?"

"유감스럽게도 상세한 과정은 전해 내려오지 않습니다. 세상에는 지상의 티끌을 타지 않는 중생도 있다⋯⋯. 즉 세상에는 분명 이해해줄 사람도 있다는 정도로 시원스럽게 설득했답니다. 원전을 보면 부처님은 논리적으로 설득당한 게 아니라 범천이 너무 끈질기게 매달려 포기한 것처럼 보이거든요."

야쓰다는 녹차를 한 모금 마셨다.

"물론 범천이라는 신이 하늘에서 사뿐히 내려와 부처님을 설득했을 리는 없으니, 이 이야기는 후세가 지어낸 이야기겠지요. 힌두교의 최고신이 부처님에게 부탁을 해서 불교를 널리 전파했다는 이야기를 만들어내 불교의 우위를 호소할 셈이었는지도 모릅니다. 하지만 다치아라이 씨, 저는 이 이야기를 좋아합니다. 어차피 다들 오해할 거라고 단정짓고 홀로 틀어박히려는 부처님이 너무 인간적이거든요."

나는 작게 끄덕이며 물었다.

"만일 부처님이 걱정했다는 전설이 사실이라면, 그 우려는 적중했다고 생각하시나요?"

야쓰다는 주저 없이 대답했다.

"적중했지요. 현재의 불교는 부처님의 설법과는 상당히 다릅니다. 가령 초기 불교를 보면에서는 딱히 사후에 대한 언급이 없어요. 부처님은 사후 세계에 대해 아무것도 모르기 때문에 아무 말도 하지 않겠다는 입장을 고수했습니다. 공자와 마찬가지로 괴력난신은 언급하지 않겠다는 것이지요. 실제로 초기 불교는 종교라기보다 오히려 철학이라 부르는 게 합당합니다. 논할 수 없는 사항에 대해서는 침묵한다, 대단히 합리적인 사고방식이지요. 하지만 요즘 스님들이 장례식에 일하러 가서 사후 세계에 대해서는 아는 게 없으니 노코멘트요, 라고 할 수는 없지 않겠습니까?"

저도 모르게 반박하고 말았다.

"지금 야쓰다 씨가 그렇게 말하고 있잖아요."

야쓰다는 자기 머리를 쓰다듬었다.

"뭐, 저는 파계승이라 그렇다고 칩시다."

나는 동양 사상을 배운 적이 없어 야쓰다의 이야기가 어디까지 진짜인지 판단할 수 없었다. 그래도 이런 생각이 들었다.

"부처님이 지금 살아 계신다면 분통을 터뜨리겠네요."

야쓰다가 몸을 떨어가며 웃었다.

"그럴지도 모르지요. 거봐라, 역시 입 꾹 다물고 있었으면 좋았지 않느냐, 하고 범천을 원망할지도 모릅니다."

그는 한바탕 웃더니 차를 마시고 불쑥 이런 말을 했다.

"미안한 말이긴 하지만 부처님의 개인적 견해는 아무래도 상관이 없어요."

너무 단호해서 나는 맞받아칠 말이 없었다.

"많은 사람들이 어떻게 하면 평온한 마음으로 살 수 있을지, 삶의 고통을 어떻게 견뎌야 할지 고민하고, 설파해왔습니다. 부처님이 침묵했다면 다른 가르침이 퍼졌겠지요."

그건 그럴지도 모른다. 하지만.

"그럼 범천의 설득은 헛수고였다는 말씀인가요?"

야쓰다는 고개를 저었다.

"저는 그렇게 생각하지 않습니다."

"어째서?"

"험담을 하면 마음이 허해진다고 했습니다. 자고로 말이란 경시와 비방, 오해와 곡해의 원인이었습니다. 옥상가옥屋上架屋이라는 말도 있습니다. 이미 좋은 시가 있는데 비슷한 시를 짓는 게 무슨 소용이냐고 조롱하여 쓰는 말이지요. 이 세상에는 수많은 시, 수많은 가르침이 있습니다. 그래도 사람들은 여전히 시를 짓고, 그림을 그리고, 어떻게 하면 고통으로 가득한 이 삶을 견뎌낼 수 있을지 고민합니다……. 그 이유가 뭐겠습니까?"

말이 나오지 않았다.

자기과시욕 때문에? 생활을 위해서?

물론 그것도 틀리지는 않다. 하지만 본질도 아니다. 나는 가까스로 대답했다.

"세상에 다양성을 부여하기 위함일까요?"

야쓰다의 표정이 다정하게 누그러졌다.

"그렇군요, 좋은 대답입니다. 하지만 다양한 게 곧 좋다고 는 할 수 없지요."

"예…….."

"제 생각은 비슷하지만 다릅니다. 저는 완성을 원합니다. 시든 그림이든, 가르침이든, 인류의 예지가 응축된 완성품을 만들어내기 위해 저마다 노력하고, 지혜를 짜내고 있는 건 아 닐까요? 부처님은 철학 분야에 한 조각을 덧붙였습니다. 굉 장히 크고, 중요한 조각을 더한 거지요. 그렇다면 범천의 설 득은 헛수고가 아닐 테지요. 저는 그렇게 생각합니다."

수긍할 수는 없었다.

"하지만 방금 전에 부처님의 가르침은 곡해되어 있다고 말 씀하셨잖아요?"

"글쎄요, 그렇게 말한 적은 없는데."

야쓰다는 턱을 어루만졌다.

"부처님이 처음에 설법한 내용과 다르다는 말은 했을지도 모르지만, 어쨌거나 그건 문제가 아닙니다. 부처님의 철학이 완성품일 필요는 없어요. 부처님은 힘이 닿는 데까지 고민했 고, 커다란 조각을 만들었습니다. 그 조각을 이어받아 용수 대사가, 달마 대사가, 홍법 대사와 전교 대사, 이름 없는 이들이 그들이 살았던 세상에 맞도록 온 힘을 다해 다듬었어요. 방금 전 우리는 완성을 원한다고 말했습니다. 하지만 시대의 변화나 기술의 진보에 부합하여 끊임없이 변형되고 있다는 사실 자체가 이미 완성이라는 형태라고 할 수는 없을까요?"

나는 침묵했다.

야쓰다는 불교 이야기를 하는 것 같지만 실상은 그렇지 않다. 고작 한두 마디 나눈 것뿐인데 마음속을 들킨 것 같았다.

BBC가 전하고, CNN이 전하고, NHK가 전하는 소식을 나도 전하는 것에 어떤 의미가 있는지 고민했다. 하지만 야쓰다의 말을 받아들인다면 이렇게 생각해볼 수도 있다. BBC가 전하고, CNN이 전하고, NHK가 전하고, 그리고 내가 전함으로써 완성에 다가가는 것이다.

그렇다면 무엇이 완성된다는 말인가? 시도, 그림도, 철학도 아니다. 아마 '뉴스'도 아닐 것이다. 나는 무엇의 완성을 꿈꾸는 것일까?

그것을 야쓰다에게 물어볼 수는 없다. 그 답을 원한다면 내가 고민해야만 한다. 여기서부터는 내가 할 일이므로.

그래서 딱 한마디만 했다.

"제 기사와 부처님의 가르침은 격이 너무 달라요."

야쓰다는 몸을 뒤척였다.

"뭘요. 결국 간시궐■입니다."

그렇게 말하고는 컵에 남은 녹차를 쭉 들이켰다.


바로 그때, 사나운 발소리가 들렸다.

무슨 일인가 의아해할 새도 없이 도쿄 로지의 좁은 식당에 네 명의 남자가 쳐들어왔다. 견장이 달린 셔츠를 입고, 민무늬 넥타이를 매고 있다. 라제스와르의 시체를 발견한 공터에서도 보았던 유니폼이었다.

경관이다.

무슨 일이 벌어졌을 때, 시각을 확인하는 습관이 몸에 배어 있다. 1시 40분이었다. 경관 하나가 알아듣기 힘든 영어로 말했다.

"네가 일본에서 온 기자인가?"

식당 출입구는 지금 남자들이 서 있는 문이 전부다. 게다가 다른 출구가 있다 해도 달아나는 건 최악의 선택이 분명했다. 나는 고개를 끄덕이고 대답했다.

"그렇습니다."

"다치아라이 마치?"

"예. 그런데……."


■ **간시궐** _ 乾屎厥. 부처가 무엇이냐는 질문에 운문 선사가 간시궐, 곧 마른 똥 막대기라고 대답한 데서 유래한 현상적 세계의 외형에 집착하는 사람들을 지칭하는 선적(禪的) 표현.

뭐라 입을 열려는 순간, 남자가 고함을 질렀다.

"따라와!"

그가 내 위팔을 붙잡으려 했다. 갑작스러운 일이라 나는 반사적으로 몸을 틀어 뒤로 물러났다. 아차, 싶었을 때는 늦었다.

"저항할 셈이냐!"

뒤에 있던 세 남자가 경봉을 들었다. 나는 두 손을 들고 저항할 의사가 없음을 표했다. 그 몸짓이 과연 통했는지는 판단하기 어려웠다. 남자들은 살기등등했다.

"잠깐."

야쓰다가 벌떡 일어나 조용한 표정으로 뭐라고 말했다. 네팔어다. 경관들은 야쓰다를 미처 보지 못했는지 깜짝 놀라는 기색이었지만 야쓰다가 말을 이어나가자 얌전하게 고개를 끄덕이며 손에 들고 있던 경봉을 내렸다.

네팔어 응수가 끝나기를 기다려 나는 야쓰다에게 물었다. 일본어가 튀어나올 뻔했지만 경관들 앞에서 그들이 모르는 말을 쓰는 것은 위험한 짓이다. 영어로 바꿔 말했다.

"뭐라고 했습니까?"

야쓰다는 나를 안심시키려는 듯이 미소를 지었다.

"당신이 얌전히 따라갈 테니 난폭하게 굴지 말라고 했습니다."

그 말만으로 성난 경관대가 차분해졌다니. 얼굴에 의아한 기색이 드러났는지 야쓰다가 말을 덧붙였다.

"옷이 날개라고, 땡중이라도 가사가 위력을 발휘할 때가 있거든요."

이 나라에서 승려가 널리 존경을 받는다는 이야기는 전에도 들었지만, 이 정도로 대단할 줄은 몰랐다. 덕분에 살았다.

"고맙습니다."

그는 별일 아니라는 듯이 고개를 젓다가 진지한 얼굴로 물었다.

"저들이 무슨 이유로 당신을 데려가려는지 모르겠지만, 일본 대사관에 연락을 취하는 게 낫지 않겠습니까?"

잠시 고민했다. 처음에는 놀랐지만 경관들은 나를 체포하라는 명령을 받은 건 아닌 듯했다.

"아직은 괜찮아요. 밤까지 제게서 아무 연락이 없으면 그때 부탁드리겠습니다."

야쓰다는 고개를 끄덕이고 또렷한 발음으로 말했다.

"알겠습니다. 저녁 7시까지 연락이 없으면 일본 대사관에 상황을 전하겠습니다."

그 말은 내가 아니라 처음에 영어로 말을 건 경관더러 들으라고 하는 말이었다. 이유 없이 구속하면 일본 대사관에서 항

의할 것이라고 넌지시 내비친 것이다. 정말 효과가 있을지는
모르겠지만 그의 호의는 고마웠다. 고개를 살짝 숙였다.

"가자."

경관이 아까보다 조금 차분한 목소리로 말했다.

"여권은 가지고 있나?"

"예."

보디백을 들었다.

걸음을 떼자 네 명의 경관 중 둘이 내 뒤에 섰다. 달아나지
못하도록 앞뒤를 포위당했다고 생각하니 역시 기분이 썩 좋
지는 않았다.

**13**

## 신문과
## 수색

신문기자로 일한 육 년 동안 다양한 무용담을 들었다. 직장 선배와 동료들은 폭력단 사무소에서 십여 명의 남자에게 에 워싸여 두목을 인터뷰한 이야기며, 현장에 갈 교통수단이 없 어 택배 경트럭을 얻어 탄 이야기, 수사 협력자를 인터뷰하기 위해 세 시간이나 담뱃가게 처마 밑에서 잠복했던 이야기를 희희낙락 해주었다.

온갖 무모한 이야기를 들었지만 말이 통하지 않는 땅에서 살 인 사건 참고인으로 연행되었다는 이야기는 여태 들어보지 못했다. 처음에는 어이가 없어서 피식피식 웃음이 나왔다.

물론 웃을 일이 아니다. 도쿄 로지에서 나와 흙먼지 날리는 길거리로 나갔다. 나는 재빨리 머리를 굴렸다.

의심이 들었다. 라제스와르의 죽음을 공정하게 수사하지 않고 누명을 뒤집어씌우는 건 아닐까? 네팔 경찰이 불공정하다고 생각할 근거는 없지만 공정하다고 안심할 근거도 없다. 이제 와서 걱정해도 소용없는 일이지만 어제부터 오늘 아침까지 어디에 있었는지 설명할 준비를 해둬야 한다.

그리고 또 한 가지 고려해야 할 문제가 있다는 것을 깨달았다. 이 남자들은 정말 경찰관일까?

라제스와르의 시체가 길가에 뒹굴어도 내가 무사하다는 이유로 나는 살인자의 표적이 아니라고 추측했지만 절대적인 확신은 아니다. 경찰 옷을 입고 있다고 반드시 경찰인 것은 아니다.

시체를 발견한 건 10시 40분경이었다. 세 시간 전이다. 겨우 세 시간 만에 내 이름과 숙소를 알아낼 수 있을까? 이들은 어제부터 계속 나를 찾았던 것은 아닐까?

등에 글자가 새겨진 라제스와르의 시체가 뇌리에 떠올랐다. 장난이 아니다. 아직 해야 할 일이 있다. 눈과 머리를 써야 한다.

앞뒤를 포위당한 채로 어두운 골목길을 걸었다. 흙벽돌로 만든 사당에 꽃을 바치던 젊은 여자가 깜짝 놀라 몸을 움츠렸다. 탁발하던 승려가 조용히 길을 터주었다. 내 쪽에서는 제모를 쓴 뒤통수만 보일 뿐, 남자들의 얼굴은 보이지 않았다. 뒷모습을 관찰했다. 두 사람 다 허리춤에 경봉과 권총을 차고 있다. 앞장선 두 사람이 찬 견장과 허리띠는 질감도 색도 똑같아 보였다. 제모는 서로 약간 다르게 썼다. 오른쪽 남자가 약간 뒤로 젖혀 쓴 것 같다. 하지만 그것만으로 판단하는 건 불가능했다.

그들이 경찰관이고 나를 어떻게 할 생각이라면 수갑이나 포승을 써서 구속하지 않았을까?

진짜 경찰을 상대로 도주를 시도하면 운이 좋아야 체포, 운이 나쁘면 그 자리에서 사살당할지도 모른다. 그렇지만 가짜 경찰이라면 눈치만 보다가 때를 놓칠지도 모른다. 머리를 굴리는 사이에 도쿄 로지는 멀어져갔다.

그들은 아까 내게 영어로 신원을 물었다. 조금은 영어가 통할 터. 건조한 바람 때문에 따가운 목을 헛기침으로 가다듬고 물어보았다.

"저는 체포된 겁니까?"

오른쪽 앞에 있는 남자가 대답했다.

"닥치고 걸어."

서릿발이 따로 없다. 하지만 무시당하지는 않았다.

"라제스와르 씨는 죽은 건가요?"

"닥치라고 했다."

"죄송합니다. 단지 그가 무사한지 알고 싶어서."

남자가 어깨 너머로 뒤를 돌아보았다. 목소리에 짜증이 묻어났다.

"우리는 당신을 끌고 오라는 명령을 받았을 뿐이야. 사정은 몰라. 치프에게 물어봐."

"치프는 어디에?"

"경찰서에서 당신을 기다리고 있다."

거짓말을 하는 낌새는 없었지만 아직 안심할 수 없다. 대화에 응해준다면 이야기를 길게 끌어야 정보를 더 얻을 수 있다.

"시끄러워서 거슬린다면 죄송해요. 그렇게 끔찍한 현장은 처음 봐서 아무래도 진정이 되지를 않네요."

남자가 코웃음을 쳤다.

"그렇게 보이지는 않는데. 아주 침착해 보여."

"표정에 잘 드러나지 않는 체질이라."

"됐으니까 입다물고 걸어."

말은 저렇게 해도 짜증내는 기색은 없다. 조금 더 대화를 이어나갈 수 있을 것 같다. 뭔가 단서가 될 만한 정보를 들을 방도가 없을까…… 좋은 질문이 떠오를 때까지 시간을 벌 요량으로 물어보았다.

"라제스와르 씨는 군인이었는데, 당신들도 군인입니까?"

그 순간 남자의 표정에 변화가 있었다. 어깨 너머로 보이는 옆얼굴이 아주 잠깐이었지만 불쾌한 냄새라도 맡은 것처럼 일그러졌다. 그가 말했다.

"아니야. 닥쳐."

"네."

나는 고개를 끄덕이고 입을 다물었다.

방금 전 남자가 지은 그런 표정을 나는 과거에 몇 번 보았다. 해상자위대로 오해받은 해상보안대나, 현청 직원이냐는 질문을 받은 시청 직원이 저렇게 얼굴을 찌푸리곤 했다. 업무가 미묘하게 겹치는 조직 사이에는 독특한 긴장감과 반발이 자란다. 그런 상대로 오해를 받으면 은근히 불쾌하다. 이건 어느 나라나 공통된 감정이리라.

물론 이것은 아무런 증거도 되지 못한다. 하지만 나는 그들이 진짜 경찰이라고 직감했다. 군하고 똑같이 취급하지 마, 나는 경관이다, 방금 전 옆얼굴은 그렇게 말하고 있었다.

짧은 숨을 내뱉었다. 내 감을 믿고 각오를 다질 때, 나는 늘 가볍게 숨을 내뱉는다. 어렸을 때부터 치러온 나만의 의식이었다.

경찰서 앞까지 왔지만 의심은 완전히 떨쳐낼 수 없었다. 칸티 길에 면한 사 층짜리 건물은 이게 경찰서라고 해도 곧이곧대로 믿기 어려운, 극히 평범한 건물이었기 때문이다. 건물 현관에서 "POLICE DEPARTMENT"라는 글자를 찾아내고서야 겨우 마음이 놓였다.

하늘색 유니폼을 입은 경관들이 분주하게 오가는 로비를 지나, 역시 아무 설명도 듣지 못한 채 비좁은 방으로 끌려갔다.

"여기서 기다려."

연행당하는 길에 대화에 응해준 남자가 그렇게 말하더니 감시도 붙이지 않고 넷 다 방에서 나가버렸다. 참 조심성이 없다 싶었지만 이 나라에서는 이게 일반적일 수도 있고 어쩌면 시내의 혼란스러운 상황 때문에 일손이 부족한 걸지도 모른다.

방은 다다미 넉 장 반쯤 되는 크기였다. 취조실이리라.

이 도시의 건물이 대부분 그렇듯 흙벽돌 구조였다. 볕이 닿지 않아 그런지 바깥 건물보다 훨씬 불그스름하고 줄눈은 검

　　　　　　　　　　　　　　　　　　왕과 서커스

정색에 가까운 회색이었다. 다만 외부와 접한 벽만은 벽돌이 아니라 노출 콘크리트였다. 손을 뻗으면 간신히 닿을 높이에 천창이 뚫려 있고, 거기에는 당연한 말이지만 격자 철창살이 박혀 있었다. 가느다란 창살마다 붉은 녹이 묻어 있었다.

방 한복판에는 커다란 목제 책상이 있었다. 상당히 오래된 물건인지 반들반들한 검정색 상판을 자세히 들여다보니 무수한 손톱자국이 있었다. 그게 어떤 상황에서 생긴 흔적인지는 상상하고 싶지 않다.

어깨에 멜 겨를이 없어 계속 손에 들고 있던 보디백을 책상 위에 내려놓았다. 의자는 파이프 의자였다. 쿠션은 화려한 오렌지색 비닐 재질이었다. 이 음침한 색조의 방에서 유난히 튀었다. 앉으라는 말은 못 들었지만 앉아도 되겠지. 그렇게 생각하며 의자를 끌어당기자 노크도 없이 문이 벌컥 열렸다.

두 명의 경관이 들어왔다. 쌍둥이인가 싶을 정도로 생김새도 몸집도 흡사했다.

"안녕하세요."

말이 없는 그들에게 인사를 해보았지만 그들은 무뚝뚝한 얼굴로 입도 벙긋하지 않았다. 유니폼은 다른 경관과 똑같았지만 이 두 사람은 하얀 장갑을 끼고 있었다. 한 사람이 작은 갈색 병을, 또 한 사람이 핀셋과 분무기를 들고 있다. 핀셋을

든 사람이 성큼성큼 다가와 다짜고짜 내 손목을 움켜쥐었다.

"아파!"

무심결에 일본어로 항의의 말이 튀어나왔다. 네팔어로 말했다 해도 그들이 귀를 기울여주었을지는 의심스럽지만. 다른 쪽이 작은 갈색 병에서 탈지면을 꺼냈다. 경관은 핀셋으로 탈지면을 집더니 내 손을 펼치고 손바닥에 분무기로 물을 뿌렸다. 차가운 감촉도 잠시, 경관이 탈지면을 문질러댔다. 어찌나 세게 문지르던지 때때로 핀셋 끝이 피부를 찔렀다. 그때마다 나는 눈살을 찌푸리며 몸을 틀었다. 하지만 그는 힘을 빼기는커녕, 오히려 손목을 더 세게 움켜쥐었다.

오른손, 이어서 왼손. 두 손을 탈지면으로 닦더니 두 경관은 네팔어로 뭐라 속닥거렸다. 나는 욱신거리는 손목을 흔들며 말했다.

"괜찮다면 이 검사의 의미를……."

하지만 그들은 내 말을 끝까지 듣지도 않고 탈지면을 작은 갈색 병에 도로 집어넣더니 쏜살같이 방에서 나가버렸다. 쾅 소리와 함께 닫힌 문에도 격자 철창살이 달린 작은 창문이 있다는 걸 그제야 깨달았다.

문은 닫히자마자 다시 열렸다. 두 사람과 교대하듯 또 다른 두 경관이 들어왔다. 이번에는 서로 하나도 닮은 구석이 없었다. 한쪽은 유니폼의 천이 팽팽하게 늘어날 만큼 통통한 몸집에 콧수염이 있고, 자꾸만 두리번거리는 눈은 불안해 보였다. 노트와 클립보드를 들고 있다.

다른 한쪽의 형상이 기이했다. 광대뼈가 툭 튀어나올 정도로 바짝 말랐는데, 문을 지날 때 몸을 살짝 숙여야 할 만큼 키가 컸다. 가느다란 눈에서 겨우 보이는 눈동자는 몹시 탁했다. 신문사에서는 경찰관을 인터뷰하는 게 일상 업무였다. 사건 현장에 달려가면 그들은 대개 귀찮은 일은 무조건 사양이라는 듯 무기력하게 탁한 눈으로 나를 쳐다보곤 했다. 나를 쳐다보는 눈을 보니 그런 지친 경관의 눈이 언뜻 떠올랐다. 하지만 비슷한 것은 표면뿐이다. 보다 어둡고, 감정을 숨긴 눈이 나를 가만히 관찰했다.

그는 천천히 입을 열었다.

"마치, 다치아라이 맞나?"

잔뜩 쉰 목소리였다.

"그렇습니다."

"앉아."

나는 고개를 끄덕이고 파이프 의자를 뺐다.

두 경관은 맞은편에 앉았다. 뚱뚱한 남자가 노트를 펼치고 펜을 들었다. 그 일거수일투족은 또 한 명의 남자를 뚜렷하게 의식하고 있었다. 계급이 다른 것이리라. 무슨 이유로 나를 불렀는지 아무 설명도 없이, 당연히 차 한 잔도 주지 않고 질문이 시작되었다.

경관이 첫 질문을 던졌다.

"여권은 갖고 있나?"

순순히 보디백을 열었다. 가방 속이 보인 것은 한순간에 지나지 않았을 텐데, 마른 경관이 재빠르게 눈동자를 굴렸다. 내용물을 완전히 까발려진 기분이었다. 붉은색 여권을 책상에 얹고 손가락으로 가만히 밀었다. 경관은 여권을 들고 페이지를 들추더니 기입되어 있는 사항을 하나씩 물었다.

"다치아라이 마치?"

"예."

"다치아라이가 성인가?"

"예."

"일본인?"

"예."

"주소는 도쿄?"

"예."

대답하는 사이 그가 하는 말이 과연 질문인지 아리송해졌다. 영어로 말꼬리를 올리고 있지만, 경관은 내가 대답해도 아무 반응도 보이지 않았기 때문이다.

"입국일자는 5월 31일?"

긴 질문을 듣고 그의 영어가 훌륭하다는 것을 깨달았다. 목소리는 잔뜩 쉬었지만 발음도 명료하고 알아듣기 쉽다.

"예."

"목적은?"

경관은 그제야 시선을 들었다. 어두운 눈빛을 똑바로 보기가 어려워 나도 모르게 고개를 숙였다.

"일본 잡지 《월간 심층》의 의뢰로 카트만두 여행 정보를 취재하러 왔습니다. 일본인 관광객이 늘고 있어 현지 정보를 모아 기사를 실을 생각입니다."

"그렇군."

취조관이 여권을 책상 위로 쭉 밀었다. 여권을 보디백에 도로 넣는데 그가 한층 더 차가운 목소리로 물었다.

"여행 취재를 하러 온 기자가 어째서 라제스와르 준위와 접촉했지?"

도쿄 로지 식당에 들이닥쳤을 때도 그랬지만 경관들은 내가 라제스와르 준위와 만났다는 사실을 분명히 파악하고 있다. 어디서 그걸 알았을까?

내가 질문을 던질 수 있는 상황은 아니다. 얌전히 대답했다.

"입국한 다음날, 아시다시피 귀국의 국왕이 붕어하셨습니다. 저는 곧바로 일본의《월간 심층》편집부에 연락해 본래 목적인 여행 정보의 취재뿐만 아니라 이 나라에서 일어난 일에 대해서도 기사를 쓸 수 있다고 알렸습니다.《월간 심층》편집부는 저의 제안을 받아들였고, 그 기사를 바로 싣고 싶으니 먼저 취재하라는 새 의뢰를 했습니다."

 기록을 담당한 경관이 펜을 놀리는 소리가 왠지 불안을 조장했다. 마른 경관이 끼어들었다.

 "편집부 사람의 이름은 뭔가?"

 "마키노입니다. 마키노 다이치."

 "전화번호는?"

 나는 암기하고 있던 번호를 말했다. 다시 한번, 이번에는 천천히 말하라고 요구하기에 숫자를 하나씩 또박또박 발음했다.

 "제로, 스리……."

 당장 확인 전화를 걸 줄 알았는데 경관은 둘 다 꼼짝도 하지 않았다. 내가 연행당했다는 사실을 알면 마키노는 크게 걱정할 테니 그들이 일본에 전화를 걸지 않은 것에 안도했고, 한편으로는 맥도 빠졌다.

 "여행 기사를 쓰려다가 왕궁 사건에 휘말린 건가?"

 확인하는 경관의 질문에 나는 말없이 고개를 끄덕였다. 그는 표정도 바꾸지 않고 말했다.

"운이 없었군. 안됐어."

"……고맙습니다."

기록 담당의 펜이 멈췄다. 방금 한 말도 기록에 남을까?

"그래서, 그다음은?"

"예."

처음으로 말문이 막혔다. 라제스와르를 소개해준 사람은 차메리다. 그걸 말했다가 그녀가 피해를 입으면 어쩌지?

정보원의 은닉은 기자의 대원칙 중 하나다. 설사 경찰이나 재판소의 명령이라도 정보원은 밝히지 않는다. 그러지 않으면 정보 제공자가 위험에 처한다. 동료나 상사와는 '어떤 이야기를 들었는지' 정보를 공유한다. 하지만 '누구에게 들었는지'는 경우에 따라서는 그들에게도 감춘다.

지금 이들은 기사의 정보원을 묻는 게 아니다. 살인 사건의 관계자로서 내 행동을 검증하려는 것이다. 그건 알고 있지만 차메리 본인에게 양해도 구하지 않고 이름을 입에 올리려니 본능적으로 거부감이 들었다.

마른 경관은 입을 다물고 꼼짝도 않은 채 내 대답을 기다리고 있었다. 손바닥에 땀이 배어났다. 나는 가까스로 이렇게 말했다.

"사건 당일 밤의 사정을 아는 사람에게 이야기를 들어보려 했습니다. 그러자 어떤 사람이 라제스와르 준위를 알려주었습니다."

"어떤 사람이라……."

경관은 역시 그 점을 놓치지 않았다. 내 표정은 조금 굳었을 것이다.

경관의 입에서 뜻밖의 말이 나왔다.

"도쿄 로지의 차메리겠지."

"……."

"감쌀 생각이었는지는 모르겠지만 소용없는 짓이야. 이미 뒷조사는 끝났어. 전부 털어놔."

그 말에 사정을 이해했다.

어째서 라제스와르의 시체가 발견되고 겨우 세 시간 만에 내가 연행되었나. 라제스와르가 메모라도 남긴 줄 알았는데 아마도 아닐 것이다. 라제스와르가 도쿄 로지에 종종 드나들었다는 것은 모두가 아는 사실이었으니, 경관들은 우선 차메리를 찾아갔을 것이다. 차메리가 내 이름을 말한 것이다.

그녀를 원망할 마음은 없었다. 이 도시에서 장사를 하는데 이 도시의 경찰에게 거짓말을 해달라고 할 수는 없다. 덕분에 오히려 이야기가 쉬워졌다.

"실례했습니다. 그렇습니다. 차메리 씨의 소개로, 그녀에게 라제스와르 준위에게 취재 의향을 타진해달라고 부탁했습니다. 2일 아침, 8시가 좀 넘었을 때로 기억합니다."

"몇 시라고?"

날카로운 목소리가 끼어들었다. 뚱뚱한 경관이 고개를 들고 눈살을 찌푸리고 있었다.

"8시요."

"2일 8시란 말이지?"

"그렇습니다."

그러자 마른 경관이 입가에 오싹한 냉소를 머금고 뭐라 말했다. 뚱뚱한 남자의 얼굴에 두려운 기색이 스쳤다. 그는 달아나듯 노트에 눈길을 묻었다. 그건 중요한 문제가 아니라는 말이라도 들은 모양이다.

마른 남자가 나를 향해 턱짓했다.

"계속해."

"예."

기억을 되짚었다.

"차메리 씨가 라제스와르 준위의 대답을 알려준 건 2일 심야였습니다. 여러분이 모시는 국왕의 서거를 애도하는 조포가 울렸던 게 기억나요. 저를 만나주겠다는 회신이었습니다."

"그래서 만났나?"

고개를 끄덕이며 짧은 대면을 떠올렸다.

"예. 3일 오후 2시에 만났습니다. 취재는 짧았어요. 십 분, 십오 분 정도로 끝났습니다. 그 후⋯⋯."

그날 오후는 보람 있는 시간은 아니었다.

"거리에서 사람들의 이야기를 들었고, 인드라 초크에 헌화대가 마련되었다는 말을 듣고 그걸 촬영하러 갔습니다. 6시쯤 로지로 돌아왔고, 그 이후로는 밖으로 나가지 않았어요."

두 경관이 넌지시 시선을 주고받았다. 마른 경관이 재차 확인했다.

"6시란 말이지?"

"예. 틀림없습니다."

"6시 이후로는 밖으로 한 발짝도 나가지 않았나?"

고개를 끄덕였다.

"그걸 증명해줄 사람은 있나?"

바로 대답할 수 없었다. 그날 밤은 거의 방에서 지냈다. 사람들을 만날 기회가 있었던가? 잠시 생각하다가 전혀 없지는 않았다는 것을 기억해냈다.

"6시쯤 로지로 돌아왔을 때 로비에 차메리 씨하고 숙박객인 인도인이 있었습니다. 인도인이 로비의 전화 회선으로 인터넷에 접속하는 것 같았고요."

"인도인이라. 이름은?"

여기서 이름을 숨겨봤자 인상만 나빠질 뿐이다. 차메리에게 물으면 어차피 바로 알려줄 테니까.

"수쿠마르라고 했습니다. 풀네임은 모릅니다."

"수쿠마르라."

흥, 하고 마른 경관이 콧방귀를 뀌었다. 어떤 의미인지 모르겠다. 어쩌면 수쿠마르라는 이름은 야마다 다로나 스즈키 하나코, 혹은 존 스미스처럼 가짜 같은 이름일지도 모른다.

"그래서 수쿠마르는 인터넷으로 뭘 하고 있었지?"

"글쎄요……. 상황이 이러니 궁금한 게 많기도 하겠지요."

경관의 실오라기 같은 눈에 순간 흉악한 빛이 감돌았다.

"쓸데없는 소리는 말고 묻는 말에만 대답해."

같은 로지에 숙박하는 것 외에는 접점이 없는 수쿠마르가 인터넷으로 무엇을 했는지 대답할 길은 없다. 내가 할 수 있는 대답은 하나뿐이다.

"모르겠습니다."

두 경관이 네팔어로 숙덕거렸다. 대화 속에 몇 번 수쿠마르라는 이름이 섞였다. 뚱뚱한 경관이 노트에 뭐라 갈겨썼다. 마른 경관이 말했다.

"그 밖에 마주친 사람은 있나?"

"아니요……."

저녁은 밖에서 먹고 왔고, 그날은 단수 때문에 일찌감치 목욕을 마치고 서둘러 잠자리에 들었다. 아무도 만나지 않았다.

"아까도 말씀드렸지만 차메리 씨와 수쿠마르 씨는 현관이 있는 로비에 있었습니다. 물론 로비를 가로지르지 않아도 되는 뒷문도 있습니다만."

그런 건 다 알고 있다는 듯이 마른 경관이 손을 저었다.

"수쿠마르라는 자가 쓴 컴퓨터를 조사하면 인터넷에 접속한 시간도 확인할 수 있다. 다치아라이, 우리는……."

거기까지 말했을 때 누가 취조실 문을 세 번 두드렸다. 조심스럽고 가벼운 노크 소리였다. 마른 경관은 눈살을 찌푸리며 불쾌한 듯 네팔어로 대답했다. 문이 열리고 남자가 들어왔다. 탈지면으로 내 손바닥을 닦은 경관이었다.

귓속말과 작은 종잇조각이 경관들 사이를 오갔다. 경관들은 그러는 사이에도 나를 힐끔거렸다. 느낌이 좋지 않았다. 뭔가 나를 의심할 만한 증거가 나온 건지도 모른다. 물론 나는 사건과 상관없지만 악의적으로 단편적인 사실을 조합하면 도출해내지 못할 결론은 없다. 목이 바짝 탔다. 이 도시는 늘 공기가 건조하다.

마지막으로 마른 남자가 뭐라 말하자 실내에 들어왔던 경관이 밖으로 나갔다. 마른 남자가 다시 내 쪽으로 어두운 눈빛을 돌렸다.

　"기다리게 해서 미안하군. 그럼……."

　낮은 목소리였다.

　"검사 결과가 나왔다. 당신은 총을 쏘지 않았어. 그만 돌아가."

　저도 모르는 사이 몸이 잔뜩 굳어 있었던 모양이다. 경관의 말을 들은 순간 단박에 힘이 풀렸다. 허탈감에 현기증마저 느꼈다.

　탈지면으로 손바닥을 닦은 것은 발사 잔여물을 검사하기 위한 것이었다. 나는 죽은 라제스와르의 등과 얼굴밖에 보지 못했으므로 사인을 알지 못했다. 발사 잔여물을 조사했다면 그는 사살당한 것이다. 탈지면으로 손바닥을 닦을 때 거기까지는 어렴풋이 짐작했지만 검사 결과를 중시해줄지 의심하고 있었다.

　손바닥의 발사 잔여물 여부만으로는 정말로 총을 쏘지 않았다고 말할 수 없다. 장갑을 끼면 잔여물이 남는 것을 막을 수 있기 때문이다. 그런데 형식적인 검사만으로 석방해주는 걸 보니 눈앞의 경관들은 내가 범인이라고 생각하지 않았던 모양이다. 그리 아쉬워하는 눈치도 아니고 내게 집착하는 낌새도 없었다. 겉으로만 그렇고 미행이나 감시가 붙을지도 모르지만…….

마른 경관이 지금까지 그랬듯 변함없이 쉰 목소리로 말했다.

"대단한 여자야. 안색 하나 변하지 않다니."

"칭찬으로 듣지요."

기자 일을 시작한 뒤로 가장, 아니 인생의 기억을 통틀어 가장 동요했는데 그런 말을 듣고 말았다. 속마음이 얼굴에 드러나지 않는 체질이라는 건 자각하고 있다. 그나저나 이 마른 경관이 농담을 할 줄은 몰랐다. 지금이라면 몇 가지 물어볼 수 있을지도 모른다.

"라제스와르 준위는 몇 시경에 사망했습니까?"

대답은 싸늘했다.

"왜 그런 걸 알려고 하지?"

"기자니까요……."

발판은 휘청거리는데, 그 신분만큼은 편리하게 이용한다.

"흥. 그랬지."

"말씀해주실 수 있는 범위에서만 답해주셔도 됩니다."

경관은 귀찮다는 듯이 말했다.

"예전 같았으면 썩 쫓아냈을 텐데, 운 좋은 줄 알아. 민주화 이후로 기자는 융숭히 대접하라는 지침이 있으니까. 7시다. 사망 추정 시각은 3일 저녁 7시 전후, 6시 반에서 7시 반 사이로 보고 있어."

7시라면 나는 목욕을 하고 있었다. 정말 사람의 운명이란 한 치 앞을 모를 일이다.

"그리고……."

"질문은 상관없지만."

마른 경관이 내 말을 끊었다.

"빨리 돌아가라고 충고하겠어. 4시부터 외출 금지니까."

"외출 금지?"

"취재를 했으면 알 텐데? 시내는 일촉즉발 상태다. 군도 경계 태세에 들어갔어. 일단 열기를 식힐 필요가 있어. 말해두겠는데 이 나라에서 외출 금지령이 떨어졌을 때 나돌아다니면 경고 없이 사살당해도 찍소리 못 해."

손목시계를 보았다. 3시 반이 넘었다. 도쿄 로지에서 이곳 경찰서까지는 십오 분 정도 걸렸다. 확실히 시간이 별로 없다. 일어나서 보디백을 둘러멨다.

떠날 때 경관이 한 가지 더 물었다.

"그래, 의견을 좀 들려주지 않겠나?"

문손잡이를 붙잡았던 나는 어깨 너머로 뒤를 돌아보았다.

"어떤 의견요?"

"라제스와르 준위의 시체를 보고 뭔가 깨달은 건 없었나?"

나는 고개를 갸웃거리며 솔직한 생각을 말했다.

"그가 'INFORMER'라 살해당했다면 어째서 나는 무사한 걸까. 그런 생각을 했습니다."

"그렇군."

경관은 처음으로, 거의 보이지 않을 정도였지만 미소를 지었다.

"나도 똑같은 생각을 했다."


외출 금지령 발령을 삼십 분 앞두고 카트만두 거리에서는 인기척이 사라졌다. 모든 가게가 셔터를 내렸고, 셔터가 없는 가게는 상품을 전부 거둬들였다. 어지간히 서둘러 치웠는지 땅바닥에 수박이 굴러다니고 있었다.

칸티 길에서 도쿄 로지까지 가는 길은 외우고 있었다. 뉴로드로 나가는 게 가장 쉬운 길이지만 좀더 빨리 갈 수 있는 길도 있을 것이다. 하지만 익숙하지 않은 길에서 헤매기라도 하면 무슨 일이 생길지 알 수 없다. 설마 이렇게 위태로운 꼴을 당할 줄은 몰랐다. 손목시계를 보고 종종걸음으로 텅 빈 거리에 뛰어들었다.

도중에 몇 번이나 위장복을 입은 병사들을 보았다. 도로 한복판을 막은 지프에는 네 명의 병사들이 타고 있었고, 뉴로드에서는 세 명이 셔터에 기대어 담배를 피우고 있었다. 그들은 모두 달려가는 나를 가만히 쳐다보고 있었다. 재촉하는 건지, 놀리는 건지, 바짓단을 쑤셔넣은 군홧발을 쿵쿵 구르는 병사도 있었다. 언제 내게 총구를 겨누어도 이상하지 않았다. 손목시계가 3시 50분을 가리켰을 때, 내 오판을 후회했다. 외출금지령이 풀릴 때까지 경찰서에서 보호해달라고 요청하거나 로지까지 호송을 부탁했어야 했다. 물론 그들이 요구를 들어주었을지는 상당히 의심스럽다. 경찰 인력에 여유가 있을 것 같지는 않았기 때문이다.

　막판에는 달렸다. 조첸 지구로 뛰어들어 흙먼지를 가르며 흙벽돌 벽이 좌우에 우뚝 선 좁은 골목을 달렸다. 가네샤 신을 모시는 사당이 눈에 들어오자 달리면서 손목시계를 보았다. 3시 54분. 4시 정각이 되었다고 어디서 총탄이 날아오는 건 아니겠지만 마음은 불안했다. 도쿄 로지의 녹색 철문에 달려들어 힘껏 밀었다. 철컹, 뻑뻑한 감촉이 돌아왔다. 문은 열리지 않았다.

　"이럴 순 없어!"

　제발 착각이길 바랐다.

착각이었다. 당겨야 열리는 문이었다. 굴러들어가듯이 로비로 뛰어들었다. 3시 56분이었다.

손으로 무릎을 짚고 거친 숨을 가다듬었다.

흙먼지를 잔뜩 집어삼켜 입안이 까끌까끌했다. 계단으로 향하는데 누가 뒤에서 불렀다.

"다치아라이 씨……."

차메리였다. 종업원 공간으로 이어지는 문에 서서 껄끄러운 표정을 짓고 있다. 내가 연행된 일에 책임을 느끼는 건지도 모른다. 어쩌면 이렇게 빨리 석방될 줄 몰랐을 수도 있다.

"안녕하세요. 지금 돌아왔어요."

"그, 그러셨군요."

"방 청소는 끝났겠지요?"

차메리는 작게 끄덕였다. 나는 인사를 하고 계단을 올라갔다. 입안을 헹구고 싶었다. 주머니 속에 든 나무 열쇠고리를 꽉 움켜쥐고 있었다.

2층으로 올라가 202호 열쇠 구멍에 열쇠를 꽂았다. 슬쩍보니 롭이 묵는 203호에는 여전히 "DO NOT ENTER"라는 종이가 붙어 있었다. 저건 언제부터 붙어 있었을까?

202호로 들어갔다.

순간, 나는 위화감을 느꼈다. 긴장의 끈이 팽팽해졌다.

이상하다는 직감이 먼저 왔고, 이상한 부분을 찾아낸 관찰의 결과가 스멀스멀 뒤를 따라왔다.

패치워크 이불이 잔뜩 구겨져 있었다. 책상 스탠드가 엉뚱한 방향을 가리키고 있다. 여행 가방 위치도 바뀌었다. 저렇게 창가에 두지 않았는데.

누군가 이 방에 들어왔다. 그 누군가가 이 방을 떠났다는 보장은 없다. 문을 잠그지 않고 귀를 기울였다. 그대로 한참 기다렸지만 아무 소리도 들리지 않았다.

주먹을 불끈 쥐었다. 뒤쪽을 의식하면서 천천히 욕실 문을 열었다. 아무도 없다. 샤워 커튼도 걷혀 있어 사람이 숨을 만한 사각지대는 없다.

새삼 방을 둘러보았다. 누가 숨는다면 침대 밑 아니면 옷장 속이다. 옷장으로 다가가 문을 벌컥 열었다. ……내가 챙겨 온 옷이 옷걸이에 걸려있을 뿐이었다.

마지막으로 천천히 무릎을 꿇었다. 누군가와 눈이 마주칠지도 모른다는 공포를 억누르고 침대 밑을 들여다보았다. 역시 아무도 없다.

한숨을 쉬고 문을 잠그려 손을 뻗었다. 잠금장치를 돌리려다가 문득 손을 멈추었다. 다시 복도로 나가 열쇠 구멍을 보았다.

도쿄 로지의 객실 열쇠는 흔해빠진 실린더 자물쇠였다. 예전에 방범 관련 기사를 취재할 때 기초적인 자물쇠 따는 법을 배운 적이 있다. 이런 자물쇠라면 시간만 있으면 나도 딸 수 있다. 열쇠 구멍에 눈을 바싹 댔다.

"아아……. 역시 흠집이 있네."

무심코 혼잣말을 중얼거리고 말았다.

어두운 복도의 불빛으로도 열쇠 구멍 주변에 갓 생긴 흠집이 보였다. 열쇠 끝에 긁혀도 이렇게 될 테니 단정할 수는 없지만 십중팔구 누가 문을 따고 들어온 것이다.

방안으로 돌아와 뒷손으로 문을 잠갔다. 여권과 지갑은 보디백 속에 있다. 고빈이 청소하러 들어오는 동안에만 방을 비우긴 했지만, 귀중품을 몸에 지니고 다니길 잘했다. 그 외에 표적이 될 만한 물건이라면…….

"역시 그건가."

라제스와르의 시체를 찍은 메모리카드는 성경 사이에 숨겨두었다.

책상 서랍을 열고 낡은 성경을 손에 들었다. 묵직했다. 페이지 가장자리가 변색되어 흐물흐물한 성경을 책상에 내려놓았다. 기억하는 페이지 번호는 222다.

하지만 번호를 확인할 필요도 없었다. 메모리카드가 책갈피 역할을 해서 222페이지가 자연히 벌어졌다. 메모리카드는 끼워두었던 상태 그대로 있었다.

깊은 숨을 내뱉었다. 속에 든 데이터가 무사한지 확인해야 했지만 아마도 괜찮을 것이다.

세면소로 가서 플라스틱 컵에 물을 따라 입에 머금었다. 두어 번 입안을 헹구어 흙먼지를 씻어내자 겨우 살 것 같았다.

수건으로 입가를 닦으며 거울 속의 내 모습을 바라보았다.

경찰이라면 차메리에게 마스터키를 빌릴 수 있을 것이다. 하지만 이 방을 뒤진 인물은 문을 따고 침입했다. 경찰은 아니다.

거울을 가만히 노려보았다.

거울 속의 나는 희미하게 눈살을 찌푸리고 있었다. 수많은 의견을 바탕으로 판단하건대 다치아라이 마치의 속마음이 표정에 드러나는 것은 드문 일이다.

절대 질 수 없다고 마음을 단단히 먹었을 때, 나는 아무래도 이런 표정을 짓는 모양이다. 새로운 발견이었다.

**14**

## 대머리독수리와
## 소녀

책상 위에 노트를 펼치고 펜을 쥐었다.

마키노가 할당해준 지면은 여섯 페이지였다. 사진 크기도 고려해야겠지만 사백 자 원고지로 환산하면 대략 열여섯 매 내지 스무 매쯤 될까. 지난 나흘 동안 취재한 여러 정보를 열거했다.

가네샤 신상. 향냄새. 우기인데도 메마른 도시. 기념품을 파는 소년. 아침 식사 시간. 카트만두의 튀김 가게. 한밤중의 소식, 왕의 죽음. 어리둥절해하는 사람들. BBC가 같은 뉴스를 얼마나 반복했을까, 그동안 다른 방송국은 어떤 소식을

왕과 서커스

전했을까. 장례 행렬. 국왕의 나이만큼 쏘아 올린 조포. 헌화대. 사람들의 당혹감이 분노로 바뀌어간 양상. 불신감, 음모론, 의문. 소총을 든 경관대들. 외출 금지령. 그런 키워드를 노트에 차례로 적어나갔다.

난잡하게 열거된 키워드들에 둘러싸여 노트 한가운데가 동그마니 비어 있다. 이번 기사의 핵심이 될 소재는 무엇일까.

펜을 쥔 손이 멎었다. 써넣고자 하는 키워드는 알고 있다. '라제스와르 준위'다. 흙벽돌과 콘크리트가 혼재하는 도시에 휑하게 존재하는 공터에 무참하게 내팽개쳐진 군인, 그를 찍은 사진에는 보는 이를 뒤흔드는 힘이 있었다. 정부가 왕족들의 죽음을 '소총 폭발 사고'라고 발표하고, 사람들 사이에 의혹이 소용돌이치는 가운데, 등에 밀고자라는 낙인을 새겨진 채 살해당한 라제스와르의 사진은 독자들에게 강한 인상을 남긴다. 게다가 그 사진은 잘 찍혔다. 기사에 무게를 실어줄 게 틀림없다.

디지털카메라를 조작해 그 사진을 열었다. 여러 장 가운데 가장 괜찮은 사진에 남몰래 'INFORMER'라는 이름을 붙였다.

이 사진을 찍은 이상 이것을 중심으로 한 기사밖에 떠오르지 않았다. 하지만 아무래도 노트 한가운데에 '라제스와르 준위' 또는 'INFORMER'라고 쓰기가 망설여졌다.

이유는……..

"비겁한 걸까?"

펜을 쥔 손을 허공에 멈춘 채로 중얼거렸다.

사진은 어떤 반향을 불러올까? 독자에게 강한 인상을 남긴다. 그 인상이란 어떤 것일까?

'INFORMER'는 준위가 어떤 말을 했기 때문에 살해당했을 가능성을 강하게 연상시킨다. 네팔 정부에서 충분한 정보를 발표하지 않는 지금, 그 연상은 왕궁 사건의 진상이 은폐되고 있다는 발상으로 쉽게 이어질 것이다.

다시 말해 이 사진은 네팔 정부를 견제하는 의미를 갖는다.

그 점 자체는 오히려 보도의 사명이라고 할 수 있다. 하지만 나는 어떻게 될까?

"〈대머리독수리와 소녀〉가 될 것 같아."

보도사진에 주어지는 최고의 영예, 퓰리처상을 수상한 사진을 떠올렸다.

1993년, 내전이 이어지던 수단에서 보도사진작가 케빈 카터는 한 소녀를 발견한다. 사지는 말라비틀어졌고, 영양실조로 배만 불룩한 소녀가 메마른 땅에 웅크리고 있다. 몇 미터 뒤에서는 땅에 내려선 한 마리의 대머리독수리가 소녀를 바라보고 있다.

사진의 내용은 그게 전부였다. 하지만 그 사진은 강한 연상 작용을 불러일으켰다. 대머리독수리는 어째서 거기에 있으며, 어째서 웅크린 소녀를 바라보고 있는가…… 바야흐로 숨이 꺼져가는 소녀를, 먹이로 삼기 위함이다. 기아 때문에 사람이 죽고, 새가 그것을 삼키려는 순간이다.

사진은 그것이 내포하는 메시지의 강렬함 때문에 퓰리처상을 받았다. 하지만 사진작가는 칭찬과 함께 커다란 비판도 받아야 했다. 비판자는 "어째서"라고 말했다. "어째서 소녀를 구하지 않았는가? 그 자리에 있었으면서 당신은 그저 사진만 찍을 뿐, 죽어가는 소녀를 위해서 아무 행동도 하지 않았단 말인가?"

사진작가는 반론했다. 그렇지 않다. 죽도록 내버려두지는 않았다. 나는 소녀가 제힘으로 일어나 배급소로 걸어가는 것을 확인한 뒤에 그 자리를 떠났다…… 그러나 소녀의 안위를 지켜보는 카메라맨을 찍은 사진은 없다.

의혹과 비난 속에서 퓰리처상 수상자 케빈 카터는 스스로 목숨을 끊었다.

〈대머리독수리와 소녀〉는 저널리즘에 근본적인 의문을 던졌다. 이 세상의 비극을 전달할 수 있다는 건 그 자리에 있었다는 뜻이다. 어째서 구하지 않았는가? 너는 무엇을 하고 있었나?

　근거 없는 물음이기는 하다. 기자가 사진을 찍었다고 해서 아무 행동도 하지 않았다는 증거가 될 수는 없다. 비참한 상황에 힘이 부쳤고 그가 할 수 있는 일은 모두 한 끝에 마지막으로 셔터를 눌렀을지도 모른다. 어쩌면 그도 식량이 떨어져 굶주림의 고통 속에서 사진을 찍었는지도 모른다.

　하지만 사진은 연상 작용을 불러일으키기는 해도 진실을 전달해주지는 않는다. 사진에 대머리독수리와 소녀가 찍혀 있으니 대머리독소리가 소녀를 노리는 동안 사진가는 아무 행동도 하지 않았다는 연상을 불러일으키는 것이다.

　등에 "INFORMER"라고 새겨진 남자의 사진은 독자들에게 이런 의문을 유발할 것이다. 밀고자란 어떤 의미인가? 이 가련한 남자는 누구에게 밀고했기 때문에 살해당했나?

　혹자는 이렇게 말할지도 모른다. 그는 이 사진을 찍은 기자에게 뭔가 말했기 때문에 살해당한 것이다. 기자, 다치아라이 마치는 그의 죽음에 책임이 있다.

　나는 밀고의 상대가 내가 아니라고 생각한다. 내가 라제스와르에게 취재를 요청한 사실과 그가 살해당한 사실 사이에는 아무 연관도 없다고 추측하고 있다. 하지만 독자의 연상까지 그런 추측에 붙잡아둘 수는 없다. 어쨌거나 증거가 없다.

'INFORMER'를 게재하면 나 자신에게 치명적인 악평이 돌아오고, 기자 인생에 종지부를 찍게 될지도 모른다.

페이지 한가운데에 라제스와르 준위의 이름을 쓰려다가 망설인 것은 그런 이유 때문일까? 전달하는 게 내가 할 일이기에 잠자코 수수방관할 수는 없다고 나는 라제스와르에게 말했다. 그는 일축했지만 전달하기를 포기한 것은 아니다. 그런데 'INFORMER'는 전달하지 않을 셈인가? 이 사진은 네팔의 혼란을 단적으로 표현하고 있는데, 비난이 두려워 묻어버릴 작정인가?

그렇다면 나는 너무나 비겁하다. 내 간사한 혀는 비난받아 마땅하다. 나는 내가 했던 말을 따르기 위해 이 사진을 게재해야만 한다!

그렇게 스스로를 설득해봐도 펜은 움직이지 않았다. 이 사진을 《월간 심층》에 보내 라제스와르 준위에 대한 기사를 쓰기가 아무래도 무서웠다. 본능적인 위험을 느꼈다.

그렇다면 전제가 틀렸다. 내가 비열한 거짓말쟁이라서 이 사진을 싣기를 주저하는 게 아니다. 분명 다른 이유가 있다. 내 마음속을 살펴보기 위해 노트 페이지를 다시 보았다. 백지에 "INFORMER?"라고 큼직하게 적혀 있다.

그때, 누가 문을 두드렸다. 내 대답을 기다리지 않고 목소리가 뒤를 따랐다.

"다치아라이 씨, 계신가요?"

차메리의 목소리다.

"예."

"다행이군요. 당신을 찾는 전화예요."

경찰일까? 내 혐의는 풀리지 않은 걸까? 그런 생각에 몸이 굳었지만 차메리가 알려준 것은 다른 이름이었다.

"일본에서……. 마키노라고 하네요. 전화는 아직 끊기지 않았는데 받으시겠어요?"

기획이 확정되지 않은 단계에서는 별로 이야기하고 싶지 않았다. 나는 천장을 올려다보았다. 펜을 내려놓고 노트를 가만히 덮었다.

"금방 갈게요."


발전도상국이나 동유럽처럼 통신망이 약한 지역에 갈 때, 일본과 연락을 취하는 비결이 있다. 취재지에서 일본으로 전화를 걸면 연결되지 않더라도, 일본에서 취재지로 전화를 걸면 비교적 잘 연결된다고 한다.

그게 사실인지 나는 잘 모른다. 일종의 근거 없는 뜬소문,

더 심하게 말하면 미신 같은 이야기 같기도 하다. 하지만 일본에서 걸려오는 전화에는 확실한 이점이 하나 있다. 경비를 정산하기가 편하다.

전화를 받자 마키노의 첫마디는 이러했다.

"왜 이리 늦어, 다치아라이. 일 분에 백오십 엔이라며?"

"그건 이 로지에서 전화를 빌려 쓸 때 가격이고요. 일본에서 걸면 일반 국제전화 요금이에요."

"그럼 일 분에 이백 엔이 넘겠군. 그쪽은 어때?"

어제부터 있었던 여러 가지 일들이 머릿속을 빠르게 스쳐갔다. 현재 상황을 한마디로 표현한다면 이렇다.

"혼란스러워요."

"음, 무슨 뜻이야?"

"정부에서 소총 폭발에 의한 사고라고 발표하는 바람에 국민 여론이 들끓고 있어요. 오전에는 경찰이 최루탄을 써서 시민을 진압했고, 오후에는 4시부터 외출 금지령이 발령되었어요. 그걸로 상황이 진정될지는 아직 모르겠고요."

"그런가. 뭐, 소총 폭발이란 말을 누가 믿겠어. 어쨌거나 몸조심해."

"예."

이미 경찰에 연행되었다는 말은 하지 않기로 했다. 그것은

내 개인적인 이야기고, 지금 단계에서는 기사와 아무 상관도
없다.

"그래서 기사는 잘되어가?"

"6일 마감에는 맞출게요. 점심때 보내면 될까요?"

"멍청아, 아침에 칼같이 보내."

어련하실까.

아침 9시에 맞추려면 시차를 고려할 때 새벽 5시 45분이
마감이다. 도쿄 로지의 팩스를 빌릴 수 있다. 카트만두의 아
침은 이르다. 확인은 해야겠지만 아마 차메리는 깨어 있을 것
이다.

"알겠습니다."

"좋아."

마키노가 갑자기 목소리를 낮추었다.

"그래, 어떤 글이 나올 것 같아? 카피라도 미리 생각해두고
싶은데."

"그것 말인데 실은……."

망설이는 속마음이 드러나 말끝을 얼버무리고 말았다.

"사진이 있어요."

"어떤?"

"군인 사진입니다……. 시체 사진이에요……."

"이봐."

전화 너머에서 마키노가 의자에서 자세를 고쳐 앉는 모습이 눈앞에 보이는 듯했다.

"그렇다면 그건가? 시민의 반격으로 그렇게 된 거야?"

"아니, 아니에요. 변사체입니다."

"변사체?"

"상반신이 벗겨진 채로 등에 INFORMER라고 새긴 칼자국이 있었습니다. 밀고자라는 의미예요. 그는 국왕이 피살된 날, 왕궁에 있었던 인물입니다. 사건이 있은 후 잡지 취재에 응한 적도……."

"이봐."

마키노는 또 같은 말을 했다. 내 말의 의미를 파악할 시간을 벌려는 것처럼.

"태평하게 말할 때야? 그거 엄청난 이야기잖아."

"다른 사람은 아무도 못 찍었을 거예요. 제가 찍은 뒤에 경찰이 와서 현장을 봉쇄했으니까요."

수화기에서 한숨이 들려왔다.

"다치아라이, 자넨 역시 운이 따르는군. 국왕 일가가 대부분 살해당했는데, 네팔 정부는 사고라고 발표했어. 그런데 당일 현장에 있던 군인이 취재에 응했다가 밀고자라는 낙인이 찍혀 살해당했고, 더군다나 다른 기자들은 모르고 있다니. 엄청난 스쿠프야, 그거."

"예······."

썩 호응하지 않는 내 태도를 보고 마키노는 뭔가를 감지한 듯했다.

"무슨 문제라도 있어?"

"두 가지 문제가 있어요."

나는 그렇게 말했다.

"하나는 그 군인에게 취재를 요청한 잡지입니다."

"어디야, 현지 잡지야?"

"아니요.《월간 심층》입니다."

몇 초 동안 수화기에서 아무 소리도 들리지 않았다. 한참 있다가 겨우 들려온 것은 울먹거리는 소리였다.

"우리야?"

몇 초의 침묵이 더 이어졌다.

"아니, 자네야?"

"다치아라이라는 기자고, 일본《월간 심층》의 의뢰를 받아 취재하고 있다고 밝혔습니다."

"우리 이름을 댔단 말이지. 아니, 뭐 사실이긴 한데."

마키노는 한참 신음했다. 나는 그의 버릇을 안다. 머리를 감싸고 책상에 엎드려 있을 것이다.

"어쩔 수 없네. 매스컴이라고 하기에도 민망하지만 우리도 미디어이긴 하니까. 여기서 꼬리를 감추고 달아날 수는 없지."

"데스크의 판단을 여쭤보는 게 좋지 않을까요?"

"자네도 알잖아? 우리 데스크는 이런 얘기가 나오면 용기가 샘솟는 타입이야. 허락하고도 남을걸. 자넨 괜찮은 거야?"

"저 말인가요?"

마키노의 우는소리에 온기가 깃들었다.

"자네는 단지 일을 했을 뿐이야. 내가 그렇게 생각한다는 건 알아줘. 그 전제로 말하겠는데 자네, 살인자라고 불리게 될 거야."

이미 고민한 문제다. 마키노도 똑같은 생각을 해주었다는 사실이 기뻤다.

"어쩔 수 없는 일이죠."

"그런가……. 이봐……."

일 분에 이백 엔이 넘는 시간이 무의미하게 흘러갔다.

이윽고 마음을 가다듬었는지 마키노가 물었다.

"그런데 나머지 문제는 뭐야?"

"예?"

"자네가 그랬잖아. 두 가지 문제가 있다고. 나머지 문제는 뭐야?"

내가 그런 말을 했던가?

확실히 라제스와르의 죽음을 기사의 주축으로 삼는 것은 아무래도 내키지 않았다. 하지만 굳이 이거다 싶은 문제가 어디에 있을까?

마키노가 어쩐지 될 대로 되라는 투로 말했다.

"확증도 다 잡아놓고 뭐가 문제야? 이제 밀고 나가기만 하면 그만이잖아."

확증.

그런가!

수화기를 쥔 손에 힘이 들어갔다. 그렇다, 그거다.

"고맙습니다."

"어? 왜 그래?"

"바로 그거예요. 마키노 씨, 이 사진, 아직 확증을 못 잡았어요."

"확증이라니 무슨 소리야? 자네가 실제로 보고 찍은 거라면서? 확증이고 뭐고 본 대로 쓰면 되는 거 아니야?"

기사에는 사실을, 적어도 사실이라고 강력하게 추정되는 사항을 쓴다. 라제스와르가 사건 당일 밤 왕궁에 있었던 사실, 그가 잡지 기자인 나를 만난 사실, 네팔 정부가 사고라고 주장하는 사실, 라제스와르가 나를 만난 이튿날 밀고자로 낙인찍혀 살해당한 사실. 이것들은 모두 사실이고, 그 사실들을 연결해서 생각하는 건 어디까지나 독자들의 상상이다.

하지만 나는 '독자가 아마도 그렇게 상상할 것'임을 안다. 그런데 나와는 관계없는 일이라고 모르는 척하는 것은 진실하지 못한 태도다. 하나, 둘, 셋까지 나왔는데 다음이 넷이라고 생각하는 건 당신의 자유로운 상상이라고 주장한다면 일 처리를 제대로 하는 것이 아니다.

이제야 알았다. 그래서 나는 라제스와르의 사진을 쓰는 게 내키지 않았던 것이다.

"아니요. 마키노 씨. 이 사진은 확증이 없어요."

"그러니까 무슨 소리냐고."

"라제스와르……. 죽은 군인의 이름인데, 그의 죽음이 국왕의 죽음과 연관이 있다는 증거가 없어요. 극단적으로 말해 그는 단순히 교통사고로 죽은 걸지도 몰라요. 지금 단계에서는 국왕의 죽음을 다루는 기사에 실을 수 없어요."

"하지만 자네가…… 등에……."

"부족합니다. 그것만으로는."

난도질당한 등에 새겨진 글자가 나를 만난 것에 대한 규탄이라고 단언할 수는 없다. 이유는 반대편 당사자인 내가 무사하니까. 이것은 처음부터 생각했던 의문이다. 그런데 지금 이 순간까지 기사로 쓸 수 없는 이유를 찾아내지 못했다. 아무래도 나는 그 사진의 완성도에 어지간히 넋이 나가 있었던 모양이다.

마키노가 작게 웃었다.

"그렇군. 자네, 용케 거기서 브레이크를 걸었네."

"아니요. 반성하고 있습니다. 좀더 빨리 깨달았어야 했는데."

"시간이 없어. 오늘은 외출 금지령이 떨어졌다면서?"

"내일 밤까지 라제스와르와 국왕의 죽음을 연결 짓지 못하면 그 사진은 빼겠습니다."

"그런가……. 알겠네."

전화 목소리가 평소의 느긋한 톤으로 돌아갔다.

"뭐, 잘 부탁해. 젠장, 전화가 길어졌네. 전화 요금은 원고료에서 빼도 되지?"

"멱살 잡을 거예요."

하하하, 웃음소리가 들려왔다.

"그럼 6일에."

"알겠습니다. 6일 낮에."

"자네, 농담이 시시해."

"그런가요?"

수화기를 내려놓고 한숨을 쉬었다.

안개가 걷힌 기분이었다.

사진의 확증을 잡는다. 그것은 곧 라제스와르가 어째서 살해당했고, 누가 어떤 이유로 그의 등에 INFORMER라는 글자를 새겼는지 알아내는 일이다. 쉬운 일은 아니다. 마키노의 말대로 시간이 부족하다. 이 타국에서는 써먹을 수 있는 연줄도 없다. 상식적으로 생각하면 조사가 성공할 가망은 거의 없다.

그래도 이래도 괜찮을까 방황하며 전진하는 것보다 얼마나 힘이 나는지 모른다. 어둑한 로비에서 나는 혼자 힘차게 말했다.

"좋았어."

전화를 마치자 차메리가 돌아왔다. 여전히 쭈뼛거리는 표정이다. 그녀에게 나쁜 감정은 전혀 없는데……. 차라리 이렇게 와줬으니 다행이다. 수화기에 손을 얹은 채로 말했다.

"차메리 씨."

"아, 예."

그녀의 마음을 풀어주려고 나는 미소를 지어냈다.

"6일 아침 5시 45분이 지나기 전에 일본에 팩스를 보내야 하는데요. 이 로지에서 빌려 쓸 수 있을까요?"

"5시 45분이라고요?"

차메리는 눈살을 찌푸렸다. 카트만두의 아침은 이른 줄 알았는데, 생각해보니 차메리는 밤늦게까지 깨어 있으니 아침에는 느긋하게 쉬는지도 모른다.

"주무실 시간이라면 다른 방법을 찾아볼게요."

"……아니요! 괜찮아요. 그 시간에 쓸 수 있도록 준비해둘게요. 로비로 와주세요."

"저, 혹시 무리하는 건 아니지요?"

"물론이에요. 전혀 신경쓰지 마세요."

어쩌면 경찰에 내 이야기를 한 게 미안해서 저러는 걸지도 모른다. 그렇다면 차메리의 양심을 이용하는 것 같아 어쩐지 불편하다. 하지만 이미 입 밖으로 낸 말이고, 이제 와서 없었던 일로 해달라는 것도 선의를 우롱하는 것 같아 거북하다. 지금은 호의에 기대자.

"고맙습니다. 그리고……."

"예."

"야쓰다 씨 방 번호를 알 수 있을까요?"

내게 무슨 말을 들을지 불안했는지, 차메리는 한시름 던 표정을 지었다.

"그거라면…… 음, 지금은 301호예요."

"지금은?"

"예. 야쓰다 씨는 비자를 갱신하러 출국할 때마다 방을 바꾸거든요. 모든 방을 몇 바퀴나 돌았어요."

장기 체류의 지루함을 덜기 위해 방을 바꾸는 것도 좋은 방법일지 모른다. 인사를 하고 로비를 뒤로했다.

내가 7시까지 돌아오지 않으면 야쓰다는 일본 대사관에 연락할 것이다. 경찰서에서 돌아왔다는 것을 알려야 한다. 계단을 올라갔다.

4층 식당에는 몇 번이나 갔지만 3층 방은 처음이었다. 괜히 복도의 벽과 천장에 눈이 갔다. 높은 건물이 밀집해 있는 탓에 자연광이 부족한 건 2층과 마찬가지였다. 절전 때문인지 복도의 조명이 꺼져 있어 한층 더 어두컴컴했다. 어쩌면 3층은 넓은 스위트룸일지도 모른다고 생각했는데, 구조는 아래층과 똑같았다.

301호의 문은 살짝 열려 있었다. 체인을 건 채로 문을 살짝 열고 바닥 틈새에 신문을 끼워놓았다. 환기 목적일 것이다. 이런 방법이 있었구나.

이미 열려 있는 문을 두드리는 건 이상한 기분이었다. 대답은 금방 돌아왔다.

"예."

"다치아라이인데요."

"오오!"

야쓰다가 발소리도 없이 문으로 다가와 체인을 풀었다. 문이 열렸다.

야쓰다는 방에서도 노란 가사를 입고 있었다. 수염이 까끌까끌하게 자란 얼굴에 환한 미소를 머금고 몇 번이나 고개를 주억거렸다.

"다행입니다. 무사했군요."

"예."

"조마조마했어요. 이 나라 경찰은 결코 평판이 좋지는 않거든요. 다행입니다, 다행이에요."

따뜻한 말이었다. 경찰서에서 풀려났을 때보다 야쓰다가 기뻐해주는 지금이 더 기뻤다.

"걱정을 끼쳤네요."

"뭘요…….."

고개를 젓던 야쓰다가 문득 생각났다는 듯이 말했다.

"어때요, 위에서 잠깐 이야기 좀 나누지 않겠습니까?"

실은 하고 싶은 일이 남아 있었다. 라제스와르의 죽음과 왕궁 사건의 관계를 조사한다는 목표가 생긴 이상, 취재 파일을 다시 검토하고 싶었다. 하지만 걱정을 끼친 마당에 야쓰다의 제안을 차마 거절할 수는 없었다.

"예."

그렇게 대답하자 야쓰다는 싱글싱글 웃으며 말했다.

"그럼 먼저 가 계십시오. 차메리 씨에게 치야를 끓여달라고 부탁하겠습니다."

야쓰다의 말을 따라 식당으로 올라갔다.

하늘색 벽에 뚫린 큼직한 창문으로 구름이 한 조각 떠다니는 파란 하늘과 카트만두의 거리, 그리고 히말라야가 보였다. 징검다리처럼 생긴 시간에 나는 처음으로 이 창문에서 바라보는 경치에 시선을 빼앗겼다.

한참 멍하니 있노라니 두 사람의 발소리가 올라왔다. 자세를 가다듬었다.

이곳 4층 주방에서 치야를 끓일 줄 알았는데, 차메리는 양철 컵을 두 개 얹은 은색 쟁반을 들고 있었다. 차메리가 내 눈앞에 컵을 내려놓기도 전부터 향신료의 향기가 풍겨왔다.

컵을 내려놓은 차메리는 오래 머물지 않고 바로 계단을 내려갔다. 돈을 청구하지 않은 것으로 보아 서비스이거나 방값에 포함시킬 모양인데, 야쓰다가 사주는 거라면 미안한 일이다.

"자요."

야쓰다가 컵을 쓱 내미는 바람에 물어볼 기회를 놓치고 말았다.

한 모금 마셨다.

단맛이 성난 파도처럼 밀려들었다. 달지 않을까 싶기는 했는데, 그 예상을 크게 웃돌 만큼 달았다. 사레들릴 뻔했다.

야쓰다는 미소를 머금은 눈으로 그런 나를 바라보면서 가만히 컵에 입을 댔다.

"늘 생각하는 거지만 차메리 씨의 치야는 달군요."

"네팔에서는 이게 일반적이지 않나요?"

"글쎄요, 평소보다 훨씬 단 것 같군요. 하지만 저는 이걸 좋아하는 터라."

야쓰다는 그렇게 말하며 편안한 표정을 지었다. 네팔에는 구 년 전부터 있었다고 하고, 육 년 전 사가르의 형이 죽었을 때 절망한 사가르에게 과자를 사주었다는 말도 들었다. 도쿄 로지에 어지간히도 오래 묵었을 테니 그 맛에도 익숙해진 것이리라.

단맛이 가시자 홍차의 향기와 함께 월계수, 정향, 그 밖에도 분간할 수 없을 정도로 많은 향신료의 여운이 입안에 푸근하게 남았다. 한 모금 더 마시자 단맛에 내성이 생겼는지 깊은 풍미가 느껴졌다.

왕과 서커스

"이건 차이로군요."

인도의 차이와 흡사했다. 어쩌면 같은 음료일지도 모른다. 야쓰다는 고개를 끄덕였다.

한 모금 마실 때마다 단맛이 몸에 스며들었다. 지금은 마음의 끈을 놓을 때가 아니다. 하지만 이 한때의 휴식이 이제부터 시작될 어려운 작업에 기력을 보충해줄 것 같았다.

"경찰에서는……."

내가 먼저 입을 열었다.

"시내에서 발생한 살인 사건에 대해 몇 가지 질문을 받았어요. 피해자가 제가 취재했던 인물이라서 그의 행적을 확인하고 싶었던 모양이에요."

"흠."

"저를 신문한 경찰이 영어가 통하는 사람이라 의사소통은 문제가 없었어요. 간단한 검사로 의혹도 풀렸는지 금방 풀어주더군요."

내가 피해자의 사진을 찍었다는 사실은 경찰에 연행된 문제와는 상관이 없어 언급하지 않았다. 야쓰다는 깊이 고개를 끄덕거렸다.

"그거 다행입니다. 아까는 경관 앞에서 그렇게 말하기는 했지만, 정말 대사관에 연락해야 할 상황이 되면 어쩌나 걱정했어요."

"마음 써주셔서 정말 고맙습니다."

야쓰다는 싱글싱글 웃으며 몇 번이나 고개를 끄덕이다가 컵을 내려놓았다.

"다치아라이 씨의 고생에 비하면 별건 아니지만 저도 조금 곤란한 일이 있었답니다."

나를 식당으로 불러낸 시점에서 뭔가 할말이 있을 것 같기는 했다. 나도 컵을 테이블에 내려놓고 손을 허벅지 위에 얹었다.

"무슨 일이?"

"실은…… 그게 참."

야쓰다는 박박 깎은 머리를 문지르며 씁쓸한 표정으로 말했다.

"함께 있을 때 나왔던 이야기니 기억하실지도 모르지만, 튀김 가게 요시다 씨에게 일본의 친구에게 보낼 불상을 맡길 예정이었거든요."

그 이야기라면 똑똑히 기억한다. 잠자코 고개를 끄덕였다.

"그런데 바로 오늘, 요시다 씨가 못 가게 되었다는 겁니다."

"못 가게 되었다니……. 그럼 출국을 못 하게 된 건가요?"

그러고 보니 롭이 왕궁 사건의 여파 때문인지 국외로 나가는 항공권을 구할 수 없다고 한탄했었다. 하지만 요시다의 귀국은 예전부터 정해진 일이었으니 당연히 항공권은 마련해두었을 텐데.

야쓰다는 고개를 가로저었다.

"아니요."

"그럼?"

"요시다 씨의 건강이 안 좋아져서요."

야쓰다와 요시다에 갔던 1일의 기억을 떠올렸다. 분주해 보였지만 살갑게 웃어주는 푸근한 사람이었다.

"상태가 많이 안 좋은가요?"

"아니, 그게……."

어쩐지 야쓰다가 말을 우물쭈물했다.

"정세가 이러니 평생을 바칠 작정으로 가게를 연 요시다 씨로서는 근심이 이만저만 아니었겠지요. 그래서…… 아니, 그래서 어쩔 수 없다고 말하면 그렇지만……."

"무슨 일이 있었는데요?"

야쓰다는 머리를 문지르다가 찰싹 때리더니, 겨우 이야기할 마음이 들었는지 고개를 들었다.

"대마초를 피우고 자리에 드러누웠습니다."

"아아."

이 도시에서 그럴 마음만 있으면 대마초를 손에 넣기란 쉬운 일이다. 하루이틀 변덕으로 손을 댄 게 아닐지도 모르지만.

"중요한 불상이라 정신이 오락가락한 사람에게 맡기려니 내키지가 않아서요. 그래서…… 부탁 좀 할 수 있을까요?"

야쓰다가 몸을 살짝 내밀었다.

"다치아라이 씨는 취재를 대강 마무리지으면 일본으로 돌아갈 분이잖습니까. 그때 가방 한구석에 제 짐을 넣어줄 수 없겠습니까?"

아하.

야쓰다에게는 신세를 졌다. 다만 내 보스턴백에는 그만한 공간이 없다.

"크기가 얼마나 되는데요?"

야쓰다가 손바닥을 펼쳤다. 오른손과 왼손 사이는 이십 센티미터쯤 될까.

"이 정도 됩니다."

들어가느냐고 묻는다면, 그 정도라면 문제없이 들어간다. 하지만 조금 더 숙고한 끝에 나는 이렇게 대답했다.

"도와드리고 싶지만 어쨌거나 상황이 이렇다 보니, 일본으로 돌아간 뒤에 시간이 날지 모르겠습니다. 경우에 따라서는 미팅만 하고 바로 돌아올 수도 있고요. 자리를 잡기 전에는 일을 가릴 처지가 못 되니, 죄송하지만 도움이 못 될 것 같습니다."

그러자 야쓰다가 손을 저으며 말했다.

"아이고, 그리 중요한 일도 아니니 마음 쓰지 마십시오. 듣고 보니 맞는 말씀입니다. 제 생각이 짧았네요."

"아니에요. 도움만 받아놓고 죄송합니다."

야쓰다가 가사를 펄럭거리며 양철 컵을 들었다. 나도 따라서 조금 식은 치야를 입에 머금었다. 입안에 퍼지는 강렬한 단맛을 잠시 즐기다가 꼴깍 삼켰다.

시선을 들자 야쓰다가 나를 가만히 쳐다보고 있었다.

"흠."

그는 온화하게 웃었다.

"다치아라이 씨, 보아하니 취재도 큰 고비는 넘긴 모양이군요."

고개를 저었다.

"천만에요. 아직 아무 고비도 못 넘었습니다."

"뭘요. 고비가 있다는 걸 깨닫고 나면 그다음은 대개 잘 풀립니다. 그렇게 되도록 저도 기도하겠습니다."

나는 두 손으로 컵을 움켜쥐고 말했다.

"전문가께서 기도해주신다니 효험이 있을 것 같네요."

단순히 관용구로 기도한다는 말을 썼던 건지, 야쓰다는 잠시 어리둥절한 표정을 짓다가 이윽고 껄껄 웃었다.

"옳거니. 이런 땡중의 기도라도 괜찮다면 경이라도 한바탕 읊어드릴까요?"


빈 컵을 각자 손에 들고 계단을 내려갔다. 야쓰다는 3층 복도로 들어가 301호 앞에 섰다. 가사 품속에서 열쇠를 꺼내는데 방울처럼 짤랑거리는 소리가 났다.

멈춰선 내 기척을 느꼈는지 야쓰다가 고개를 돌렸다. 나는 새삼스럽게 고개를 숙였다.

야쓰다는 희미한 미소를 머금으며 말했다.

"힘내십시오."

"예."

나는 그렇게 대답하고, 야쓰다가 방으로 들어가는 모습을 끝까지 보지 않고 계단을 내려갔다.

야쓰다의 말은 옳다. 나는 고비가 있다는 것을 깨달았다.

손목시계를 보았다. 5시 반을 지나고 있었다. 남은 시간은 약 서른여섯 시간.

이제부터가 승부다.

**15**

## 두 경관

날이 밝았다.

나갈 채비를 마치고 도쿄 로지 4층에서 텔레비전을 보았다. 사진의 진위를 확인해야 한다는 생각에 마음이 초조했지만 최소한 방송되는 뉴스만큼은 체크해야 한다. 식당에는 오늘도 하얀 셔츠를 차려입은 수쿠마르가 있었다. 물이라도 끓이려고 부엌으로 들어가려는데 그가 나를 불러 세웠다.

"카스트가 다른 사람이 부엌에 들어가는 건 실례입니다. 거기는 숙박객용 부엌일 것 같지만, 차메리 씨에게 먼저 허락을 구하는 게 나을 겁니다."

"미처 몰랐네요. 고맙습니다."

인사를 하다가 문득 마음에 걸리는 일이 있었다.

"야쓰다 씨가 여기서 차를 끓여주었는데 괜찮았던 걸까요?"

수쿠마르는 웃으며 말했다.

"야쓰다 씨는 단골이랄까, 여기서 사는 거나 다름없으니까요. 게다가 외국인이라고 해도 불교 승려니 특별 대접하는 걸지도 모르지요."

"수쿠마르 씨도 전부터 이곳 단골인가요?"

"그래요……."

그가 문득 아득한 눈빛을 하고 혼잣말처럼 말했다.

"이 부근, 조첸 지구는 예전에 제법 시끌벅적한 곳이었습니다. 관광객이 바글거렸지요. 프릭 스트리트라고 불렸을 정도니까요."

"프릭?"

"히피들이 잔뜩 모여들었거든요. 젊은 분이니 히피가 뭔지 모르려나."

지식으로는 알고 있지만 히피를 실제로 본 적은 없다.

"그들은 늘 대마초를 피웠지요. 그 당시 저는 조첸 근처에는 얼씬도 하지 않았습니다. 여행업의 중심이 도시 북쪽으로 옮겨가 이 부근이 조금 차분해졌을 때, 늘 이용하던 숙소가 문을 닫아서 발이 향하는 대로 들어온 게 첫 인연이었습니다. 지금은 차메리 씨도 201호는 웬만하면 비워둡니다. 도쿄 로지 201호로 우편물을 받을 때도 있고요."

나는 그의 옆얼굴을 가만히 바라보았다. 이목구비도 단정하고 피부에도 탄력이 있어 이십 대라고 해도 통할 것 같았다.

"그게 몇 년 전 이야기인가요?"

"처음 이곳에 묵었을 때 말입니까? 그래요, 십 년은 더 됐겠군요. 아주 조금이지만 야쓰다 씨가 이곳을 찾기 시작했을 때보다 더 전이니까요."

"실례지만 수쿠마르 씨는 나이가 어떻게 되시죠?"

"저 말입니까? 올해 마흔입니다."

도저히 그렇게 보이지 않는다. 나도 실제 나이보다 어리게 보이는 편이기는 하지만 수쿠마르는 그에 비할 바가 아니다. 그는 상냥하게 웃었다.

"델리에 올 일이 있으면 꼭 연락하십시오. 그때 네팔은 난리도 아니었다는 이야기라도 나눕시다."

그가 주머니에서 명함집을 꺼내 영어 명함을 건넸다. 일하러 온 곳에서 우연히 만났을 뿐인, 가깝게 지낸 것도 아닌 내게도 명함을 준다는 게 놀라웠다. 명함에는 "Sukumar Das"

라는 이름이 적혀 있었다.

"고맙습니다. 아쉽지만 저는 지금 손에 명함이 없어서."

"그런가요. 그럼 다음 기회에."

수쿠마르와 다시 만날 기회가 있을까? 인생에는 다양한 일들이 있다. 어쩌면 정말 델리에서 만나게 될지도 모른다고 멍하니 생각했다.

텔레비전에서는 BBC가 어제 소식을 긴장한 목소리로 전하고 있었다.

1일에 중상을 입었던 왕족, 비렌드라 전 국왕의 남동생이 숨을 거두었다.

그리고 의식불명이었던 새 국왕, 총격의 범인으로 간주되는 디펜드라도 어제 유명을 달리했다. 장례식은 외출 금지령이 발령되었던 시간대에 이루어졌고 이미 다비식도 치렀다고 한다. 수만 명의 배웅 속에서 떠난 비렌드라에 비해 너무나 조촐했다. BBC에서도 영상은 나오지 않았다. 스태프들도 밖으로 나갈 수 없었던 것이리라.

단 이틀 동안 국왕이었던 디펜드라가 사망하자 섭정 갸넨드라가 즉위했다. 그는 왕궁 사건의 진상 해명을 약속했고, 조사 위원회를 설치하겠노라 발표했다. 새 국왕이 즉위했는데도 BBC 보도에서는 축하나 기쁨이 전혀 느껴지지 않았다.

왕과 서커스

아나운서는 그저 담담하게 원고를 읽고 있었다.

어제 왕궁 앞에서 시민들을 진압하는 과정에서 최소한 열여덟 명이 중경상을 입었고, 한 명이 사망했다는 소식도 나왔다. 내가 보았던, 몽둥이로 몰매질을 당하던 그 남자가 사망자일까? 그럴지도 모른다. 그렇지 않다면 좋겠다.

외출 금지령이 발령된 뒤에 밖에 있던 시민이 한 명 사살당했다고 한다. 경찰서에서 들은 경고는 거짓말이 아니었던 것이다.

라제스와르에 대한 뉴스는 찾을 수 없었다. 함구령이 내렸을 수도 있고, 단순히 왕궁 사건에 관한 뉴스에 밀려 다룰 시간이 없었던 건지도 모른다.

텔레비전 뉴스가 한 바퀴 돌아 똑같은 정보가 반복되는 것을 확인한 뒤에 수쿠마르에게 인사를 하고 자리에서 일어났다. 이 나라의 아침 식사 시간은 10시쯤이라고 했지만 뭐라도 먹어두지 않으면 몸이 버티지 못한다.

도쿄 로지를 나서서 인드라 초크로 향했다. 이 도시에 도착한 다음날 롭이 안내해주었던 가게를 찾아갈 생각이었다. 어제와 그저께는 튀김빵으로 아침을 때웠지만 오늘은 고단한 하루가 될 테니 아무래도 밥을 먹고 싶었다. 손가락으로 식사를 하는 네팔인 손님 옆에서 스푼으로 쌀밥과 무절임과 삶은 콩을 떠먹었다. 일본에 돌아가면 미역을 넣은 된장국과 전갱이구이, 메추리알을 넣은 참마 볶음으로 느긋하게 아침을 즐기고 싶다. 그러기 위해서라도 기사를 완성해야 한다.

식사를 마치고 도쿄 로지로 돌아오자 녹색 철문 옆에서 사가르가 벽에 기대어 있었다.

"안녕. 기분은 어때?"

"그럭저럭. 너는?"

"한 건 올리고 왔지. 꽤 짭짤했어."

허세만은 아닌지 사가르는 제 주머니를 툭툭 두드리다가 괜히 주위를 두리번거렸다.

"어른들은 다들 신경이 곤두서 있어. 괜찮은 사진은 찍었어?"

"그냥저냥."

사가르는 조금 의아하다는 표정을 지었다.

"다치아라이, 무슨 일 있었어? 분위기가 전이랑 달라."

나는 어깨를 으쓱했다. 만일 변화가 있다면 이제야 일을 시작했다는 생각, 그 차이뿐이리라. 사가르는 나를 뚫어져라 쳐다보다가 씩 웃고는 엄지손가락으로 로지 안을 가리켰다.

"손님이 와 있어. 다치아라이한테."

"응?"

"조심해. 제복은 안 입지만 저 녀석들 경찰이야."

사복 경관이 찾아올 이유는 떠오르지 않았지만 어쨌거나 나는 살인 사건의 관계자다. 경찰이 접촉해오는 것은 오히려 당연한 일일지도 모른다.

"그래. 고마워."

철문을 붙잡자 사가르가 싱글거리며 말했다.

"역시 변했어."


말마따나 로비에는 손님이 있었다.

두 사람이었다. 둘 다 체크무늬 셔츠를 입고 있다. 한 명은 하늘색과 황토색, 또 한 명은 붉은색과 검은색 체크무늬다. 프런트데스크 안쪽에서 차메리가 곤란한 표정을 짓고 있었다.

"당신이 다치아라이 씨입니까?"

일본어였다. 억양은 상당히 이상했다.

"그렇습니다만."

"안녕하십니까. 제 이름 바란. 이쪽은 찬드라. 잠시 이야기 하고 싶습니다."

"괜찮아요. 자리를 옮길까요?"

바란은 요란하게 손사래를 쳤다.

"아니요! 여기면 됩니다. 하지만 죄송합니다. 저, 일본어 서툴러요. 당신 영어를 쓸 수 있다 들었습니다. 영어라도 OK?"

"OK."

그렇게 대답하자 바란은 환하게 웃었다.

"고맙습니다. 일본에 간 적이 있지만 말을 많이 잊었어요. 영어가 통해서 다행입니다."

새삼 두 사람을 쳐다보았다.

붉은색과 검은색 체크무늬 셔츠를 입은 바란은 마흔 안팎일 것이다. 아직 젊어 보이는데 머리카락에 새치가 섞여 있다. 뺨과 턱에 약간 붙어 있는 살집 때문에 인상은 제법 부드러웠다. 싱글거리는 얼굴에 목소리도 온화했다. 사가르가 그의 어디를 보고 경관이라고 생각했는지, 나는 이해할 수 없었다.

하늘색과 황토색 체크무늬 셔츠를 입은 찬드라는 꺽다리처럼 키가 컸다. 이십 대일까, 어쩌면 십 대일지도 모른다. 멍한 표정으로 나와 바란의 대화를 들으며 뭐가 신기한지 로비 안을 두리번거리고 있었다. 영어를 못 알아듣는 줄 알았는데 문득 나와 시선을 맞추더니 유창한 영어로 이름을 밝혔다.

"찬드라입니다. 잘 부탁합니다."

나도 이름을 밝히고 고개를 숙였다.

"그래서 무슨 용건이신지?"

대화는 바란이 담당하는 듯했다. 그는 "그것 말인데" 하고 흰머리가 섞인 머리를 문지르더니 차메리를 향해 네팔어로 한마디했다. 그러자 차메리가 몸을 휙 돌려 안으로 들어가버렸다. 남에게 들려주기 싫은 이야기라면 장소를 옮기면 될 텐데, 그는 여기에서 이야기해도 된다고 하면서 차메리를 다른 곳으로 보냈다. 경관처럼 보이지 않는 외모와 달리 남에게 명령하는 게 익숙한 태도였다.

차메리가 사라지자 바란이 다시 입을 열었다.

"놀라게 했다면 죄송합니다. 사실 저희는 경찰입니다."

"그러신가요."

"어허, 놀라지 않으시는군요."

"놀랐습니다. 다만 얼굴에 잘 드러나지 않는 체질이라."

바란이 복스러운 얼굴로 끄덕거렸다.

"치프의 말이 맞군요. 어제 당신을 신문한 경관, 그가 저희 상사입니다. 치프의 명령으로 찾아왔습니다."

"그랬군요."

체크무늬 셔츠를 입은 두 사람을 보았다.

"다시 연행하려는 건 아닌가 보군요."

"그렇습니다. 치프는 당신을 보호하라고 명령했습니다."

그건 예상치 못한 말이었다. 바란이 손뼉을 쳤다.

"다행입니다! 이번에는 놀라는군요."

"……예. 보호라니, 누구로부터 보호한다는 건가요?"

"모르겠습니까?"

고개를 끄덕이자 바란의 표정에서 웃음이 사라졌다. 찬드라는 여전히 주위를 두리번거리고 있다. 건물 구조를 파악하고 있는 건지도 모른다.

"이쪽 일을 하는 사람들은 동료가 살해당하면 절대 용서하지 않습니다."

바란은 밝게 말했지만 차갑고 무거운 말이었다.

"그건 국군도 마찬가지지요. 라제스와르 준위가 살해당한 문제로 군 일부의 동정이 심상치 않습니다. 그리고 지금 아는 바로 준위와 마지막으로 접촉한 인물은 당신이고요."

"저는 그저…….

바란이 손을 저어 내 말을 막았다.

"군인놈들을 빼고 말입니다. 그는 당신을 만난 뒤에 대기소로 돌아갔으니까요. 다만 라제스와르의 동료들은 그들 중에 범인이 있다고 생각하지 않습니다. 놈들은 복수를 원하지만 그 상대를 찾지 못하고 있습니다."

"그래서 저를 노린다고요?"

"어쩌면 말이지요."

바란은 한심하다는 듯이 고개를 저었다. 묘하게 서구적인 동작이었다.

"놈들도 낮에 잠깐 만났을 뿐인 기자가 라제스와르를 죽였다고 주장할 정도로 멍청하지는 않습니다. 이건 어디까지나 예방 차원입니다. 겁주려고 하는 말은 아니지만 당신을 납치해서 정보를 캐내려고 들…… 가능성은 있습니다."

말은 된다. 하지만 역시 위화감을 떨쳐낼 수 없었다.

"이렇게 친절을 베풀어주실 줄은 몰랐습니다."

일본에서는 일개 프리랜서 기자에게 경찰이 보디가드로 붙는다는 이야기는 들어본 적이 없다.

그때까지 잠자코 있던 찬드라가 불쑥 끼어들었다.

"지금 외국인 기자에게 무슨 일이 생기면 일이 귀찮아지니까요."

바란이 덧붙였다.

"그렇게 생각하는 사람이 있다는 뜻입니다."

나는 고개를 끄덕였다. 그렇다면, 이해가 간다.

경찰과 기자는 언제나 미묘한 관계다. 경찰에게 기자는 정보를 졸라대기만 하고 자기 정보는 내놓지 않는 귀찮은 존재다. 기자는 그 일방적인 관계를 마음 한구석으로 미안하게 여기면서도 경찰이 독선에 빠지는 걸 막을 존재는 반드시 필요하고, 적어도 자기들은 그 일익을 담당하고 있다고 생각한다.

경관을 달고 취재를 하러 다닌다니 있을 수도 없는 일이다. 정보원을 숨기는 게 기자의 철칙인데, 경관을 동반하면 그게 불가능하기 때문이다. 하지만 원칙은 원칙일 뿐, 모든 일에 예외는 있다. 나는 고개를 끄덕였다.

"사정은 알겠습니다."

바란이 미소를 지었다.

"생각이 열린 분이라 다행입니다."

"저야말로 고마운 제안인걸요. 그래서 저는 어떻게 하면 되는 건가요?"

"아무것도."

바란이 싱글거리는 얼굴로 팔을 펼쳤다.

"행동을 제한할 생각은 없습니다. 네팔은 자유로운 민주국가입니다. 마음껏 취재하십시오. 우리는 알아서 당신을 쫓아다닐 겁니다."

"고맙습니다……."

"그리고 하루빨리 일본으로 돌아가십시오. 이건 치프가 아니라 제 개인적인 바람입니다만."

바란이 상냥하게 말했다. 그 역시 타당한 요구였다.

취재를 준비하려면 일단 방에 돌아가야 했다. 경관들은 로비에서 올라오려 하지 않았다. 무슨 규칙이 있거나, 출입구를 지키고 있는 이상 따라올 필요가 없다고 판단했는지도 모른다.

2층으로 올라가자 복도에 사람 그림자가 있었다. 큰 키를 구부정하게 숙인 자세가 몹시 갑갑해 보였다. 롭 폭스웰이었다.

요 며칠간 내게 닥친 일에 대처하는 것만으로도 벅찼다. 하지만 마음 한편으로는 그를 염려하고 있었다. 그가 방문에 "출입 금지"라는 메모를 붙인 채 밤이고 낮이고 모습을 드러내지 않았기 때문이다.

"안녕, 롭."

인사를 건네자 롭은 흠칫 놀라 어깨를 떨었다. 어두컴컴한 복도 조명으로도 턱과 뺨에 미처 깎지 못한 수염이 보였다. 눈 밑은 시커멨고 기분 탓인지 입술 색이 창백했다. 정상적인 몰골이 아니었지만 일부러 태연하게 말을 걸었다.

"당신이 가르쳐준 가게에 다녀오는 길이야. 여러 가게에서 먹었지만 아직은 거기가 최고야."

"아, 아아, 그래."

롭이 가느다랗게 떨리는 목소리로 대답했다.

"괜찮으면 내일은 함께 가지 않을래? 내일이면 일도 어느 정도 정리될 것 같아."

롭은 노골적으로 내 시선을 피했다.

"그래. 생각해볼게."

그는 고개를 돌리며 그렇게 말하고는 그대로 203호로 돌아갔다. 그 문에는 여전히 "DO NOT ENTER"라는 쪽지가 붙어 있었다. 나는 한동안 멍하니 그 쪽지를 보고 있었다. 어째서 그는 이렇게까지 경계하는 걸까?

걱정을 떨쳐내고 202호로 돌아가 취재에 필요한 도구를 챙겼다. 필수품은 거의 보디백에 들어 있으니 자외선 차단제와 예비 건전지 정도만 따로 챙기면 된다. 혹시 몰라 전자사전도 가져가려고 보디백에 넣어보았지만 부피가 커서 포기했다.

로비로 돌아갔다. 두 경관과 차메리가 네팔어로 이야기를 나누고 있었다. 시시껄렁한 소리라도 하는지 바란은 실실 웃고 있는데 차메리는 딱딱하게 굳은 얼굴로 어쩔 줄 몰라 하는 눈치였다. 생각해보니 라제스와르는 차메리의 남편의 전우인데다, 사가르의 말을 믿는다면 이 숙소에 자주 찾아왔다. 은인이 죽었는데 차메리가 충격을 받지 않았을 리 없다. 변함없이 로지를 꾸려나가는 정신력이 존경스러웠다.

찬드라가 나를 발견하고 바란에게 눈짓을 했다. 그는 고개를 돌려 나를 향해 웃었다.

"이거 빨리 오셨군요. 준비는 끝났습니까?"

"예."

계단을 내려갔다. 차메리는 냉큼 안으로 돌아가버렸다.

바란이 손뼉을 딱 치며 물었다.

"그래, 어딜 취재할 겁니까? 나라얀히티 왕궁? 파슈파티나트 사원? 그것도 아니면 인드라 초크입니까? 어디든 어제보다는 조용할 겁니다."

"공터로 갈 겁니다."

"공터? 어디 말입니까?"

"이름은 모릅니다. 칸티 길에서 들어가는 곳인데, 라제스와르 준위의 시체를 발견한 공터예요."

다른 색 체크무늬 셔츠를 입은 두 경관의 얼굴이 동시에 일그러졌다.

그럴 만도 하다. 그들은 라제스와르의 동료들이 가할지도 모르는 복수로부터 나를 보호하기 위해 이곳에 있다. 그런데 내가 라제스와르 사건에 뛰어들려고 하니 불쾌할 것이다.

"지금은 경찰이 출입을 차단했겠지만 밖에서 보기만이라도 하려고요."

경찰이 있으니 안전하다는 뜻을 넌지시 내비쳤다. 두 사람은 기꺼운 내색은 하지 않았지만 반대하지도 않았다.

"그러시지요."

우리는 로지를 나섰다. 내가 두 남자를 데리고 나온 것을 보고 밖에 있던 사가르가 얼굴 가득 짓궂게 웃었다.

바란의 말처럼 도시는 조금 안정을 찾은 것 같았다. 어제까지는 거리 곳곳에 남자들이 모여 심각한 얼굴로 신문을 들여다보고, 성난 기세로 기염을 토해내고 있었다. 오늘도 밖에서 신문을 읽는 남자는 있지만 그 신문에 모여드는 사람 수는 눈에 띄게 줄었다. 흥분해서 고함을 질러대는 집단은 찾아볼 수 없었다.

"조사 위원회를 설치한다는 발표가 효과를 거둔 모양이네요."

대각선 뒤에서 따라오는 바란에게 그렇게 말해보았다. 하지만 그는 어깨를 으쓱했을 뿐 아무 대답도 하지 않았다. 정세에 대해서는 노코멘트란 뜻이리라. 경찰관이니 당연한 태도다.

나 역시 빈말로 해본 소리였다. 겨우 닷새지만 카트만두에 머물며 조금이나마 거리의 분위기를 알게 되었다. 사람들은 조사 위원회를 믿는다기보다 소총 폭발설과 어제의 진압을 겪은 뒤로 진상 해명을 포기하고 있는 게 아닐까? 왕가는 블랙박스고, 그 안에서 벌어진 일대 사건의 진실을 대중이 알

길은 없다. 새 국왕의 아들이 뺑소니 사고를 쳤다는 소문이 돌았을 때도 결국 사건은 묻히지 않았던가……. 확증이 없으니 기사로 쓸 수는 없다. 하지만 묘하게 조용한 거리를 볼 때마다 그곳에 사람들의 체념이 감돌고 있는 것 같았다.

수많은 사상자가 발생했다고 보도된 이상, 사람들이 위축되고 체념하는 건 당연한 일이다. 다만 그렇게나 거대했던 분노가 씻은 듯이 사라졌을 리는 없다. 그저 눈에 보이지만 않을 뿐이다.

평소에는 관광객이나 장을 보는 손님으로 북적거리는 뉴로드도 메마른 바람이 휘몰아칠 뿐이다. 왕궁 사건 다음날은 그래도 손님도 가게도 활기가 있었는데, 날이 갈수록 한산해졌다. 사복을 입기는 했어도 경관을 대동하고 있어서 그런지 그렇게 끈질기게 들러붙던 장사꾼들도 전혀 다가오지 않았다. 그럴 만도 했다. 사건 직후에는 아직 카트만두에는 관광객들이 남아 있었을 것이다. 그로부터 사흘이 지난 지금, 사건으로 인한 입국 취소의 영향이 드러나고 있는 것이다.

수도에서는 시민들에게 최루탄을 쏘고, 지방에서는 무장 게릴라의 활동이 치열해질 가능성을 우려하고 있다. 관광 목적이라면 굳이 지금 카트만두에 올 필요는 없다. 일만 아니라면 나도 돌아가고 싶다. 그렇지만 아주 조금, 불상을 팔려고 끈질기게 따라오던 장사꾼이 그리웠다.

"오늘 아침은 어디든 이렇게 조용한가요?"

대화의 실마리를 찾으려고 한 번 더 경관에게 말을 걸어보았다. 그러자 그는 짓궂게 웃으며 말했다.

"아니요. 인드라 초크 부근은 북새통이었습니다."

"평소와 다름없다는 뜻인가요?"

"천만에요. 어제 저녁에도 밖에 나오지 못했고, 오늘도 외출 금지령이 떨어진다는 소문이 돌았거든요."

"아아. 사재기를 하고 있는 거군요."

맞장구를 치면서도 내심 초조했다. 오늘도 외출 금지령이 떨어질지 모른다니 시간이 없는 나로서는 좋지 않은 소식이다. 그렇지만 대처할 방법은 없다. 또 발이 묶이게 된다면 그전에 최대한 많은 정보를 조사하는 수밖에 없다.

칸티 길로 나갔다.

"이쪽입니다."

가기로 정한 이상 일찌감치 끝내고 싶은지 바란이 앞장서서 길을 안내해주었다. 건물 틈새로 들어가자 낯익은 경치가 펼쳐졌다.

라제스와르의 시체를 발견했던 공터에 지금은 아무도 없었다.

바란에게 물어보았지만 이름 없는 공터인 듯했다.

"찬드라가 이 부근에 사니 틀림없습니다. 그냥 공터예요."

심기일전해서 관찰했다.

공터는 한쪽 변이 오십 미터쯤 되는 정사각형 모양이었다. 우리가 들어온 쪽의 변과 그 맞은편 변은 건물에 막혀 있었다. 앞쪽이 콘크리트 건물, 뒤쪽은 흙벽돌로 지은 가정집이었다. 올록볼록한 양철판이 담처럼 좌우 양쪽을 에워싸고 있었다. 양철판 너머로도 길이 이어져 있을 것이다. 그렇지 않으면 이만한 땅이 쓸모없이 버려져 있는 셈이다.

벽에도 양철판에도 스프레이 낙서가 있었다. 악동들의 낙서는 어느 나라나 똑같은 모양이다. 낙서 대부분이 알파벳이고 네팔어 표기 문자인 데바나가리가 별로 없는 것이 흥미로웠다.

라제스와르의 시체가 있던 곳, 직경 십 미터쯤 되는 공간에 막대가 꽂혀 있고 출입 금지 테이프가 둘려 있었다. 현장을 지키는 경관이 있을 줄 알았는데 그 예상은 빗나갔다. 이미 감식 작업을 끝내서 엄중히 경비할 필요가 없거나, 온 나라가 혼란스러운 터라 감식 작업을 할 여유가 없는지도 모른다.

테이프를 둘러놓은 쪽으로 다가갔다.

"안에 들어가진 마십시오."

굳이 말할 필요도 없는 바란의 주의에 고개를 끄덕였다.

그렇지만 테이프 바깥쪽에서는 거리가 너무 멀다. 자세히 보면 핏자국이 있는 것 같다는 수준의 관찰이 고작이었다. 카메라를 꺼내 줌 기능으로 볼까 싶었지만 바란과 찬드라가 곱게 보지 않을 테고, 굳이 그 역풍을 사면서까지 보고 싶은 마음은 없었다. 게다가 이 거리에서도 어제 보았던 라제스와르의 시체가 눈에 선하게 떠올랐다.

그는 내게 무척 친절했다.

취재는 거절당했다. 그런 서릿발이 따로 없었다. 하지만 그는 어째서 취재를 거절하는지 설명해주었고, 내 사고방식의 어느 부분이 안일한지 지적해주었다. 이것은 어지간한 친절이 아니고서는 불가능한 일이다. 생각의 차이가 있을 때, 아무런 대가 없이 야단쳐주는 것은 가족 아니면 기껏해야 학교 선생님 정도다. 그 외의 사람들은 대부분의 경우 그냥 화를 내거나, 아무 말 없이 앞으로 상종하지 않는 길을 택한다. 그는 내게 친절했던 것이다.

어제는 나도 표적이 되었을지 모른다는 공포와, 내가 찍은 사진에 기자로서 어떤 자세로 임해야 할지 고민하느라 여유가 없었다. 내 문제밖에 생각할 수 없었다. 그가 쓰러져 있었던 장소를 다시 찾아오니 이제야 그에 대해 생각할 수 있었다.

나는 그를 잘 모른다. 좋은 사람이었을까, 나쁜 사람이었을까. 어쨌거나 그는 죽고 말았다.

몸을 숙여 무릎을 꿇었다. 가만히 손을 모으고 눈을 감았다.

당신하고 한 번 더 이야기를 나누고 싶었어. 안녕히…….

눈을 뜨고 일어나서 두 경관을 돌아보았다. 바란과 찬드라는 당혹스러운 표정을 짓고 있었다. 네팔에는 시체 발견 현장에서 명복을 비는 습관이 없을지도 모른다. 아니면 피해자와 별 사이도 아닌 일본인이 기도를 올리는 모습이 수상했는지도 모른다. 하지만 내가 조문을 올렸다는 건 이해했는지 굳이 행동의 의미를 묻지는 않았다.

질문한 것은 내 쪽이었다.

"바란 씨. 라제스와르 준위의 사망 원인은 무엇인가요?"

"아아, 그건…….."

"말씀 가능한 범위 내의 내용만이라도 상관없습니다. 아직 아무 말도 할 수 없다면 억지로 조르지는 않겠습니다. 다만 저는 그의 등에 난도질당한 상처가 있었다는 것과, 그가 총에 맞았다는 점, 그게 맹관 총상이었다는 걸 알고 있습니다."

나는 발사 잔여물 검사를 받았다. 그렇다면 라제스와르는 총에 맞았다는 뜻이다. 그리고 어제 보았던 그의 등에는 칼로 새긴 글자는 있었지만 총상은 없었다. 즉 총탄은 그를 관통하지 않았다.

그가 총에 맞았다고 해서 그게 꼭 치명상이라는 법은 없다. 짚고 넘어가야 할 문제다.

바란의 대답은 신중했다.

"아직 발표 전입니다."

"알겠습니다."

"자세한 이야기는 할 수 없습니다. 다만…… 총탄에 대동맥을 다쳤습니다."

"고맙습니다……."

그걸로 충분했다. 새삼스럽게 주위를 보았다.

발밑에는 짧은 잡초들이 군데군데 나 있었다. 초록빛 사이로 보이는 땅은 카트만두의 다른 곳과 마찬가지로 적갈색이었다. 그리고 무엇보다 특징적인 것은 산더미 같은 쓰레기였다. 전에도 생각은 했는데, 이렇게 다시 보니 정말 엉망이다.

빈 캔, 빈 병, 깡통, 플라스틱 탱크, 비닐봉지, 종이 뭉치, 널브러진 휴지, 신문지, 드럼통, 잔뜩 쌓인 흙벽돌, 마네킹 상체, 글자가 벗겨진 입간판, 자전거, 오토바이, 인력거, 그것도 모자라 경차까지 나뒹굴고 있다. 굴러가는 탈것에는 타이어가 하나도 없었다.

뭔가 마음에 걸렸다. 이곳에서 아는 사람이 죽어 있었다는 사실에 감각이 어긋난 걸까?

엉망인 건 사실이지만 딱히 이 공터가 유별나게 더러운 건 아니다. 무심코 중얼거렸다.

"어째서 이 도시는 이렇게 쓰레기가 많은 거죠?"

바란과 찬드라는 얼굴을 마주볼 뿐이었다. 그들에게는 흔한 광경이리라. 카트만두에 쓰레기가 많은 데에는 어떤 문화적인 이유가 있을 수도 있고, 행정 능력이 인구 증가를 따라잡지 못해서 그런 걸지도 모른다.

다시 라제스와르가 쓰러져 있던 부근을 보았다.

내가 시체를 본 것은 10시 42분이었다. 몇몇 아이들이 옹기종기 모여 라제스와르를 굽어보고 있었다. 몇 분 뒤에 경관이 달려와 우리를 몰아냈다. 그 전후 관계를 볼 때 시체가 처음 발견된 것은 내가 이곳에 오기 직전이었을 것이다.

'시체 발견 시각'을 정확하게 알아내기란 어렵다. 누군가 더 일찍 발견했지만 번거로운 일에 휘말리기 싫어 무시했을 가능성도 있기 때문이다. 경찰에 신고가 들어온 순간을 발견 시각으로 삼는 게 일반적이다. 바란에게 물었다.

"누군지는 몰라도 여기에 시체가 있다고 신고한 사람이 있다는 거죠?"

"뭐, 그렇습니다."

대답하기 쉬운 질문인 만큼 바란도 가볍게 대답해주었다. 하지만 중요한 건 다음 질문이다.

"그게 몇 시였습니까?"

바란은 잠시 뜸을 들이다가 불쾌한 목소리로 대답했다.

"10시 35분입니다. 전화로 신고가 들어왔죠. 누가 신고했는지는 모릅니다."

"일반 시민이었나요?"

"글쎄요……. 적어도 범인이 스스로 신고했을 가능성은 없습니다. 몹시 당황한 목소리로 시체가 있다는 말만 남기더니 이름도 밝히지 않고 끊었다더군요."

"그렇군요."

신고한 사람이 이름을 밝히지 않았다는 것 자체는 이상하지 않다. 가능하면 발신원이 일반 전화였는지, 휴대전화였는지, 아니면 공중전화였는지 물어보고 싶었지만 그렇게까지 꼬치꼬치 질문하면 결정적으로 거부감을 살 것이다. 이건 기자 생활로 몸에 익힌 독자적인 판단이지만 상대가 누구든 '작작 좀 해'라고 짜증낼 때까지 던질 수 있는 질문의 개수는 정해져 있다. 낭비하지 않는 게 좋다.

공터를 둘러보며 일본어로 중얼거렸다.

"사망 추정 시각은 저녁 7시 전후. 시체 발견은 이튿날 오전 10시 반 추정."

큰길에 접한 콘크리트 건물은 오피스 빌딩이다. 저녁에는 기본적으로 사람이 없을 것이다. 한편으로 흙벽돌 가옥들은 가정집인 것 같았다. 목격자가 있을지도 모른다. 그런 생각으로 조각이 정밀하게 새겨진 창틀을 쳐다보다가 한 가지 사실을 깨달았다.

"커튼이 없어⋯⋯."

도쿄 로지 202호에는 두꺼운 커튼이 걸려 있다. 그런데 공터를 에워싼 민가의 창문에는 어디에서도 커튼을 찾아볼 수 없었다. 한두 군데라면 그런가 보다 하겠지만 눈에 보이는 창문마다 커튼이 없다면 생각할 수 있는 결론은 하나다.

"바란 씨. 혹시 저쪽 건물에는 아무도 살지 않나요?"

"글쎄요, 그건 잘 모르겠군요."

"죄송합니다⋯⋯. 당신께 물을 게 아니라 제가 직접 조사해야 할 문제인데."

문을 두드려보면 알 수 있는 일이다. 걸음을 떼려는데 바란이 포기한 듯 한숨을 쉬었다.

"그럴 필요 없어요. 비밀도 뭣도 아니니까. 이런 일을 하다 보면 괜히 입이 무거워지는데, 나쁘게 생각하지 마십시오."

"이해합니다."

"고맙습니다. 그래요, 빈집입니다. 퇴거 조치도 끝났으니 곧 허물기 시작할 겁니다. 인구가 늘다 보니 여기저기 사방에 공사하는 곳이 많습니다."

덕분에 바빠서 죽겠다고 투덜거리기라도 할 듯한 말투였다.

그렇다면 이곳은 밤에 인적이 거의 없다는 뜻이다. 살인 현장으로는 안성맞춤이라 할 수 있다. 19시에 이곳에서 살해당한 라제스와르는 이튿날 아침 10시 반까지 누구의 눈에도 띄지 않았던 걸까?

도무지 받아들일 수 없는 가정이다.

카트만두는 아침이 일찍 시작되는 도시다. 사람들은 새벽부터 일을 시작한다. 내가 이곳에 왔을 때 이미 아이들이 시체를 에워싸고 있었던 점을 보면 통행인이 전혀 없는 곳도 아니다. 특히 어제는 공원 너머 큰길에 수천 명의 시민들이 모여들어 시위를 하고 있었다. 해가 뜨고 10시 반이 되도록 몇 시간 동안이나 시체가 발견되지 않았다니 기묘하다.

공터를 에워싼 빌딩과 민가, 그리고 하늘을 올려다보았다.

"어둡네."

일본어로 중얼거려서 그런지 바란과 찬드라는 아무 말도 하지 않았다. 공터를 한 번 더 둘러보다가 경차에 시선을 멈췄다. 차체는 흰색으로 스즈키 자동차였다. 가까이 다가가니 바란과 찬드라도 말없이 따라왔다. 하지만 내가 자동차 문손잡이를 붙잡자 역시나 불러 세웠다.

"뭘 하는 겁니까?"

"딱히 뭘 하려는 건 아닌데……."

문은 잠겨 있지 않았다. 손잡이를 쥔 손을 가만히 보았다. 아주 조금 모래가 묻어났다.

그나저나 이 차는 어디로 들어온 걸까?

민가의 틈새는 사람 하나도 간신히 통과할 정도로 비좁았다. 건물 사이는 그보다 넓었지만 리어카 정도는 지날 수 있어도 경차는 불가능했다. 그렇다면 이 공터 주변에 양철판 울타리가 생기기 전부터 방치되어 있었던 걸까?

올록볼록한 양철판으로 다가갔다. 한 장의 벽처럼 보였던 양철판에는 알고 보니 문이 달려 있었다. 공사 차량이 출입할 때 썼는지, 제법 큼직한 문이다. 지금은 사슬과 큼직한 자물쇠로 잠겨 있었다. 열쇠 구멍은 녹슬고 모래가 찼고, 사슬에도 흙먼지가 쌓여 있었다. 꽤 오랫동안 사용하지 않은 듯했다.

그렇다면 아무래도 이 스즈키 자동차는 양철판 울타리가 생기기 전부터 방치되어 있었다고 보는 게 타당할 듯했다.

경차 옆으로 돌아가 차 안으로 고개를 들이밀었다. 열쇠는 보이지 않았지만 배선을 직접 연결해 시동을 걸었던 흔적도 찾아볼 수 없었다.

"음…….."

사이드브레이크가 풀려 있다. 네 짝의 문은 전부 잠겨 있지 않았다. 기어나오다시피 해서 경차에서 몸을 뺐다.

"다치아라이 씨, 뭘 하는 겁니까?"

바란이 또 물었다. 확증이 없는 억측을 남에게 말하고 싶지는 않다. 확증이 있더라도 잘난 척으로 비칠까 봐 역시 말하고 싶지 않기는 마찬가지다. 그래서 그만 대답이 짧아지고 말았다.

"어두운 것 같아서요."

"어둡다고요?"

"예…….."

경차는 오피스 빌딩에서 이 미터쯤 떨어진 곳에 벽을 바라보고 주차되어 있었다. 라제스와르가 쓰러져 있던 곳은 공터 반대편, 민가 근처다.

"무슨 뜻입니까?"

바란이 재삼 묻자 나도 각오를 굳히고 그를 돌아보았다.

"이 공터에는 조명이 없습니다. 지금은 해가 긴 계절이지만 이 도시는 산에 둘러싸여 있으니 일몰이 **빠르겠죠**. 밤이 되면 불빛이라곤 빌딩에서 새어 나오는 조명과 달빛밖에 없었을 거예요.”

“조명······.”

“민가는 빈집이라고 하셨으니 불빛은 더 없었겠지요. 7시라면 아직 이른 시간이니 오피스 빌딩에는 불이 켜져 있었을지도 모르지만요.”

바란은 고개를 저었다.

“아니요, 7시라면 이미 아무도 없었을 겁니다.”

현지 사람의 말이니 아마도 그럴 것이다. 바란이 이어서 물었다.

“그럼 차를 살펴본 이유는 뭡니까?”

“이 공터에서 빛을 낼 만한 건 이 경차 전조등밖에 없어요. 불이 들어오는지 확인하고 싶었습니다.”

“흐음.”

바란은 신음하더니 그때까지와는 다르게 호기심 어린 눈으로 스즈키 자동차를 살펴보았다.

“하지만 설령 시동이 켜진다 해도 조명 역할은 못 하지 않았을까요?”

“예.”

스즈키 자동차와 시체의 위치 관계를 보면 마침 직선상에 있기는 했다. 다만 자동차의 방향이 반대다. 차는 시체를 등지고 있었다. 시동이 들어왔어도 전조등은 고작 빌딩 벽이나 비추는 데 그쳤을 것이다. 미등도 광원이라고 할 수는 있지만 빛이 너무 약하다.

"차를 돌릴 수도 없을 테고요."

"그렇군요."

경차의 타이어는 모조리 빠져 있었다. 움직일 방도가 없다. 내 시선을 따라가던 바란이 어깨를 움츠렸다.

"타이어는 비싼 값으로 팔리는데다 쇳조각보다 운반하기도 쉬우니까요. 빼내려면 도구가 필요하니 손이 가기는 하지만 결국 시간문제일 뿐입니다……. 이게 뭐 문제라도 있습니까?"

"별 뜻은 없습니다."

바란이 눈살을 찌푸렸다.

내 생각을 별로 말하지 않는 이유는 이런 반응이 돌아오는 경우가 많기 때문이기도 하다. 나는 걸음을 돌렸다. 이곳은 충분히 살펴보았다.

"잠깐만요, 다치아라이 씨, 뭐가 이상한 겁니까……?"

그렇게 말하면서 바란이 뒤를 따라왔다.

시간이 부족하니 애가 타고, 설명을 해달라는 말에는 마음

이 무겁다. 나는 무의식중에 걸음을 서둘러 시체 발견 현장을
뒤로했다.

## 16

## INFORMER

우리 세 사람은 찐빵 가게에 있었다.

더 정확히 말하면 네팔어로 모모라고 하는 찐빵과 비슷한 음식을 파는 가게다. 야쓰다가 네팔 사람들은 아침 식사를 10시쯤 한다고 가르쳐주었던 게 생각나 두 경관에게 식사를 권해보았다가 엄청난 호응으로 가게에 들어가게 된 것이다. 나는 8시에 식사를 했기 때문에 출출하지는 않았다. 다만 일본의 중화요릿집에서도 팔 듯한 찐빵에 괜히 향수를 느껴 결국 두 개를 주문했다.

안에서 먹고 갈 수도 있는 작은 노점으로 뉴로드 변두리에 있었다. 포장도로에서 고작 몇 미터밖에 떨어져 있지 않은 가게라 카키색 자동차와 소총을 든 병사가 시야에 들어왔다. 가게 앞에 있는 빈 콜라 상자에 걸터앉자 알루미늄 테이블에는 눈에 띌 정도로 흙먼지가 쌓여 있었다. 무심코 휴대용 티슈로 테이블 표면을 훔치자 닦아낸 흔적이 선명하게 남았다.

경관들은 맨손으로 모모를 집어 들었지만 나는 스푼을 받았다. 껍질이 조금 두툼하고 속에 향신료 냄새가 배어 있지만 식감이나 맛이 영락없이 찐빵이었다. 신주쿠 부근에서 카레 찐빵이라는 이름으로 팔고 있을 것 같다. 내 몫으로 주문한 두 개를 금세 먹어치우고 경관들의 식사를 멀뚱히 구경했다.

끝으로 치야가 나왔다. 손잡이가 달린 양철 컵에 찰랑찰랑 담겨 있었다. 여러 향기가 뒤섞인 달콤한 냄새가 풍겨왔다. 도쿄 로지에서 차메리가 끓여준 치야와는 미묘하게 다른 향기였다.

손목시계를 보니 오전 10시 반이었다. 남은 시간은 약 열아홉 시간. 그중 최소 두 시간은 기사 작성에 써야 하는데다가 밤이 깊어지면 인터뷰도 어려워진다. 게다가 오늘도 외출 금지령이 떨어질지 모른다. 그 점을 감안하면 내게 어느 정도의 시간이 허락될지 알 수 없다. 어쨌거나 충분하지는 않다.

찐빵이나 먹고 있을 때가 아니다. 하지만 그런 초조함도 치야의 향기에 묻혀 누그러진다. 무작정 몸을 움직이고 싶은 상황이기는 했다. 하지만 언제나 중요한 것은 정리와 계획이다. 체온보다 약간 따뜻한 치야를 마셨다. 그 달콤한 맛이 일단 걸음을 멈추고 생각할 용기를 주었다.

바란과 찬드라도 치야가 든 컵을 기울이고 있었다. 나는 불쑥 말을 꺼냈다.

"라제스와르 준위는 어디서 살해당한 걸까요?"

두 경관은 그 질문에 별로 놀라지 않는 눈치였다. 은색 컵을 든 채로 바란이 말했다.

"그 공터면 안 되는 이유라도 있습니까?"

"안 되는 건 아니지만 의혹이 남아서요."

"호오."

나는 컵을 내려놓고 집게손가락을 세웠다.

"그저께 밤부터 시체가 그 장소에 있었는데 이튿날 오전 10시 반에 발견되었다는 건 너무 늦지 않나요?"

"흠."

바란이 방금 전까지 달콤했던 치야가 갑자기 입에 쓰다는 듯이 얼굴을 찌푸리며 말했다.

"그곳은 동네 주민들이 자주 사용하는 지름길이긴 합니다.

날이 밝고 나서 수십 명이 지나갔겠지요. 하지만 특별히 시선을 끄는 장소도 아닙니다. 담요나 비닐 시트 한 장만 덮어두어도 한동안 아무도 눈치채지 못했을 겁니다."

"담요나 비닐 시트가 발견되었나요? 혹은 10시 반 전후로 그런 물건을 들고 공터에서 나온 인물을 누가 목격했다거나?"

"아니요……. 안타깝게도."

목격 신고는 없었다 해도 목격한 사람이 없다고 단언할 수는 없다. 이 점은 일단 미뤄두자.

나는 이어서 가운뎃손가락을 세웠다.

"흘린 피의 양이 너무 적지 않나요? 준위가 총탄에 대동맥을 다쳤다면 출혈이 심각했을 거예요. 그런데 공터 바닥에 남아 있던 혈흔은 그리 크지 않았습니다."

"듣고 보니. 하지만 준위는 상의를 탈의한 상태였습니다. 피는 그 상의에 묻어 있었던 게 아닐까요?"

바란은 자기도 믿지 않는 것처럼 성의 없이 대답했다.

"설마요……."

설마라는 한마디로 충분했다. 대량의 혈액을 흡수했는데 바닥에는 묻지 않았다면 라제스와르는 대단히 흡수성이 높은 옷을 입고 있었다는 뜻이 된다. 가령 다운재킷이라면 깃털이 그런 역할을 했을지도 모른다. 하지만 그가 입고 있던 하의는 위장용 군복이었다. 상의도 군복이었다고 생각하는 게 자연스럽다.

그렇지만 어떤 이유로 그가 특수한 의복을 입고 있었을 가능성도 전혀 없지는 않다. 이 문제도 일단 미뤄두었다.

마지막으로 엄지를 세웠다.

"그 공터는 너무 어두워요. 밤에 누구를 만나기에는 어울리지 않는 장소입니다."

라제스와르의 사망 추정 시각은 오후 6시 반에서 7시 반 사이라고 했다. 지금은 유월 초로, 네팔은 북반구에 있으니 낮이 제법 긴 계절이기는 하다. 하지만 카트만두는 사방이 산으로 둘러싸인 분지이기 때문에 해가 일찌감치 숨는다. 6시 반이라면 몰라도 7시나 7시 반이면 공터는 깜깜했을 것이다.

한편으로 라제스와르는 누구를 만나려던 게 아니라 그곳에서 우연히 마주친 인물에게 살해당했다고 생각해볼 수도 있다. 그는 도쿄 로지에 자주 들락거렸으니 지름길을 상습적으로 이용했을 가능성도 있다. 그렇지만 누군가 그 깜깜한 곳에 숨어서 라제스와르를 기다렸다가 총을 쏴서 살해하고, 옷을 벗기고 글자를 새겨넣었다고 생각하기는 어려웠다.

바란은 힘없이 두 손을 들었다.

"제가 졌습니다. 아까 그런 생각을 했던 겁니까?"

"그 생각만 한 건 아니지만, 뭐 그렇죠."

"맞는 말입니다. 경찰에서도 범행 현장은 그곳이 아닐 거라 생각하고 있습니다. 시체 발견 타이밍이나 현장 불빛 이야기는 나오지 않았습니다만, 혈흔만으로도 그렇게 생각하기에 충분했습니다."

찬드라가 짤막하게 항의했다. 바란이 내가 알아듣지 못하는 말로 그를 얼렀다. 아마도 어쩔 수 없다는 뜻이었을 것이다. 치야를 다 마신 바란이 노점 주인을 돌아보며 빈 컵을 흔들었다.

"경찰은 많은 문제에 직면해 있습니다. 진짜 범행 현장이 어디인지, 어떻게 그 거한의 시체를 운반했는지. 아시다시피 발견 현장으로 들어가는 길은 좁아서 차가 들어가지 못하니까요. 그리고 무엇보다⋯⋯."

"어째서 운반했는가."

"바로 그겁니다."

주인이 새 치야를 가져왔다. 바란은 한 모금 잔뜩 삼키고 말했다.

"일단 라제스와르 준위의 3일 행적부터 조사하고 있습니다. 그런데 이걸 알 수가 없어요. 뭐, 수사는 이제부터 시작입니다만."

나는 고개를 끄덕였다.

"그날 저는 늦게 잡아도 2시 반에는 라제스와르 준위와 헤어졌습니다. 그는 그 후에 대기소로 돌아갔다고 들었습니다. 그런데 행적을 알 수 없다면 다시 밖으로 나왔다는 말이 겠군요."

"그렇습니다."

하지만 도무지 이해할 수 없는 행동이다.

"라제스와르는 국군 준위였습니다."

바란과 찬드라는 다 아는 이야기를 왜 하냐는 표정을 지었다.

"지금 이 나라는 비상사태입니다. 그런 와중에 저를 만나준 것만으로도 깜짝 놀랄 일인데, 준위가 다시 외출했다는 게 이상하지 않나요? 저는 군의 내부 사정은 잘 모릅니다. 하지만 그에게 과연 그만한 시간이 있었을까요?"

두 경관이 서로 얼굴을 마주보았다. 눈살을 살짝 찌푸린 채로 내 쪽은 쳐다보려고도 하지 않았다. 당혹감과 경계심이 뒤섞인, 그런 표정이었다.

뭔가 있다. 근거 없이는 무턱대고 추궁할 수 없는 무언가가.

내가 입을 열기 전에 바란이 테이블에 컵을 내려놓았다. 덜

그럭, 하는 딱딱한 소리에 이어서 물었다.

"다치아라이 씨, 당신은 이 사건의 무엇이 궁금한 겁니까?"

언젠가 말해야 할 문제였다. 아니, 오히려 좀더 일찍 말해야 했다. 나도 컵을 내려놓고 말했다.

"저는 비렌드라 국왕의 서거에 대한 기사를 쓰겠다고 약속했습니다. 그 기사에서 라제스와르 준위의 죽음을 언급해야 할지 결정을 못 내리고 있습니다."

보디백에서 디지털카메라를 꺼냈다. 전원을 켜고 라제스와르의 시체를 찍은 사진을 화면에 띄웠다. 두 경관에게 쪽으로 화면을 돌리자 두 사람이 눈을 희번덕거렸다.

위험한 도박이었다. 얼토당토않은 이유로 사진을 압수당할지도 모른다. 우호적이라고 할 수는 없지만 적대적이지도 않은 두 경관이 태도를 바꿀 가능성도 있었다. 하지만 내 목적을 밝히지 않고 계속 그들에게 보호받는 것은 공평하지 않았다.

사진을 들여다보는 그들에게 물었다.

"준위의 등에 새겨진 글자를 보면 그는 국왕 사건에 대해 어떤 이야기를 했기 때문에 죽었다는 생각이 들지요. 하지만 정말 그런지, 확신이 없습니다. 바란 씨, 찬드라 씨. 말씀해주실 수 있는 내용만으로 족합니다. 라제스와르 준위의 죽음은 왕궁에서 벌어진 사건과 관계가 있는 겁니까?"

두 경관은 카메라에서 눈을 떼지 않았다.

메마른 바람이 흙바닥을 훑고 지나갔다.

이윽고 바란이 말했다.

"모릅니다."

"……그렇습니까."

"비밀이라 그렇게 말하는 게 아닙니다. 정말로 모릅니다."

충분하고도 남을 대답이었다. 카트만두 경찰은, 적어도 눈
앞의 경관은 라제스와르의 죽음이 국왕 살해와 얽혀 있다고
확신하지는 않는 것이다.

"이쪽이 반대로 묻고 싶군요. 다치아라이 씨, 어째서 그의
등에 '밀고자'라는 말이 새겨져 있는지 짐작 가는 바는 있습
니까?"

그 점을 줄곧 고민하고 있는데 아직 이렇다 할 생각은 떠오
르지 않았다. 지금 단계에서 남에게 털어놓기는 꺼려졌지만
바란이 솔직히 말해주었으니 그에 응하고 싶었다.

"협박일 가능성이 있다고 생각합니다."

"협박이라고요?"

"예. 그를 취재한 인물, 즉 저에게 보내는 협박이겠지요.
너하고 말한 라제스와르가 이렇게 되었다, 얌전히 처신하지

않으면 다음은 네 차례다, 이런…….”

바란이 눈을 가늘게 떴다. 그 눈에 날카로운 빛이 떠올랐다.

“그렇게 생각하는 이유라도 있는 겁니까?”

나는 고개를 가로저었다.

“아니요, 전혀. 그래서 확신할 수는 없습니다. 협박이라고 해도 무엇을 두려워해야 할지 모르겠어요. 기사를 일절 쓰지 말라는 건지, 네팔에서 당장 떠나라는 건지, 그도 아니면 저도 모르는 사이에 제가 누군가에게 약점이 될 사실을 알고 말았는지.”

“흐음.”

“다만…….”

입을 열다가 다물었다. 하지만 바란은 그것을 놓치지 않았다.

“왜 그러십니까?”

지금 말해야 할지 망설여졌지만 바란이 들어버린 이상 얼버무릴 수는 없다.

“실은 숙소에 누가 침입했던 것 같아요. 4일 오후, 제가 경찰서에 연행되었을 때입니다.”

경관들의 표정을 힐끗 살폈다. 이렇다 할 변화는 찾아볼 수 없었다.

"저는 혹시 경찰이 들어왔던 게 아닐까 생각했는데."

간결한 대답이 돌아왔다.

"아니요, 그건 아닙니다."

"그렇군요."

거짓말을 하는 것 같지는 않았다. 202호 열쇠 구멍에 문을 강제로 열려고 시도한 흔적이 선명하게 남아 있었던 게 생각났다. 하지만 경찰이 아니라면 누구일까? 무슨 이유로 내 방에 침입했을까?

"자넨 어떻게 생각해?"

그때까지 잠자코 치야를 마시고 있던 찬드라에게 바란이 물었다. 찬드라는 변함없이 무뚝뚝한 표정으로 나를 힐끗 쳐다보았다. 외국에서 온 민간인 앞에서 수사 내용을 언급하는 게 내키지 않는 것이다. 그래도 그는 대답했다.

"입막음을 한 것처럼 위장한 것 같습니다."

"흠."

"범인은 군 내부에 있다……. 그렇게 보이도록 꾸민 게 아닐까요?"

나는 있을 수 있는 일이라고 생각했다. 하지만 바란의 의견은 달랐다. 그는 네팔어로 뭐라 말하려다가 바로 영어로 바꾸었다.

"그건 이상해."

"뭐가 말입니까?"

"그놈들이 어떤 녀석들인지 알잖아. 뭘 좀 누설했다고 동료를 죽여서 길거리에 내팽개칠 놈들인가? 그걸 보고 정말 내부 숙청이라고 생각할 사람이 있겠어?"

상대가 찬드라라 그런지 바란의 영어는 조금 거칠었다.

"자넨 그렇게 생각하지 않았어. 나도 그렇게 생각하지 않아. 범인이 내부 숙청으로 꾸미려고 했다면 실패도 이만저만이 아니라는 뜻이야. 그렇게 말하고 싶은 거지?"

찬드라가 말없이 치야를 마시고 한마디 말했다.

"아니란 겁니까?"

"글쎄. 난 아닐 것 같군."

협박치고는 구체적이지 못하다. 수사 방향을 방해하기 위한 것치고는 효과가 없다.

몇 번을 생각해도 똑같은 의문에 도달한다.

"결국 제자리로 돌아오고 말아요. INFORMER란 무엇을 뜻하는가? 그걸 알아내지 못하면 라제스와르 준위가 살해당한 이유도 알 수 없어요."

"동감입니다."

"범인은 라제스와르 준위에게 모욕을 주려 했던 걸까요?

어제 신문을 받았을 때는 말할 기회가 없었지만, 그는 인터뷰를 대단히 싫어했습니다. 그런 그가 저 이외의 다른 기자에게 무슨 말을 했을 것 같지는 않아요. 등에 난 상처가 시사하는 '밀고'는 혹시 왕궁 사건과 상관없는 다른 비밀을 의미하는 걸까요?"

이 점을 해명하기 전에는 기사를 쓸 수 없다. 나는 입을 다물었고, 두 경관도 침묵했다. 이윽고 바란이 컵을 내려놓고 천천히 팔짱을 꼈다.

"의미라……."

찬드라가 말했다.

"의미는 분명히 있을 겁니다. 칼로 글자를 새기려면 시간과 수고가 듭니다. 그럴 만한 이유가 있었을 겁니다."

찬드라는 이어서 바란에게 네팔어로 말했다. 바란은 심각한 얼굴로 그 말을 들었고, 두 경관은 한동안 네팔어로 대화했다. 나는 모르는 말이다. 의미를 알 수 없는 말.

내 컵도 비었다. 방금 전 바란의 행동을 흉내내어 주인을 향해 컵을 흔들었다. 잠시 후 테이블에 놓인 새 치야를 두 손으로 감싸고 푸근한 온기를 손바닥에 느끼며 생각에 잠겼다.

범인은 왜 영어로 썼을까?

확실히 네팔에서는 영어가 잘 통한다. 인도가 영국의 식민

왕과 서커스

지가 되고, 여세를 몰아 영국 동인도 회사가 네팔을 침략한 이래로 이 나라는 영국과 인연이 깊다. BBC는 영어 방송을 내보내고, 영어만 써도 여행자로 지내는 한 지금껏 불편한 일은 없었다. 열 살이나 될까 말까 한 사가르조차 영어를 훌륭하게 구사하지 않는가?

하지만 그래도 영어는 이 나라의 모국어가 아니다. 그 "INFORMER"라는 글자는 당연히 영어를 아는 사람이 보지 않으면 의미가 없다.

네팔어는 데바나가리라는 문자를 쓴다. 곡선이 많은 문자라 칼로 새겨 넣으려면 확실히 불편하다. 만일 내가 죽은 자의 등에 고발 메시지를 새겨야 한다면 곡선이 많은 히라가나가 아니라 간단히 새길 수 있는 가타카나를 선택할 것이다. 범인이 네팔어가 아니라 영어를 새겨넣은 게 단순히 그런 이유 때문일까?

혹은…… 데바나가리를 쓸 줄 몰랐던 걸까? 이 나라의 문맹률은 결코 낮지 않다.

고개를 저었다. 거기까지 나가면 비약이 심하다. 데바나가리는 모르면서 알파벳은 아는 네팔 사람이라니, 그렇게 작위적인 문맹이 있을 리 없다.

아니면 혹시 네팔어를 전혀 모르는 인물이 범인인 걸까?

이래저래 궁리를 하다 보니 그만 일본어로 중얼거리고 말았다.

"의미는 분명히 있어. 글자를 새겨넣은 의미가."

그 말을 들은 바란이 물었다.

"지금 뭐라고 했습니까?"

나는 아무것도 아니라고 손사래를 쳤다. 나를 경호하는 게 임무라고는 해도 경찰 앞에서 그들이 모르는 말을 사용하다니 경솔했다.

"글자를 새긴 의미가 분명히 있을 거라고 말했습니다."

특별한 말을 한 건 아니었다. 그러나 바란은 눈살을 찌푸렸다.

"글자를 새긴 의미……."

"예……. 제가 이상한 말이라도 했나요?"

"글자에 의미가 있는 게 아니라?"

똑같은 말 아니냐고 물으려 했다.

그 말이 목구멍에 걸렸다. 아니, 다르다.

글자에 의미가 있다는 건 INFORMER라는 단어에 뜻이 있다는 말이다. 하지만 '글자를 새긴 데 의미가 있다'고 말하면 그것은 그 행위 자체를 가리킨다.

글자 자체에는 의미가 없고, 그것을 새긴 데 의미가 있다는 생각은 미처 하지 못했다.

그렇다…… . 그럴지도 모른다.

테이블 위로 몸을 내밀었다.

"바란 씨, 찬드라 씨. 라제스와르 준위의 등에 글자를 새기려면 뭘 해야 할까요?"

어리둥절해 하면서도 바란이 대답했다.

"그야 저항하지 못하도록 구속해야겠지요. 이번에는 죽었지만."

"그러겠지요. 그런 다음에는?"

찬드라가 말했다.

"칼을 준비해야 합니다."

"맞아요. 그리고?"

"옷을 벗겨야지요."

뭔가가 걸렸다.

"옷을 벗긴다?"

무심코 되물은 내게 바란이 쓴웃음을 지으며 말했다.

"당연한 것 아닙니까. 셔츠를 벗겨야…… ."

그거다.

"현장에 옷이 있었습니까?"

바란의 입가에서 미소가 사라졌다.

"아니요."

범인은 라제스와르의 등에 글자를 새기기 위해 옷을 벗겼다. 그렇게 생각했다. 하지만 그것은 오판이다. 거기에는 두 가지 행동이 있었다. 범인은 옷을 벗겼다. 그리고 글자를 새겼다.

어제 사진을 찍었을 때부터 위화감이 있었다. 이 사진은 어딘가 이상하다고 생각했다. 다시 디지털카메라를 켜고 라제스와르의 사진을 열었다. 옷에 주목했다.

상반신은 알몸이었다. 나는 그제야 손목시계가 없다는 것을 깨달았다. 그는 손목시계를 차고 있었던가? 기억이 나지 않는다. 하지만 지금 마음에 걸리는 건 하반신이다.

위장 군복이 발꿈치까지 덮고 있다. 튼튼해 보이는 군화가 바짓단 밑으로 보였다.

나는 퍼뜩 고개를 들었다. 눈앞에는 포장도로가 있고, 거기에는 소총을 든 병사들이 서 있었다. 그들을 보고, 사진을 보았다.

둘 사이에는 명백한 차이가 있었다.

"아아."

"왜 그러십니까?"

나는 사진 속, 군화 부분을 가리켰다.

　　　　　　　　　　　　　　　　　　　　왕과 서커스

"바짓단을 보세요. 군복 바짓단. 지금 저쪽에 있는 병사는 바짓단을 군화 속에 넣고 있어요. 그런데 준위는 바짓단이 군화 밖으로 빠져나와 있습니다."

"그러네요……."

두 경관의 반응은 둔했다. 어쩌면 바짓단이 군화 밖으로 나와 있다는 사실 자체는 이미 알고 있는지도 모른다. 그게 어쨌냐는 듯이 쳐다보는 그들에게 말했다.

"바짓단을 넣지 못했던 걸지도 몰라요."

"음, 그러니까……?"

"모르시겠어요?"

메마른 공기와 치야의 달콤한 향기, 내가 떠올린 가설을 설명하려는 긴장감 때문에 목이 바짝 타들어갔다. 숨을 삼키고 단숨에 말했다.

"범인이 준위에게 옷을 입힌 겁니다. 죽은 그에게 군복을 입혔기 때문에 바짓단이 나와 있는 거예요. 다른 사람이 바지를 입힐 때, 군화에 바짓단을 집어넣는 건 상당히 손이 가는 작업이에요. 특히 라제스와르 준위가 신고 있던 군화는 빈틈이 거의 없으니 일단 군화를 벗기고 바지를 입힌 다음, 다시 군화를 신기고 끈을 묶어야만 해요. 그러면 바짓단이 꾸깃꾸깃해져 남이 옷을 입혔다는 사실이 바로 들통나겠지요. 혹은 군인들이 바짓단을 군화에 넣어 입는다는 걸 몰랐을지도 모릅니다."

"하지만 상의는 입히지 않았잖습니까."

"입힐 수 없었던 게 아닐까요?"

나는 손가락으로 내 가슴을 겨누고 총을 쏘는 시늉을 했다.

"준위는 상반신에 총을 맞고 대동맥을 다쳐 피를 많이 흘렸어요. 하지만 그때 그는 군복을 입고 있지 않았던 거예요. 그대로 시체가 발견되면 살해 당시 그가 옷을 벗고 있었다는 게 탄로 납니다. 그렇게 되면 범인에게 불리한 이유가 있었을 거예요. 셔츠를 입히고 싶었지만 하의와 달리 상의는 입힐 수 없었던 겁니다. 준위는 상반신에 총을 맞았는데 옷에는 탄흔도 혈흔도 없었기 때문이지요. 셔츠만 쏴서 구멍을 뚫으려 해도 위치를 딱 맞추기란 어려워요. 기회는 한 번밖에 없으니 위험한 다리를 건널 수는 없었겠지요.

그래서 그랬던 게 아닐까요? 글자를 새기기 위해 옷을 벗긴 것처럼 꾸민 줄 알았지만, 사실은 반대가 아니었을까요? 상반신에 옷을 입힐 수 없었기 때문에 의미심장한 글자를 새긴 게 아닐까요?"

두 경관은 얼굴을 찌푸린 채 동시에 입을 열었다.

하지만 둘 다 아무 말도 하지 못했다. 찬드라는 퉁명스러운 얼굴로 입을 다물어버렸고, 바란은 이윽고 마지못한 기색으로 말했다.

"있을 법한 일이군요."


우리는 입장도 다르고, 공통의 목적도 없다. 다만 라제스와르의 죽음을 심각하게 고려해봐야 한다는 공감을 바탕으로 지혜를 교환했다.

"살해당했을 때."

그렇게 화두를 던진 것은 찬드라였다.

"라제스와르는 옷을 입고 있지 않았던 걸까요?"

바란이 수긍하며 중얼거렸다.

"옷을 벗을 만한 장소인가. 그렇다면 범행 현장은 애인의 집이거나……."

"사창가."

두 경관의 눈빛이 날카로워졌다.

그들은 어떤 입장일까? 사건에 대해서는 아무 정보도 듣지 못하고 무조건 저 여자를 지키라는 명령을 받은 말단 경찰은 아닌 듯했다. 적어도 바란은 사건 정보를 상세히 알고 있었다. 네팔의 경찰 조직은 잘 모르지만 수사팀의 일원이면서 국제 관계를 염려하는 상사의 명령으로 부득이하게 경호를 떠

맡은 처지가 아닐까? 그들의 눈빛에는 기회만 있으면 수사의 중심에 관여하고 싶다는 의욕이 느껴졌다.

"좀더 단순한 이유, 목욕을 하고 있었던 건 아닐까요?"

그렇게 말하자 찬드라는 허를 찔렸다는 듯이 눈을 껌뻑거렸다.

"……그럴지도 모르겠군요."

찬드라가 달콤한 치야를 마시고 씁쓸한 얼굴로 말했다.

"옷을 벗고 있다는 데 주목하지 못하도록 등에 글자를 새겼다. 듣고 보니 있을 법한 일입니다. 분하지만 알아차리지 못했습니다."

그때 바란이 별안간 소리를 질렀다.

"아니야! 아니야. 그건 아니야!"

"어째서요?"

바란이 주머니에서 작은 수첩을 꺼냈다. 데바나가리가 빼곡히 적힌 수첩을 뒤적이다가 어느 페이지에서 손가락을 멈췄다.

"이건 원래 민간인에게는 알려줄 수 없는 수사 정보지만 여기까지 왔으니 알려드리지요. 라제스와르는 38구경 총에 맞았습니다. 입사 각도는 거의 수평, 가슴 정중앙에 명중한 탄환은 늑골을 부러뜨리고 대동맥을 찢고, 등뼈에 맞아 멈췄습니다."

나는 잠자코 고개를 끄덕였다. 바란은 흥분을 감추지 못했다.

"그리고 잘 들으십시오. 발사 잔여물이 턱과 목에 묻어 있었습니다. 턱과 목에만 묻어 있었다고 말하는 게 낫겠군요."

권총으로 사람을 쏜 경우, 총에서 분사되는 화약 찌꺼기나 금속 미립자가 총을 쏜 사람의 손에 붙는다. 그와 동시에 그 물질들은 앞쪽으로도 분사된다.

거기까지의 지식은 있지만 나는 전문가가 아니니 물어보았다.

"그러니까 라제스와르 준위는 총을 쏘지 않았고, 총에 맞았을 때 총구에서 튀어나온 화약 찌꺼기가 묻은 것이다, 이 말씀인가요?"

"손에 잔여물 반응이 없었다고 해서 그가 총을 쏘지 않았다는 증거가 되는 건 아닙니다."

바란은 잠시 숨을 토해내고 빠르게 말했다.

"제가 하고 싶은 말은 만약 그가 총에 맞았을 때 알몸이었다면 발사 잔여물이 가슴에서도 나왔을 거란 말입니다. 범행 당시 라제스와르 준위가 옷을 입고 있었다는 건 확실합니다."

경찰이 거기까지 조사했다면 틀림없을 것이다. 절대적인

자신이 있는 추론은 아니었지만 사실과 다르다는 것을 알자 역시 조금 풀이 죽었다.

"그랬습니까……. 엉뚱한 추측이었군요."

하지만 바란은 고개를 가로저었다.

"아닙니다. 범행 당시 라제스와르가 옷을 입고 있지 않았다는 생각은 틀렸습니다. 하지만 옷을 입힐 수 없었기 때문에 등에 글자를 새겼다는 생각까지 부정당한 건 아닙니다."

"그래요, 맞습니다."

찬드라도 거들었다.

"조금 더 생각해볼 가치가 있어요."

두 경관은 내 가설을 끈질기게 검토하려 했다. 내가 포기할 수는 없었다.

바란이 팔짱을 꼈다.

"당신 가설에는 설득력이 있습니다. 확실히 우리는 등에 새겨진 글자에 눈이 멀어 옷이 벗겨져 있다는 사실은 거들떠보지 않았어요. 만일 범행 당시 라제스와르가 옷을 입고 있었다면, 당신 가설은 어떻게 바뀝니까?"

생각했다.

총에 맞았을 때, 라제스와르는 옷을 입고 있었다. 총탄은 셔츠를 관통했고, 피도 흥건히 스며들었을 것이다. 범인은 그

왕과 서커스

옷을 벗겼고, 상반신은 그대로 두고 글자를 새겼다. 하반신에는 다시 바지를 입히고 군화도 신겼다.

"범인이 옷을 벗기고, 바지만 입혔다는 뜻이 되겠군요."

"그렇겠군요."

찬드라가 희미하게 몸을 내밀었다.

"어째서?"

그렇다, 어째서?

내가 생각에 잠기자 바란이 일단 떠오르는 대로 말해보겠다는 듯이 어눌하게 말했다.

"군복에, 결정적인 증거가 남았다. 그래서 벗겨내고 다른 군복을 입혔다. 바지는 그럴 수 있었지만 셔츠에는 탄흔이 없어 입힐 수 없었다."

옆에서 찬드라가 눈살을 찌푸렸다.

"군복은 쉽게 구할 수 없습니다."

군복은 어떤 나라에서는 비교적 쉽게 구할 수 있다. 그렇지만 그것도 어디까지나 매각품이 대부분이다. 실제로 사용되는 유니폼을 손에 넣으려면 상응하는 수고가 따르는 경우가 많다. 유니폼만 걸치면 간단히 군인이나 경찰을 사칭할 수 있으므로 어떠한 규제가 있는 게 오히려 당연하다고 할 수 있다.

그래도 손에 넣을 수 있다면 범인은 군 내부의 인물이라는 뜻이 된다. 하지만 찬드라는 이어서 말했다.

"게다가 라제스와르 준위가 입고 있던 바지는 십중팔구 라제스와르 준위 본인의 군복일 겁니다. 사이즈도 딱 맞았고, 이니셜 자수까지 있었으니까요."

"흐음."

바란이 머리를 긁적였다.

"그랬군. 다른 군복으로 갈아입혔을 가능성은 없는 건가……."

그들은 영어로 대화를 주고받았다. 네팔어로 말하면 내가 알아듣지 못한다. 그들은 토의에 나도 끼워주고 있는 것이다.

뭔가 놓치고 있다. 굉장히 간단한 사실을 깨닫지 못하고 있는 듯한, 초조하고 불안한 느낌이 가슴속에 막연하게 있었다.

찬드라가 치야를 한껏 들이켜고 테이블 위에 컵을 요란하게 내려놓더니 말했다.

"군복을 일단 벗겼다가 다시 입혀야 하는 경우가 하나 생각났습니다."

"허, 말해봐."

바란이 부추겼지만 찬드라는 담담하게 대답했다.

"젖었을 경우입니다. 가령 라제스와르가 바그마티 강에 빠졌고, 그 사실을 감춰야 했다면 옷을 갈아입힐 수밖에 없지요. 벗기고, 널고, 말린 다음 다시 입히는 거죠."

"아니, 그건……."

"이상합니까?"

"이상하지는 않지만, 그래도 영."

나는 두 경관의 대화를 들으며 치야를 입에 머금었다. 원래 미지근한 음료라 한참 내버려뒀더니 많이 식어버렸다. 단맛이 혀에 남아 끈적거리는 느낌이다. 하지만 그것마저도 이 음료의 특징이라고 생각하니 싫지 않았다.

말릴 목적으로 옷을 벗겼다는 찬드라의 의견은 예리하다. 분명 그거라면 라제스와르의 옷을 벗겼다가 다시 입힌 이유를 설명할 수 있다. 다만 완벽하지는 않다. 어째서 셔츠는 입히지 않았는가 하는 가장 커다란 의문이 남는다. 게다가 물에 젖었다는 것도 이상하다. 강에 빠진 것을 감추려면 옷은 물론이고 속옷이나 신발도 갈아입히고 온몸을 구석구석 닦아야 한다. 그렇게 하더라도 손톱 사이나 입안에 들어간 진흙물까지 완전히 씻어낼 수는 없을 것이다. 드는 수고에 비해 효과가 없다. 아니다. 물이 아니다.

두 손으로 컵을 들었다.

문득 소매에 묻은 모래가 눈에 들어왔다. 아차 싶어 옷을 유심히 봤다.

셔츠 팔꿈치부터 소매까지, 테이블에 닿아 있던 부분이 골고루 적갈색으로 변해 있었다. 아까 테이블이 지저분하다고 생각했으면서 어느 틈에 깜빡 잊고 있었다.

"아아……."

막 입어도 되는 옷을 가져오긴 했지만 굳이 더럽힐 생각은 없었다. 무심코 셔츠를 집어 손가락으로 몇 번 튕겨서 모래를 털어내려 했다.

"어라. 몸소 실험하는 겁니까?"

"네?"

그럴 셈은 아니었기 때문에 할말을 잃고 말았다.

하지만 듣고 보니 모래도 하나의 후보이기는 하다. 돗토리 시내에서 시체가 발견되었는데 알고 보니 생전에 사구에 있었다는 사실을 감추기 위해 범인이 옷을 갈아입혔다더라, 그런 이야기는 별로 억지스럽지 않다. 물론 카트만두에서는 어디 사는 누구나 모래투성이니까 딱히 감출 필요가 없다. 감춰야만 한다면 특수한 토양 위에 쓰러진 경우나, 혹은 실내…….

실내.

일본어로 중얼거렸다.

"실내. 실내의 오물."

예를 들어 콘크리트 건물을 철거하면 온몸에 하얀 먼지를

왕과 서커스

뒤집어쓴다. 새로 페인트를 칠한 건물 안에 있으면 자극적인 냄새가 옷에 배어 오래도록 빠지지 않는다. 폐건물 안에서 쓰러지면 거미줄이나 먼지가 온몸에 묻을 것이다.

그런 특징적인 오물이 남아 있어 범행 현장이 탄로 날 우려를 방지하려면…….

영어로 말했다.

"저희가 너무 어렵게 생각했어요. 자기 입장에서 생각해보면 되는 문제예요. 평소 옷을 갈아입는 이유는 뭐죠?"

"그건…….'

말하다가 바란이 입을 다물었다. 그도 깨달은 것이다.

"더러워진 옷을 세탁하기 위해서입니다.'

바지는 빨아도 눈으로만 보아서는 차이를 알 수 없다. 하지만 셔츠는 그렇지가 않다. 오염과 함께 핏자국까지 지워져 옷을 빨았다는 사실이 확연히 드러난다. 그래서 상반신에는 아무것도 입힐 수 없었던 것이다.

나는 쓰러지면 당연히 허연 오물이 묻을 만한 장소, 오래도록 사람들의 손길이 닿지 않은 먼지투성이의 폐건물을 알고 있다.

아직 치야가 절반쯤 남아 있는 컵을 테이블에 내려놓고 벌떡 일어섰다.

"다치아라이 씨."

"아아, 아니요. 두 분은 천천히 드세요. 뭘 좀 확인하고 싶은 것뿐이라."

그러자 두 경관은 동시에 어이없다는 표정을 지었다.

"잊었습니까? 당신에게서 눈을 떼지 않는 게 저희 일입니다."

그랬다. 그들은 사건을 수사하는 것이 아니라 나를 경호해주고 있었다. 그렇다면 적어도 그들이 아침 식사를 마칠 때까지는 기다리는 게 예의다. 그런 생각으로 다시 의자에 앉으려는 나를 바란이 손으로 막았다.

"갑시다."

"하지만……."

"괜찮습니다. 갑시다."

그 말을 듣고 찬드라가 남은 치야를 단숨에 들이켰다. 네팔에는 더치페이 풍습이 없다. 모모와 치야 값은 내가 다 냈다. 경관의 밥값을 내기는 처음이다.

**17**

**총과
혈흔**

　우리는 왕궁 길로 향했다.

　어제까지 길을 점령하고 있던 시민들의 모습은 보이지 않고, 대신 위장복을 입은 경관대가 곳곳에 서 있었다. 속내는 알 수 없지만 바란과 찬드라는 은근히 눈길을 떨어뜨린 채 아무 말도 하지 않았다. 물론 자동소총을 어깨에 멘 살기등등한 경관들 앞을 당당하게 걷기란 어려운 일이다. 무의식중에 나도 경관들과 눈을 마주치지 않으려 애를 쓰고 있었다.

　바란과 찬드라는 내게 어디로 가는지 묻지 않았다. 방금 전의 조촐한 회식을 통해 어느 정도 신뢰를 얻었는지도 모른다.

붉은 바탕에 노란색 글자로 "TRAVEL AGENT"라고 적힌 간판을 보고 걸음을 멈추었다. 커다란 유리창 너머로 황폐한 내부가 보이는 빌딩 입구에는 그저께와 마찬가지로 출입 금지 구역임을 나타내는 노란 테이프가 쳐져 있다.

카트만두 경찰이 이미 이곳을 찾아냈을지도 모른다고 생각했지만, 바란과 찬드라가 아무 반응도 보이지 않는 것으로 보아 그렇지는 않은 모양이다. 내가 빌딩 틈새로 파고들자 그제야 이곳이 목적지라는 것을 알아차렸는지 바란이 다급히 물었다.

"다치아라이 씨, 어디로 갈 셈입니까?"

"클럽 재스민."

뒷문으로 돌아갔다. 알루미늄 문에는 위쪽에 격자 철창살이 붙은 유리창이 달려 있다. 문손잡이를 쥐려다가 퍼뜩 멈췄다. 지문이 묻지 않도록 주머니에서 손수건을 꺼내 손을 감싸고 손가락으로 손잡이 가장자리를 붙잡았다. 역시 오늘도 잠겨 있지 않았다. 문이 천천히 열렸다.

오전의 따사로운 햇빛이 쏟아지는 바깥과 달리 시커먼 입을 벌리고 있는 빌딩 안을 들여다보았다. 걸음을 내딛기 전에 두 경관을 돌아보았다.

"여기는 그저께, 제가 라제스와르 준위를 만난 장소예요. 그가 약속 장소로 이곳을 지정했습니다."

"그건 처음 듣는 소리인데."

당혹스러워하는 두 사람에게 말했다.

"제가 라제스와르 준위를 만난 건 2시, 그의 사망 추정 시각은 7시 전후였으니 저희가 만난 장소는 사건과 연관이 없어요. 저는 그렇게 생각했고, 저를 신문한 경관도 똑같은 생각을 했던 것 같습니다. 만난 시간은 확인했지만 장소는 묻지 않았으니까요. 그렇지만 여기에서 만났어요."

알루미늄 문이 빌딩 사이로 빠져나가는 바람에 부딪혀 불쾌한 소리를 냈다.

"내부는 먼지투성이입니다. 여기서 쓰러지면 옷이 온통 허옇게 되겠지요."

바란이 고개를 끄덕였다.

"가봅시다."

두 경관이 눈짓을 주고받았다. 찬드라가 앞장섰다.

"가시죠."

뒤를 따라오라는 듯이 말했지만 나는 거절했다.

"먼저 가세요."

바란은 어깨를 으쓱했다. 내 의도를 민감하게 알아차렸는지도 모른다.

누군가에게 습격당할 위험을 상정한다면 경관이 나를 사이에 두고 앞뒤에 서는 게 경호하기 쉽다. 하지만 지금 나는 있을지 없을지도 모를 습격자보다 오히려 이 두 경찰을 조심해야 한다. 이 빌딩에 들어가면 남들 눈이 없는 곳에서 남자 둘, 여자 하나가 되는 셈이다. 경찰 측에서 국제관계를 고려해 내게 붙인 사람들이니 설마 험한 짓은 하지 않겠지만, 경계해서 나쁠 건 없다. 호신술은 약간 익혔지만 아무래도 경관에게 통할 것 같지는 않았다.

바란은 기분 상한 기색도 없이 말했다.

"여차하면 몸을 웅크리고 머리를 감싸도록 하십시오."

뒤에서 습격당할 경우 맨 끝에 있는 내가 몸을 웅크리면 바란과 찬드라가 권총으로 반격할 수 있다. 나는 고개를 끄덕였다.

찬드라, 바란, 나, 이 순서로 지금은 사용하지 않는 빌딩으로 들어갔다. 안으로 들어가보니 밖에서 들어오는 햇빛 덕분에 많이 어둡지는 않았다. 그래도 찬드라는 회중전등을 켰다. 커다란 업소용 가스풍로와 버려진 소스 냄비가 둥그런 빛 속에 드러났다. 희미한 공기의 흐름을 타고 나풀거리는 먼지가 또렷이 보였다. 나는 이때 처음으로 그들이 회중전등을 가지고 있었다는 사실을 깨달았다.

"가장자리로 걸어요."

찬드라가 지시를 내렸다. 고분고분 바란의 뒤를 따라 걸었다. 안으로 들어가서 물었다.

"문을 닫을까요?"

찬드라가 대답했다.

"그러시죠."

몸싸움은 찬드라가 더 능숙한 모양이다. 하지만 아직 뭔가를 경계해야 할 구체적인 이유가 있는 것은 아니다. 그는 총도 경봉도 뽑지 않고 천천히 빌딩 안으로 들어갔다. 바란도 벨트에서 회중전등을 빼서 불을 켰다.

식당 주방과 플로어를 지나 복도로 들어갔다.

"어느 쪽입니까?"

찬드라의 물음에 복도 안쪽을 가리켰다. "club jasmine"이라는 불이 꺼진 네온사인 간판이었다. 콘크리트가 그대로 드러난 계단이 지하로 이어졌다.

그저께, 나는 이곳에서 각오를 다지고 계단을 내려갔다. 그때는 주위를 둘러볼 여유가 없었다. 오늘은 경관들이 회중전등으로 사방을 비추고 있다.

복도 끝에는 엘리베이터가 있었다. 그저께는 있는 줄도 몰랐으니, 나도 어지간히 시야가 좁았던 것이다. "1"이라는 층수 램프가 깜빡거리고 있었다. 경관들이 네팔어로 속삭였다. 전기가 통하는 걸 수상하게 여긴 걸까?

이윽고 바란이 내 쪽을 돌아보았다.

"다치아라이 씨. 당신이 라제스와르 준위를 만났을 때, 이 엘리베이터는 몇 층에 멈춰 있었습니까?"

나는 고개를 가로저었다.

"죄송합니다. 모르겠어요."

"그런가요."

그는 이어서 발밑을 비추었다.

"뭔가 끌고 간 흔적이 있습니다."

그 말을 듣지 않았으면 몰랐을지도 모른다. 그만큼 자국은 희미했다. 하지만 회중전등 불빛에 드러난 복도를 유심히 살펴보니 분명 그런 흔적이 길게 뻗어 있었다. 어디서 시작되는지 흔적을 짚어가자 엘리베이터 앞에서 끊겨 있었다.

"이건……."

"누가 엘리베이터로 뭘 운반했다는 뜻이겠지요."

그 이상을 상상하는 건 속단일 뿐이다. 알고 있는데도 긴장감이 감돌았다.

"갑시다……."

찬드라가 그렇게 말하며 계단 밑을 비추었다. 햇빛도 지하까지는 닿지 않아, 캄캄한 공간에 회중전등 불빛만 길게 드리웠다. 찬드라는 계단이 무너지지나 않을지 확인하듯 한 걸음 한 걸음 신중하게 발을 내디디며 아래로 내려갔다.

어둡다. 태양에 익숙한 눈은 지하의 어둠에 좀처럼 순응하지 않았다. 우리 세 사람은 활짝 열린 클럽 재스민의 문 앞에 멈춰 섰다.

"불이 들어올 거예요. 그저께는 불이 켜져 있었어요."

"스위치는 어디에?"

"문가에 있을 거예요."

스위치의 위치를 알고 있었던 건 아니다. 전등 스위치가 플로어 안쪽에 있으면 불편하다는 상식에서 한 말이다.

아니나 다를까 스위치는 문 옆에 있었다. 일본에서 쓰는 것과 똑같은 플라스틱 스위치가 회중전등 불빛 속에 보였다. 바란이 손을 뻗었다.

형광등은 몇 번 깜빡거리다가 켜졌다. 클럽 재스민의 플로어가 빛 속에 모습을 드러냈다.

찬드라가 먼저 입을 열었다.

"여기다."

플로어 복판에는 핏물이 흥건히 고여 있었다.

지하에서는 역시나 지원을 요청하는 무선이 통하지 않았다. 네팔어로 지시를 주고받더니 찬드라가 혼자 종종걸음으로 계단을 올라갔다. 나는 무의식적으로 보디백에서 카메라를 꺼내 피웅덩이를 찍었다.

바란이 독백하듯 영어로 중얼거렸다.

"정말 먼지가 엄청나군요."

"……네."

"라제스와르 준위는 그저께 2시, 이곳에서 당신을 만났습니다. 그 후 일단 왕궁 대기소로 돌아갔지만 7시 전후에 다시 외출했고, 이번에는 누군가에게 사살당했습니다. 그리고 이튿날 10시 반 이전의 어느 시점에 발견 현장인 공터로 운반되었고…… 등에 새겨진 글자에 관한 당신 견해가 옳다면 범인은 시체를 이 빌딩에서 운반한 뒤에 먼지가 묻은 옷을 벗기고 등에 INFORMER라는 글자를 새긴 셈이 되겠군요."

나는 고개를 끄덕이고 한 가지 덧붙였다.

"단순히 라제스와르 준위가 이곳에 쓰러져서 그런 게 아니라, 그 시체를 끌어서 운반한 것도 영향이 컸겠지요. 그래서 옷에 새하얀 먼지가 묻었고, 옷을 갈아입혀야 했던 겁니다."

그저께, 라제스와르는 바로 저 피웅덩이 근처에 당당히 서 있었다. 그는 저녁 7시에도 똑같은 모습으로 서 있었을까?

"이제 와서 생각해보니…….'

멍하니 말했다.

"그는 이상한 말을 했어요. 자기도 일단 돌아가야 한다고
했습니다. 일단 돌아간다는 말에는 이곳에 다시 온다는 의미
도 있었던 거군요."

"다치아라이 씨."

"그때는 몰랐는데…….'

바란이 회중전등을 끄고 벨트의 보관집에 넣으며 말했다.

"그런 한마디로 뭘 알아낼 수 있는 사람은 없습니다."

그는 기가 막혀서 한 말일지도 모르지만, 그래도 내 귀에는
위로로 들렸다.

감식반이 와서 혈액 감정을 마치기 전에는 이곳이 라제스
와르가 사망한 장소, 적어도 대량 출혈을 일으킨 장소라고 단
정할 수는 없다. 하지만 저것이 다른 사람의 피거나, 혹은 들
개나 다른 짐승의 피일 가능성은 거의 무시해도 될 것이다.
살인 현장에 서는 건 처음이 아니다. 그리고 기분 좋은 일도
아니다.

나는 클럽 재스민의 문에서 이 미터쯤 들어간 위치에서 꼼
짝도 않고 서 있었다. 곧 개시될 수사를 방해하고 싶지 않았
기 때문이다. 하지만 바란은 의외로 거리낌없이 안쪽으로 들

어갔다.

"댄스홀이군요. 이런 곳이 있었다니."

"모르셨어요?"

"십 년 전까지 로스앤젤레스에 있었습니다. 그전에는 무슨 가게였는지 모르겠지만, 이건 십 년은 안 되어 보이는군요."

그 한마디로 바란의 행동거지가 어딘지 모르게 서구식으로 보이는 이유를 알 수 있었다.

바란이 갑자기 걸음을 멈추었다.

"이건……."

플로어에는 커다란 미러볼이 굴러다니고 있었다. 천장에 고리가 없는 점으로 보아 떨어진 게 아니라 떼어내서 그곳에 방치해둔 것 같았다. 바란은 미러볼의 그림자로 다가가 몸을 숙였다.

"이거, 이거."

그가 걸어간 자리는 디뎌도 무방하리라 판단하고 가까이 다가갔다. 미러볼의 그림자에 가려져 있던 검은 물체가 차츰 눈에 들어왔다.

총이었다. 회전식 권총.

짧은 총신은 형광등 불빛에 검게 빛났고, 목제 손잡이에는 시커먼 손때가 묻어 있었다. 무슨 부적이라도 되는지, 손잡이 아래쪽에 하얀 비닐 테이프가 둘둘 말려 있었다.

"총이군요."

세 살짜리 아이도 알 만한 소리를 하자 바란이 정보를 더 했다.

"스미스&웨슨 M36, 치프. 38구경. 라제스와르의 몸에 박힌 탄환의 구경과 같습니다."

"치프?"

"통칭입니다. 치프 스페셜이라고도 부릅니다만."

그 말을 듣고 뇌리에 따끔한 충격이 흘렀다. M36 치프 스페셜. 나는 총에 대해 잘 모른다. 취재하면서 폭력단이 밀수했다는 토카레프나 파이프로 만든 총을 본 적은 있지만, 이 총은 처음 본다. 그런데 어째서 이토록 마음에 걸리는 걸까?

……모르겠다. 초조하다.

바란은 총에 손을 뻗지는 않았다. 탄창에 빈 약통이 남아 있는지 궁금했지만 아직은 알 길이 없다. 그렇지만 이게 라제스와르를 쏜 총이라는 것은 기정사실이나 다름없다.

"범인은 총을 버리고 갔군요."

"경솔하게……. 현장이 발견되지 않을 줄 알았나."

그럴지도 모른다. 라제스와르와 클럽 재스민을 연결할 정보가 어디서 나오지 않는 한, 아무리 샅샅이 수사한들 경찰은 이곳을 찾아내지 못했을 것이다. 범인이 어설프게 다른 곳에 버리느니 이곳이 더 안전하다고 생각했어도 이상하지 않다.

카메라를 들었다.

바란이 고개를 돌렸다. 눈이 마주쳤다. 당연히 제지할 줄 알았는데, 바란은 뜻밖의 행동을 했다. 그는 내가 사진을 찍기 편하게 몸을 살짝 틀어주었다.

어리둥절했지만 기회를 놓치지는 않았다. 디지털카메라의 셔터를 눌렀다. 광량 부족을 감지하고 자동으로 플래시가 터졌다. 플래시 충전 시간을 기다려 또 한 장. 나는 디지털카메라의 센서를 그리 믿지 않는다. 플래시를 끄고 두 장 더 찍었다.

숨을 후 내뱉고 카메라를 내렸다.

"고맙습니다, 바란 씨."

그는 씨익 웃으며 말했다.

"나야말로. 솔직히 말해 당신이 어슬렁대는 건 싫었지만 당신이 없었다면 여기는 절대 찾아내지 못했을 거야. 이건 나하고 찬드라의 실적이 되겠지. 정말 큰 도움이 됐어."

바란은 격식을 걷어내고 말하더니 짓궂은 표정으로 웃었다. 그 웃음을 보고 어렴풋이 직감했다. 외국인 기자를 경호한다는 이례적인 임무를 맡은 것은, 말하자면 좌천인 것이다.

그들은 애가 타도록 실적을 원했을 것이다.

그 점을 추궁할 마음은 없다. 하지만 그가 만일 내게 고마운 마음을 갖고 있다면 묻고 싶은 게 있었다.

"바란 씨, 알려주실 수 없을까요?"

"뭘?"

그의 표정에 경계심이 돌아왔다. 나는 재빨리 말했다.

"라제스와르 준위에 대해서. 저는 그를 취재했지만, 도쿄로지의 차메리 씨와 아는 사이고 군인이라는 것 외에는 아무것도 몰라요."

이따금 깜빡거리는 형광등 밑에서 둥그런 얼굴의 경관이 눈살을 찌푸렸다. 그 정보를 기자에게 말해주는 게 자신에게 불리하게 작용하지는 않을지 계산하는 것이다. 나는 그가 말해줄 정보를 기사로 쓰지 않겠다는 약속은 하지 않았다. 그의 판단을 기다릴 뿐이었다.

바란이 한숨을 쉬었다.

"뭐, 그 정도라면 별것도 아니니."

피웅덩이와 총, 미러볼 옆에서 바란이 어깨를 으쓱했다.

그에게는 별것 아니더라도 내게는 대망의 정보다. 마음이 변할까 염려해 서둘렀지만, 다급하게 매달리는 티는 내지 않으려고 애써 차분하게 보디백에서 음성 녹음기와 수첩을 꺼냈다.

"녹음해도 될까요?"

"안 돼."

"그럼 메모는 해도 됩니까?"

"그 정도는 뭐."

음성 녹음기를 가방에 도로 넣고 펜을 꺼냈다. 수첩의 빈 페이지를 펼쳤다. 내가 펜을 쥐는 것을 지켜보던 바란이 입을 열었다.

"라제스와르. 라제스와르 프라단. 49세. 국군 준위. 부서는 말할 수 없어. 신장 188센티미터, 체중 86킬로그램. 결혼은 하지 않았어. 적어도 네팔 국내에서는 그렇다는 뜻이지만. 군에는 늦게 입대했지. 사 년 전이었어. 그전에는 구르카 용병으로 영국군에서 일했다. 용병 시절에 대해서는 아는 바가 거의 없어."

차메리의 남편을 만나 빚을 진 것은 그 시기의 일이리라.

바란이 영어로 말해주는 이야기를 일본어로 옮기는 시간도 아쉬워 알파벳 필기체로 메모를 받아썼다. 철자는 군데군데 불안했지만 나만 알아볼 수 있으면 된다.

"귀국은 팔 년 전. 한동안 가이드 노릇을 하며 입에 풀칠을 했던 모양이야."

"가이드? 관광 가이드 말이에요?"

"아니."

바란은 고개를 가로저었다.

"외국 방송국 상대로 취재 수배를 도왔던 모양이야. 비서 같은 역할이랄까."

나는 수첩에 "코디네이터?"라고 써넣었다. 그토록 취재를 싫어했던 라제스와르가 그런 일을 했다니, 예상도 못 한 일이었다.

"어떤 일을 받았는지 아시나요?"

어쩌면 일본 매체하고도 접점이 있을지도 모른다는 생각에 물어보았다. 하지만 대답은 쌀쌀맞았다.

"그건 몰라."

그럴 만하다. 펜을 놀리던 손을 멈추고 뒷말을 채근했다.

"준사관으로 국군에 입대한 건 용병으로 종군한 경험을 인정받았기 때문이겠지만, 그렇다고 해도 대우가 좋았어. 연줄이 있었던 것 같은데 자세한 건 몰라."

"그렇군요."

"그리고……."

말을 끊었다. 바란은 나를 가만히 쳐다보더니 내 수첩을 보았다. 이어서 보디백에 시선을 던졌다.

"녹음 같은 건 안 해요."

바란의 표정은 딱딱했다. 하지만 그는 이렇게 말했다.

"믿겠어. 내가 말했다고 쓰지 마."

"알겠습니다."

바란이 작게 숨을 토해내고 말했다.

"대마초를 유통시킨 혐의가 있어."

펜을 움직일 수가 없었다.

사실이냐고 묻고 싶었다. 하지만 바란이 지금 거짓말을 할 이유가 없다.

"아까 라제스와르 준위가 왕궁 사건에 휘말려 살해당했느냐고 물었을 때 모르겠다고 대답한 건⋯⋯."

"그런 뜻이야. 살해당할 이유가 없는 남자는 아니었으니까."

그는 피식 웃었다. 처음에 도쿄 로지에서 만났을 때 느낀 인상과는 거리가 먼, 어두운 미소였다.

"대마를 파는 건 이 나라에서는 드문 일이 아니야. 군인도 경찰도, 심지어 왕족까지 팔아. 세계 유수의 대마 재배지니까."

네팔에는 대마가 왕성하게 자생한다. 1970년대 후반까지 대마를 키우거나, 팔거나, 흡입해도 법에 저촉되지 않았다. 위법이 된 지금도 세상에서 가장 대마초에 너그러운 도시 중 하나로 유명하다. 가이드를 부탁했을 때, 사가르가 가장 먼저 그래스에 관심이 있는지 물었던 게 생각났다.

"뭐, 얼마든지 자라니까. 담배는 돈을 내야 살 수 있지만, 대마는 그냥 뽑으면 되거든. 그러니 누구나 조금씩은 손을 대지. 다만 일정량을 정기적으로 외국에 판다고 하면 이야기가 달라져. 프로의 영역이지."

"라제스와르 준위가 그런 프로였다는 말인가요?"

"혐의가 있어. 말해줄 수 있는 건 그것뿐이야."

내게 그 이야기를 해준 건 심증으로는 한없이 유죄에 가깝기 때문이리라. 바란은 어깨를 으쓱했다.

"만약 정말로 그자가 밀매꾼이었다면 유독 조심성 많은 남자였다는 뜻이 돼. 한패가 누군지 대강은 알 수 있는 법인데, 그자만 여태 정보가 없거든. 군 내부에서도 유별난 존재였던 모양이야."

유별난 존재라는 게 어떤 의미인지 모르겠다. 다만 마음에 걸리는 문제가 있었다.

"그는 그저께, 두 번 외출했어요. 군에서는 그게 흔한 일인가요?"

"글쎄. 왕이 총에 맞은 뒤로 이 나라는 줄곧 비상사태야. 적어도 나는 그런 짓은 못 해. 하지만 라제스와르는 그랬으니, 그게 과연 흔한 일인가는 차치하고 그자는 그럴 수 있었다는 뜻이겠지."

바란은 경찰관이지 군인이 아니다. 그 대답으로 납득할 수밖에 없었다.

라제스와르가 대마초 밀매에 관여했다. 그것도 관광객 상대로 푼돈을 버는 수준이 아니라, 전문 밀수꾼이었다. 그 정보를 곱씹었다. 눈앞에 펼쳐진 피 웅덩이에 시선을 떨어뜨렸다. 거기에 서 있던 라제스와르의 모습을 떠올렸다.

"믿을 수 없어요."

"그래?"

기자에게 중요한 것은 '경찰 측에서 이런 이야기를 들었다', '관계자는 이렇게 말했다'라는 점이지, 진실 여부는 상관없다. 다양한 각도에서 정보를 수집하고, 모순과 은폐를 꿰뚫을 때도 있다. 하지만 기사에 '이것이 진실이다'라고 쓰는 경우는 없다. 진실에 최대한 가까이 다가가는 것을 지상 목표로 삼지만 무엇이 진실인지 판단하는 건 기자의 본분에서 벗어난 일이다. 군이 말하자면 그것을 결정하는 건 재판소다.

하지만 나는 라제스와르와 대화를 나누었다. 설마 그가 그랬을 리 없다고 생각하는 마음까지는 막을 수 없다.

"그는…… 라제스와르 준위는 긍지 높은 사나이이었어요. 국왕 살해를 막지 못한 건 국군의 수치요, 네팔의 수치라고 했습니다. 그것을 세상에 퍼뜨리는 데 협력할 수는 없다고 했어요. 그 말이 거짓말이었을 리는 없어요."

"거짓말이 아니었겠지."

바란이 말했다.

"군인도 밀매꾼이 될 수 있어. 밀매꾼도 긍지를 가질 수 있지. 입으로는 당당하게 떠들면서 손은 얼마든지 입을 배반할 수 있어. 오래도록 손을 더럽혀온 남자가 물러설 수 없는 한 지점에서는 놀랍도록 청렴해지는 거지. 당연한 일이잖아. 당신, 몰랐어?"

알고 있었다. 내가 살아가고 있는 이 세상이 어떤 곳인지, 안다고 생각했다.

하지만 나는 몰랐다.

그렇기에 이토록 마음이 제자리에 멈춰 있는 것이다.


콘크리트 계단을 다급히 내려오는 딱딱한 구두 소리가 났다.

찬드라가 돌아왔다고 생각하니 그제야 머리가 굴러갔다. 이상하다. 찬드라는 이곳이 살인 현장이라는 사실을 알기 전부터 복도 가장자리를 천천히 걷는 등 신경을 썼다. 그런데 계단에서 달리다니, 무슨 일이 있는 것이다.

이윽고 모습을 드러낸 찬드라에게 바란이 네팔어로 부드럽게 말을 걸었다. 격려라도 한 것이리라. 하지만 찬드라는 그 말에 대답하지 않고 영어로 말했다.

"지원은 오지 않아."

"뭐라고?"

"12시부터 외출 금지야. 젠장, 아무 연락도 못 받았는데!"

화들짝 놀라 손목시계를 보았다. 11시 반. 저도 모르게 소리를 질렀다.

"또!"

내가 어제 외출 금지령이 발령되기 직전에 로지로 뛰어든 사실을 경관들은 모를 터였다. 하지만 그들은 귀찮아죽겠다는 듯이 얼굴을 잔뜩 찌푸리면서도 위로해주었다.

"걱정 마세요. 바래다줄 테니."

"경호가 임무니까요."

상황이 그렇다면 시간을 허비할 수 없다. 걸음을 돌렸지만 미련이 남아 뒤를 돌아보았다. 라제스와르가 서 있던 홀과 피웅덩이, 미러볼, 그리고 M36.

M36 치프 스페셜. 별명 치프.

"다치아라이 씨, 그만 갑시다."

바란의 목소리에 정신을 차렸다.

"아아, 그래요. 가시죠."

"충격이 컸던 모양이군요."

"예, 그런 것 같아요. 조금 어질어질하네요."

그건 거짓말이 아니었다. 클럽 재스민을 뒤로하는 내 걸음은 휘청거렸다.

뇌만 겨우 굴러가는 상태에서 억지로 다리를 움직이는 느낌이었다.

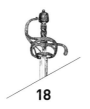

**18**

## 용기의
## 근거

6월 5일, 카트만두에는 이틀 연속으로 외출 금지령이 떨어졌다. 시간은 정오부터 이튿날 오전 0시까지, 열두 시간. 오전에 장을 봐둔 사람들은 가슴을 쓸어내렸겠지만 그러지 못한 시민들도 많았을 것이다.

두 경관의 도움을 받아 도쿄 로지로 돌아온 것은 외출 금지령이 발령되기 십 분 전이었다. 초록색 철문을 열고 건물 안으로 들어가자 안도감이 솟구쳤다.

바란과 찬드라는 종일 내게 붙어 있을 줄 알았는데 경찰서로 돌아간다고 했다.

"로지 안에서 습격당할 위험은 적을 테니 그만 돌아오라는
치프의 명령입니다."

바란이 미안하다는 듯 눈을 내리뜨고 말했다.

"그건 상관없지만……. 곧 외출이 금지될 시간이에요. 두
분은 괜찮은 건가요?"

어제 내가 경찰서에서 로지로 돌아올 때는 이십 분 넘게 걸
렸다. 남은 십 분 안에 갈 수 있을 리 없다.

"아무리 그래도 동료를 대뜸 쏘지는 않습니다."

그렇게 말하며 웃는 바란 옆에서 찬드라가 불쑥 덧붙였다.

"아마도."

여기서 말려도 돌아오라는 명령을 받은 이상 그들은 돌아
갈 것이다. 바란의 말을 믿을 수밖에 없었다. 표정이 없다는
평을 자주 듣는 얼굴로 나는 애써 미소를 지었다.

"고마워요, 바란 씨, 찬드라 씨. 저를 지켜주신 두 분께 감
사드립니다."

악수를 청하려다가 손을 거두었다. 이 나라는 카스트 제도
가 있는 국가다. 어쩌면 그들은 나와 접촉하는 것을 싫어할지
도 모른다. 바란은 복스러운 얼굴로 "천만에요"라고 말해주
었다. 그것으로 충분하다.

두 사람은 철문을 열었다. 찬드라가 어깨 너머로 내 쪽을 돌아보았다.

"다치아라이. 치프는 살인 현장을 발견해 무척 기뻐했습니다."

"……그래요."

"치프는 당신에게 고맙다는 말을 전하라고 하지는 않았어요. 그러니 내가 말하겠습니다. 고맙습니다, 미즈."

경관과 기자는 원칙적으로는 대립 관계다. 경관은 기자를 귀찮은 존재로 여기고, 기자는 경찰이 독선에 빠질 것을 우려한다.

하지만 원칙은 어디까지나 원칙일 뿐, 모든 일에 예외는 있다. 경관과 기자가 서로 감사 인사를 주고받는 일도 꿈같은 일이라고 할 수는 없는 것이다.


마감은 오전 5시 45분이다.

외출 금지령 때문에 오전 0시까지는 밖에 나갈 수 없다. 밤도 아침도 이른 카트만두에서는 외부 취재는 이미 끝났다고 생각해야 한다. 이걸로 취재는 충분한 걸까? 아직 할 수 있는 일이 있을 것 같았다. 하지만 모든 일에는 마감이 있다.

사진은 내일, 거리의 전화 가게에서 인터넷을 써서 보낼 것이다. 기사 디자인은 편집부에서 결정한다. 내가 해야 할 일은 내일 새벽까지 여섯 페이지 분량의 문장을 쓰는 일이다.

그러기 위해 취재해야 할 인물이 한 사람 더 있었다. 그 대화 내용에 따라 라제스와르의 죽음을 기사에 넣어야 할지, 그 스쿠프 사진을 실어야 할지, 마지막 결단을 내릴 수 있을 것이다.

경찰들이 나가기를 기다렸다는 듯이 종업원 구역에서 차메리가 고개를 내밀었다.

"저, 별일 없었어요?"

내가 경찰에 추궁이라도 당한 줄 아는 모양이다.

"걱정할 필요 없어요. 차메리 씨, 죄송하지만 저녁 식사로 빵이나, 가능하면 샌드위치를 준비해주실 수 있나요? 방에서 일을 하고 싶어서요."

"아아, 예, 그럴게요. 간단한 거라면. 몇 시쯤 가져다드릴까요?"

"7시에 갖다주세요."

차메리는 부탁을 받고 오히려 안도한 듯 표정을 누그러뜨렸다. 고개를 꾸벅 숙이더니 안으로 돌아갔다. 프런트가 비어 있지만 문제는 없을 것이다. 정오는 이미 지났다.

계단을 올라갔다.

202호도 오늘로 엿새째다. 처음에는 낮은 천장과 향냄새가 신경쓰였지만 점점 애착이 생겼다. 하지만 지금, 나는 다른 방으로 향했다.

외출 금지령이 해제될 때까지 다른 가게에 있을 셈이라면 또 몰라도, 그렇지 않다면 지금 이 로지에는 네 명의 숙박객이 있을 것이다.

일본 프리랜서 다치아라이 마치.

일본 승려(전직) 야쓰다 겐신.

미국 대학생 롭 폭스웰.

인도 상인 수쿠마르.

그들의 얼굴을 떠올리며 나는 어두운 복도를 지나 어느 방 앞에서 걸음을 멈추었다.

문에는 변함없이 손으로 쓴 "DO NOT ENTER"라는 종이가 붙어 있다. 나는 203호, 롭 폭스웰의 방문을 두드렸다.

똑.

똑똑.

똑똑똑, 똑.

대답이 없다. 문에 대고 나지막이 이름을 불렀다.

"롭. 방에 있지?"

귀를 기울였지만 도쿄 로지는 쥐죽은듯 고요했다. 설마 밖에 있나? 다시 한번, 이번에는 세게 문을 두드리려고 손을 치커들었다. 그때 뒤늦게 대답이 돌아왔다.

"무슨 일이야?"

탁하고 어딘가 멍한 목소리였다.

"나야, 다치아라이. 할말이 있어."

"그래? 나한테는 없어."

"당신한테 보여줄 게 있어. 문 좀 열어."

문 안쪽에서는 다 기어들어가는 목소리가 희미하게 들려올 뿐이었다.

"……거절하겠어."

"롭, 중요한 문제야."

거듭 매달려보았지만 롭의 목소리는 뚝 끊겼다. 문에서 물러난 걸까, 다시 노크를 해볼까 싶었지만 지금은 꾹 참을 때다.

침묵은 일 분도 이어지지 않았다. 이윽고 대답이 돌아왔다.

"듣고 있어. 말해."

숨을 후 내뱉었다.

하지만 이번에는 내 말문이 막힐 차례였다. 지금은 아무도 보이지 않지만, 복도에서 이야기하면 다른 숙박객들에게도 들리고 만다. 별로 떠벌리고 싶은 이야기는 아니었다.

어쩔까 고민하다가 객실에 내선 전용 전화가 있다는 사실을 기억해냈다.

"남들 귀는 피하고 싶으니 전화로 말할게."

그 말을 듣고 롭도 어느 정도는 내용을 눈치챘는지도 모른다. 또렷한, 하지만 절망이 묻어나는 어두운 목소리로 대답했다.

"알았어."

202호 문을 열고 책상에 보디백을 툭 던졌다. 휘 둘러보고 한눈에 알 만한 이상이 없는지 확인했다. 침대 시트가 약간 구겨져 있다. 오늘 아침, 내가 일어났을 때 모양 그대로다. 방에 청소하러 들어온 사람은 없다는 뜻이다. 평소에는 오후 이른 시간에 청소를 하니까 외출 금지령이 떨어진 오늘, 방에 있을 손님들을 고려해 청소를 거른 것은 당연한 일이었다.

메모리카드는 카메라 속에 들어 있으니 성경을 확인할 필요는 없다. 전기 포트로 한 번 끓인 물을 컵에 따라 책상에 내려놓았다. 등받이가 낮고 쿠션이 딱딱한 나무 의자에 앉아 아이보리색 플라스틱 수화기를 들었다. 전화기 사용법이 적힌 영어 설명서가 있었다. 내선은 걸고 싶은 방 번호만 누르면 되는 듯했다.

203. 호출음은 여섯 번 만에 멈췄다.

"헬로, 롭."

"헬로, 마치."

전화 목소리는 문 너머로 들었던 목소리보다는 또렷했다.

롭이 문을 열게 만들어야 한다. 비장의 무기는 내가 쥐고 있지만, 대뜸 에이스를 들이밀면 그는 전화를 끊고 대화를 거부할 것이다. 무슨 말부터 꺼낼지는 정해놓았다.

"방에 오래 틀어박혀 있네."

"그래, 응. 아니, 그렇지만도 않아."

"2일 밤에 같이 이야기했지. 이곳 4층에서. 기억해? 조포가 울리던 밤이었어. 지금은 5일이야. 5일 정오야."

어쩌면 롭은 알코올이나 대마초에 취해 있을지도 모른다. 기억을 환기시키려고 끊임없이 말을 걸었다. 전화 너머에서 울적한 목소리가 돌아왔다.

"그래. 기억해."

"살인마가 왕이 되다니 그럴 수는 없다고 했잖아."

"내가 그랬나? 비슷한 말을 한 기억은 나."

아이를 어르듯 천천히 말했다.

"네가 방 앞에 '출입 금지'라는 메모를 붙인 건 왕이 총에 맞았다는 소식을 들은 직후였지. 신경이 예민해지는 것도 이해해. 끔찍한 사건이었으니까. 하지만 그날 넌 오히려 듬직했어. 이 도시가 사이공처럼 되더라도 제 한몸은 지킬 수 있다고 했잖아. 그래, 나도 지켜준다고 했지."

"마치…… 나는…….”

기다려보았지만 그다음 말은 돌아오지 않았다. 나는 말을 이었다.

"우리가 4층에서 이야기한 건 그날 밤이야. 취재를 마치고 돌아온 나에게 네가 말을 걸었어. 그날 밤은 마실 것도 없었지. BBC를 보고 있었으니 즐거운 내용은 아니었지만, 네가 딱히 침울해했던 기억도 없어. 그렇지?”

"그랬지. 그날 밤이었어.”

롭은 쓸쓸한 감정을 곱씹듯이 말했다.

역시 그날 밤이다.

"그날 밤, 우리가 대화한 뒤에 차메리 씨가 내 방을 찾아왔어. 취재 때문에 잠깐 할 이야기가 있었거든. 그때, 차메리 씨는 어떤 소리에 대해 이야기했어. 네 방에서 뭔가 덜컹거리는 소리가 들린다고. 그리고 그 이튿날 아침부터 넌 방에 틀어박혔지.”

대답은 없었다. 하지만 통화는 이어지고 있다.

"무슨 일이 있었던 거야?”

대답은 없다.

하지만 그는 내 이야기를 듣고 있다. 컵을 들어 물로 입을 축였다.

"내가 말해볼까?"

마음속으로 천천히 십 초를 헤아렸다.

"짐작이지만……."

다시 셋을 더 헤아린 뒤에 말했다.

"총을 도둑맞았던 것 아니야?"

"마치!"

목이라도 졸린 듯한 비명소리. 뚜렷한 긍정이었다.

"네가!"

"내가 아니야."

차분하게 대꾸한 뒤에 그를 자극하지 않도록 최대한 온화한 목소리로 덧붙였다.

"어제 내 방에 들어왔던 건 너지? 내가 총을 훔쳤을지도 모른다고 생각해서 방을 뒤졌던 거야."

전화 너머에서 말을 삼키는 소리가 들렸다. 들킬 줄은 생각도 못 했으리라.

"너를 탓할 생각은 없어. 네 입장이었다면 나도 무슨 짓을 했을지 모르니까."

"내 입장?"

롭은 당장이라도 울 것 같은 목소리로 항의했다.

"뭘 안다는 거야?"

"그래……."

짧은 숨을 토해내고 말했다.

"넌 줄곧 권총을 감춰두고 있었어. 그게 네가 태연할 수 있었던 이유였지. 왕이 사살당하고 무장 게릴라가 판을 칠지도 모르는 상황이 되자 넌 겁이 났어. 이 나라에서 탈출하려 했지만 표를 구할 수 없어 당황했지? 누구든 그랬을 거야. 그때는 나도 무서웠어. 하지만 네게는 권총이라는 비장의 무기가 있었어. 마음의 지주가 있었기 때문에 이 도시가 사이공이 되어도 괜찮다는 말을 한 거야."

돌이켜보면 롭은 표를 구할 때 이상한 소리를 했다. 이렇게 된 이상 비행기라도 상관없다고.

'차편이라도 상관없다'고 했다면 이해할 수 있다. 히말라야가 북쪽을 에워싸고 있는 네팔에서 육로로 출국하려면 버스를 타고 울퉁불퉁 험한 길을 몇 시간이나 지나 인도나 부탄으로 가는 수밖에 없다. 그런 험한 여정도 상관없으니 일단 네팔에서 벗어나고 싶다고 한다면 이해가 간다. 하지만 그는 그렇게 말하지 않았다.

—비행기라도 상관없어.

단순히 롭이 비행기를 싫어해서 그런 것일지도 모른다. 하지만 지금, 나는 다른 가능성을 생각하고 있다.

버스는 표만 들고 타면 된다. 하지만 비행기를 탈 때는 수하물 검사를 받아야만 한다. 어느 정도는 속일 수 있다 해도 권총은 십중팔구 반입할 수 없다. 그는 이 나라를 뜰 수만 있다면 권총은 버릴 셈으로 그렇게 말했던 게 아니었을까?

"나는 네 입장이 그랬을 거라고 생각하는데, 혹시 틀렸다면 바로잡아줘."

"무슨 꿍꿍이야?"

롭이 고함을 질렀다. 수화기를 귀에서 뗐다. 문을 뚫고 203호에서 똑같은 고함소리가 들려왔다.

"넌 기자잖아! 내가 권총을 가진 게 뭐 잘못이야? 멍청하고 겁 많은 미국인 이야기를 일본 잡지에 실어 비웃을 셈이겠지!"

"진정해, 롭."

진정하라는 말을 듣고 진정하는 일본인은 한 번도 보지 못했다. 미국인에게 말해보기는 처음이었지만 역시 그를 진정시킬 수는 없었다.

"그래, 나는 겁쟁이야! 고향에서는 마리화나조차 피우지 못했어. 미국을 떠나서야 겨우 용기를 가질 수 있었어. 총을 샀어, 대마초도 했어, 여자도 샀어! 나는 더이상 겁쟁이가 아니라고 생각했어. 하지만 아니었어. 궁금한 건 그게 전부야?

남의 사생활을 들춰내니 속이 시원해?"

나는 그를 조금 경박한 연하의 친구처럼 여겼다. 여행지에서 만나 함께 식사를 하고, 어쩌면 어디선가 기념사진이라도 찍고, 일본에 돌아가서 두어 번쯤 편지를 주고받을 친구.

내일 이 나라의 모든 혼란이 가라앉는다 해도 그런 일은 이제 절대로 일어나지 않는다. 내가 그 가능성을 망쳐버렸다.

수화기를 다른 손에 바꿔 쥐었다.

"롭, 권총이 발견되었어."

"잘 들어, 나는 절대로…… 뭐?"

"어떤 장소에서, 권총이 발견되었어. 난 그게 네 권총이 아닐까 의심하고 있어."

그 말을 들은 롭은 안심했을까, 아니면 오히려 동요했을까. 어느 쪽인지 알 수 없는, 지독히 떨리는 목소리가 들려왔다.

"길거리에서 총이 발견되었다고 해서 그게 내 총이라고 할 수 있어?"

"난 아마 그럴 거라고 생각해."

"왜? 마치, 넌 내 총을 본 적이 없잖아."

"못 봤어. 하지만 네가 하는 말은 들었어……. 치프가 있다고 했잖아."

네팔을 벗어날 표를 구하는 데 실패한 뒤, 롭은 나를 보며 말했다.

　─걱정 없어. 내게는 치프가 있거든.

　치프에는 다양한 뜻이 있다. 주임, 장관, 서장. 다양한 일본어로 바꿀 수 있다. 바란과 찬드라도 상사를 치프라고 불렀다. 나는 롭이 어떤 의미로 말했는지 몰랐다.

　아까 클럽 재스민에서 바란이 하는 말을 듣고 바로 깨달았어야 했다. 깨닫기까지는 조금 시간이 걸렸다. 그곳 지하에서 나오기 직전에야 치프라는 말을 어디에서 들었는지 기억해냈다.

　그래도 너무 늦지는 않았다.

　"발견된 권총은 스미스&웨슨 M36. 통칭 치프 스페셜……. 치프라고도 불린다지? 작은 총이었어. 여행에 휴대하기 편리해 보였지."

　"M……."

　롭이 말을 삼켰다.

　"M36 같은 건 어디에나 있어. 회전식 권총은 다 치프야."

　"그럴지도 모르지. 그래서 사진을 찍어 왔어."

　"이봐, 마치, 가르쳐줘. 그 총은 대체 어디에 있었던 거야……?"

　발견된 총이 자기 소지품이길 바라는 건지, 아니면 그 반대인지, 롭은 이제 판단이 서지 않는 듯했다. 내키지 않는 방법이지만 조건을 제시하면 그도 오히려 침착해질지 모른다.

"사진을 보고 판단해. 그럼 알려줄게."

롭은 오래 고민했다. 뭔가를 알게 되는 게 두려웠는지도 모른다. 나는 더이상 설득할 말을 찾지 못하고 그저 가만히 수화기를 쥐고 있었다.

건조한 카트만두에서, 땀이 이마를 타고 흘러내렸다.

대답은 한마디였다.

"알겠어."

나는 수화기를 내려놓았다. 물을 한 모금 입에 머금고, 천천히 삼켰다.


복도로 나갔다. 뒷손으로 문을 닫고 몸을 틀어 자물쇠를 잠갔다. 외출 금지령이 떨어진 지금, 도쿄 로지는 쥐죽은듯 고요했다. 너무 조용해서 이 작은 로지는 물론이고 카트만두라는 도시 전체가 숨을 죽이고 있는 것처럼 느껴졌다.

203호 앞에 선 나는 먼저 열쇠 구멍을 살펴보았다. 잠금장치는 202호와 마찬가지로 실린더 자물쇠였다. 다만 이쪽에는 최근에 생긴 흠집을 찾아볼 수 없었다. 문을 강제로 딸 때 반드시 흠집이 남는다는 법은 없지만…….

주먹을 들었다. 201호에는 수쿠마르가 묵고 있다. 여태껏 신경도 쓰지 않았는데 갑자기 커다란 소리를 내려니 마음에 걸렸다. 나는 손등으로 가볍게 세 번, 문을 두드렸다.

문은 안쪽으로 열렸다. 그리고 예상했던 대로 중간에 멈췄다. 도어체인이 걸려 있었다. 롭은 그 틈새로 창백한 얼굴을 내밀고 말했다.

"보여줘."

나는 고개를 끄덕이고 디지털카메라의 전원을 켰다. 클럽 재스민에서 찍은 권총은 카메라 센서가 자동으로 플래시를 터뜨린 첫 번째 사진이 가장 선명하게 나왔다.

긴 시간은 필요 없었다. 현장에서 발견한 M36에는 손잡이에 비닐테이프가 둘둘 감겨 있었다는 명백한 특징이 있다. 어쩌면 롭이 아니라 총을 훔친 인물이 두른 테이프일지도 모르지만, 그렇지는 않았다. 롭은 사진을 보자마자 신음하듯 말했다.

"내 총이야."

"그렇구나."

"아무래도 손에서 미끄러지는 것 같아서 비닐테이프를 감았어. 감을 때 나오는 버릇까지 똑같아. 누가 흉내낸 게 아니야. 내 총이, 틀림없어."

복도에서 나눌 이야기는 아니었다. 하지만 아무래도 도어체인을 풀어줄 기미가 없어, 대화를 이어나가려면 다른 수가 없었다.

"이 총은 어디서 샀어?"

"인도에서."

롭은 의외로 순순히 털어놓았다.

"옛날 우리집 근처에서 장사를 하던 인도 사람이 고향으로 돌아가 가게를 열었어. 나는 그 녀석하고 사이가 좋았거든. 편지도 받았겠다, 한번 찾아가보았지. 총을 갖고 싶다고 말했더니 파는 곳을 소개해줬어."

"그래서 그 총을 선택한 거구나."

단순한 맞장구였는데 내 말을 어떻게 오해했는지, 그는 성을 냈다.

"합중국 남자가 러시아 총 따위를 선택할 리 없잖아!"

"그래, 그렇겠네."

"이곳에도 그 친구 소개로 온 거야. 마침 카트만두로 가는 친구가 있으니 차를 얻어 타고 가라고 했어. 나머지는 너도 아는 대로야."

롭은 눈을 치뜨고 문 틈새로 나를 살폈다.

"자, 가르쳐줘. 내 총은 어디에 있었던 거야?"

클럽 재스민이라고 말해도 못 알아들을 테니, 이렇게 말

왕과 서커스

했다.

"시내에 있는 폐건물, 폐업한 나이트클럽에 떨어져 있었어."

"망한 나이트클럽?"

롭이 고개를 갸웃거렸다.

"어째서 그런 곳에……. 그보다 넌 왜 그런 곳에 갔던 거야?"

"취재하러."

"무슨 취재?"

듣지 않는 편이 좋을 텐데, 롭과는 조건을 교환했다. 나는 한숨을 쉬고 말했다.

"그저께, 한 남자가 총에 맞아 죽었어. 이 총은 살인 현장으로 보이는 장소에서 찾아낸 거야."

끽, 하고 날카로운 소리가 울렸다. 롭이 숨을 삼킨 소리라는 것을 깨달을 때까지 시간이 조금 걸렸다.

그는 소리를 질렀다.

"호신용이었어! 내 몸을 지키려고 샀던 거야! 그게……. 아아, 맙소사!"

피해자가 대마를 밀매한 혐의가 있는 군인이라는 사실을 알면 그는 어떻게 생각할까? 어쩌면 마음이 가벼워질지도 모르지만, 더이상 자극하면 패닉에 빠질 것 같다. 피해자 정보는 함구하기로 했다.

대신 몇 가지 질문을 했다.

"롭, 너 이 총에 총알을 넣어뒀었어?"

충격이 가시지 않았는지 롭은 눈을 희번덕거리며 대답했다.

"그래, 다섯 발 전부."

그렇다면 범인은 총을 손에 넣은 뒤에 따로 총탄을 구할 필요가 없었던 셈이다.

"네가 총을 가지고 있다는 건 또 누가 알아?"

"누군지 물어도……. 잠시만……."

그렇게 묻자 롭은 살짝 정신을 차렸다. 입가에 손을 대고 가만히 생각에 잠겼다.

"그 인도 친구. 라마라고 하는데, 그 녀석은 당연히 알고 있어. 그 밖에는 총을 내게 판 남자. 나를 차에 태워준 남자는 아마 몰랐을 거야."

"그렇구나."

"다만…… 아아, 젠장!"

롭이 갑자기 머리를 싸맸다.

"특별히 숨기지 않았어……. 오히려 자랑하고 다녔어. 여기저기 막 보여주고 다녔던 건 아니야. 하지만 너한테 말한 것처럼 '치프가 있다'는 소리는 늘 입에 달고 다녔어. 허리띠

　　　　　　　　　　　　　　　　　　　　왕과 서커스

뒤춤에 꽂고 돌아다닌 적도 있어. 누가 봤다고 해도 이상하지 않아."

롭의 행동은 확실히 경솔했는지도 모른다. 하지만 나는 그를 비웃을 수 없었다. 자신감이 붙으면 그게 외부에서 부여해준 가짜라 해도 어깨에 힘이 들어가는 법이다. 그 마음은 이해한다. 나도 처음 보도 완장을 팔에 찼을 때, 내가 변하기라도 한 줄 알았다.

"총을 도둑맞은 건 2일 밤이지?"

"그래."

롭은 나보다 하루 먼저 네팔에 왔다. 다시 말해 엿새 전이다. 총을 도둑맞은 것은 사흘 전. 나흘 사이에 그가 총을 가지고 있다는 것을 알아차리기란 어려운 일일까?

그건 알 수 없다. 롭은 어쩌면 사람들을 만날 때마다 노골적으로 총을 가지고 있다는 티를 냈을지도 모른다. 그의 행동을 검증할 방법이 없는 이상, 누가 총의 존재를 알 수 있었을지 고민해봤자 헛수고다.

"그날 밤, 마치하고 얘기하고 돌아와보니 누가 내 방을 뒤졌더군. 심하게 엉망이었던 건 아니지만 설마 싶어 바로 베개 밑을 살폈어. 없었어. 방을 다 뒤졌는데……."

"한 번 더 확인할게. 내가 경찰에 연행된 사이에 내 방에 들어온 건 너지?"

롭은 내 얼굴을 보고 쭈뼛거리며 끄덕였다.

"미안해."

"문을 따는 재주는 어디서 배웠어?"

롭의 시선이 처음으로 오락가락했다. 내 방에 들어온 사실은 부정하지 않으면서 자물쇠를 어떻게 열었는지는 말하지 못하는 경우가 있을까?

있다면 분명 이런 경우이리라.

"누가 대신 열어준 거지?"

롭은 문을 열어준 공범의 이름을 말하기를 꺼리는 것이다.

문을 열었을 가능성이 가장 높은 인물은 차메리다. 어쨌거나 그녀가 열쇠를 관리하고 있으니까. 하지만 그 가능성은 낮다. 숙박업은 신용이 밑천이다. 홀몸으로 숙소를 꾸려나가다시피 하는 그녀가 손님이 부탁한다고 다른 손님의 방문을 열어주는 어리석은 짓을 할 리는 없다.

누구일까 생각하며 나는 한 점을 뚫어져라 쳐다보았다. 롭은 내가 자기를 노려보는 줄 알았는지 머리를 벅벅 긁고 몸을 흔들다가 버럭 내뱉었다.

"아아! 젠장, 알았어!"

그리고 뜻밖의 이름이 나왔다.

"사가르야."

"사가르?"

"너도 얘기해본 적 있잖아. 이 부근에서 일하는 꼬맹이 녀석."

되물은 것은 바로 믿을 수 없었기 때문이다. 사가르가 어째서.

하지만 차분히 생각해보면 그리 이상한 일도 아니다. 사가르는 돈을 벌어야 한다는 말을 입에 달고 다녔다.

"얼마 줬어?"

"자물쇠 하나에 십 달러."

그 금액이라면 사가르는 얼씨구나 자물쇠를 열어주었을 것이다. 배신당한 기분이 드는 것은 내 일방적인 감상感傷이다.

조금 더 자세히 짚어두고 싶은 문제가 있었다.

"그 애는 네가 총을 찾고 있다는 걸 알았어?"

롭은 그 질문에는 고개를 가로저었다.

"아니. 섣불리 말하면 약점만 잡히니까. 밖에 나갔을 때 곤란해 보이는데 뭐 도와줄까 하고 말을 걸기에 반쯤 농담으로 문을 따달라고 했어. 잃어버린 물건을 찾고 있다는 말만 했어."

사가르는 그가 어떤 물건을 찾는지는 별로 관심이 없었을 것이다. 하지만 그 아이는 총명하다. 뭔가 눈치챘을지도 모른다. 고개를 저었다. 사가르는 기술의 대가로 용돈을 벌었다. 그뿐이다.

그나저나 어째서.

"어째서 날 의심했어?"

화제가 바뀌자 롭은 조금 안도하는 기색이었다.

"어째서냐니?"

"총을 훔쳤을 가능성이 가장 낮은 게 나라는 건 알 거 아니야. 네 방에 도둑이 들었을 때 우리는 함께 있었으니까."

"그야……."

뒤늦게 그는 복도 양쪽을 살폈다. 도어체인 안쪽에서는 보이는 게 없을 텐데. 롭이 한층 목소리를 낮추고 말했다.

"다른 손님들 방에도 들어갔어. 하지만 없었어. 수쿠마르나 야쓰다도 짐이 별로 없어. 금방 확인할 수 있었어."

"그렇다고 나를 의심하는 건 이상하잖아?"

"아니."

그가 대꾸했다.

"어떻게 훔쳤는지는 모르지만, 나는 네가 제일 의심스럽다고 생각했거든."

"어째서?"

무심코 언성이 높아졌다. 짐작 가는 바가 전혀 없다.

왕과 서커스

"그야······."

입을 떼던 롭이 시선을 두리번거렸다. 지나치게 자기 생각에 빠져 애초에 의심했던 이유를 잊어버린 것이리라. 흔히 있는 일이다.

의심을 살 만한 구석이 내게 있었던 걸까? 그렇게 내 행동을 되짚어보는데, 롭이 갑자기 날카로운 눈으로 쏘아보았다.

"맞아. 네가 불러서 방을 비웠을 때 당했기 때문이야."

"내가?"

그 말을 듣고 기억을 더듬어보니 짐작 가는 구석이 있었다. 조포가 울리던 밤이었으니, 2일 밤이다.

취재에서 돌아온 내게 롭이 말을 걸어왔다. 무슨 볼일인지 묻는 내게 그는 당황하면서 말했다.

—아니, 나한테 할말이 있다고 했다면서?

당황하기는 했지만 대화의 실마리를 찾기 위한 작은 거짓말인 줄 알고 개의치 않았다. 하지만 이렇게 되면 의미가 완전히 달라진다.

"난 불러낸 적 없어."

"그래, 그랬어. 그때도 너는 어리둥절한 표정을 지었지."

"내가 불렀다는 말은 누가 했어?"

"그 녀석인데, 젠장, 누구였더라."

가물거리는 사고를 바로잡기라도 하려는 듯이 도어체인 안쪽에서 롭이 제 머리를 주먹으로 때렸다. 쿵, 쿵, 무거운 소리가 났다.

　"그날…… 그날은 그래, 생각났어. 이 나라에서 무사히 빠져나갈 수 있을지조차 알 수 없었어. 표를 구하려고 몇 번이나 전화를 했고, 방에 돌아올 때마다 총을 움켜쥐었어. 마치가 나를 찾는다는 말을 듣고 저녁때부터 기다렸어. 그렇게 말한 건……."

　그는 별안간 소리를 버럭 질렀다.

　"제기랄! 객실 담당이었어. 그 꼬맹이!"

　"고빈?"

　"이름 따위 알 게 뭐야? 늘 방을 청소하러 오는 꼬맹이 말이야!"

　고빈이 틀림없다. 롭은 갑자기 문손잡이를 붙잡고 문을 당겼다. 당연히 문은 체인에 걸려 딱딱한 소리를 냈다. 그는 혀를 차더니 도어체인을 풀어냈다.

　"롭! 뭘 하는 거야!"

　"그 꼬맹이가 날 꾀어냈어. 그 녀석이 내 총을 훔친 거야!"

　잠금장치가 풀렸다. 문이 안쪽으로 열리더니 롭이 복도로 뛰쳐나왔다. 말릴 새도 없이 그는 계단을 뛰어 내려갔다. 나도 몸을 돌려 뒤를 쫓았다. 오늘 롭은 감정의 기복이 너무 격렬하다. 방에 틀어박혀 나쁜 상상만 해서 그런지, 아니면 무슨 약물의 영향 때문인지도 모른다.

로비에서는 롭이 이미 차메리를 다그치고 있었다.

"그 객실 담당은 어디 있느냐고 묻잖아!"

목소리는 사나웠지만 손을 대지는 않았다. 멱살이라도 잡았을 줄 알았던 나는 조금 안도했다. 차메리가 도움을 청하는 눈빛으로 나를 쳐다보았다.

"다치아라이 씨, 폭스웰 씨는 무슨 말씀을……."

나는 두 사람 사이에 겨우 비집고 들어가 애써 담담히 말했다.

"롭은 객실 담당 고빈이 그에게 거짓말을 했다고 화를 내고 있는 거예요."

그리고 롭을 향해 두 손을 들어올려 조금 떨어지라고 밀어내는 시늉을 했다.

"롭. 지금 이곳에는 외출 금지령이 내려져 있어. 경찰과 병사들이 순찰중, 누가 밖으로 나가면 총을 쏘기도 해. 고빈은 외출 금지령이 떨어지기 전에 집으로 돌아갔을 거야."

"외출 금지령……?"

그런 일이 있는 줄도 몰랐는지 롭은 얼빠진 표정을 지었다.

그 틈에 차메리가 두어 걸음 물러나 숨을 토하고 고개를 들었다.

"무슨 사정인지 잘 모르겠지만, 오늘 고빈은 오지 않았어요."

나는 고개를 갸웃거렸다. 일하러 왔다가 일찌감치 돌아간 줄 알았기 때문이다.

"오늘은 쉬는 날인가요?"

"아니에요."

차메리는 눈살을 찌푸렸다.

"아니에요. 어제, 외출 금지령 때문에 일찍 돌려보냈는데, 나중에 보니 금고가 텅 비어 있었어요. 돈을 훔쳐 달아난 거겠죠."

"달아났다고요?"

목소리가 절로 커졌다. 차메리는 한숨을 쉬며 말했다.

"흔한 일이에요."

나는 그게 전부일 것 같지 않았다. 누가 롭의 방에서 총을 훔쳤는지 알아내기 일보 직전에 고빈이 사라졌다. 우연이 아니다. 선수를 빼앗긴 것이다.

"제기랄, 그 녀석, 제기랄……."

똑같은 말을 중얼거리는 롭은 내버려두고 차메리에게 물었다.

"차메리 씨, 가르쳐주세요. 2일 밤 말인데, 그날 밤 고빈은 이 로지에 있었나요?"

"2일?"

"국왕의 장례식이 있었던 밤에요."

차메리는 바로 대답했다.

"없었어요."

"확실한가요? 몰래 숨어들 수도 있지 않았나요?"

재차 물었지만 그녀의 대답은 확고했다.

"고빈에게는 오후 4시에 하루치 품삯을 주고 돌려보내요. 이 도쿄 로지는 낮이야 어쨌든 밤에는 저 혼자뿐이라 로비에서 출입을 확인하고요."

"자리를 비울 때도 있잖아요."

"그럴 때는 잠깐이라도 반드시 문을 잠가요. 손님들이 모두 돌아오면 문을 잠그고 저도 쉬니까 그 후의 상황은 알 수 없지만…… 고빈이 무슨 짓이라도?"

"아니에요……. 뒷문은요? 자물쇠만 열 줄 알면 몰래 들어올 수 있는 것 아닌가요?"

"아니에요. 평소에는 빗장을 질러두거든요."

분명 그날 밤은 수쿠마르가 늦게 돌아왔다.

롭과 4층에서 이야기를 하다가 방으로 돌아가자 차메리가 나를 찾아왔다. 그때 롭의 방에서 무슨 소리가 난다는 이야기를 했다. 그 소리는 롭이 권총을 찾는 소리였다.

그렇다면 총을 도난당한 것은 수쿠마르가 밖에 있던 사이, 즉 차메리가 로비에 있던 사이라는 뜻이 된다. 누군가 총을 훔칠 수 있었던 시간대, 오가는 사람들을 감시하는 눈이 있었다. 누가 밖에서 들어올 수는 없다. 귀가한 고빈이 돌아와서 훔쳤을 가능성은 없다.

온몸이 부르르 떨렸다. 너무나 중요한, 하지만 정체는 확실치 않은 무언가가 뇌리를 스쳤다. 지금, 진실의 끝자락이 보이지 않았던가? 재빠르게 사라지려는 사고의 실마리를 놓치지 않으려고 나는 방금 막 물어보았던 질문을 되풀이했다.

"평소 뒷문에는 빗장을 질러놓는다고요?"

"그렇습니다."

"그렇다면 밖에서는 열 수 없겠네요. 하지만 안에서는 어떤가요? 빗장을 잡아당기기만 해도 쉽게 열 수 있지 않나요?"

차메리는 어리둥절해하면서도 똑똑히 말했다.

"그렇지 않아요. 단순한 구조지만 자물쇠도 걸어두기 때문에 제가 아니면 열 수 없어요."

"항상 그런다는 거죠? ……3일 밤에도 그랬나요?"

"3일요?"

차메리의 시선이 허공을 맴돌았다.

"왕의 장례식 다음날 말이에요. 저와 라제스와르가 만났던 날. 수쿠마르 씨가 인터넷을 썼으니까 차메리 씨는 로비에서 시간을 재고 있었을 거예요. 그날 밤도 자물쇠를 잠갔나요?"

무엇을 알아내야 하는지 스스로도 알지 못한 채, 흥분한 나머지 질문을 거듭했다.

"물론이에요. 이 주변은 치안이 썩 좋지 않아요. 아무리 뒷문이라 해도 아무도 없는데 잠그지 않았을 리 없어요."

"수쿠마르 씨는 전화를 쓸 때 차메리 씨가 지켜보지 않을 때도 있다고 했는데……."

"잠깐이라면 그럴 때도 있어요. 하지만 그날 밤은 인터넷을 쓴다고 했어요. 저는 인터넷을 잘 몰라서, 공부가 될까 싶어 계속 붙어 있었어요."

"언제였는지 알 수 있나요?"

차메리는 고개를 갸웃거렸다.

"경찰도 묻더군요. 몇 분 오차는 있겠지만, 대략 6시부터 8시까지였어요. 좀처럼 연결이 되지 않아 시간이 걸렸거든요."

그런가. 다시 전율이 발밑에서 올라와 머리 위로 빠져나갔다. 그랬던가. 이럴 수가. 뒷문에 빗장, 그리고 자물쇠. 이것으로 경찰의 행동을 이해할 수 있었다. 그리고 또 한 가지, 명백해진 사실이 있다.

할말을 잃은 나를 차메리가 수상쩍다는 듯이 쳐다보았다.

그때 별안간.

"제기랄!"

롭이 한층 크게 외치더니 자기 허벅지를 철썩 때렸다. 아까까지 멍했던 태도는 사라지고, 또렷한 표정으로 말했다.

"이렇게 된 이상, 느긋하게 버스표를 기다리고 있을 순 없어."

"롭, 지금은 외출 금지령이 내려 있어."

"알아."

롭은 내 걱정을 떨쳐내듯이 손을 흔들었다.

"하지만 이대로 있으면 내가 용의자로 몰려. 아무 비호도 없이 체포되면 고향으로 돌아갈 수 없어."

그렇지 않다고 말할 수는 없었다.

나를 신문했던 마른 경관이나 바란과 찬드라의 태도는 상당히 공정했다. 찬드라가 넌지시 비쳤던 말을 그대로 받아들인다면 네팔 국내가 혼란스러운 지금, 국제 문제까지 끌어안을 수는 없다고 판단했기 때문이리라. 그렇다면 롭은 미국인이니까 훨씬 정중한 대우를 받을 터였다.

하지만 그것은 사람에 따라 다른 문제다. 내일 당장 경찰의 태도가 바뀔지도 모르고, 사건 담당자가 바뀔 수도 있다. 롭이 권총 주인이라는 것을 알고 난 뒤 경찰이 그도 나처럼 대하리라는 법은 없다.

"그럼 어쩌려고?"

롭은 어깨를 움츠렸다.

"미국 대사관으로 갈 거야. 결국에는 네팔 경찰에 가야 할지도 모르지만, 적어도 다짜고짜 고문당할 일은 없겠지."

"……그렇구나."

그 방법으로 정말 사태가 나아질지는 모르겠지만, 다른 대안이 있는 것도 아니다. 나는 롭의 계획이 성공하기를 바라는 수밖에 없었다. 한마디 조언을 더했다.

"가려거든 날이 밝은 뒤에 가. 외출 금지령은 심야 0시까지지만, 그 시간이 지났다고 경찰들이 갑자기 친절해질 리는 없으니까."

롭은 순순히 고개를 끄덕였다.

"새벽인가."

그는 로비의 벽시계를 보고 고개를 한껏 뒤로 젖혔다. 시계 바늘은 12시 50분을 가리키고 있다.

"젠장. 긴 하루가 되겠군."

롭과는 다른 의미로, 나 역시 똑같은 생각을 하고 있었다.

오늘은 기나긴 하루가 될 것이다.

**19**

펜을
쥐다

오후 1시부터 나의 기나긴 오후가 시작되었다.

나라얀히티 왕궁 사건을 다루는 여섯 페이지짜리 기사를
쓸 때가 왔다.

기사 작성에는 세 가지 단계가 있다. 취재, 설계, 집필. 취
재할 때는 언젠가 그것을 기사로 쓰겠다는 생각은 하지 않는
다. 의식하면 상정한 결론에 맞는 사실만 취재하기 십상이다.
무조건 폭넓게 듣고, 폭넓게 읽고, 폭넓게 찍는다. 이번에는
언어의 장벽 때문에 더 알아낼 수 있는 정보가 있었을지 모른

다는 후회가 남는다. 하지만 마감을 몇 시간 앞둔 지금 상황에서 취재 분량은 그만 체념해야 한다. 지휘자 레너드 번스타인은 위대한 일을 해내려면 두 가지 요소가 필요하다고 했다. 하나는 계획. 또 하나는 약간은 촉박한 시간.

노트에 설계표를 써넣었다. 우선 카트만두 현황부터 시작할지, 아니면 다짜고짜 사건 개요로 들어갈지. 공식 발표를 그대로 진실로 다룬다면 국왕이나 여러 왕족의 죽음은 총기 폭발의 결과가 된다. 아무도 그 발표를 믿지 않고, 진상 규명을 위한 조사 위원회가 설치되었으니 네팔 정부조차 폭발설로 밀고 나가기를 단념했다고 봐도 무방하다. 그렇다면 폭발설은 언급하지 말까, 아니면 그런 발표가 있었다고 쓴 다음 시내에는 의심하는 목소리만 가득하다고 쓸까.

무엇을 쓸지 결정하는 작업은 무엇을 쓰지 않을지 결정하는 작업이기도 하다. 아무리 작은 사건이라도 진실은 항상 복잡하고, 여러 입장이 저마다의 정당성을 주장한다. 모든 주장을 병기하는 것은 공평한 태도가 아니다. 거의 틀림없어 보이는 정설과, 한두 사람이 주장하는 새로운 가설에 똑같은 지면을 할애하는 것을 공평하다고 말할 수는 없다. 어느 것이 정설이고, 어느 것이 근거 없는 낭설인지 판단할 때, 전문가의 의견은 큰 도움이 된다. 하지만 마지막 판단을 내리는 것은 기자다. 그 책임에서 벗어날 수는 없다.

기자는 중립을 지켜야 한다고들 한다. 하지만 그것은 불가능하다. 자신이 중립이라고 주장할 때, 기자는 덫에 빠진다. 모든 사건에서 모든 이들의 주장을 제한 없이 다루기란 불가능하고, 그래서도 안 되기 때문이다. 기자는 항상 취사선택을 한다. 누군가의 주장을 글로 씀으로써 다른 누군가의 주장을 무시한다. 그 과정이 지면에 나타나지는 않지만 그 선택으로 기자의 견식이 드러난다. 주관으로 선택하면서 중립이라고 말할 수는 없다.

집필 방법도 문제다. 신문이라면 비교적 정해진 틀이 있지만 내 기사가 실리는 매체는 잡지다. 다큐멘터리 스타일로 쓸 수도 있고, 소설처럼 쓸 수도 있다. 신문 기사나 다름없이 쓴다는 선택지도 있다. 나는 글재주는 있는 편이다. 어떤 스타일에도 맞출 수 있다. 그런 만큼 프리랜서가 된 지금 '다치아라이 마치의 문장'을 확립하는 것이 급선무였다.

펜을 쥐었다. 처음 한 줄은 어렴풋하게나마 정해놓았다. 노트의 빈 페이지를 펼치고 왼쪽 상단 구석에 작은 글씨로 썼다.


카트만두는 기도의 도시다.

자, 다음 줄은 어떻게 이어나갈까?

누가 문을 두드렸다. 멍하니 일어나 조심성 없이 그대로 열었다. 샌드위치가 담긴 은색 쟁반을 든 차메리가 서 있었다.

차메리가 내게 몇 마디 말을 걸어주었던 것 같지만 기억에는 거의 없다. 샌드위치 속은 치즈와 삶은 닭고기였던 것 같다. 이 역시 잘 기억나지 않는다. 오른손으로는 정신없이 펜을 놀리고, 눈은 노트에 고정한 채로 고개를 기울여 샌드위치를 먹었다. 샌드위치 두 조각을 다 먹어치운 줄도 모르고 빈 쟁반에 손을 뻗자, 지난 엿새 동안 길게 자란 손톱이 부딪혀 챙 하고 소리가 났다. 딱딱한 소리와 가벼운 통증 때문에 집중력이 깨졌다.

숨을 후 내쉬고 컵에 물을 따랐다. 카페인이 그립다. 홍차 가게가 거리 곳곳에 있었는데, 이때를 위해 사둘걸 그랬다. 차메리에게 찻잎을 얻을까? 아니면 야쓰다에게 옥로를 조금 팔아달라고 할까? 일본으로 돌아가면 진한 말차를 마셔야겠다.

이상하게 소고기가 그리웠다. 사실상 힌두교가 국교나 다름없는 네팔에서는 소를 먹지 않는다. 향신료가 들어간 음식만 먹고 있는데 이상한 일이지만 지금 먹고 싶은 음식은 비프 카레였다.

세수를 하러 세면소로 갔다. 다른 생각을 하기 시작했다는 것은 지쳤다는 증거다. 잠시 쉬자.

수건으로 얼굴을 닦으며 세면소에서 나오는 길에 문득 생각이 나서 도어체인을 걸었다. 글을 쓸 때 거치적거려 풀어놓았던 손목시계를 보자 7시 반이었다. 시간이 언제 이렇게 많이 지났나 놀랐지만, 생각해보면 차메리에게 7시쯤 샌드위치를 가져다달라고 부탁했으니 이상할 것 없는 시간이다.

두꺼운 커튼을 열었다. 환기를 시키려고 창을 열었다.

카트만두는 어둠에 덮여 있었다. 좁은 골목 위로 펼쳐진 하늘에 무수한 별들이 보였다. 고요했다. 인구 칠십만의 도시라고 생각되지 않을 만큼 바람 소리밖에 들리지 않았다. 외출 금지령 때문일까?

불어오는 바람에 물 내음이 묻어났다. 공기가 축축했다. 비가 내렸던 것 같다. 우기의 카트만두에 와서 처음 만난 비를, 그만 놓친 모양이다. 아래를 굽어보았지만 도쿄 로지의 현관에서 쏟아지는 불빛만으로는 흙바닥에 물웅덩이가 고였는지 확인할 길이 없었다.

숨을 크게 들이쉬었다가, 내뱉었다. 창을 닫았다.

책상에 앉아 펜을 쥐었다. 일로 돌아갔다.

외출 금지령이 풀릴 무렵, 기사를 완성했다.

펜을 내려놓고 어깨를 풀었다. 목을 풀고, 손목도 푼다. 신문사에서는 워드프로세서로 기사를 썼으니 손으로 쓰기는 오랜만이다. 가필이 많아 다소 읽기 힘든 부분이 있을지도 모르지만 그 점은 넘어가달라고 해야겠다.

도쿄 로지는 고요했다. 차메리에게 5시 45분에 팩스를 쓰겠다고 부탁했으니, 그녀는 이미 쉬고 있을 것이다. 서둘러 보내봤자 일본도 한밤중이라 팩스를 받을 사람이 없다. 일단 쉬었다가 새벽에 한 번 읽어보고 퇴고한 다음 보내기로 했다.

온도를 높여 뜨거운 물로 샤워를 했다. 흙먼지를 뒤집어쓴 몸을 씻고, 상쾌한 기분으로 잠자리에 들어갔다. 손목시계의 알람을 5시 15분에 맞췄다.

불을 끈 방에서 깜깜한 천장을 바라보며 생각했다.

일은 마무리지었다. 하지만 아직 이 나라를 떠날 수는 없다. 한 가지 끝내야 할 일이 남아 있다. 이야기해야 할 상대, 던져야 할 질문이 아직 남아 있다.

라제스와르를 준위를 살해한 사람이 누구인지, 나는 알고 있다.

하지만 지금은 자자. 이 늦은 밤에 할 수 있는 일은 아무것도 없다.

온몸이 침대에 빨려 들어갔다.

그 감각을 끝으로, 내 의식은 사라졌다.

**20**

## 공허한
## 진실

　어둠이 가시지 않은 새벽녘의 카트만두에서 나는 일본에
팩스를 보냈다.

　노트에 쓴 기사는 몇 장인지 계산하기가 번거롭다. 컴퓨터
로 쓴 기사와 달리 자동으로 계산되지 않는다. 새벽에 원고를
펼치고 앉아 어미나 표현을 수정하고 나니 글자 수를 따져볼
시간밖에 남지 않았다.

　《월간 심층》의 여섯 페이지짜리 기사를 쓰려고 열일곱 페
이지의 노트를 썼다. 팩스로 보내려고 페이지를 뜯어내 202

호 밖으로 나갔다.

발소리를 죽이고 천천히 계단을 내려갔다. 차메리는 이미 깨어 있었다. 살짝 미소를 띤 표정에는 졸음이 약간 남아 있었다. 물론 나도 마찬가지겠지만.

"좋은 아침이에요."

"안녕하세요, 차메리 씨. 부탁 좀 드릴게요."

열일곱 장의 종이 뭉치를 건넸다. 종이를 받아든 차메리는 내용을 흘깃 훑어보았지만 일본어로 쓴 기사라 무슨 뜻인지 몰랐을 것이다. 이어서 전화번호를 적은 메모를 건넸다.

"그럼 보내고 올게요."

팩스는 안쪽에 있는 모양이다. 차메리는 카운터 안쪽으로 사라졌다.

잠시 후 고요했던 로비에 전자음이 들려왔다. 귀에 익은 팩스 송신음이다. 보냈다. 프리랜서가 되고 나서 처음으로 쓴 글을.

프런트데스크에 팔을 얹고 송신이 끝나기를 기다렸다. 몇 분이나 지났을까. 갑자기 삐걱삐걱 소리를 내며 계단을 내려오는 발소리가 들려왔다.

롭이었다. 내 모습을 보더니 움찔 몸을 굳혔다. 그러더니 한숨을 길게 내쉬고 힘없이 웃었다.

"뭐야. 배웅해주는 거야?"

"아니……."

카운터 안쪽으로 시선을 던지며 말했다.

"원고를 보내는 참이야."

"그래. 내가 착각했네."

롭은 커다란 륙색을 메고, 허리에도 전대를 차고 있었다. 돌아오지 못할 가능성을 생각해 최대한 짐을 챙긴 것이리라.

"대사관으로 갈 거지?"

"그래. 서두르는 게 나을 것 같아서."

"조금은 쉬었어?"

롭은 힘없이 고개를 가로저었다.

"아니. 날이 밝아오니까 이제 가도 될 것 같아서."

"그래……."

미국 대사관이 롭을 얼마나 도울 수 있는지는 모르겠다. 하지만 비호가 있다고 생각하는 것만으로도 마음가짐도 달라질 것이다.

롭은 고향을 떠나 자유를 만끽하려던 평범한 여행자다. 나는 그가 싫지 않았다. 느긋하게 캘리포니아 이야기를 들을 기회가 있었으면 좋았을 텐데.

"아직 경찰은 네 존재를 알아내지 못했겠지만……."

그렇게 말하며 프런트데스크에 얹었던 팔을 내리고 짐을 잔뜩 진 롭과 마주보았다.

"조심해."

그는 평온한 얼굴로 끄덕거렸다.

"고마워. 괜찮으면 주인에게 늦게 돌아올지도 모른다고 전해주겠어?"

"알았어."

롭이 큼직한 손으로 녹색 철문을 밀었다. 아침 햇빛이 갈색 바닥에 길게 드리웠다.

뒷모습을 보며 해줄 말을 찾았지만 마땅한 말이 떠오르지 않았다. 분명히 괜찮을 거야? 잘될 거야?

아니. 이것이 마지막 기회일지 모른다면 롭에게 해야 할 말은 바로 이것이다.

"롭."

철문에 손을 댄 채로 롭이 어깨 너머로 돌아보았다.

"왜?"

"INFORMER라는 단어는 흔히 써?"

롭이 의아하다는 듯이 눈살을 찌푸렸다.

"뭐라고?"

"INFORMER. 영어가 모국어인 사람이 흔히 쓰는 말인지 궁금해서."

"아아……. 기사에 쓰려고?"

멋대로 착각하더니 롭은 문에서 손을 뗐다. 철문이 철컹 소리를 내며 닫혔다. 그는 그 손으로 수염이 덥수룩하게 자란 턱을 만졌다.

"흠, INFORMER라. 무슨 뜻인지는 알지만 들어본 적은 없는데."

"들어본 적이 없다고?"

"한 번도 못 들어봤다고 할 수는 없지만. 요컨대 그거잖아, '떠벌리는 놈'이나 '고자질쟁이'라는 뜻이지?"

롭이 턱을 어루만졌다.

"그런 뜻이라면 BETRAYER나 SQUEALER……. 어린아이라면 TATTLETALE이라는 표현도 써. 물론 INFORMER도 틀린 건 아니야. 사전에는 실려 있겠지. 하지만 그래, 적어도 내 귀에는 낯선 단어네."

역시 그랬다. 혹시나 싶기는 했다.

나는 고개를 끄덕이며 말했다.

"고마워, 롭. 큰 도움이 됐어."

"천만에."

롭은 쓴웃음을 지으며 철문을 열고, 마침내 도쿄 로지를 떠났다.

　차메리는 아직 돌아오지 않았다. 손목시계를 보니 시간은 6시가 다 되어가고 있었다.

　또 발소리가 내려왔다. 도쿄 로지는 바닥이 흙벽돌이라 발소리를 흡수하지만 계단은 삐걱거리는 소리가 잘 난다. 이번에는 보기도 전에 누군지 알았다. 3층에서 들려오는 발소리가 아니었다. 2층에 묵는 사람은 이제 수쿠마르뿐이다.

　수쿠마르는 하얀 셔츠에 크림색 재킷을 걸치고 있었다. 수염도 깔끔하게 깎았다. 나를 보더니 의아하다는 표정을 지었다.

　"좋은 아침입니다……. 차메리 씨는?"

　나도 인사를 하고 카운터 문 안쪽을 가리켰다.

　"지금 제 부탁으로 팩스를 보내고 있어요."

　"그렇군요. 그럼 나중에 오는 게 나을까."

　그렇게 말하더니 수쿠마르는 데스크에 몸을 기대고 슬쩍 곁눈질로 나를 보았다.

　"예상치 못한 고생을 했지만 겨우 귀국할 수 있게 되었습니다."

　"그럼 돌아가시는 건가요?"

　"예. 체크아웃을 하고 차를 빼려고요."

문득 그가 재킷을 차려입은 이유가 마음에 걸렸다.

"운전도 직접 하시나요?"

"예, 그렇죠."

"그 옷차림으로는 피곤하지 않나요?"

수쿠마르는 자기 복장을 굽어보더니 껄껄 웃었다.

"하하하, 그리고 보니 몇 시간씩 운전할 때 입을 옷은 아니네요. 이상한 걸 신경쓰는 분이군요."

"죄송합니다."

"마지막으로 인사를 할 상대가 있어서요. 인사를 마치면 바로 편한 옷으로 갈아입을 겁니다."

그렇구나.

수쿠마르는 방으로 돌아갈 기미가 없었다. 나중에 오겠다더니 여기에서 차메리를 기다릴 작정인가 보다. 가볍게 세상 이야기라도 하듯 물어보았다.

"수쿠마르 씨. 장사는 좀 어떤가요?"

그러자 그때까지 싱글벙글하던 수쿠마르의 표정이 대번에 일그러졌다.

"정세가 이러니 얘기할 것도 못 됩니다. 무사히 돌아갈 수 있는 것만으로도 다행으로 여겨야지요."

그 말이 정말인지 안색으로는 판단할 수 없었다. 잘 번다고 하면 뜯어먹으려 들기 때문에 언제나 일단은 별로라고 말하는 게 장사꾼들의 습성이다. 인도인의 습성까지는 모르겠지만, 아마 크게 다르지는 않을 것이다.

"그거 안됐네요."

그렇게 말하면서 나도 데스크에 기대어 조금 힘을 뺐다.

"그나저나 카트만두 기념품을 찾고 있는데요."

"오호라."

"수쿠마르 씨, 저한테 팔 만한 물건은 없나요?"

순간 수쿠마르가 눈을 가늘게 떴다. 미리 못을 박았다.

"음, 양은 상관없으니 카트만두에서만 구할 수 있는 물건이면 좋겠는데."

"흐음."

수쿠마르는 짧게 신음하더니 고개를 저었다.

"아쉽게도 저는 수입을 논의하러 온 터라 갖고 있는 상품이 없습니다. 여기서 융단을 드릴 수도 없고."

"그래도 뭐 없을까요?"

"그러네요……. 그렇게까지 말씀하신다면……."

수쿠마르가 씨익 웃었다.

"그럼 하나 가져다드릴까요. 기다려보세요. 금방 가져오겠습니다."

왕과 서커스

수쿠마르가 냉큼 계단을 올라갔다. 과연 무엇을 가져올까?

잠시 후 돌아온 수쿠마르는 오른손을 뒤에 감추고 있었다. 자랑스럽게 데스크에 올려놓은 것은 자그마한 은색 잔이었다. 표면에는 당초무늬가 넋을 잃을 만큼 정밀하게 장식되어 있었다.

"어떻습니까? 은입니다."

"그렇군요……."

"어라, 마음에 안 드십니까? 아니, 눈을 떼지 못하는 건 확실한데요. 보다시피 어설픈 세공품이 아닙니다. 칠천 루피에 어떻습니까?"

"인도 루피는 가진 게 없어요."

"알고 있습니다. 물론 네팔 루피로."

일 네팔 루피는 대략 일 엔. 은 식기가 칠천 엔이라면 싸지는 않지만 과하게 비싼 것도 아니다.

그나저나 아름다운 문양이다. 내 표정이 무심해 보였다면, 그 까닭은 다른 물건이 나올지도 모른다고 생각했기 때문이다.

한 번 더 말해보았다.

"이건 카트만두에서만 구할 수 있는 건가요?"

"흠."

수쿠마르는 그런 건 신경쓰지 말라는 듯이 손을 저었다.

"제가 견본품으로 가져온 인도 제품입니다. 이렇게 말하면 그렇지만, 카트만두에서는 이만한 물건은 좀처럼 구경하기 어렵답니다."

이렇게까지 말했는데 한마디도 내비치지 않는 것으로 보아 대마초는 취급하지 않는 모양이다. 적어도 지나가는 손님에게 소매로 팔지는 않는 듯하다.

그렇다면 네팔 취재의 기념으로 이 잔을 살 것인가 말 것인가 하는 문제만 남는다.

"여행의 추억으로 칠천 루피는 너무 비싸요."

수쿠마르는 뜻밖이라는 표정을 지었다.

"다치아라이 씨, 제가 바가지를 씌운다고 생각하는군요. 저는 성실한 상인입니다. 관광객 상대로 고약하게 장사하는 놈들과는 달라요. 그렇지만 그렇게 의심한다면 어쩔 수 없죠. 육천오백 루피면 어떻습니까?"

"아니……."

"한 숙소에 묵으며 동고동락한 사이 아닙니까. 그런 당신에게서 돈을 뜯어낼 생각은 없습니다. 이건 정말 훌륭한 물건이에요. 육천이백 루피라면 물건을 볼 줄 아는 사람이라면 누구든 기꺼이 살 겁니다."

"하지만……."

"흠, 이게 견본품이기는 하지요. 실례했습니다, 그걸 고려했어야 했는데. 이미 소임을 다한 물건이니 이걸로 돈을 벌려고 생각한 게 잘못이었어요. 육천 루피면 제가 손해지만 당신에게는 좋은 추억이 될 겁니다."

예쁘다, 탐난다고 생각한 이상 내게 승산은 없었다. 몇 마디를 더 나눈 끝에 나는 당초무늬 잔을 오천팔백 루피에 사기로 했다.

내 차지가 된 잔을 들고 그 무늬를 다시 감상하는데 차메리가 종이 다발을 들고 돌아왔다.

"다치아라이 씨, 끝났어요. 죄송해요. 연결이 잘되지 않아서. 통신은 이 분 십 초였어요."

그러더니 수쿠마르를 보고 말했다.

"수쿠마르 씨, 출발하시는 건가요."

먼저 수쿠마르가 체크아웃을 하고 요금을 냈다. 나는 팩스 전화 요금을 내기 위해 그 자리에서 기다렸다. 이야기를 나누는 차메리와 수쿠마르를 보면서 지금 막 보낸 원고에 시선을 떨어뜨렸다.

제대로 썼을까? 어제는 일심불란하게 썼다. 오늘 아침에는 표현과 어미를 다듬고 글자 수를 확인하는 게 고작이었다. 아직 객관적으로는 읽어보지 못했다.

차메리와 수쿠마르는 즐겁게 담소를 나누고 있다. 정산하려면 시간이 조금 더 걸릴 것 같았다. 로비 구석에 있는 의자에 앉아 내가 쓴 원고를 읽기 시작했다.

그렇게 시간이 얼마나 흘렀을까.

어느새 로비는 채광창에서 들어오는 햇빛으로 가득찼다. 수쿠마르는 없었다. 차메리의 모습도 사라졌다. 데스크 위에는 수쿠마르에게 산 잔이 놓여 있었다.

그리고 눈앞에 야쓰다가 있었다. 노란 가사를 정식으로 두르고.

야쓰다는 천천히 고개를 들고 말했다.

"고생하셨습니다."

목례로 답했다.

"고맙습니다."

"만족스러운 글을 쓰셨습니까?"

"사실은 아직 잘 모르겠어요."

내 말에 야쓰다가 고개를 살짝 끄덕였다.

"그런 법이지요. 아침에 차 한잔 대접하고 싶은데 어떠십니까?"

나는 프런트데스크에 엎고 있던 팔을 내리고 미소를 지었다.

왕과 서커스

"좋지요. 기꺼이."


그렇게 나와 야쓰다는 4층 식당에서 마주앉았다.

테이블 위에는 양철 컵이 두 개, 안에는 옥로가 담겨 있다. 커다란 창문 밖으로 상쾌한 아침이 밝아오고 있다. 아련한 창공에는 구름이 한두 조각 떠 있을 뿐, 끝내 나는 이 나라에서 비를 구경하지 못했다.

야쓰다는 근처 테이블에 상자를 하나 내려놓았다. 보라색 보자기로 싼 상자였다. 그는 그것을 방에서 가져왔지만 내용물이 무엇인지는 말하지 않았다. 우리는 말없이 차를 마셨다. 타향에서 만난, 나이 차이 나는 친구처럼.

야쓰다가 먼저 입을 열었다.

"어제는 경찰하고 함께 취재하러 다녔다면서요."

거기에는 이유가 있었다. 하지만 역시 기자답지 않은 행동이기는 했다. 자연히 작은 목소리로 대답했다.

"잘 아시네요."

말에 담긴 거북한 마음을 아는지 모르는지, 야쓰다는 내 목소리가 작은 이유를 엉뚱하게 해석한 것 같았다

"천리안이라고 말하고 싶지만, 실은 사가르가 가르쳐주었습니다."

"사가르가. 그랬군요……."

"뭐든 유심히 보는 아이입니다. 경찰이 당신에게 심술을 부리지는 않을까 걱정하더군요."

결과적으로는 사가르의 말이 맞았을지도 모른다.

"그 아이에게는 나중에 별일 없었다고 전하겠습니다."

야쓰다는 천천히 고개를 끄덕였다.

"그게 낫겠지요."

야쓰다가 두세 번에 나누어 차를 마시고 말을 이었다.

"취재가 성과를 거둔 것 같아 다행이군요."

"그게."

씁쓸한 기분이 고개를 들었다.

"제가 얽힌 일이었으니 군인 살해 사건을 다룰 수 있을까 싶어 취재를 했는데, 기사로 쓸 수는 없었습니다."

"허."

"그 사람…… 라제스와르의 죽음이 왕궁에서 벌어진 국왕이나 다른 왕족들의 죽음과 무관하다는 근거를 찾아냈거든요."

야쓰다가 짙은 눈썹을 움찔 떨더니 컵을 내려놓았다.

"그랬습니까……. 저는 기자라는 인종과 인연이 없어서. 무례한 질문이라면 미리 사과하겠습니다. 그럴 때 모처럼 얻은 소재인데 아깝다는 생각은 들지 않습니까?"

그 말을 듣고서야 '아깝다'고 생각할 수도 있었다는 것을 깨달았다. 미처 생각도 못 했다. 무례하다는 생각보다 나는 오히려 깜짝 놀랐다.

"아니요, 그런 생각은 전혀 못 했습니다."

"원래 그런 법입니까?"

"아슬아슬하게 오보를 막은 셈이니 안도하느라 급급해서요."

"그렇군요."

야쓰다는 그렇게 중얼거리며 불쑥 물었다.

"고비는 넘은 것 같군요."

이번 왕궁 사건을 취재할 때 닥친 고비는 분명 넘었다. 하지만 야쓰다의 말은 그런 뜻이 아니었을 것이다. 조금 더, 전체적인 이야기다.

나는 고개를 들었다. 야쓰다도 똑같이 움직였다. 눈이 마주쳤다. 깊고 검은 눈동자였다. 고난과 나이 때문일까, 그 눈은 어딘지 모르게 지쳐 보였다.

야쓰다가 말했다.

"표정이 변했습니다."

"표정에 드러났나요?"

"아니요. 하지만 역시 변했습니다."

다른 사람에게도 똑같은 말을 들었다.

"사가르도 그런 말을 하더군요."

"그런가요. 총명한 아이니 뭔가 느꼈겠지요."

"야쓰다 씨는 뭘 느끼셨나요?"

"뭐긴요. 어딘지 모르게 그렇다는 뜻입니다. 연륜이 알려주는 걸까요."

내 어디가 변한 것일까? 두 사람이 그렇게 말하니 어딘가 변하긴 했겠지만. 야쓰다가 당혹해하는 나를 유쾌한 눈으로 보면서 다시 컵을 들었다.

녹차의 카페인이 몸에 스며들어 수면 부족 상태의 의식을 깨워주었다. 앞으로 해외에 취재를 갈 기회가 있으면 꼭 녹차를 챙겨 가야겠다. 검역에 걸리려나.

야쓰다가 갑자기 긴 한숨을 내뱉었다.

"그래서 귀국 일정은 잡으셨습니까?"

고개를 끄덕였다.

"예. 회신을 기다리고 있는데, 팩스가 무사히 들어가고 기사도 OK 사인을 받으면 표를 구하는 대로 오늘 오후에라도 떠날 생각이에요."

"성미가 급하군요."

나는 살짝 미소를 지었다.

"일정이 길어져서 수중에 현금이 간당간당하거든요. 신용카드가 있으니 걱정은 없지만……."

"뭐든 카드로 살 수 있는 건 아니니까요."

"예. 오후 비행기면 경유지에서 하루 머물게 될 것 같지만, 기사는 어디서든 확인할 수 있으니까요."

"고된 직업이군요. 어딜 가든 벗어날 수 없다니."

"요즘에는 휴대전화 때문에 점점 더 그렇게 되어가네요."

가벼운 이야기를 주고받았다. 야쓰다도 희미하게 웃고 있었다.

"그렇군요. 세상일이 그런 법이죠."

그리고 그는 작게 헛기침을 하고 말했다.

"저도 이 나라를 떠나려고 합니다. 수쿠마르 씨의 차를 얻어 타기로 했습니다."

조금 놀랐다.

"수쿠마르 씨는 그런 말씀이 없었는데……."

"말할 필요가 없어서 그랬겠지요."

하긴, 그 말도 맞다.

야쓰다는 고개를 숙이고 무심하게 제 손에 시선을 떨어뜨리고 있었다.

"비렌드라 국왕을 잃은 이 나라가 앞으로 어찌될지 마음을 놓을 수가 없습니다. 카트만두에 있으면 못 느끼겠지만, 국토의 몇 할은 이미 게릴라의 수중에 떨어졌어요. 앞으로 내전이나 탄압 같은 문제가 격화될 것이 눈에 보입니다."

나는 고개를 끄덕였다. 새 국왕에 대한 불신감은 심각한 수준이다. 그것은 결국 왕실의 구심력 저하로 이어질 것이다. 반정부 게릴라 세력이 약진하리라는 것은 타당한 예측이다.

"승려로서는 안타까운 일이지만 그렇다고 해서 뭘 할 수 있는 것도 아닙니다. 전부터 기원정사를 순례하고 싶었던 터라, 이번 일을 좋은 기회라고 생각하기로 했습니다."

"기원정사가 남아 있어요?"

무심코 되묻자 야쓰다는 당연한 소리를 왜 하느냐는 듯한 표정을 지었다.

"예. 물론 옛날 모습 그대로는 아니지만."

차를 마셔 민망함을 감추고 물었다.

"네팔에는 구 년 동안 계셨다고 들었습니다."

"그래요……."

야쓰다는 시선을 살짝 들어 천장을 올려다보았다.

"눈 깜짝할 새 같기도 하답니다."

"정든 땅을 떠나려니 괴로우시겠죠."

하지만 그는 그 말에는 단호하게 고개를 가로저었다.

"오히려 마음이 조금 놓입니다."

그게 무슨 뜻인지 물어볼 새도 없이 야쓰다는 갑자기 손을 테이블 밑으로 집어넣더니 진지한 얼굴로 말했다.

"그보다 거듭 말씀드리기 죄송한 부탁이지만…… 귀국 계획이 섰으면 다시 한번 고려해줄 수 없겠습니까?"

뒤통수가 따끔하게 반응했다.

그 이야기가 무엇을 가리키는지 금방 알았다.

"불상을 말씀하시는 건가요?"

"그렇습니다."

야쓰다는 그렇게 말하며 손을 뻗어 옆 테이블에 얹어놓았던 보자기 꾸러미를 가져왔다.

"거치적거릴 크기는 아닙니다만……."

각오를 다졌다. 오른손을 뻗으며 물었다.

"잠깐 봐도 될까요?"

"물론이지요."

대답을 듣고 보라색 보자기를 풀었다. 감촉이 부드러웠다. 비단일까?

안에서 나온 물건은 투박해 보였다. 몇 겹으로 싼 완충재 속에 불상으로 보이는 나무색이 살짝 보였다. 잘 보이지는 않

지만 세공이 복잡한 아수라나 천수관음이 아니라 평범한 합
장상 같았다.

손에 들었다. 가볍다…….

완충재 속에 묻힌 불상의 표정을 보려고 눈에 힘을 주었다.
하지만 안개 너머로 보는 것처럼 화난 표정 같기도 하고 미소
를 짓고 있는 것 같기도 해서 불상의 정체를 알아낼 수는 없
었다.

나는 중얼거렸다.

"역시 이게 동기겠지요."

"지금 뭐라고 했습니까?"

불상을 보자기 위에 도로 내려놓았다.

"야쓰다 씨, 실은 일을 떠나서 당신에게 꼭 여쭤보고 싶은
게 있습니다."

"제게? 대체……. 들어나 봅시다."

"예."

야쓰다는 의아하다는 듯이 눈살을 찌푸렸다. 그 눈에 경계
심이 감도는 것을 보았다.

카트만두는 이미 잠에서 깨어났을 텐데, 도쿄 로지는 조용
했다. 내 목소리만이 하늘색 벽에 둘러싸인 식당에 존재하는
유일한 소리였다.

"가르쳐주세요. 고빈은 무사합니까?"


나는 야쓰다의 얼굴을 주시하고 있었다. 지금 이 순간, 어떠한 사소한 표정의 변화도 놓칠 수 없었다.

하지만 세월 속에서 주름이 깊게 파인 얼굴에는 어떤 감정도 나타나지 않았다. 거기에는 처음 이곳에서 만났을 때와 마찬가지로 무관심하게 내리뜬 눈만 있었다.

그 입이 천천히 벌어졌다.

"고빈."

야쓰다는 몸을 살짝 들썩였다.

"객실을 담당하는 아이 말이군요. 그 안부를 어째서 제게 묻는 겁니까?"

야쓰다는 순순히 말해줄 생각이 없는 것이다. 어쩌면 사심 없이 솔직한 대답이 돌아올지도 모른다고 기대했지만, 그렇지 않았다.

그렇다면 추궁하는 수밖에 없다.

"롭, 로버트 폭스웰이 묵었던 203호에서 권총이 도난당했어요. 그걸 도운 게 고빈이었습니다. 그걸 알아낸 롭이 아이에게 따지려 했지만 고빈은 찾을 수 없었어요."

"허어."

"그저께부터 경찰이 이곳에 드나들기 시작했으니, 저는 범인이 입막음을 한 거라고 생각해요."

야쓰다가 등받이에 깊숙이 기대어 피곤하다는 듯이 말했다.

"그냥 일을 쉬는 것 아니겠습니까? 법석을 떨 일도 아니라고 생각하지만, 당신은 그렇게 여기지 않는군요. 역시 일본에서 오면 무단결근이 큰 잘못인 것처럼 보이나 보군요."

"야쓰다 씨. 고빈은 그냥 일을 쉰 게 아니라 금고에서 돈을 훔쳤습니다. 차메리 씨는 다시는 돌아오지 않을 거라고 했어요."

고빈이 돈을 빼간 사실은 몰랐는지, 굵은 눈썹이 움찔 떨렸다.

하지만 아직 결정타는 아니다. 야쓰다의 목소리에 동요하는 기색은 없었다.

"……그렇다면 차메리 씨의 말이 맞겠지요. 저와는 상관없는 일입니다. 물론 그 아이가 사라진 건 걱정스럽지만."

"아뇨. 당신하고 상관있는 이야기예요."

"무슨 뜻인지?"

"롭의 권총을 훔친 게 당신이기 때문입니다."

야쓰다의 눈이 대번에 날카로워졌다.

"근거를 들려주시겠습니까?"

기 싸움에서 밀리지 않도록 배에 힘을 주었다.

"끝까지 시치미를 뗄 셈인가 보군요. 권총이 발견되었습니다. 그게 롭의 방에서 도난당한 권총이라는 사실도 이미 확인했습니다. 달아날 길은 없다고 생각하지 않으시나요? 권총이 도난당한 6월 2일 밤 11시경, 롭과 저를 제외하면 이 로지에 있었던 손님은 당신뿐이었어요.

수쿠마르 씨는 술을 마시려고 밖에 나가 있었지요. 입구는 수쿠마르 씨가 돌아오길 기다리느라 차메리 씨가 지키고 있었어요. 로지 밖에서 훔치러 들어올 수 있는 사람은 없었습니다."

야쓰다의 여유는 조금도 무너지지 않았다.

"그렇군요. 그렇다면 의심을 사도 어쩔 수 없겠군요. 하지만 제가 훔칠 수 있었을까요? 가령…… 롭은 방문을 잠그지 않았답니까?"

"잠갔습니다."

"그랬겠지요. 그는 왕궁 사건 이래로 몹시 신경이 예민했으니까요. 문이 열려 있던 것도 아닌데, 설마 문짝 하나쯤이야 어떻게든 할 수 있다고 말하는 건 아니겠지요?"

어떻게든 할 수 있을 리는 없다. 하지만 어떻게도 안 될 만큼 견고한 장벽도 아니다.

"이 로지의 잠금장치는 단순한 실린더 자물쇠예요."

"제가 문을 땄다는 말입니까?"

롭이 사가르에게 부탁해 내 방의 문을 딴 것을 그는 알고 있을까? 야쓰다가 희미한 미소를 머금었다.

"억지도 정도껏 부려야지요."

확실히 203호 문에 강제로 침입한 흔적은 없었다. 문을 딸 때 반드시 흔적이 남는다는 법도 없거니와, 흔적이 없다고 해서 부정 침입이 없었다는 근거가 되는 것도 아니다.

하지만 나는 문을 딴 것에 대해서는 아무 말도 하지 않을 생각이었다. 고개를 가로저었다.

"아니요. 실린더 자물쇠라면 열쇠를 복제하기도 쉽다고 말하고 싶었던 겁니다. 야쓰다 씨. 저는 한 가지 마음에 걸리는 일이 있었어요. 어째서 그때 열쇠가 울렸던 걸까."

"열쇠가 울렸다……?"

앵무새처럼 따라 하는 야쓰다의 표정에 처음으로 그늘이 드리웠다. 메마른 입술이 굳게 닫히는 순간을 나는 놓치지 않았다. 그는 자신의 실책을 깨달은 것이다.

"4일 밤, 경찰에서 풀려났다고 당신에게 알리고 나서 오늘처럼 차를 얻어마셨지요. 정말 기뻤어요……. 하지만 지금 말하고 싶은 건 그 뒷일입니다. 식당에서 나와 당신이 방으로 돌아갈 때, 저는 분명히 방울처럼 짤랑거리는 소리를 들었어요."

301호 앞에 선 야쓰다가 주머니에서 열쇠를 꺼냈을 때였다. 짤그랑, 하고 맑은 소리가 났던 것을 기억해냈다. 청명한 소리였다.

202호 열쇠를 꺼냈다. 객실의 실린더 자물쇠에는 삼끈으로 묶은 나무 열쇠고리가 달려 있었다.

"이건 흔들어도 쇳소리가 나지 않습니다."

삼끈을 붙잡고 좌우로 흔들었다. 열쇠와 열쇠고리가 부딪히자 달그락거리는 소리가 났다.

"방울 소리가 나는 경우는 열쇠가 여러 개 있을 때예요. 당신은 이 로지의 301호로 돌아갔을 때 열쇠꾸러미를 꺼냈던 겁니다."

혹은 금속 열쇠고리로 바꾼 경우에도 쇳소리가 난다. 하지만 숙소의 열쇠고리를 바꾸었다고 주장하면 그 이유를 설명하기가 여간 어렵지 않을 것이다. 야쓰다는 가만히 내 열쇠를 보고 있었다.

"차메리 씨에게 들었습니다. 당신은 이 로지에 오래 묵고 있지만, 마찬가지로 단골인 수쿠마르 씨가 201호만 애용하는 것과 달리 당신은 종종 방을 바꾼다고요. 즉 다른 방의 열쇠를 손에 넣을 기회가 있었다는 뜻이지요. 그건 곧 당신이 203

호의 열쇠를 복제할 수 있었다는 뜻이기도 합니다."

추궁의 허점을 알아차렸는지 야쓰다가 고개를 저었다.

"제가 어째서 그런 짓을 합니까? 예전에야 어쨌든 제가 지금 투숙하는 건 301호입니다. 언젠가 미국인이 203호에 총을 숨겨두리라는 걸 예측하기라도 했다는 말입니까?"

"아니요."

나는 승려의 행색을 한 야쓰다를 똑바로 노려보았다.

"203호 하나가 아니에요……. 당신은 모든 방의 열쇠를 복제했을 겁니다."

시선이 교차했다. 공기가 팽팽했다.

나는 흉악한 무언가가 급속도로 부풀어 오르는 것을 느꼈다.

하지만 그 긴장은 갑자기 풀렸다. 야쓰다가 쓴웃음을 흘린 것이다.

"엉뚱한 소리도 정도가 있지요."

그는 내가 그렇게 생각한 이유를 묻지 않았다. 그것은 이 문제를 추궁당하는 게 야쓰다에게 불리함을 암시하는 것이기도 했다.

야쓰다가 숨을 길게 내뱉고 말했다.

"뭐, 좋습니다. 제게는 기회도, 그럴 수 있는 방법도 있었으니 당신이 그렇게 생각한 이유는 알겠습니다."

그러더니 컵에 손을 뻗어 맛있게 차를 마셨다. 컵을 달칵 내려놓고 야쓰다가 시선을 들었다.

"하지만 당신은 놓친 부분이 있어요."

"뭐죠?"

"당신은 2일 밤에 이곳에 있었던 사람이 롭과 당신, 그리고 저뿐이었다고 했습니다. 그런데 의심하려는 건 아니지만 차메리 씨도 있잖습니까?"

그 점을 지적하리라는 것은 이미 예상한 일이었다.

나는 더이상 차에 손을 대지 않았다.

"라제스와르 준위가 총에 맞아 사망했을 때, 차메리 씨는 수쿠마르 씨의 전화 사용료를 계산하려고 그의 곁에 붙어 있었습니다. 그래서 아닙니다. 그녀는 아니에요."

나는 그 사실을 몰랐던 것이다. 방금 전에 이야기를 듣고서야 모든 조각이 갖추어졌다는 것을 깨달았다.

야쓰다가 웃었다.

"잠깐만요. 이야기가 엉뚱한 곳으로 튀었다는 걸 설마 모르는 건 아니겠지요?"

"무슨 뜻인지요?"

"뻔하지 않습니까. 권총을 훔치는 것과 그걸로 라제스와르를 쏴 죽이는 건 다른 문제입니다."

라제스와르라는 발음이 오래전부터 입에 익은 이름처럼 매끄러웠다. 하지만 그것은 아무런 증거도 되지 못한다. 라제스와르는 전우의 아내가 경영하는 이곳 도쿄 로지에 자주 드나들었고, 야쓰다는 몇 년이나 이곳에 묵고 있다. 두 사람이 면식이 있어도 그 자체는 부자연스럽지 않다.

다른 방향에서 몰아세워야 할 모양이다.

"아니요. 범인은 라제스와르 준위를 쏠 목적으로 롭의 권총을 훔쳤습니다. 적어도 그를 만날 때에 대비해, 협박이나 호신에 쓸 목적으로."

실제로 권총을 훔친 시점에서는 사살까지 생각하지는 않았을 것이다.

고빈을 이용해 롭을 꾀어낸 수법이 반드시 성공하리라는 법은 없다. 내가 취재에서 돌아오지 않았을지도 모르고, 돌아왔을 때는 롭이 이미 잠들었을지도 모른다. 고빈의 전언이 거짓말이라는 것을 알아차린 롭이 당장 203호로 돌아갈 수도 있었다. 총을 훔친 인물은 면밀한 살인 계획에 따라 흉기를 손에 넣으려 했던 게 아니다. 운 좋게 총을 손에 넣을 수 있다면 든든하겠다는 가벼운 생각이었을 것이다.

"그렇지 않다면 우연히 롭의 권총을 훔치기로 마음먹은 누군가가 고빈을 이용해 그를 꾀어내서 목적을 달성한 뒤에, 다

른 누군가가 그 총을 받아 라제스와르 준위를 사살했다는 뜻
이 됩니다. 이 경우 총을 훔친 사람의 역할은 무기 수배인 셈
이 되겠지요. 이 동네에서 숙박업으로 먹고 사는 차메리 씨가
굳이 손님방에서 무기를 조달하다니 억지스러운 이야기예요."

한 박자 끊었다가 말을 이었다.

"게다가 차메리 씨는 1층에서 수쿠마르 씨의 귀가를 기다
리고 있었습니다."

"그렇다면 가능성이 더 높은 것 아닙니까? 롭과 당신이 2층
에 없으면 2층은 텅 비는 셈이니까요."

"맞는 말입니다. 저희가 둘 다 4층으로 이동했다는 것을 1층
에서 확실하게 알 수 있는 방법만 있다면요."

"흠."

"그날 밤, 저와 롭이 4층에서 텔레비전을 보았던 건 우연
이에요. 저는 취재에서 돌아오지 않았을 수도 있었고, 고빈의
전언이 거짓말이라는 걸 안 롭이 서둘러 방으로 돌아갔을 수
도 있었습니다. 간계가 먹혀들어 저희가 4층으로 올라간 것을
간단히 알 수 있었던 사람은 3층에 묵고 있던 당신뿐이에요."

야쓰다는 의자에서 천천히 등을 떼더니 한쪽 팔을 테이블
위에 얹었다. 나는 그 약간의 접근이 내심 두려웠다. 하지만
동요는 얼굴에 드러나지 않았을 터였다. 무슨 일이 있어도 안

색이 바뀌지 않는다는 말을 평생 듣고 살았으니까.

"차메리 씨는 총을 훔칠 수는 있었지만 라제스와르를 쏠 수는 없었어요. 수쿠마르 씨는 총을 훔칠 수도, 라제스와르를 쏠 수도 없었고요······. 당신은 둘 다 가능했습니다."

야쓰다는 고개를 기울여 아직 수염을 깎지 않은 얼굴을 천천히 어루만졌다.

"난처하군요."

낮은 목소리였다.

"말씀을 들어보니 그럴싸합니다. 저도 제가 총을 훔쳐 사람을 쐈을지도 모른다는 생각이 들기 시작할 정도예요. 하지만 어째서입니까? 이 도시에서 조용히 살고 싶을 뿐인 제가 어째서 이 나라의 군인을 총으로 쏘겠습니까?"

"글쎄요."

"그건 대답이 못 되는데요."

"사람의 속마음까지는 알 길이 없으니까요. 다만······."

그렇게 말하며 나는 야쓰다의 손을 주시하고 있었다. 가사 밖으로 나와 있는 오른손은 테이블 위에 있다. 하지만 노란 천에 가린 왼손은 어디에 어떻게 놓여 있는지 정확히 알 수 없었다.

"추측은 해볼 수 있습니다."

나는 손을 자연스럽게, 하지만 빠르게 움직였다. 보라색 보자기 위에 있는 불상을 쑥 잡아당겼다.

작은 불상은 꼼꼼한 포장 탓에 표정조차 보이지 않았다.

"이게 이유 아닌가요?"

한순간이었지만 야쓰다의 입가가 굳었다.

역시 그랬다. 믿기는 어려웠지만.

불상에 시선을 떨어뜨렸다. 너무나 애처로운 모습이었다. 어떤 이름을 가진 불상인지는 모르지만 이렇게 비닐이 감겨 있으면 숨도 쉴 수 없을 것이다.

"당신은 이 불상을, 처음에는 튀김 가게 요시다 씨에게, 다음에는 제게 맡겨 일본으로 운반하려 했습니다. 라제스와르는 대마초 밀수에 관여하고 있었고요."

고개를 들었다.

"야쓰다 씨. 당신은 라제스와르와 한패였던 것 아닙니까?"

반응은 한 박자 늦었다.

"무슨……."

나는 틈을 주지 않았다.

"이상하다는 생각은 했어요. 당신은 이 나라에 몇 년이나 있다고 했으면서 탁발하러 나가는 기미가 없었어요. 네팔의 물가가 일본만큼은 아니더라도, 하루하루 생활비는 들 테지요. 승려라도 이슬을 먹고 살 수는 없습니다. 수입이 있었을 거예요."

야쓰다의 얼굴에서 표정이 사라졌다.

"또 한 가지. 급성 대마초 중독은 증세가 심각하기는 해도, 고비를 넘긴 뒤에도 며칠씩 움직이지 못하는 건 아니에요. 그런데 어째서 요시다 씨에게는 불상을 맡길 수 없다고 말한 거지요?"

처음에 야쓰다가 내게 불상을 맡기려 했을 때는 그 이유를 이해할 수 없었다. 지금이라면, 알 수 있다.

"냄새 때문이었겠지요?"

그렇게까지 말했는데도 야쓰다는 꼼짝도 하지 않았다.

"당연히 요시다 씨 몸에는 대마초 냄새가 배었을 겁니다. 그런 상태로 당신이 맡긴 불상을 들고 귀국하면…… 공항에서 마약 탐지견에게 걸릴 위험을 감수하기 싫었던 것 아닌가요?"

야쓰다는 입을 벙긋거리다가 끝내 다물었다. 컵을 들어 눈에 띄게 천천히 입으로 가져갔다.

"그야말로 추측입니다."

목소리에는 패기가 없었다. 스스로도 변명이 통하리라고 생각하지 않지만 일단 던져보는, 그런 말이었다.

"맞아요. 추측이에요."

하지만 그 추측을 뒷받침할 증거가 손안에 있다.

"인정하지 않겠다면 이 불상을 검사하겠습니다. 안심하세요. 예전 직장에서 미술품을 다룰 기회도 있었으니까요. 흠집 하나 내지 않겠다고 약속드리겠습니다."

대답은 없었다.

나는 불상을 두 손으로 들어올렸다.

"야쓰다 씨. 저는 당신을 고발하려는 게 아닙니다. 방금 전 질문의 대답을 듣고 싶을 뿐이에요. 다시 한번 묻겠습니다. ……고빈은, 무사합니까?"


바람이 불어왔다. 짙은 흙냄새가 섞인, 카트만두의 바람이 식당 안을 휘감았다.

야쓰다가 딱딱하게 굳어 있던 표정을 풀었다.

"자비롭군요."

말투에서 은근한 야유를 느낀 것은 내 자격지심 때문일까? 야쓰다는 테이블에서 팔을 내리고 다시 의자 등받이에 몸을 깊이 맡겼다. 온화한 미소를 띠고 있었다.

"당신이 그 아이를 걱정하는 마음은 고귀한 심성입니다. 걱정 말아요. 그 아이는 무사합니다. 오백 달러를 주고 여기에 얼씬도 하지 말라고 했습니다. 돈을 넉넉히 줬는데 금고까지 건드리다니, 손버릇이 고약한 아이로군요."

시인했다. 처음 만났을 때와 다름없는, 온화한 태도로.

야쓰다는 눈을 가늘게 뜨고 컵을 기울였다. 녹차는 이미 다 마셔버렸는지, 가만히 내려놓는 손짓에 미련이 묻어났다.

"불상을 내려놔주시겠습니까? 중요한 물건입니다. 거기 든 내용물을 일본에 보내지 않으면 제가 굉장히 끔찍한 꼴을 당한답니다."

나는 시키는 대로 불상을 보자기 위에 돌려놓았다.

"상상하신 대로입니다. 저는 이 로지를 거점 삼아 라제스와르와 짜고 몇 킬로그램이나 되는 대마초를 일본에 보내왔습니다. 어쨌거나 이름이 도쿄 로지 아닙니까? 별난 일본인 배낭여행자들이 제법 많이 다가왔지요. 체크인과 체크아웃을 반복하며 모든 객실의 열쇠를 복제하면 나머지는 쉬운 일입니다. 대화만으로는 알기 어려운 상대의 본성도 파악할 수 있고, 경우에 따라서는 약점도 쥘 수 있지요."

"제 방에도 들어갔나요?"

"글쎄요……. 상상에 맡기겠습니다."

들어가지 않았을 리 없다. 그는 나를 운반책으로 이용하려 했으니까. 롭이 총을 찾으려고 침입했을 때와 달리, 나는 전혀 눈치채지 못했다.

그 밖에도 물어봐야 할 것들이 있었다.

"차메리 씨도 한패입니까?"

야쓰다는 슬그머니 웃으며 고개를 가로저었다.

"아닙니다. 어렴풋이 눈치는 챘겠지만요. 어쨌거나 좋은 핑계이기는 했습니다. 차메리 씨가 전우의 부인이라는 이유가 없었다면 라제스와르의 잦은 출입은 의심을 샀겠지요."

사가르는 라제스와르가 차메리를 유혹하려고 빈번히 찾아온다고 했다. 하지만 그렇지 않았다. 다른 목적이 있었다.

밀수 상대와 연락할 속셈이었던 것이다. 메모를 남기거나 암호를 쓰거나, 어떠한 방법으로.

야쓰다가 다정해 보이기까지 하는 눈빛으로 나를 쳐다보았다.

"한 가지 알려드릴까요? 당신은 라제스와르의 죽음이 국왕의 죽음과 상관없다고 말했지요. 하지만 꼭 그렇지만도 않습니다."

"……무슨 뜻이죠?"

야쓰다는 빈 컵을 흔들었다. 그 동작은 앞으로 휘청거릴 이 나라의 운명을 암시하는 것 같았다.

"비렌드라 국왕이 죽었으니 앞으로 이 나라는 큰 혼란을 겪을 겁니다. 그걸 내다본 라제스와르는 손을 떼려 했습니다.

동란 속에서도 지위를 지키고, 정권이 바뀔 가능성도 예측해가며 움직여야 하지요. 그러기 위해서는 밀수라는 약점을 남겨놓을 수 없었던 겁니다. 하지만 저는 그러면 곤란하거든요. 기일까지 정확하게, 약속한 양을 보내야 합니다. 그러지 못하면 제가 위험하니까요."

"당신은 라제스와르에게 못을 박으려 했군요."

"그렇습니다. 2일 낮, 연락이 왔습니다. 무슨 내용인지는 짐작했습니다. 만약 라제스와르가 진심으로 손을 뗄 작정이라면 일이 험해질 수도 있다는 것도. 그가 밀수를 그만두면 곤란하지만 그에게 살해당하면 훨씬 더 곤란하니까요. 고운 말로 끝날 리가 없으니 몸을 지킬 수단이 필요했습니다. 그래서 그 미국인이 자랑하던 권총에 눈독을 들였지요. 지금까지는 그럴 필요가 없어 직접 총을 소지한 적도 없었고, 라제스와르에게 들키지 않고 서둘러 구할 방법도 없었으니까요."

지금까지는 필요가 없었다. 그 말에서 나는 다른 의미를 느꼈다. 손을 더럽혀야 할 때는 다른 누군가가, 아마도 라제스와르가 대신 처리해주었을 것이다.

"라제스와르는 당신이 밀수 실태를 조사하러 온 게 아닐까 의심하고 있었습니다."

"예……?"

"눈치채지 못했습니까?"

야쓰다가 유쾌하다는 듯이 말했다.

하지만 듣고 보니 이해되는 구석이 많았다. 이 나라가 유례 없는 상황에 직면한 와중에 라제스와르가 어째서 취재에 응했는지. 만날 시간은 내주었으면서 어째서 취재 자체는 거부했는지. 어째서 클럽 재스민이었는지.

야쓰다가 빙그레 웃었다.

"만약 당신이 밀수 이야기를 꺼냈다면 처리할 작정이었던 모양입니다. 운이 좋았어요."

솜털까지 곤두섰다.

"클럽 재스민은 저희가 늘 만나는 접선 장소였습니다. 라제스와르는 가짜 명의로 전기 요금을 내가며 그 장소를 절호의 은신처로 사용했지요. 6시 반에 만나서 손발이 닳도록 설득했지만 역시 언쟁이 붙었습니다. 그만두겠다, 계속해라, 말다툼을 하는 사이 점점 분위기가 험악해졌지요. 라제스와르는 산전수전을 겪은 군인, 정면에서 맞붙었다가는 승산이 없으니 허점을 노려야 했습니다."

야쓰다가 소매를 흔들었다. 노란 가사가 펄럭거렸다.

"다치아라이 씨. 제 가사 모양을 궁금해했지요?"

말없이 고개를 끄덕였다. 지금 야쓰다는 천을 복잡하게 두르는 정식 차림으로 가사를 차려입고 있다. 처음 만났을 때는 조금 더 간소한 방식으로 두르고 있었다. 야쓰다는 그 이유를 추도 때문이라고 했다.

"이상하게 생각하지 않았습니까? 국왕을 추도할 셈이라면 2일 아침부터 정식으로 입어야 합니다. 그런데 제가 약식으로 입기를 그만둔 건 3일 밤부터였습니다. 당신은 4일에 알아차렸지요. 하지만 깊이 생각하지는 않았어요."

그런가…….

답은 줄곧 거기에 있었던 것이다. 나는 먼길을 돌아가고 있었다.

"이 가사는 참 편리한 옷입니다. 천 조각 하나면 되고, 어디에나 입고 갈 수 있지요. 그리고 이렇게 품이 넉넉하니 뭘 감추고 다닐 때도 편리합니다."

야쓰다는 겹쳐 있는 천을 들추었다.

알아차렸어야 했다. 오른쪽 옆구리 근처에 작은 구멍이 나 있었다.

"가사 안쪽에 총을 감춰뒀다가, 이야기가 꼬이면 언제든 쏠 작정이었던 거군요."

천에 대고 방아쇠를 당긴다. 총알은 단숨에 가사를 뚫었고, 거기서 뿜어져 나온 가스가 라제스와르에게 발사 잔여물

왕과 서커스

을 남겼다.

야쓰다는 아무 말 없이 고개를 끄덕이고, 온화한 눈빛으로 나를 쳐다볼 뿐이었다.

나는 힘없이 물었다.

"어째서 거기까지 알려주는 겁니까?"

"감투상입니다. 당신이 앞으로 펜과 카메라로 먹고 살려면 이런 이야기도 어떤 식으로든 도움이 되겠지요. 저는 달아날 겁니다. 라제스와르의 동료도 무섭고, 일본에서 제가 보내는 마약을 받던 사람들도 무섭고, 당연히 경찰도 무서우니까요. 뭐, 다시 만날 일도 없겠지요."

야쓰다가 의자에서 일어났다. 수쿠마르의 차를 얻어 타고 오전 중에 카트만두를 벗어날 계획을 이미 짜놓았다고 했다.

막을 수는 없다. 지금 막으면 그는 완력으로 나를 제압할 것이다. 나도 힘에는 다소 자신이 있다. 하지만 지금 살인을 고백한 사람과 맞서 싸울 정도는 아니다. 그가 아마도 마약을 속에 숨겼을 불상을 집어들 때도 지켜볼 수밖에 없었다.

다만, 한마디만 했다.

"야쓰다 씨. 저는…… 당신 말에 구원을 받았어요. 유감입니다."

식당에서 나갈 때 야쓰다는 문득 걸음을 멈추었다. 등뒤에서 목소리가 들렸다.

"그래요. 당신에게는 한마디 더 해줘야겠군요."

"……."

"당신은 어제 롭의 이야기를 들은 시점에서 고빈의 입을 막은 게 저라는 걸 알아차렸지요."

나는 대답하지 않았다. 고개도 끄덕이지 않았다. 하지만 그랬다. 눈치챘다.

"하지만 당신은 어젯밤, 당신의 일을 우선했습니다. 일을 마치고 고단해서 느긋하게 잠들었다가, 오늘 아침 손이 비고서야 비로소 제게 고빈의 안부를 물었지요."

"그렇지 않아요……."

"잘못된 판단은 아닙니다. 제가 만약 고빈을 처치했다면 어젯밤에 아무리 법석을 떨어봤자 이미 때는 늦었으니까요. 당신은 그 올바른 판단에 몸을 맡길 수 있었어요. 하지만 무서운 판단이었다고 생각하지는 않습니까?

다치아라이 씨. 당신은 차가운 태도 밑에 순수한 마음을 숨기고 있어요. 그건 고귀한 일입니다. 하지만 그보다 더 깊은 밑바닥에는, 살인자인 저도 전율할 만큼 차가운 마음이 있어요."

그의 손안에서 겹겹이 포장된 불상이 미소를 짓는 듯한 착각이 들었다.

"라제스와르는 긍지 높은 군인이자 동시에 돈에 비열한 소심한 밀매꾼이었습니다. 저는 도쿄 로지를 찾는 많은 동포들에게 불심을 전파하면서 뒤로는 그들을 이용해 대마초를 일본으로 운반할 궁리를 해왔습니다."

똑같은 소리를 한 사람이 있었다.

—당연한 일이잖아. 당신, 몰랐어?

어두운 목소리가 멀리서 메아리처럼 들려왔다.

"부디 명심하십시오. 고귀한 가치는 연약하고, 지옥은 가깝습니다."

"야쓰다 씨!"

그곳에 있는 건 아래로 이어지는 공허하고 캄캄한 계단뿐이었다.

## 21

### 적의
### 정체

  카트만두는 이미 움직이고 있었다.

  가네샤 사당에는 향료와 붉은 꽃이 놓여 있고, 수많은 흙 벽돌로 쌓아올린 오래된 거리에는 흰색, 녹색, 선명한 주황색 빨래가 펄럭이고 있다. 잔뜩 메말라 흙먼지를 품고 지나가는 바람에 사람들은 마스크와 소매로 얼굴을 가리고 있다. 어디선가 누군가 기도하는 음악이 들려온다. 채소 바구니를 든 노파가 도쿄 로지 앞에서 눈부신 하늘을 올려다보는 나를 의아한 눈빛으로 쳐다보았다.

방금 전 일본에서 회신 전화가 왔다. 원고는 OK 사인을 받았다. 프리랜서 다치아라이 마치의 첫 번째 기사가 머지않아 세상에 나온다.

《월간 심층》의 마키노가 전화기에 대고 이렇게 말했다.

"기사가 심심해졌지만 나는 이쪽이 좋아. 기사는 요란해지려는 순간 썩어들어가거든. 그런 건 자네도 다 아는 사실이겠지. 고생 많았어. 푹 쉬어."

쉬기 전에 이 나라를 떠날 교통편을 마련하고 싶었다. 카트만두를 에워싼 히말라야 산봉우리는 숨막히도록 아름답고, 이 흥미로운 도시에는 아직 구경할 곳이 얼마든지 있겠지만 지금 나에게 필요한 것은 내 방, 내 침대였다. 하지만 도시는 움직이고 있는데 여행 대리점은 아직 문을 열지 않았다. 붕 떠버린 시간, 나는 골목에 서 있었다.

작은 그림자가 다가왔다. 사가르였다. 그가 어디서 나왔는지, 하늘을 보고 있던 나는 알 수 없었다.

"다 끝났어?"

사가르가 물었다. 나는 시선을 떨어뜨리고 고개를 끄덕였다.

"응. 끝났어."

"그거 다행이네."

사가르가 햇볕에 그은 얼굴로 천진하게 웃으며 하얀 이를 드러냈다. 그 웃음을 보고 있노라니 조금만 더, 이 도시에 있고 싶다는 생각이 들었다.

　사가르는 롭의 의뢰로 내 방의 자물쇠를 열었다. 그 일을 원망하지도 않고, 어째서 그런 짓을 했는지 물을 생각도 없었다. 롭은 보수를 지불했고, 사가르는 대가를 받았을 뿐이다. 피해는 없었지만, 나는 교훈을 얻었다. 실린더 자물쇠는 믿을 게 못 된다.

　"잠깐 걸을래?"

　그렇게 묻자 사가르는 놀라지도 않고 머리 뒤로 깍지를 꼈다.

　"걸어다니면 뭐 좋은 일이라도 있어?"

　아침이라도 같이 먹자고 말하고 싶지만 네팔 사람들은 아침 10시와 저녁 7시, 두 끼 식사가 일반적이다. 야쓰다가 가르쳐주었다. 하지만 일주일을 머물다 보니 알게 되었다. 네팔 사람들은 식사는 하루 두 끼만 먹지만, 간식을 즐긴다.

　"모모나 셀 로티 어때? 내가 살게."

　사가르가 씨익 웃었다.

　"셀 로티가 좋겠어. 카트만두에서 최고로 맛있는 가게를 알려줄게. 따라와."

우리는 나란히 오래된 거리를 걸었다.

도쿄 로지가 있는 골목은 통행인이 별로 없다. 하지만 아침에는 많은 사람들이 짐을 끌어안고 오가고 있다. 물통을 머리에 인 여인, 무거운 삼베 자루를 끌어안은 남자와 스쳐지나갔다. 왕가의 비극이 알려진 직후에 볼 수 있었던, 신문을 에워싸고 옹기종기 모여 있던 남자들의 모습은 찾아볼 수 없었다. 거리는 안정을 되찾고 있었다.

높은 건물이 빼곡한 거리에 휑뎅그렁한 정자가 있었다. 그것이 파티라는 공용 공간이라는 것을 알려준 것도 야쓰다였다. 석조 계단에는 보라색, 연분홍색 담요가 깔려 있었다. 그냥 땅바닥에 깔아놓은 것 같지만 빨래를 널어놓은 것이다. 카트만두에는 어제 오후 내내 외출 금지령이 발령되었다. 모두가 반나절 동안 밀린 생활을 되찾아야 한다.

차츰 시끌벅적해졌다. 인드라 초크로 향하고 있다는 건 알았다. 길이 점점 넓어지면서 집 앞에 항아리와 모자 같은 물건들을 깔아놓고 파는 곳이 늘었다. 북새통 속에서 말을 나누기 어려워지기 전에 물었다.

"사가르, 너 고빈 봤니?"

"난 못 봤어. 하지만……."

내가 숨막히는 응수를 통해 겨우 확인한 고빈의 안위를 사가르는 태연하게 말해주었다.

"소문은 들었어. 뭘 했는지 몰라도 한몫 잡았대."

그리고 억지로 밝은 목소리를 짜내 덧붙였다.

"다시 돌아오진 않을 거야."

고빈은 사가르에게 이별을 고하지 않았던 것이다. 또 만날수 있다고 생각해서인지, 아니면 그들의 관계가 원래 그런 것인지는 알 수 없다.

"어디로 갔는지 알지?"

"글쎄. 하지만 그 녀석이 앞으로 갈 곳은 알아."

그렇게 말하며 사가르는 내 얼굴을 올려다보았다. 어른스러운 얼굴에 드러난 것은 서운함일까. 아마도 아닐 것이다. 사가르는 고빈이 한몫 잡아 사라진 것을, 적어도 서운하다고 생각하지는 않는다.

"어딘데?"

사가르는 너무 뻔한 질문에 대한 불만을 노골적으로 드러냈다.

"학교야. 그 녀석은 학교에 다니고 싶어 했거든."

"그렇구나……."

사가르는 힘껏 발길질을 했다.

"나도 마찬가지야. 형만 살아 있었다면 좋았을 텐데."

이윽고 우리는 여섯 개의 길이 교차하는 인드라 초크로 접어들었다. 인력거가 눈앞을 가로질렀다. 네 단으로 쌓아올린 옹기, 땅바닥 위에 늘어놓은 자수 원단, 곡물이 가득찬 고운 바구니에 눈길이 갔다. 빈 수레를 끌고 가던 아이가 인파에 걸려 오도 가도 못하고 있었다. 이곳으로 잘못 들어오다니, 아직 길이 낯선 아이일 것이다.

초크 중심에는 헌화대가 있었다. 불의의 죽음을 당한 비렌드라 전 국왕과, 즉위한 지 이틀 만에 사망한 디펜드라, 그 밖의 많은 왕족들을 추모하기 위하여. 조화는 아무 색이어도 상관없는지 온갖 빛깔의 꽃이 놓여 있었다. 어디선가 태우는 향료와 싱싱한 꽃의 향기가 어우러져 인파 속에 파묻혀 있어도 헌화대를 기도의 장으로 탈바꿈시켰다.

사가르가 추천한 셀 로티 가게는 아직 조금 더 가야 하는 모양이다. 그는 헌화대는 거들떠보지도 않고 장을 보느라 분주한 사람들 사이를 가로질러 인드라 초크를 빠져나갔다.

일부러 조심하지 않아도 사람들과 부딪히지 않을 만큼 인파가 줄어들자 마치 기다렸다는 듯이 사가르가 물었다.

"그래서 어떤 기사를 썼어? 난 일본어를 못 읽으니까 좀 가르쳐줘."

"평범해."

나는 그렇게 대답했다.

"1일 밤에 국왕 일가가 총을 맞은 일, 황태자가 범인이라는 것, 나중에 흉기는 소총이라는 발표가 나온 일, 왕궁 앞에서 있었던 소동……. 그래, 갸넨드라와 파라스의 평판이나 사건 당일 밤에 화를 면한 인물, 그런 건 현지에 없었다면 쓰지 못했을 거야."

"그게 다야?"

"그것 말고도 이것저것 썼지만……. 네가 안내해준 장례식 밤에 대해서도 썼어."

"그게 다야?"

"단수 얘기도 썼어. 샤워를 할 수 없어 곤란했던 이야기도."

"그리고?"

나는 옆에서 걸어가는 작은 안내인을 보았다.

사가르도 나를 올려다보고 있었다. 깨끗하고 맑은 눈동자가, 나를 바라보고 있다. 이야기의 결말을 채근하는, 기대에 찬 눈이다. 응, 응, 그래서? 그래서 어떻게 됐어? 그는 내 이야기에 결말이 있다는 것을 알고 있다. 중요한 부분이 아직 남아 있다고 생각하는 것이다.

아아. 역시 그랬다.

걸음을 늦추고, 나는 말했다.

"라제스와르 준위에 대해서는 안 썼어. 왕궁 사건하고는 상관없으니까."

이야기는 이제 끝났으니 그만 자렴. 그런 말을 들은 아이처럼 사가르의 얼굴은 순식간에 활기를 잃었다. 그는 말했다.

"정말?"

"정말."

발밑에 자갈이 굴러다니고 있었다.

사가르는 자갈을 걷어찼다. 자갈은 사람들의 발밑을 지나 데굴데굴 굴러갔다. 나는 우리가 오래된 사원 앞에 있다는 것을 깨달았다. 가이드북에는 절대 실리지 않을, 작고 낡은, 어쩌면 큰 사당일지도 모를 사원 앞에. 나라奈良의 오층탑이 떠오르는 첨탑이 있는 사원에는 꽃과 향이 가득했다.

벽에 커다란 눈이 그려져 있었다. 삼라만상을 굽어보는 붓다의 눈을 표현한 것이라 했다. 커다란 두 개의 눈이 우리를 굽어보고 있었다.

사가르는 네팔어로 뭐라 내뱉더니 유창한 영어로 말했다.

"왜 안 썼어?"

사가르는 부루퉁한 얼굴로 원망스럽다는 듯이 나를 쳐다보았다. 내가 그 고생을 했는데 왜 안 썼느냐고.

"라제스와르를 옮겨다 놓은 건 역시 너였구나."

당연하다는 듯이 사가르가 손을 펼치며 말했다.

"그래. 멋진 연출이었지?"

라제스와르를 권총으로 살해한 건 야쓰다였다.

하지만 그 시체를 클럽 재스민에서 끌어내, 등에 글자를 새기고 공터에 방치한 것은 야쓰다가 아니다. 그는 권총을 굳이 유기함으로써 경찰의 눈을 롭에게 돌리려 했고, 국외로 도망가려 했다. 시체가 늦게 발견될수록 유리할 테니 시체를 사람들 눈에 띄는 곳으로 옮길 리가 없다. 그렇다면 누가?

시체를 운반한 인물은 라제스와르가 입고 있던 셔츠를 버렸다. 그대로 두면 클럽 재스민에서 끌어냈을 때 묻은 바닥의 먼지가 진짜 살인 현장을 암시하기 때문이다. 반면에 바지는 라제스와르가 즐겨 입던 옷이었다. 지저분하기는 했지만 몇 년이나 방치된 지하실 바닥에서 질질 끌고 간 것치고는 그리 지저분하지 않았다. 빨아서 말렸기 때문이다.

카트만두는 우기지만 건조하다. 3일 밤에 빨아서 바람이 잘 드는 곳에 널어두면 4일 새벽에는 거의 말랐을 것이다.

거기까지는 바란, 찬드라와 대화했을 때 도달한 결론이다. 하지만 구체적으로 그것을 실행으로 옮기려면 문제가 따른다. 빨래를 할 장소와 도구, 빨래를 널 장소와 도구를 마련해야만 한다. 하지만 그것은 사가르에게는 간단한 일이었다. 집에 가져가서 빨고, 늘 사용하는 빨랫줄에 널면 그만이니까. 언제였더라. 사가르가 자기집 2층에서 뛰어내렸던 일을 떠올렸다. 그는 빨래를 널고 있었다.

"너, 클럽 재스민에 갔었지?"

나와 라제스와르가 만난다는 사실을 아는 인물은 당사자인 우리를 빼면 차메리뿐이라고 생각했다. 경찰도 파악하지 못했던 클럽 재스민을 알아낼 수 있는 건 차메리와, 라제스와르와 결탁했던 야쓰다뿐이라고 생각했다.

하지만 사가르에게도 기회가 있었다. 그날 아침, 라디오를 사러 간 내게 차메리는 회색 봉투를 건넸다. 풀로 봉한 그 봉투를 내게 전해준 건 사가르였다.

사가르는 완벽한 장난을 자랑하듯 웃고 있었다.

"그래. 차메리 씨도 조심성이 없어. 그런 곳이 있다니, 나도 몰랐어. 즐거웠어!"

봉투가 흐느적거렸던 게 기억났다. 묘하게 종이가 부드러워 의아했다. 그때, 조금 더 알아봤어야 했다. 사가르는 고전적인 수법으로…… 수증기를 쐬어 풀을 녹이는 방법으로 봉투 속을 보았던 게 아닐까?

그리고…….

"라제스와르가 총에 맞는 순간도 보고 있었니?"

"응, 봤어."

눈을 빛내며 말했다.

"역시 야쓰다는 대단해. 인도 스파이를 한 방에!"

전부 보고 있었던 것이다.

사가르에게 클럽 재스민은 둘도 없는 모험의 장이었으리라. 폐건물을 탐험하다가 그랬는지, 아니면 인도 스파이라고 믿었던 라제스와르를 미행하다가 그랬는지, 사가르는 지하실 어둠 속에서 살인을 목격했다.

사가르가 라제스와르를 죽였을지도 모른다고 의심한 적은 없다. 그는 총을 훔칠 수 없었기 때문이다. 그날 밤, 수쿠마르가 술을 마시러 외출했기 때문에 차메리는 줄곧 로비에서 출입하는 사람들을 지켜보았다. 고빈이 총을 훔칠 수 없었던 것처럼, 사가르도 훔칠 수 없었다.

하지만 생각해보면 시체를 움직일 수는 있었다. 그에게는 그럴 수 있는 수단이 있었다.

사가르는 평소 관광객 상대로 기념품을 팔고, 손님이 없을 때는 쓰레기를 줍는다. 형이 남긴 수레로…….

"야쓰다가 떠난 뒤에 시체를 끌어내 수레에 실었지?"

사가르는 부정한다는 건 있을 수도 없는 일이라는 듯이 말했다.

"그래. 엘리베이터가 움직여서 지하실에서 끄집어내는 건 간단했어. 수레에 실을 때가 힘들었지. 몇 번이나 포기하려고 했는지 몰라."

"어떻게 했어?"

"머리를 썼지."

사가르는 의기양양하게 가슴을 폈다. 아마 지레라도 썼을 것이다.

사가르는 시체를 찾아낼 수도, 그것을 운반할 수도 있었다. 하지만 도저히 이해할 수 없었다.

"어째서……."

"응?"

"어째서 그런 짓을?"

그렇게 묻자 사가르는 어리둥절해하다가 웃음을 터뜨렸다. 마치 유쾌한 농담을 들었다는 듯이.

"뻔하잖아! 약속했으니까! ……한몫 잡게 해준다고 했잖아!"

서늘한 냉기가 온몸을 꿰뚫었다.

사가르는 막힘없이 말했다.

"왕이 총에 맞아 죽고서 바로 군인이 밀고자라는 낙인과 함께 죽어 있으면 굉장한 뉴스감이잖아. 하지만 멋진 말이 생각 안 나서 사전까지 찾아가며 "INFORMER"라고 새겼어."

롭은 INFORMER는 평소 쓰지 않는 단어라고 했다. 사전에는 실려 있을 거라는 말도.

"다치아라이, 당신은 한몫 잡을 기회가 있었어. 정말이지, 당신이 사진을 찍게 만들려고 그 고생을 했는데 기사를 안 썼다니. 정말이지, 정말 실망했어."

나를 위한 일이었다.

내가 사진을 찍고, 기사를 쓰도록.

굳은 혀로 간신히 물었다.

"내가 사진을 찍게 만들다니, 어떻게."

"실제로 그랬잖아!"

사가르는 함박웃음을 지으며 쏟아냈다.

"당신이 왕궁 앞에서 사진을 찍을 거라는 건 예상하고 있었으니까. 로지로 돌아가는 길에 시체를 뒀지. 거기서 죽었는데 옷이 그렇게 지저분하면 이상하니까 빨래도 했어."

시체는 칸티 길에서 조첸 지구로 들어가는 지름길 가장자리에 있었다. 그리고 그 길을 알려준 건, 사가르다.

"다른 기자들이 선수를 치면 안 되니까 숨겨뒀어. 지켜보고 있었는데, 당신이 왕궁 앞에서 자꾸 버티니까 경찰보다 늦을까 봐 조마조마했어. 당신이 왕궁 앞에서 달아난 뒤에 한발 먼저 공터로 가서 그 스파이를 찾아낼 수 있도록 했지."

"숨겼다고……?"

그 공터에는 시체를 숨겨둘 공간이 없었다.

내 표정을 읽었는지, 사가르가 비웃듯이 콧방귀를 뀌었다.

"둔하네. 모르겠어? 힌트를 줄까?"

"사가르……."

"그래, 알았어. 자동차야. 스즈키 자동차를 밀어서 시체를 숨겼다가, 이때다 싶을 때 다시 밀어서 치웠던 거야."

공터에는 경차가 버려져 있었다.

그것도 시체가 있던 자리에서 직선상에 서 있었다. 사이드 브레이크가 풀려 있던 것은 내가 직접 확인했다. 바닥은 메 말라 굳어 있었다. 분명 어린아이 힘이라도 밀면 굴러갔을 것이다.

하지만…….

"하지만 타이어가 없었는데."

태연한 대답이 돌아왔다.

"그래. 팔릴 것 같아서 내가 빼냈어. 꽤 벌었어."

"언제!"

"그렇게 소리지르지 마."

사가르가 쓴웃음을 지었다.

"어제 아침, 아직 어두웠을 때. 경찰이 없어서 식은 죽 먹기였어."

그렇다. 어제 아침, 두 경찰이 나를 경호하려고 도쿄 로지에 왔을 때 사가르는 이렇게 말했다.

—한 건 올리고 왔지. 꽤 짭짤했어.

기념품을 팔아 짭짤한 수입을 올릴 가능성은 거의 없다는 것을 알아차렸어야 했다. 왕궁 사건의 영향으로 관광객은 격감했다. 하지만 그렇다고 그 경차에서 타이어를 훔쳤을 줄은 생각도 못 했다.

"4일에는…… 시체를 발견했을 때는 타이어가 있었던 거구나."

"그래."

처음 보았을 때, 시동만 걸리면 타고 갈 수 있겠다고 생각했다. 즉 타이어는 있었다는 뜻이다.

위화감은 있었다. 그래서 그 경차에 집착했다. 하지만 전날에는 타이어가 있었다는 것을 기억해내지 못했다.

"뭐, 최악의 경우 다른 녀석이 사진을 찍어도 어쩔 수 없다는 생각은 했어. 하지만 당신이 찍었지. 전부 잘 풀렸는데, 제일 중요한 다치아라이가 달아날 줄이야."

그러더니 사가르는 눈을 치뜨고 나를 흘겨보았다. 나이에 걸맞은, 깜찍한 동작이었다.

나이에 걸맞다. 깜찍하다.

사가르의 다른 얼굴이 뇌리를 스쳤다. 어른스러운, 비아냥거리는, 교활한 얼굴이…….

사가르는 나를 위해 셔터 찬스를 마련해주었다고 한다. 지하실에서 발견한 시체를 나를 위해 이동시켰다고 한다. 그 사실 자체의 윤리적인 시비는 차치하고, 동기는 나를 위한 선의였다.

정말로?

아슬아슬한 갈림길이었다. 카트만두 경찰과 이해가 일치하지 않아 상세히 취재하지 못했더라면. 내가 조금이라도 더 조급하게, 확인을 하지 않고 기사를 썼더라면…….

무엇보다도 취재로 한 사람을 죽음으로 몰아넣었다고 규탄받는다.

이어서 연관 없는 두 개의 사건을 자의적으로 연결 지어 센세이션을 불러일으키기 위해 오보를 냈다고 규탄받았을 것이다.

내 기자 생명은 거기서 끝났을 것이다. 보도 역사에 남을 일대 오점이 되었을지도 모른다.

사가르는 전혀 그런 생각을 못 했을까? 그저 순수하게 내게 충격적인 사진을 찍게 하려고 시체를 운반한 걸까? 라제스와르의 옷을 벗기고, 등에 글자를 새긴 것도, 전부 내 성공을 바란 나머지 저지른 짓이었다는 걸까?

　오래된 첨탑 앞에서 조용히 입을 다물고, 사가르의 천진한 얼굴을 마주보았다.

　내게 진실을 꿰뚫어 볼 힘은 없을지도 모른다. 내 마음속에는 무섭도록 차가운 감정이 깔려 있는지도 모른다.

　하지만 지금, 이 도시에서 보낸 어느 순간보다도 간절하게, 나는 진실을 꿰뚫어 보기를 원한다.

　사가르가 맑은 눈으로 나를 바라보고 있다.

　모처럼 판을 깔아주었는데 망쳐버리다니, 곤란한 친구야. 그렇게 말하는 듯이 쓴웃음을 짓고 있다.

　웃고 있다.

　그 미소가 사라졌다. 나는 거듭 그 눈동자 속을 꿰뚫어 보려 했다.

　사가르의 입술이 일그러졌다.

　경멸 어린 냉소가 떠올랐다가, 금세 사라졌다.

　"거짓말이구나."

　나는 그렇게 말했다. 사가르는 대답했다.

"그래. 거짓말이야."

덫이었다. 내 앞에 나타난 충격적인 시체는.

무의식적으로 카메라를 들고 몇 번이나 셔터를 눌렀다. 그 사진은 내가 찍은 게 아니었다. 찍도록 조종당했던 것이다.

그 덫을 친 사람이 내 눈앞에, 웃음을 걷어낸 얼굴로 서 있다.

그 사진을 지면에 싣고, 국왕이 총에 맞은 밤에 왕궁을 경비했던 군인이 살해당했다고 썼다면, 나는 파멸했다. 그는 바로 그것을 원했다.

하지만, 어째서!

"어째서……."

소리치려 했다. 하지만 목소리는 힘없이 갈라졌다.

"어째서, 나를 미워하는 거야?"

"어째서?"

조롱 어린 목소리가 돌아왔다. 사가르는 천천히, 팔을 활짝 폈다.

"이 주변을 봐."

나는 고개를 돌렸다.

흙벽돌로 지은 집들은 시간과 제 무게를 이기지 못해 일그러져 있다. 빨랫줄에서 펄럭이는 옷은 찢어지고 남루했다.

그리고 이쪽을 바라보는 얼굴들. 아직 어린 아이, 초등학교에 있어야 할 나이의 아이들, 이제 곧 청년이 될 아이들이 나를 보고 있다. 지루한 얼굴로 손가락으로 바닥에 낙서를 하는 아이, 쓰레기를 주워 등에 멘 바구니에 넣는 아이, 갓난아이를 업고 살살 어르는 아이, 빨래를 너는 아이. 그들이 나를 보고 있다.

사원의 벽에 그려진 두 개의 눈은, 모든 것을 꿰뚫어 보며 그곳에 있다.

"이래도 모르겠어?"

사가르가 말했다.

그 시선을 받으며 내가 해야 할 말을 찾았다.

"몇 번이나 말했잖아."

메마른 바람이 향냄새를 밀어냈다.

"당신한테는, 몇 번이나 말했어."

나를 미워하는 이유를?

변성기도 오지 않은 사가르의 목소리가 지독히 낮게 들렸다.

"나는 말했어. 외국 사람들이 와서, 이 나라의 갓난아기들이 죽어가는 현실을 글로 써댔어. 그랬더니 돈이 모였고, 갓난아기들은 더이상 죽지 않게 되었다고."

그랬다. 이 도시에 아이들이 많은 이유를, 나는 들었다.

사가르는 고개를 숙이고 조용한 목소리로 말했다.

"일거리는 없는데, 사람 수만 늘었어."

아아!

"늘어난 아이들이 융단 공장에서 일하니까, 또 카메라를 든 녀석들이 찾아와서 이런 곳에서 일하다니 비참하다며 떠들어댔어. 맞아, 비참했지. 그래서 공장이 문을 닫았어. 그래서 형은 일자리를 잃고, 익숙하지 않은 일을 하다가 죽었어."

들었다. 몇 번이나 들었다.

"내가 오히려 묻고 싶어. 어째서 미움을 받지 않을 거라 생각했어? 당신이 카메라를 들고 이 도시에 온 그 순간부터 당신은 나의, 우리의 적이었어. 나는 몇 번이나 말했어. 당신 같은 외부인이 뭐든 다 안다는 듯이 우리 생활이 비참하다고 쓰니까, 우리가 이 도시의 밑바닥을 기어다니고 있는 거라고 말했어. 위만 보고 임금님 이야기만 듣느라 몰랐겠지!"

목구멍 속에서 쥐어짜낸 듯한 목소리가 온몸을 찔렀다.

"얌전히 그 남자의 사진을 실으면 됐는데. 그랬으면……."

사가르가 숙이고 있던 고개를 들었다. 증오로 가득한 얼굴로, 나를 보았다.

"그랬으면 기자라는 족속은 제대로 조사하지도 않고 남들을 괴롭히는 쓰레기라고 생각할 수 있었어. 하지만 당신은 선을 넘지 않았어."

"사가르."

"그 녀석들도 그랬다는 거야? 변변한 일자리도 없는 도시에 우리를 내팽개치고, 그 변변치 않은 일자리마저 앗아간 놈들도, 당신처럼 자기 머리로 생각하고, 제대로 조사해서 기사를 썼다는 거야? 그 결과가 우리라는 거야?"

절규가 솟구쳤다.

"그 남자의 기사를 써! 사진을 세상에 퍼뜨려! 당신들이 멍청한 쓰레기라는 걸 증명해!"

그 순간, 경찰이 했던 말이 떠올랐다.

용병 생활을 그만두고 네팔로 돌아온 라제스와르는 한동안 외국 방송국을 상대로 가이드 노릇을 했다. 취재 약속을 잡아주는 일이었다.

사가르의 형이 일했던 공장의 취재를 도운 코디네이터가 라제스와르였던 게 아닐까? 그렇기에 사가르는 라제스와르를 스파이라고 부르며, 증오를 담아 그 시체에 글자를 새겨넣었던 게 아닐까?

라제스와르는 두 번 다시 이 나라를 서커스로 삼지는 않겠다고 했다. 한 번은, 그런 적이 있었다는 말인가?

사가르의 눈동자에 물기가 차올랐다.

그 순간, 그는 제 뺨을 후려쳤다.

"하! 시시해."

메마른 땅에 눈물을 떨어뜨리는 대신, 사가르는 침을 뱉었다. 뺨을 빨갛게 물들인 그의 눈에는 조롱의 빛이 돌아와 있었다.

"당신이 이겼어. 멍청이는 나였어. 그뿐이야."

그는 웃고 있었다. 입가는 일그러졌고, 눈은 탁했다.

"자, 가르쳐줘, 영리한 다치아라이. 칼을 씻는 자. 그 녀석들은 이 나라에서 뭘 하고 싶었던 거지? 당신은, 뭘 원해?"

심장이 펄떡거렸다.

똑같은 질문에 대답하지 못했다. 라제스와르의 앞에서, 나는 주눅들어 끝까지 임시방편으로 둘러대는 데 그쳤다.

지금은 다르다. 이 나라에서 나는 많은 사람들을 만났다. 다양한 말을 들었다. 지금은, 단 하나, 할 수 있는 말이 있다.

"나는……."

붓다의 눈이 굽어보고 있다.

"이곳이 어떤 곳인지, 내가 있는 곳이 어떤 곳인지, 밝혀내고 싶어."

BBC가 전하고, CNN이 전하고, NHK가 이미 전했더라도 내가 글을 쓰는 의미는 거기에 있다.

몇 명, 몇백 명이 제각각의 시점으로 전하는 글을 통해 우리는 이 세상이 어떤 곳인지 알아간다. 완성에 다가간다는 것은, 내가 어떤 세상에서 살고 있는지 인식하는 일이다.

만찬회에서 국왕과 왕비가 총에 맞을 때도 있다. 긍지 높은 군인이 밀매로 손을 더럽히고, 온화한 승려가 돈 때문에 사람을 죽이고, 겁 많은 학생이 총 한 자루에 용기를 얻고, 기자가 길을 잃고 방황할 때도 있다. 이 세상은 그런 곳임을 깨달아가는 것이다.

"그걸 위해서라면…… 우리의 고통도 어쩔 수 없는 일이라는 거야?"

사가르가 그렇게 물었다. 후회로 가득한 하나의 답밖에 없다.

"고통을 낳지 않도록, 최대한 조심할게."

"조심?"

조용한 웃음소리가 들렸다.

"결국 당신은 보는 것도, 쓰는 것도 그만둘 생각은 없다는 말이네."

"그래, 없어."

"빌어먹을."

사가르는 빨간 뺨으로 그렇게 내뱉었다. 차가운 눈으로 나를 노려보았다.

증오한다기보다 어처구니가 없었을 것이다.

"알았어. 셀 로티는 필요 없어. 당신이 주는 음식은 받기 싫어. 이 나라에서 나갈 거라면 서둘러. ……다음에 만나면, 찔러버릴 것 같으니까."

사가르는 등을 돌렸다. 신발 끝으로 땅을 두어 번 찍더니 단숨에 달려갔다.

성큼성큼 카트만두 거리로 사라져가는 뒷모습을 보며, 나는 고맙다는 말을 하고 싶었다. 멋진 쿠크리를 줘서 고마워. 다른 일들도.

하지만 그는 그런 말은 듣기도 싫을 것이다.

나는 그런 세상에 살고 있다.

## 22

### 위대한
### 장소

누군가의 노랫소리에 잠이 깼다.

귓가를 맴도는 나직한 소리에 내가 어디에 있는지 기억해 냈다. 몸에는 희미한 진동이 느껴지고, 수런거리는 소리도 들려온다. 애수를 부르는 현악기의 음색은 스피커 때문인지 음질이 좋지 않았다. 이윽고 음악이 멈추고 영어 방송이 흘러나왔다. 눈을 떴다. 나는 카트만두 공항에서 이륙을 기다리는 비행기 안에 있었다.

"승객 여러분께 기장이 알려드립니다. 현재 관제탑의 이륙 허가를 기다리고 있습니다. 잠시만 더 기다려주십시오……."

자리에 앉자마자 바로 곯아떨어졌던 모양이다. 손목시계를 보니 이륙 시간은 삼십 분 이상 지나 있었다. 비행기가 삼십 분이나 한 시간씩 연착되는 일은 일본에서도 드물지 않은 일이다. 다시 좌석에 몸을 묻었다.

음악은 무료한 승객들을 위로하듯 산들산들 이어졌다. 승객들의 불안한 속삭임에 귀를 기울이자 영어, 중국어, 프랑스어, 일본어도 들리는 것 같았다. 롭이 그토록 간절하게 원했던 출국 비행기표는 여행 대리점 창구에서 금방 구할 수 있었다. 이 나라에 있던 여행자는 이미 대부분 귀국했을 것이다.

나도 내 나라로 돌아간다. 단출한 내 집으로.

창가 좌석을 잡았다. 비행기 밖에는 매끈한 활주로가 뻗어 있다. 그 너머로 흙벽돌 색을 띤 카트만두가 장난감처럼 작게 보였다. 프리랜서로서 처음으로 기사를 썼던 도시를, 이제 곧 떠난다. 쿠알라룸푸르를 경유해 그곳에서 하루 묵고 내일 밤 나리타에 도착한다.

가슴주머니가 조금 묵직했다. 가만히 손가락을 넣었다. 작은 유리구슬을 이어 만든 머리장식을 꺼내 손바닥에 얹었다. 두꺼운 창문으로 쏟아지는 빛을 받아 남색, 붉은색, 연두색으로 빛나고 있다.

체크아웃을 할 때, 차메리가 준 선물이다.

"오래 계신 손님께 드리는 서비스예요."

그녀는 그렇게 말하면서 머리장식을 내밀며 미소를 지었다.

받을 수 없었다.

나는 그녀의 호의를 받을 자격이 없다고 생각했다. 나는 사가르에게, 이 나라에서 겨우 찾아낸 결의를 전했다. 누가 미워하고 누가 경멸해도, 나는 지켜보겠노라 말했다. 하지만 내가 아무리 마음속으로 각오를 굳혀도, 백만 마디 말을 늘어놓아도, 네팔의 비극을 내 생활비로 바꾼 것은 사실이다. 그러겠노라 결심했다고 해서 떳떳하지 못한 마음까지 사라진 것은 아니다.

라제스와르 문제도 마음에 걸렸다. 나는 그의 죽음에 직접적인 관계는 없다. 하지만 간접적으로도 그럴까? 라제스와르는 일본에서 온 기자가 인터뷰를 원한다는 것을 알고 밀수에서 손을 뗄 예정을 앞당겼는지도 모른다. 그것이 야쓰다와 다툰 원인이 아니라고 단언할 수는 없다.

그런 생각들이 머릿속을 맴돌아 손을 내밀 수 없었다. 그러자 차메리는 손끝으로 머리장식을 아주 살짝, 내 앞으로 밀었다.

"다음에 또 오세요."

어쩔 줄 몰라 하는 내게 그녀는 노래하듯 말했다.

"다치아라이 씨는 좋은 계절에 오셨어요. 유월, 네팔이 아름다울 때지요. 너무 덥지도 않고, 너무 춥지도 않아요. 비만 피하면 등산하기도 좋아요. 좋은 가이드를 소개해드릴 수 있어요. 경치가 훌륭하다고 모두들 기뻐한답니다."

카트만두는 산맥에 둘러싸여 있고, 그 너머에는 새하얀 히말라야가 솟아 있다. 모든 사람들이 세상에서 으뜸가는 트레킹 코스를 찾아 이곳에 온다. 하지만 지난 일주일 동안 나는 경치를 감상할 시간이 없었다. 그렇다, 나는 이 나라의 가장 좋은 곳을 보지 못했다.

차메리의 눈에 근심이 서렸다.

"한동안은 불안할지도 모르지만요."

"그럴지도 모르겠네요……."

그렇게 말하며 나는 머리장식을 손에 쥐었다.

국민들이 사랑하던 국왕을 잃고, 왕실은 신용을 잃었다. 사람들은 겉으로는 체념한 척하지만 분명 불신감을 잊지 않을 것이다. 이 나라는 휘청거릴 것이다.

하지만 그것도 영원하지는 않다. 그러기를 바란다.

유리 구슬은 차갑고, 아주 조금 묵직했다. 가만히 손에 쥐고, 항상 웃는 얼굴 같지 않다고들 하는 표정으로 말했다.

"하지만 언젠가 반드시, 다시 올게요. 고마워요, 차메리 씨. 좋은 여행이었어요."

차메리는 가만히 손을 모았다.

"안녕히, 다치아라이 씨. 당신의 귀로가 평안하기를."


귀에 들려오는 엔진 소리가 한층 커졌다.

감상적인 음악이 멈추더니 먼저 네팔어로, 이어서 영어로 안내 방송이 나왔다.

"승객 여러분께 기장이 알려드립니다. 이륙 허가가 나왔습니다. 안전벨트와 좌석 위치를 확인해주십시오."

머리장식을 가슴주머니에 도로 넣었다. 보스턴백은 옷가지와 일용품, 뿔 장식이 달린 쿠크리와 은잔으로 가득했다. 소중히 갖고 가기에는 가슴주머니가 가장 안전하다.

양쪽 날개에 달린 엔진에 추진력이 붙었다. 비행기는 천천히 움직이더니 갑자기 가속하기 시작했다. 몸이 좌석에 짓눌렸다. 구형 기체는 불안할 정도로 덜컹거렸고, 어디서 금속이 부딪히는 소리도 들렸다. 몸이 푹 가라앉았다.

어느새 카트만두 분지 위에 떠 있었다.

길이 몇 개 보였지만 어느 게 왕궁 길이고 어느 게 조첸 지구인지 도저히 분간할 수 없었다. 아주 잠깐, 많은 사람들이 불속으로 사라진 파슈파티나트 사원이 보였다. 하지만 그것도 금방 한 덩어리의 도시의 일부로 동화되었다.

타멜 지구의 요시다에는 한 번 더 가고 싶었다. 그 기가 막히도록 평범한 맛의 튀김이 왠지 그립다. 차메리가 끓여주는 치야의 맛도 잊을 수 없다. 그건 지독히도 달았다. 사가르가 데려가주려 했던 가게의 셀 로티는 어떤 맛이었을까.

기내 어디선가 누가 탄성의 휘파람을 불었다.

고개를 들자 히말라야 산봉우리가 햇빛을 받아 눈높이에서 빛나고 있었다. 저 멀리까지 이어진 산괴는 너무나 웅장해, 신비하리만치 아름다웠다. 압도적인 존재감에 엔진 소리도 기체의 진동도 잊어버렸다. 위대함에 마음과 눈을 빼앗겼다.

하지만 나는 믿는다.

눈 밑에 펼쳐진 자그마한 카트만두에도, 지구상의 모든 곳에서 펼쳐지는 사람들의 생활에도, 위대함은 공평하게 깃들어 있다.

비행기가 구름 속으로 들어가 창밖이 부예졌다.

몸으로 느끼는 가속도가 사라져간다. 기체가 운해 위로 솟아올랐다. 창공에 오롯이 드러난 태양이 눈앞에서 찬연히 빛나고 있다. 지친 눈에는 조금 눈부셨다.

"비행기가 순항 고도에 진입했습니다. 안전벨트 착용 사인은 꺼졌으나⋯⋯."

좌석 등받이를 조금 눕히고 창문 덮개를 내렸다. 기도하듯 두 손을 깍지 끼고 가슴 위에 모았다.

가만히 눈을 감았다.

내 의식은, 나선을 그리며 녹아내렸다.

**23**

## 기도보다도

　《월간 심층》에 실린 내 기사는 극히 한정적인 범위이기는 했지만 반향을 불러일으켰다. 비렌드라 국왕을 비롯한 네팔 왕족 살해는 나라얀히티 왕궁 사건이니 하는 몇 가지 명칭으로 불리게 되었다.

　그 후 해외에서 취재할 기회는 거의 없었다. 야쓰다의 소식을 듣는 일도 없었고, 도쿄 로지가 무사히 운영되고 있는지도 알 수 없었다. 로버트 폭스웰에게는 약속대로 잡지를 보냈지만 답신은 없었다.

네팔에서 나는 기자 생명의 위기에 봉착했다. 지금 생각해 보면 사가르는 내가 완전히 파멸하기를 바라지는 않았던 것 같다. 그 아이는 기자와 카메라맨조차 구분하지 못했다. 오보로 기자가 얼마나 큰 오명을 뒤집어쓸지 알았을 리가 없다. 나를 한바탕 비웃을 수 있다면 그걸로 만족하지 않았을까?

그 아이는 지금쯤 어떻게 지내고 있을까.

왕실이 구심력을 잃은 네팔은 내전이 격화되어 왕실 사건으로부터 칠 년 후, 왕정제가 폐지되었다. 네팔의 공화제 이행을 취재하고 싶은 마음은 있었지만 눈앞에 닥친 일에 쫓기다 보니 기회를 놓치고 말았다.

WHO나 유엔 통계로만 보면 네팔에서 영유아 사망률이 개선되었다는 점과, 인구 증가에 비해 경제 규모 성장은 완만했다는 것은 틀림없는 사실이다. 하지만 그것이 그날 사가르가 말했던 것처럼 국제적인 보도가 초래한 결과라는 증거는 찾을 수 없었다. 그래서 사가르의 말을 기사로 쓸 수는 없었다.

나는 프리랜서 기자로, 지금도 내가 어떤 곳에 서 있는지 확인하고 있다. 사람들이 비극이라 부르는 것이 정말 비극인지, 환희라 부르는 것이 정말 환희인지. 의심하고, 조사하며, 글을 쓰고 있다.

이따금 자칫 내가 옳다는 생각에 빠질 때면 프린트한 사진을 책상에서 꺼내 바라볼 때도 있다.

INFORMER

만일 내게 기자로서 자부할 경험이 있다면 그것은 무엇을 보도한 일이 아니라 이 사진을 보도하지 않았던 일이다. 그 기억을 떠올림으로써 아슬아슬하게나마 누군가의 비극을 서 커스로 삼는 실수로부터 벗어날 수 있다.

그렇게 믿는다.